M.L. STEDMAN

ŚWIATŁO
MIĘDZY
OCEANAMI

Z angielskiego przełożyła
ANNA DOBRZAŃSKA

Wydawnictwo
A. Kuryłowicz

Dystrybutor
Firma Księgarska Olesiejuk sp. z o.o. sp. j.
Poznańska 91, 05-850 Ożarów Mazowiecki
tel. (22) 721 30 00, faks (22) 721 30 01
www.olesiejuk.pl

Wydawca
WYDAWNICTWO ALBATROS ANDRZEJ KURYŁOWICZ S.C.
Hlonda 2A/25, 02-972 Warszawa
www.wydawnictwoalbatros.com
Facebook.com/WydawnictwoAlbatros | Instagram.com/wydawnictwoalbatros

2016. Wydanie II
Druk: TZG Zapolex, Toruń

Książkę wydrukowano na papierze Ecco Book Cream 70 g, vol. 2.0
z oferty Antalis Poland

Pamięci moich rodziców

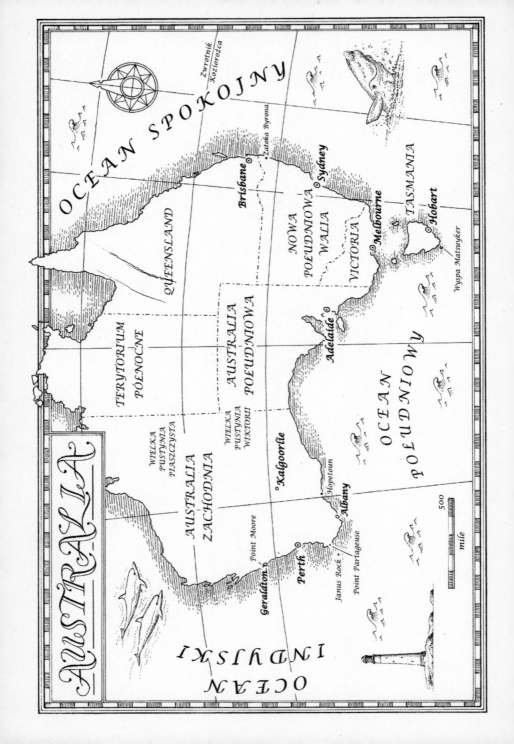

CZĘŚĆ I

27 kwietnia 1926

W dniu, kiedy zdarzył się cud, Isabel klęczała na skraju klifu, modląc się nad małym krzyżem skleconym z drewna, które fale wyrzuciły na brzeg. Wysoko nad jej głową, na niebie tak błękitnym, jak widoczne w dole wody oceanu, dryfowała samotna tłusta chmura. Kobieta spryskała mogiłę wodą i uklepała ziemię wokół właśnie zasadzonego krzewu rozmarynu.

— ...i nie wódź nas na pokuszenie, ale zbaw nas ode złego — szepnęła.

Przez moment miała wrażenie, że słyszy płacz dziecka. Natychmiast odegnała od siebie tę niedorzeczną myśl i skupiła się na stadzie wielorybów, które płynęły w stronę wybrzeża, by w cieplejszych wodach wydać na świat młode. Ich masywne ogony pojawiały się i znikały pod wodą niczym igły w błękitnym gobelinie. Znów usłyszała płacz dziecka, tym razem nieco głośniejszy. To niemożliwe, pomyślała.

Przed nią, aż po horyzont i dalej, do Afryki, ciągnął się ocean. Tu wody Oceanu Indyjskiego wpływały do Oceanu

Południowego*, tworząc widoczny w dole bezkresny dywan. W dni takie jak ten miała wrażenie, że mogłaby przejść po nim, nie mocząc stóp, aż do Madagaskaru. Z drugiej strony wyspy niespokojne wody ciągnęły się aż do wybrzeży Australii, odległych o prawie sto mil. Niedaleko brzegu, pod powierzchnią, czaił się wysoki łańcuch zdradzieckich podwodnych gór, które wyrastały z dna niczym ogromne połamane zęby, czyhające na każdy niewinny statek płynący do upragnionego portu.

By zapobiec tragediom, na wyspie Janus Rock wybudowano latarnię morską, której światło ostrzegało przed niebezpieczeństwem z odległości trzydziestu mil. Co noc powietrze wypełniał jej monotonny szum, kiedy bezstronny w swych osądach snop światła obracał się to w jedną, to w drugą stronę, nie obwiniając skał, nie lękając się fal, a jeśli trzeba było, przynosząc wybawienie.

Płacz nie ustawał. Isabel usłyszała szczęk otwieranych drzwi i na balkonie pojawiła się smukła sylwetka Toma, który obserwował wyspę przez lornetkę.

— Izzy! — zawołał. — Łódź! — Wskazał zatoczkę. — Na plaży jest łódź!

Zniknął i chwilę później pojawił się w drzwiach na dole.

— Wygląda na to, że ktoś w niej jest! — krzyknął.

Isabel najszybciej jak mogła podbiegła do męża i razem pokonali stromą, wydeptaną ścieżkę prowadzącą w dół, do niewielkiej plaży.

---

* W Australii Ocean Indyjski pomiędzy równoleżnikiem 60°S a południowym wybrzeżem tego kontynentu jest uważany za część Oceanu Południowego, który zgodnie z ustaleniami Międzynarodowej Organizacji Hydrologicznej rozciąga się tylko na południe od 60°S.

— To rzeczywiście łódź — stwierdził Tom. — I... jasna cholera! W środku jest jakiś mężczyzna, ale... — Mężczyzna ani drgnął. Na wpół leżał, na wpół siedział oparty o ławkę, jednak płacz nie ustawał. Tom podszedł do łódki i spróbował zbudzić nieznajomego, raz za razem zerkając na dziób, skąd dobiegło kwilenie. Kiedy się wyprostował, trzymał w ramionach zawiniątko: maleńkie płaczące niemowlę, zawinięte w miękki damski sweter w kolorze lawendy.

— Jasna cholera! — zaklął. — Jasna cholera, Izzy. To...

— Dziecko! Boże Wszechmogący! Tom! No już, daj mi je!

Oddał jej tobołek i jeszcze raz spróbował obudzić nieznajomego, ten jednak nie oddychał. Tom spojrzał na Isabel, która przyglądała się maleńkiej istotce.

— On nie żyje, Izz. Co z dzieckiem? — spytał.

— Wygląda na zdrowe. Nie widzę żadnych siniaków ani skaleczeń. Jest takie maleńkie! — dodała, wpatrując się w niemowlę i tuląc je do siebie. — No już, cichutko. Nic ci nie będzie, kruszyno. Tu będziesz bezpieczna.

Tom stał nieruchomo, patrząc na ciało mężczyzny. Zamykał oczy i otwierał je, jakby chciał się upewnić, że nie śni. Dziecko przestało płakać i chciwie łapało powietrze.

— Ten człowiek nie ma żadnych ran i nie wygląda na chorego. Nie mógł dryfować zbyt długo... Aż trudno uwierzyć. — Urwał. — Weź dziecko do domu, Izz, a ja przyniosę coś, żeby przykryć ciało.

— Ale, Tom...

— Nie damy rady wciągnąć go na górę. Lepiej zostawić go tu, do czasu, aż nadejdzie pomoc. Nie chcę, żeby dobrały się do niego ptaki czy muchy. W szopie jest stare płótno, powinno wystarczyć. — Głos miał spokojny, ale jego dłonie

11

i twarz były zimne, kiedy ostre jesienne słońce przesłoniły cienie przeszłości.

* * *

Janus Rock to zielona wyspa o powierzchni sześciuset pięćdziesięciu akrów. Rosnąca tam trawa wystarczyła, by wykarmić niewielkie stado owiec i kóz oraz kilka kurczaków, a górna warstwa gleby okazała się na tyle urodzajna, że można było założyć ogródek warzywny. Jedynymi drzewami były bliźniacze sosny zasadzone na wyspie przez ludzi z Point Partageuse, którzy w 1889 roku, przeszło trzydzieści lat temu, zbudowali latarnię morską. Skupisko starych mogił było wszystkim, co pozostało po tragedii, gdy statek *Pride of Birmingham* w biały dzień rozbił się o chciwe skały. Po latach na podobnym statku o dumnej nazwie *Chance Brothers*, przybyło z Anglii światło latarni, cud współczesnej techniki, gwarantujący statkom bezpieczeństwo, bez względu na to, jak niegościnne i zwodnicze były wody, po których pływały.

Podwodne prądy wyrzucały na brzeg rozmaite rzeczy: szczątki rozbitych statków, skrzynie z herbatą, kości wielorybów. Rupiecie pojawiały się nagle, kiedy chciały i jak chciały. Do stojącej pośrodku wyspy latarni morskiej tuliła się chatka latarnika i budynki gospodarcze, niszczejące od wiejących bezustannie gwałtownych wiatrów.

Isabel weszła do kuchni i z dzieckiem w ramionach usiadła przy starym drewnianym stole. Tom starannie wytarł buty i położył na ramieniu żony stwardniałą dłoń.

— Przykryłem biedaka. Jak tam dziecko?

— To dziewczynka — odparła z uśmiechem Isabel. — Wykąpałam ją. Wygląda na zdrową.

Dziecko utkwiło w nim spojrzenie dużych oczu.

— Jak, do licha, udało jej się przeżyć? — zastanawiał się Tom.

— Dałam jej trochę mleka. — Popatrzyła na niemowlę. — Prawda, skarbie? — zagruchała czule. — Jest taka idealna, Tom — dodała, całując małą. — Bóg jeden wie, przez co musiała przejść.

Tom wyciągnął z sosnowej szafki butelkę brandy, wlał do szklanki niewielką ilość i wychylił duszkiem. Usiadł obok żony, obserwując tańczące na jej twarzy słoneczne refleksy, kiedy pochylała się nad dzieckiem. Niemowlę wodziło za nią wzrokiem, jakby bało się, że jeśli choć na chwilę straci ją z oczu, Isabel zniknie.

— Maleństwo — szepnęła kobieta — biedne, biedne maleństwo. — Niemowlę tuliło się do jej piersi. Tom wyczuł w głosie żony z trudem powstrzymywane łzy. Wróciły wspomnienia, które niczym duchy zawisły w powietrzu.

— Chyba cię polubiła — zauważył. — Patrząc na nią, zastanawiam się, jak by to było... — ciągnął, jakby mówił do siebie. — To znaczy... nie chciałem... — dodał pospiesznie. — Chodzi o to, że wyglądasz, jakbyś została do tego stworzona. — Mówiąc to, pogłaskał jej policzek.

Isabel podniosła wzrok i spojrzała na męża.

— Wiem, kochanie. Wiem, co miałeś na myśli. Czuję to samo.

Otoczył ją ramieniem. Pachniał brandy.

— Och, Tom, dzięki Bogu, że w porę ją znaleźliśmy.

Tom pocałował Isabel i musnął ustami czoło dziecka. Siedzieli tak przez chwilę, aż niemowlę zaczęło się wiercić, wyciągając ku nim małą piąstkę.

W końcu Tom dźwignął się od stołu.

— Muszę wysłać sygnał. Powiadomię o łodzi, niech przyślą kogoś po ciało i pannę Mazgajską.

— Jeszcze nie! — zaprotestowała Isabel, dotykając paluszków dziecka. — To znaczy... nie musisz robić tego teraz. Temu biedakowi to i tak nie zrobi różnicy. A maleństwo dość już ma chyba łodzi, przynajmniej na jakiś czas. Zaczekaj. Daj jej odetchnąć.

— Miną godziny, zanim tu dotrą. Nic jej nie będzie. Zobacz, już się uspokoiła.

— Zaczekajmy. Przecież to i tak nic nie zmieni.

— Muszę zapisać wszystko w dzienniku. Wiesz przecież, że powinienem od razu zgłaszać podobne wypadki. — Rzeczywiście, obowiązkiem Toma było zapisywanie wszelkich ważnych wydarzeń, które miały miejsce na wyspie albo w jej pobliżu, począwszy od przepływających statków i pogody, a na problemach ze sprzętem skończywszy.

— Zaczekaj z tym do rana, dobrze?

— A jeśli to łódź ze statku?

— To nie jest szalupa ratunkowa — zauważyła Isabel.

— W takim razie dziecko ma matkę, która czeka na nie gdzieś na brzegu i rwie włosy z głowy. Jak byś się czuła, gdyby chodziło o twoje dziecko?

— Widziałeś sweter. Matka na pewno wypadła za burtę i utonęła.

— Kochanie, nie wiemy nic o jej matce. Nie wiemy nawet, kim jest ten mężczyzna.

— To najbardziej prawdopodobne wytłumaczenie, prawda? Niemowlęta nie oddalają się same od rodziców.

— Izzy, wszystko jest możliwe. Skąd mamy wiedzieć, co tak naprawdę się wydarzyło?

— Czy kiedykolwiek słyszałeś o niemowlęciu dryfującym w łodzi na pełnym morzu, bez matki? — Mówiąc to, mocniej przytuliła dziecko do piersi.

— To poważna sprawa, Izz. Ten człowiek nie żyje.

— Ale dziecko żyje. Miej serce, Tom.

Coś w jej głosie sprawiło, że zamiast sprzeciwić się żonie, Tom rozważył jej prośbę. Może chce spędzić trochę czasu z dzieckiem? Może jest jej to winien? Isabel spojrzała na niego błagalnym wzrokiem.

— Ostatecznie... — mruknął, choć nie przyszło mu to łatwo — mogę zaczekać. Ale wyślę sygnał jutro z samego rana, zaraz po tym, jak wyłączę światła.

Isabel pocałowała go i delikatnie uścisnęła jego ramię.

— Lepiej wrócę do latarni. Właśnie wymieniałem lampę rtęciową — dodał.

Idąc ścieżką, usłyszał głos Isabel, która śpiewała: *Wiej wietrze południowy, południowy, południowy, wiej wietrze południowy nad pięknym, niebieskim morzem.* Dźwięki piosenki nie uspokoiły go jednak, gdy wchodząc po schodach do latarni, próbował zapomnieć o zaniedbaniu, jakiego dopuścił się na prośbę żony.

ROZDZIAŁ 1

16 grudnia 1918

— Tak, rozumiem — odparł Tom Sherbourne. Siedział w spartańsko urządzonym pokoju, dającym niewielkie wytchnienie od panującej na zewnątrz duchoty. Letni deszcz dzwonił o szyby, sprawiając, że ludzie na ulicach w pośpiechu szukali schronienia.

— Będzie naprawdę ciężko. — Mężczyzna po drugiej stronie biurka pochylił się do przodu, dla podkreślenia swoich słów. — To nie żarty. Nie chodzi o to, że zatoka Byron jest najgorszym przydziałem, ale chcę mieć pewność, że wiesz, na co się decydujesz. — Ubił kciukiem tytoń i zapalił fajkę. Podanie Toma było podobne do wielu innych z tamtego okresu: urodzony dwudziestego ósmego września 1893 roku, wojnę spędził na froncie, znał międzynarodowy kod sygnałowy i alfabet Morse'a, zdrowy i wysportowany, zwolniony z wojska z odznaczeniami. Zgodnie z panującymi zasadami, pierwszeństwo należało się byłym wojskowym.

— Na pewno nie... — Tom urwał i chwilę później zaczął od nowa. — Z całym szacunkiem, panie Coughlan, ale nie ma nic gorszego niż front zachodni.

Mężczyzna po raz kolejny utkwił wzrok w dokumentach i spojrzał na Toma, jakby szukał czegoś w jego oczach, w twarzy.

— Tak, synu. Pewnie masz rację. — Znudzonym głosem wyrecytował regułkę: — Sam opłacasz przejazd. Jesteś zmiennikiem, więc nie masz urlopu. Stałym pracownikom przysługuje miesięczny urlop pod koniec każdego trzyletniego kontraktu. — Sięgnął po grube pióro i podpisał formularz. Przyłożył pieczątkę do nasączonej tuszem poduszeczki. — Witamy... — przybił pieczątkę w trzech miejscach — w Stowarzyszeniu Latarników.

Formularz opatrzono datą szesnastego grudnia 1918.

* * *

Sześć miesięcy spędzone w zatoce Byron u wybrzeży Nowej Południowej Walii, w towarzystwie dwóch latarników i ich rodzin, uświadomiło Tomowi, jak wygląda codzienne życie latarnika. Po zatoce Byron przyszedł czas na Maatsuyker, dziką wyspę na południe od Tasmanii, gdzie przez większą część roku padał deszcz, a wiejące w czasie sztormów porywiste wiatry ciskały kurczęta wprost w oszalałe fale.

Jako latarnik Tom Sherbourne ma mnóstwo czasu na rozmyślania o wojnie. O twarzach i głosach swych towarzyszy, którzy w taki czy inny sposób uratowali mu życie. O ostatnich słowach konających żołnierzy i bezładnej paplaninie, której nie mógł zrozumieć, a mimo to, słuchając jej, uparcie kiwał głową.

Nie był jednym z tych, którzy wlekli za sobą pourywane kończyny i których wnętrzności wylewały się z brzucha niczym oślizgłe węgorze. Trujący gaz nie zmienił jego płuc i mózgu

17

w kleistą breję. A mimo to cierpiał, zmuszony do życia w ciele człowieka, który na wojnie dopuścił się potwornych rzeczy. Wspomnienia tych wydarzeń wlokły się za nim niczym drugi cień.

Próbuje o tym nie myśleć. Wielokrotnie widział, co wspomnienia potrafią zrobić z człowiekiem. Dlatego wciąż żyje na krawędzi czegoś, czego sam nie potrafi nazwać. Kiedy śni o tamtych latach, Tom, którego widzi w snach, ten, który ma na rękach ludzką krew, jest zaledwie ośmioletnim chłopcem. W snach to właśnie on staje naprzeciwko mężczyzn uzbrojonych w strzelby i bagnety i bezradny patrzy na własne skarpety, wiedząc, że aby je podciągnąć, będzie musiał odłożyć broń, która i tak ciąży mu w rękach. Jakby tego było mało, nigdzie nie może odnaleźć matki.

Po przebudzeniu trafia do świata pełnego wiatru, fal, światła i mechanizmów, które podtrzymują płomień i obracają światło, utrzymując je w ciągłym ruchu.

Gdyby tylko mógł uciec wystarczająco daleko — z dala od ludzi i wspomnień — czas uleczyłby rany.

* * *

Niewielka wyspa Janus Rock, oddalona tysiące mil od zachodniego wybrzeża, była najdalszym miejscem, do którego trafił wychowany w Sydney Tom. Tamtejsza latarnia morska była ostatnim zakątkiem Australii, który widział, gdy w 1915 roku wypływał do Egiptu na pokładzie transportowca. Powietrze pachniało eukaliptusami jeszcze długo po tym, jak stracił z oczu wybrzeże Albany, a gdy przestał czuć tę woń, ogarnęła go niewypowiedziana tęsknota. Kilka godzin później, w najodleglejszym zakątku swej ojczyzny zobaczył światło — pięciosekundowe błyski, których widok towarzyszył mu w czasie wojennej zawieruchy niczym wspomnienie pożegnalnego pocałunku. Kiedy w czerwcu 1920 roku dowiedział się o wolnej posadzie na wyspie Janus, miał wrażenie, że światło latarni go przyzywa.

Przycupnięta na krawędzi szelfu kontynentalnego Janus Rock cieszyła się złą sławą. I choć praca w tak trudnych warunkach oznaczała nieco wyższe zarobki, stare wygi mówiły, że nie jest warta tych pieniędzy, które i tak są niewielkie. Latarnik zastąpiony przez Toma, Trimble Docherty, wywołał prawdziwą burzę, kiedy zgłosił, że jego żona dawała znaki przepływającym statkom, wywieszając kolorowe flagi międzynarodowego kodu sygnałowego. To oburzyło ówczesne władze z dwóch powodów: po pierwsze, zastępca kierownika związku latarników zakazał używania flag na wyspie Janus, ponieważ przepływające statki, aby je zobaczyć, podpływały niebezpiecznie blisko brzegu, po drugie, żona Docherty'ego, która jakoby wywieszała flagi, od jakiegoś czasu nie żyła.

Nastąpiła gwałtowna wymiana korespondencji pomiędzy Fremantle i Melbourne. Zastępca kierownika z Fremantle przedstawił ludziom z centrali stanowisko obrony Docherty'ego i historię jego długoletniej służby, a ci postanowili przyjrzeć się pracy latarnika, kosztom i przestrzeganiu przez niego zasad. W końcu osiągnięto kompromis, zgodnie z którym Docherty poszedł na sześciomiesięczny przymusowy urlop, a jego miejsce na wyspie zajął Tom.

— W normalnych okolicznościach nie wysłalibyśmy tam jednej osoby, bo to odległe miejsce i rodzina może stanowić nie tylko oparcie, ale i wielką pomoc — zwrócił się naczelnik okręgu do Toma. — Ale ponieważ jest to sytuacja przejściowa... Wypłynie pan z Partageuse za dwa dni — dodał, składając podpis na półrocznym kontrakcie Toma.

* * *

Tom niewiele miał do załatwienia. Nie musiał się z nikim żegnać. Dwa dni później wszedł na trap z przerzuconym przez ramię workiem marynarskim. Parowiec o wdzięcznej nazwie *Prometheus* płynął niezmordowanie wzdłuż południowych wybrzeży Australii, zawijając do rozmaitych portów pomiędzy Sydney i Perth. Nieliczne kabiny zarezerwowane dla pasażerów podróżujących pierwszą klasą znajdowały się na górnym pokładzie, nieopodal dziobu. Płynący trzecią klasą Tom dzielił kabinę z podstarzałym marynarzem. „Pływam tą drogą od pięćdziesięciu lat. Nie mieliby czelności prosić mnie o pieniądze. Prawdziwy pech", powiedział radośnie marynarz i skupił się na wielkiej butelce wysokoprocentowego rumu. Zmęczony wdychaniem oparów alkoholowych Tom za dnia przechadzał się po pokładzie, czekając na wieczorną partyjkę kart.

* * *

Nietrudno było się domyślić, kto spędził wojnę na froncie, a kto przesiedział ją w domu. Ludzie ciągnęli do swoich. Siedzenie pod pokładem budziło wspomnienia transportowców, które zabrały ich na Bliski Wschód, a później dalej, do Francji. Wystarczyło wejść na pokład, by instynktownie wyczuć, kto jest oficerem, a kto niższy rangą.

Tak jak na transportowcach ludzie szukali tu rozrywki, która ożywi atmosferę i umili podróż. Gra, w którą grali, również wydawała się znajoma. Wygrywał ten, kto pierwszy zdobył coś, co należało do pasażera pierwszej klasy. Nie chodziło jednak o byle jaką rzecz, ale o damskie figi. Wygrana rosła dwukrotnie, jeśli trofeum zostało zdjęte z właścicielki.

Prowodyr, wąsaty mężczyzna nazwiskiem McGowan, o palcach pożółkłych od papierosów Woodbine, powiedział, że rozmawiał z jednym ze stewardów o liście gości: wybór był dość ograniczony. W dziesięciu kajutach mieszkali: prawnik z żoną (lepiej trzymać się od nich z daleka), kilka podstarzałych par, dwie stare panny (brzmiało obiecująco) oraz podróżująca samotnie córka jakiegoś człowieka z wyższych sfer.

— Przypuszczam, że moglibyśmy wspiąć się z boku i wejść przez okno — powiedział. — Kto idzie ze mną?

To, że przedsięwzięcie było ryzykowne, nie zaskoczyło Toma. Odkąd wrócił, słyszał wiele podobnych opowieści o mężczyznach ryzykujących życie dla kaprysu, skakali przez szlabany na przejazdach kolejowych i rzucali się w środek wiru, żeby zobaczyć, czy dadzą radę wypłynąć na powierzchnię. Wielu z tych, którzy uniknęli śmierci, podświadomie wciąż jej szukało. Jednak ci ludzie sami sobie byli panami, a ich słowa tylko czczymi przechwałkami.

* * *

Kolejnej nocy, kiedy dręczące go koszmary stały się nie do wytrzymania, Tom postanowił uciec przed nimi na pokład. Była druga. O tej porze mógł spacerować, gdzie tylko chciał, więc przechadzał się, patrząc na widoczną na wodzie srebrzystą

21

smugę księżycowego światła. Wszedł na górny pokład, chwytając się poręczy, i przez chwilę rozkoszował się łagodną bryzą, podziwiając usiane gwiazdami nocne niebo.

Kątem oka w iluminatorze jednej z kabin dostrzegł błysk. Najwidoczniej pasażerowie podróżujący pierwszą klasą również miewali problemy z zaśnięciem. Nagle obudził się w nim szósty zmysł — znajomy, nieokreślony instynkt, ostrzegający go przed niebezpieczeństwem. Najciszej jak mógł podkradł się do kabiny i zajrzał przez iluminator.

W skąpym świetle zobaczył kobietę, która tuliła się do ściany, choć stojący przed nią mężczyzna nie zdążył jej nawet dotknąć. Jego twarz dzielił zaledwie cal od twarzy kobiety, oczy patrzyły na nią pożądliwie. Tom potrzebował chwili, by rozpoznać w nim mężczyznę spod pokładu, i przypomniał sobie nagrodę. Cholerni idioci. Nacisnął klamkę i drzwi się otworzyły.

— Zostaw ją — powiedział, wchodząc do kabiny. Głos miał spokojny, ale stanowczy.

Mężczyzna odwrócił się, żeby spojrzeć na intruza, i widząc Toma, uśmiechnął się.

— Chryste! Myślałem, że to steward! Możesz mi pomóc, właśnie...

— Powiedziałem, żebyś dał jej spokój. Wynoś się. Natychmiast.

— Jeszcze nie skończyłem. Właśnie zamierzałem sprawić pani wielką przyjemność. — Cuchnął alkoholem i papierosami.

Tom położył mu rękę na ramieniu i ścisnął tak mocno, że mężczyzna krzyknął. Był dobre sześć cali niższy od Toma, a mimo to zamierzył się na niego. Tom złapał go za nadgarstek i wykręcił mu rękę. — Nazwisko i stopień!

— McKenzie. Szeregowy. CX-trzy-dwa-siedem-siedem. — Mężczyzna odruchowo podał swój numer identyfikacyjny.

— Szeregowy, proszę natychmiast przeprosić tę młodą damę, wrócić do kabiny i nie pokazywać się na pokładzie, dopóki nie zacumujemy. Zrozumiano?

— Tak jest! — McKenzie spojrzał na dziewczynę. — Proszę wybaczyć, panienko. Nie chciałem panienki skrzywdzić.

Przerażona kobieta niemal niezauważalnie skinęła głową.

— A teraz wynocha! — warknął Tom.

Mężczyzna w jednej chwili stracił pewność siebie i powłócząc nogami, wyszedł z kajuty.

— Nic pani nie jest? — zwrócił się Tom do kobiety.

— Chyba... chyba nie.

— Skrzywdził panią?

— Właściwie... — mówiła bardziej do siebie niż do niego — ...właściwie nawet mnie nie dotknął.

Tom przyjrzał się jej twarzy — szare oczy dziewczyny wydawały się nieco spokojniejsze. Jej ciemne włosy opadały miękkimi falami do połowy pleców, a pięści zaciskały się na kołnierzyku nocnej koszuli. Tom zdjął wiszący na haczyku szlafrok i zarzucił jej na ramiona.

— Dziękuję — odparła.

— Musiała się pani nieźle przestraszyć. Obawiam się, że niektórzy z nas odzwyczaili się od cywilizowanego towarzystwa.

Nie odpowiedziała.

— Ten człowiek nie będzie już pani niepokoił. — Postawił krzesło, które przewrócił, wchodząc do kabiny. — Może wnieść pani na niego skargę, ale obawiam się, że wojna wystarczająco namieszała mu w głowie.

Spojrzała na niego pytająco.

— Walka na froncie zmienia ludzi. Niektórzy przestają dostrzegać różnicę między dobrem a złem. — Ruszył do wyjścia, jednak w ostatniej chwili się odwrócił. — Ma pani wszelkie prawo, by wnieść przeciwko niemu oskarżenie, ale myślę, że i bez tego ma dość kłopotów. Tak jak mówiłem, wszystko zależy od pani. — Po tych słowach wyszedł z kajuty.

ROZDZIAŁ 2

Point Partageuse został nazwany na cześć francuskich od-
krywców, którzy nanieśli na mapę przylądek w południowo-
-zachodniej części Australii na długo przed tym, zanim Brytyj-
czycy zaczęli kolonizować zachód, w 1826 roku. Od tamtej
pory osadnicy wędrowali z Albany na północ i na południe
z kolonii Swan River, roszcząc sobie prawo do napotykanych
po drodze dziewiczych lasów. Wysokie niczym katedry drzewa
ustąpiły miejsca pastwiskom. W leśnej głuszy powstawały
prymitywne drogi, wyrąbywane kawałek po kawałku przez
białoskórych mężczyzn, którym towarzyszyły zaprzęgi silnych,
potężnych koni. Ziemia, która nigdy dotąd nie zaznała ingerencji
człowieka, była wypalana i obdzierana ze skóry, oznaczana na
mapach i mierzona przez tych, którzy postanowili spróbować
szczęścia na półkuli, gdzie czekały na nich rozpacz, śmierć
albo niewyobrażalne bogactwa.

Mieszkańcy Partaguese byli niczym drobinki kurzu na wietrze, które osiadły w miejscu, gdzie jeden ocean łączył się
z drugim. To tu znaleźli wodę pitną, naturalny port i urodzajną

glebę. Tutejszy port nie mógł się równać z tym, który wybudowano w Albany, jednak wystarczał miejscowym do transportu drewna sandałowego i wołowiny. W okolicy, niczym porosty na skale, rozkwitały kolejne interesy. Niebawem w miasteczku powstała szkoła, rozmaite kościoły, domy z cegły oraz kamienia i kolejne z desek i blachy. Tuż po nich sklepy, ratusz, a nawet filia agencji rolnej Dalgety'ego. I puby. Mnóstwo pubów.

* * *

W początkowym okresie rozwoju miasta mieszkańcy Point Partageuse wierzyli, że prawdziwe życie toczy się gdzieś indziej. Wieści ze świata napływały powoli niczym skapujące z liści krople deszczu — strzęp informacji tu, plotka tam. Po pojawieniu się linii telegraficznej w 1890 roku życie w miasteczku nabrało tempa, zwłaszcza gdy w nielicznych domach pojawiły się pierwsze telefony. W 1899 roku miasteczko wysłało swoje oddziały do Transwalu i straciło kilku mieszkańców, mimo to życie w Partageuse nadal płynęło spokojnie i leniwie: nie należało się spodziewać niczego wyjątkowo okropnego ani też cudownego.

Inne miasteczka na zachodzie postrzegały rzeczy zupełnie inaczej. Na przykład Kalgoorie, wybudowane setki mil od wybrzeża, z ukrytymi pod pustynią podziemnymi rzekami złota. Przybysze napływali do miasta uzbrojeni w taczki i sita, a wyjeżdżali samochodami, które kupili za bryłki złota wielkości kociąt. Nic dziwnego, że tamtejsze ulice nazywano imionami takich ludzi, jak mityczny Krezus. Kalgoorie miało to, czego pragnął świat. To, co mieli do zaoferowania mieszkańcy Point Partageuse — drewno sandałowe — było niczym w porównaniu z trawiącą Kal gorączką złota.

Sytuacja zmieniła się w 1914 roku, kiedy mieszkańcy Partageuse odkryli, że oni również mają coś, czego pożąda świat: mężczyzn. Młodych, silnych i zdrowych mężczyzn. Mężczyzn, którzy całe życie machali siekierami, orali ziemię i walczyli o przetrwanie. Którzy mieli stać się pierwszymi ofiarami złożonymi na ołtarzach wojny toczącej się na drugim końcu świata.

Rok 1914 był rokiem flag i pachnących nowością mundurów. Rok później życie w Point Partageuse nabrało innego wymiaru. Nagle przestało być nieciekawie i spokojnie, gdy zamiast rosłych ukochanych mężów i synów do miasteczka zaczęły napływać kolejne telegramy. Skrawki papieru wypadały z odrętwiałych kobiecych rąk i unosiły się na wietrze, zabierając ze sobą lakoniczną wiadomość, że chłopiec, którego karmiły piersią, kąpały i beształy, nie wróci do domu. Świat późno upomniał się o mieszkańców Point Partageuse i już na początku zażądał od nich ofiar.

Naturalnie utrata dzieci była czymś, z czym należało się pogodzić. Nikt nie mógł zagwarantować, że poczęcie zakończy się udanym porodem ani że udany poród będzie gwarancją długiego i szczęśliwego życia. Natura dbała o to, by tylko silne, szczęśliwe jednostki dostąpiły życia w raju. By się o tym przekonać, wystarczyło zajrzeć do Biblii. Miejscowy cmentarz również opowiadał historie dzieci, które z powodu ukąszenia węża, gorączki albo upadku z wozu w końcu posłuchały słów matczynej kołysanki i *zamknęły swe oczęta*. Te, które przeżyły, przyzwyczajały się do tego, że na stole pojawiał się jeden talerz mniej, tak jak przyzwyczajały się do ścisku, jaki panował w domu, gdy na świat przychodziło rodzeństwo. Niczym na polach pszenicy, obsianych gęściej niż to konieczne, Bóg zsyłał do Point Partageuse dzieci i zabierał je do siebie według jakiegoś tajemniczego niebiańskiego kalendarza.

Władze miejscowego cmentarza skrupulatnie odnotowywały każdy z tych przypadków, a posępne, samotne nagrobki nie pozwalały zapomnieć o dziesiątkach niewinnych istnień, które odeszły z tego świata z powodu grypy, utonięcia, przygniecione drzewami czy rażone piorunem. Jednak w 1915 roku rejestry zaczęły kłamać. Chłopcy i mężczyźni nieustannie tracili życie, a mimo to cmentarne księgi nie wspominały o nich ani słowem.

Prawda była taka, że ciała chłopców leżały w błocie z dala od rodzinnych domów. Władze robiły, co mogły. Tam, gdzie pozwalały na to warunki, kopano groby. Jeśli zebrane szczątki umożliwiały identyfikację ciała, dokładano wszelkich starań, by tak się stało, i zapewniano ofierze godny pochówek. Prowadzono rejestry. Nieco później zaczęto robić fotografie grobów i za sumę dwóch funtów, jednego szylinga i sześciu pensów rodzina mogła kupić specjalną pamiątkową tabliczkę. Z upływem czasu pojawiały się kolejne pomniki ku czci poległych. Ludzie przestali rozpamiętywać straty i zaczęli mówić o tym, co dzięki nim zyskali. Zwycięstwo miało upojny smak, choć, jak mawiali niektórzy: „Zwycięstwo okupione śmiercią to żadne zwycięstwo".

* * *

Bez mężczyzn Point Partageuse przypominał dziurawy szwajcarski ser. I nie chodziło o nabór. Nikt nie zmuszał tych mężczyzn, by szli i walczyli.

Jednak przewrotny los najokrutniej obszedł się ze „szczęściarzami", którzy wrócili do domu, do czystego mieszkania, wystrojonych dzieci i psa z przywiązaną do obroży kolorową wstążką. Psy zwykle jako pierwsze zauważały, że coś jest nie tak. Nie chodziło o to, że niektórzy z nich stracili oko albo nogę. Po powrocie zachowywali się tak, jakby utracili znacznie więcej, jakby ich myśli dryfowały w zupełnie innym miejscu, daleko od ciała.

Na przykład taki Billy Wishart z młyna Sadlera. Ma trójkę dzieci i żonę, o jakiej marzy każdy mężczyzna. Po powrocie zaczął pić i nie jest w stanie podnieść do ust łyżki z zupą. Ręce drżą mu tak bardzo, że nie potrafi sam zapiąć guzików. Wieczorem kładzie się do łóżka w ubraniu i zwinięty w kłębek szlocha jak dziecko. Albo młody Sam Dowsett, który przeżył bitwę o Gallipoli* tylko po to, by pod Bullecourt stracić obie ręce i połowę twarzy. Jego owdowiała matka nie może spać, myśląc o tym, kto zaopiekuje się chłopcem, kiedy jej zabraknie. Żadna dziewczyna w okolicy nie jest na tyle głupia, by wyjść za kogoś, kto przypomina dziurawy szwajcarski ser.

Przez długi czas ludzie mieli zdziwione miny wytwornych graczy, których nagle poinformowano, że reguły gry uległy zmianie. Pocieszali się myślą, że ich chłopcy nie zginęli na próżno i stali się częścią wspaniałej walki o słuszną sprawę. Były chwile, kiedy naprawdę w to wierzyli, i z trudem powstrzymywali pełen rozpaczy, wściekły wrzask, który od dawna więzł w gardłach.

* * *

Po wojnie ludzie szukali wytłumaczenia dla tych, którzy wracając z frontu, nie stronili od alkoholu, bijatyk i nie potrafili

---

* W bitwie o półwysep Gallipoli w Turcji, toczonej od 25 kwietnia do 9 stycznia 1916 r. i zakończonej fiaskiem państw entanty, zginęło prawie 9 tysięcy Australijczyków.

utrzymać pracy dłużej niż kilka dni. Miejscowi przedsiębiorcy jakoś sobie radzili. Kelly wciąż był właścicielem sklepu spożywczego. Stary Len Bradshaw nadal prowadził sklep mięsny, choć młody Len tylko czekał, kiedy przejmie jego interes; wystarczyło spojrzeć, jak szarogęsił się za ladą i sięgał po kotlet albo świński ryj. Pani Inkpen (której imię pozostawało tajemnicą, choć siostra mówiła do niej Popsy) zaczęła zarządzać kuźnią, kiedy jej mąż Mack zginął w bitwie pod Gallipoli. Była twarda jak żelazo, którym podkuwano końskie kopyta. Jej pracownicy, potężni mężczyźni, zawsze zwracali się do niej z szacunkiem — „Tak, pani Inkpen", „Nie, pani Inkpen", „Trzy pełne worki, pani Inkpen" — choć w porównaniu z nimi była prawdziwą kruszyną.

Ludzie wiedzieli, komu udzielić kredytu, do kogo pójść po pożyczkę i komu wierzyć, kiedy wracali z towarem i domagali się zwrotu pieniędzy. Sklep tekstylno-pasmanteryjny Mouchemore'a przeżywał prawdziwe oblężenie koło Bożego Narodzenia i Wielkanocy, a późną jesienią zarabiał krocie na sprzedaży wełny i damskiej bielizny. Larry Mouchemore, gładząc wąsy, poprawiał wszystkich tych, którzy niepoprawnie wymawiali jego nazwisko (bardziej jak „mów", nie jak „mysz") i z obawą spoglądał na panią Thurkle, która ubzdurała sobie, że tuż obok otworzy zakład kuśnierski. Sklep z futrami? W Point Partageuse? Wyobrażacie sobie? Uśmiechał się łagodnie, kiedy pół roku później sklep został zamknięty. W akcie „sąsiedzkiej życzliwości" kupił resztę towarów, które sprzedał za pokaźną sumę kapitanowi parowca płynącego do Kanady, gdzie — zdaniem kapitana — ludzie oszaleli na punkcie futer.

W 1920 roku mieszkańcy Point Partageuse poczuli dumę okupioną bolesnymi doświadczeniami, tak charakterystyczną dla każdego miasteczka na zachodzie Australii. Pośrodku zielonego skweru, nieopodal głównej ulicy, stanął granitowy obelisk z nazwiskami chłopców i mężczyzn, którzy nie wrócą już do domów, by zaorać pola i ściąć drzewa, choć wielu mieszkańców wciąż czekało na ich powrót. Stopniowo życie w miasteczku wróciło do normy, przypominając tkaninę, w której każda nić splatała się z innymi poprzez szkołę, pracę i małżeństwo, tworząc misterny wzór niewidoczny dla ludzi z zewnątrz.

Janus Rock — łódź z zapasami przypływała tu cztery razy w roku — wisiała na skraju tej tkaniny niczym oberwany guzik, który lada chwila oderwie się i spadnie na Antarktydę.

* * *

Długie wąskie molo w Point Partageuse zrobiono z tego samego drewna, które przewożono wagonami, by załadować je na statki. Wody rozległej zatoki, nad którą zbudowano miasto, przypominały płynny turkus. W dniu, kiedy statek Toma zacumował, lśniły niczym polerowane szkło.

W porcie zapanowało ożywienie. Mężczyźni krzątali się, ładując i rozładowując towary, dźwigali je i siłowali się z ładunkiem pośród krzyków i gwizdów. To samo działo się na brzegu, gdzie ludzie pojawiali się i znikali, przychodząc pieszo albo przyjeżdżając wozami zaprzężonymi w konie.

Jedyną osobą, która nie brała udziału w tej krzątaninie, była młoda kobieta karmiąca chlebem stado mew. Śmiejąc się, rozrzucała okruchy i patrzyła, jak ptaki, krzycząc, wykłócają się o najlepsze kąski. Mewa w locie pochwyciła smakołyk i zanurkowała po kolejny, czym jeszcze bardziej rozbawiła dziewczynę.

31

Tom miał wrażenie, że minęły lata, odkąd ostatni raz słyszał tak szczery, niewinny śmiech. Było pogodne zimowe popołudnie, a on nigdzie się nie spieszył i nie miał nic do roboty. Popłynie na Janus Rock dopiero za kilka dni, po tym jak spotka się z właściwymi ludźmi i podpisze odpowiednie dokumenty. Tymczasem nie musiał wypełniać żadnych rejestrów, polerować pryzmatów ani dolewać paliwa do zbiorników. Miał przed sobą szczęśliwą roześmianą dziewczynę — dowód, że wojna naprawdę się skończyła. Usiadł na ławce nieopodal molo, pozwalając, by promienie słońca pieściły jego twarz. Patrzył na nieznajomą, na długie ciemne włosy, falujące jak rzucona na wiatr rybacka sieć. Spoglądał na jej palce, kreślące w powietrzu skomplikowane wzory. Dopiero po chwili zauważył, jaka jest ładna, może nawet piękna.

— Dlaczego się uśmiechasz? — Głos dziewczyny wyrwał go z zadumy.

— Przepraszam. — Tom poczuł, że się czerwieni.

— Nigdy nie przepraszaj za to, że się uśmiechasz! — powiedziała głosem, w którym pobrzmiewał smutek, ale po chwili jej twarz pojaśniała. — Nie jesteś z Partageuse.

— Rzeczywiście, nie jestem.

— Ja mieszkam tu od urodzenia. Chcesz trochę chleba?

— Dzięki, nie jestem głodny.

— Nie dla ciebie, głuptasie! Dla mew.

Wyciągnęła ku niemu pociemniałą skórkę chleba. Rok temu, może jeszcze wczoraj, Tom odmówiłby i odszedł. Jednak ciepło, poczucie wolności, uśmiech dziewczyny i coś, czego nie potrafił nazwać, sprawiło, że przystał na jej propozycję.

— Założę się, że więcej mew przyleci do mnie niż do ciebie — zaszczebiotała.

— W porządku! Sama tego chciałaś! — odparł.

— W takim razie zaczynajmy! — krzyknęła, śmiejąc się. Cisnęli w powietrze garść okruchów i pochylili głowy, gdy rozwrzeszczane mewy rzuciły się na jedzenie, nurkując w powietrzu i tłukąc wściekle skrzydłami.

— Kto wygrał? — spytał ze śmiechem Tom, gdy w jego ręku nie został już kawałek chleba.

— Och! Zapomniałam policzyć. — Dziewczyna wzruszyła ramionami. — Powiedzmy, że był remis.

— Dobrze. — Założył czapkę i sięgnął po płócienny worek. — Lepiej już pójdę. Dzięki. Było miło.

— To tylko głupia zabawa — zauważyła z uśmiechem.

— W takim razie dziękuję za przypomnienie mi, że głupie zabawy mogą być miłe. — Zarzucił worek na barczyste ramię i odwrócił się w stronę miasta. — Miłego popołudnia, panienko.

* * *

Tom zadzwonił do drzwi pensjonatu przy głównej ulicy. Dom należał do pani Mewett, korpulentnej kobiety po sześćdziesiątce.

— W liście napisano, że jest pan kawalerem i pochodzi ze wschodniego wybrzeża, tak więc byłabym wdzięczna, gdyby pamiętał pan, że jesteśmy w Point Partageuse. To chrześcijańska placówka. Palenie tytoniu i spożywanie alkoholu na terenie pensjonatu jest zabronione.

Tom spodziewał się, że kobieta wręczy mu klucz, jednak ona ściskała go w dłoni i ani myślała oddać.

— Proszę zapomnieć o dawnych zwyczajach. Zmienię prześcieradło po pańskim wyjeździe i mam nadzieję, że nie będę musiała go szorować, jeśli wie pan, co mam na myśli. Drzwi zamykamy o dwudziestej drugiej, śniadanie podajemy o szóstej. Kto nie zejdzie na czas, będzie chodził głodny. Herbatkę pijamy o siedemnastej trzydzieści; w tym przypadku również nie czekamy na spóźnialskich. Lunch proszę jadać na mieście.

— Bardzo dziękuję, pani Mewett — odparł Tom. Postanowił zachować powagę na wypadek, gdyby uśmiech oznaczał złamanie kolejnej zasady.

— Ciepła woda to dodatkowy szyling tygodniowo. Od pana zależy, czy chce pan z niej skorzystać, czy też nie. Z doświadczenia wiem, że w pańskim wieku zimna woda jeszcze nikomu nie zaszkodziła. — Po tych słowach wręczyła mu klucz do pokoju. Kiedy, utykając, ruszyła w głąb korytarza, Tom zastanawiał się, czy istnieje ktoś taki jak pan Mewett, który choć trochę lubi tę kobietę.

W małym pokoju na tyłach domu wyjął zawartość płóciennego worka, ustawiając mydło i przybory do golenia na jedynej półce. Złożył kalesony i razem ze skarpetami schował je do szuflady. Na koniec otworzył wąską szafę i powiesił w niej trzy koszule, dwie pary spodni, garnitur i krawat. Włożył do kieszeni książkę i wyruszył na zwiedzanie miasta.

* * *

Jedynym obowiązkiem Toma Sherbourne'a w Point Partageuse był obiad w towarzystwie kapitana portu i jego żony. Kapitan Percy Hasluck odpowiadał za wszystko, co działo się w porcie, i tradycją było, że kolejni latarnicy z Janus Rock przed wypłynięciem na wyspę jedli z nim uroczysty obiad.

Tom umył się i ogolił, nałożył brylantynę na włosy, przygładził je, przypiął kołnierzyk i włożył garnitur. Słoneczna pogoda ostatnich dni ustąpiła miejsca niskim chmurom i mroźnemu antarktycznemu wiatrowi, więc zdecydował, że lepiej będzie, jeśli włoży ciężki dwurzędowy płaszcz.

Wyszedł z pensjonatu wcześniej, niż było to konieczne, i dotarł do domu kapitana grubo przed czasem. Gospodarz powitał go ciepłym, szerokim uśmiechem, a gdy Tom przeprosił za tak wczesne najście, „pani kapitan Hasluck", jak mówił o niej mąż, klasnęła i zaszczebiotała:

— Boże jedyny, panie Sherbourne! Proszę nie przepraszać za to, że zaszczycił nas pan swoją obecnością, zwłaszcza że przyniósł pan takie piękne kwiaty. — Mówiąc to, powąchała róże, które Tom za dodatkową opłatą zerwał w ogrodzie pani Mewett. Kobieta zadarła głowę, żeby lepiej mu się przyjrzeć. — Dobry Boże! Jest pan prawie tak wysoki jak ta latarnia! — powiedziała i zaśmiała się z własnego żartu.

Kapitan wziął kapelusz i płaszcz Toma.

— Zapraszam do salonu.

— Powiedział pająk do muchy! — dodała śpiewnym głosem jego żona.

— Sam pan widzi, że moja małżonka to prawdziwa żartownisia! — skomentował kapitan. Tom zaczął się obawiać, że czeka go długi i męczący wieczór.

— Sherry? A może szklaneczkę porto? — spytała pani kapitanowa.

— Okaż trochę litości i przynieś biedakowi butelkę piwa — poprosił ze śmiechem kapitan Hasluck. Poklepał Toma po plecach. — A teraz siadaj, młodzieńcze, i opowiedz mi o sobie.

Na szczęście w tym samym momencie ktoś zadzwonił do drzwi.

— Przepraszam — bąknął kapitan. Chwilę później Tom usłyszał w korytarzu jego donośny głos: — Cyrilu, Bertho. Jak miło, że przyszliście. Pozwólcie, że wezmę wasze kapelusze.

Pani kapitanowa wróciła do salonu ze srebrną tacą, na której stała butelka piwa i szklanki.

— Pomyśleliśmy, że zaprosimy kilkoro znajomych, żeby przedstawić pana miejscowym. Partageuse to niezwykle przyjazne miejsce.

Wraz z kapitanem do pokoju weszli kolejni goście: Cyril Chipper, pulchny prezes lokalnego zarządu dróg, i jego żona Bertha, chuda jak szczapa, ponura kobieta.

— No i co pan sądzi o lokalnych drogach? — zagadnął Toma Cyril, kiedy tylko zostali sobie przedstawieni. — Szczerze. Jak wypadają na tle wschodu?

— Ależ Cyrilu, daj spokój temu biednemu człowiekowi — zbeształa go żona. Tom dziękował Bogu nie tylko za tę interwencję, ale także za to, że w głębi domu znów rozległ się dźwięk dzwonka.

— Bill, Violet, jak miło was widzieć! — wykrzyknął kapitan, otwierając drzwi. — No, no, młoda damo, muszę przyznać, że z dnia na dzień robisz się coraz piękniejsza.

Chwilę później wrócił do salonu w towarzystwie postawnego mężczyzny z siwymi wąsami i jego żony, krzepkiej, rumianej kobiety.

— To Bill Graysmark, jego żona, Violet, i ich córka... — odwrócił się — ...gdzie ona się podziała? W każdym razie Bill i Violet mają córkę, która gdzieś tu się kręci. Przypuszczam, że niebawem do nas dołączy. Bill jest dyrektorem szkoły w Partageuse.

— Miło mi pana poznać. — Tom uścisnął rękę mężczyzny i ukłonił się jego żonie.

— A zatem — zaczął Bill Graysmark — jest pan gotowy zamieszkać na Janus Rock?

— Mam nadzieję, że wkrótce się przekonam — odparł Tom.

— To ponure miejsce.

— Nie jest pan pierwszą osobą, która mi o tym mówi.

— Na Janus Rock nie ma dróg — wtrącił Cyril Chipper.

— Tak, to oczywiste — odrzekł uprzejmie Tom.

— Nie mam najlepszego zdania o miejscach, w których nie ma dróg — ciągnął Chipper takim tonem, jakby rozprawiał o kwestiach moralnych.

— Brak dróg będzie najmniejszym z twoich problemów, synu — zauważył Graysmark.

— Proszę, tatku, daj spokój. — Tom stał plecami do drzwi, kiedy do salonu weszła córka dyrektora. — Twoje ponure opowieści są ostatnią rzeczą, jakiej potrzeba temu biednemu człowiekowi.

— Ach! Mówiłem, że niebawem do nas dołączy — przypomniał radośnie kapitan Hasluck. — Oto Isabel Graysmark. Isabel, poznaj, proszę, pana Sherbourne'a.

Tom wstał, a gdy się odwrócił, zobaczył znajomą twarz. Zamierzał napomknąć coś o mewach, jednak dziewczyna uciszyła go uprzejmym:

— Miło mi pana poznać, panie Sherbourne.

— Proszę mi mówić Tom — powiedział, myśląc, że może rzeczywiście nie powinna spędzać popołudni, dokarmiając portowe ptaki. Zastanawiał się też, co kryje się za tajemniczym uśmiechem Isabel Graysmark.

* * *

W czasie kolacji Hasluckowie raczyli Toma opowieściami o Point Partageuse i latarni, którą zbudowano za życia ojca kapitana.

— Jest niezwykle istotna dla handlu — zapewnił kapitan portu. — Ocean Południowy jest wystarczająco zdradziecki na powierzchni, nie mówiąc o pasmach podwodnych gór. Każdy wie, że bezpieczny transport jest kluczem do sukcesu.

— To oczywiste, iż prawdziwą podstawą transportu są dobre drogi. — Chipper próbował sprowadzić rozmowę na jedyny znany sobie temat.

Tom udawał, że słucha go z zainteresowaniem, jednak wciąż zerkał na Isabel. Siedząc nieco z boku, niezauważona przez resztę towarzystwa, przedrzeźniała Cyrila Chippera, gestykulując i robiąc zabawne miny.

Widząc to, Tom próbował zachować powagę, jednak w pewnej chwili wybuchnął śmiechem, który natychmiast zmienił w udawany atak kaszlu.

— Wszystko w porządku, Tom? — spytała żona kapitana. — Przyniosę ci wody.

Nawet na nią nie spojrzał i zanosząc się kaszlem, bąknął tylko:

— Dziękuję. Pójdę z panią. Nie mam pojęcia, skąd ten kaszel.

Kiedy wstał, Isabel spoważniała i zwróciła się do Chippera:

— Kiedy Tom wróci, musi mu pan koniecznie opowiedzieć o drogach z drewna eukaliptusa. — Zaraz potem spojrzała na Toma. — Pospiesz się, bo pan Chipper ma w zanadrzu całe mnóstwo ciekawych opowieści. — Uśmiechnęła się niewinnie, choć Tom mógłby przysiąc, że kąciki jej ust nieznacznie drgnęły.

* * *

Kiedy spotkanie dobiegało końca, goście życzyli Tomowi wszystkiego dobrego podczas pobytu na wyspie Janus.

— Wyglądasz na mężczyznę ulepionego z twardej gliny — zauważył Hasluck. Bill Graysmark skwitował jego słowa skinieniem głowy.

— Cóż, dziękuję. Miło było państwa poznać. Tom ściskał ręce dżentelmenom i kłaniał się paniom. — Dziękuję, że zadbała pani o to, by wprowadzono mnie w tajniki budowy dróg na zachodzie Australii — zwrócił się szeptem do Isabel. — Szkoda, że nie miałem okazji się zrewanżować. — Chwilę później goście opuścili dom kapitana i wyszli w chłodną zimową noc.

ROZDZIAŁ 3

Windward Spirit, łódź zaopatrująca wszystkie latarnie morskie wzdłuż tej części wybrzeża, była starą łajbą, o której Ralph Addicott mówił, że jest wierna jak pies. Stary Ralph pływał na niej od lat i chwalił się, że ma najlepszą pracę na świecie.

— Ty pewnie jesteś Tom Sherbourne — zagaił, kiedy Tom bladym świtem wyruszał w swą pierwszą podróż na Janus Rock. — Witam na pokładzie! — Mówiąc to, wskazał gołe deski i łuszczącą się od morskiej soli farbę.

— Miło mi pana poznać. — Tom uścisnął dłoń mężczyzny. Silnik pracował na jałowym biegu i powietrze wypełniał zapach spalin. Temperatura w kabinie była niewiele wyższa od panującego na zewnątrz, przenikliwego chłodu potęgowanego przez gwałtowne podmuchy wiatru.

W luku na tyłach kabiny pojawiła się burza czerwonych loków.

— Wygląda na to, że możemy płynąć, Ralph. Łajba jest gotowa — oświadczył ich właściciel, młody chłopak.

— Bluey, to jest Tom Sherbourne — przedstawił Toma Ralph.

— Witam — rzucił radośnie chłopak, przeciskając się przez luk.

— Dzień dobry.

— Cholerna pogoda! Mam nadzieję, że spakowałeś wełniane kalesony. Skoro tu jest tak zimno, to nie wyobrażam sobie, co będzie na Janus Rock — dodał Bluey, chuchając w dłonie.

Podczas gdy oprowadzał Toma po łodzi, kapitan po raz ostatni sprawdził osprzęt. Kawałkiem starej flagi przetarł brudny od morskiej soli barometr i krzyknął:

— Przygotować liny. Wypływamy! — Otworzył przepustnicę. — No, dalej, staruszko, w drogę — mruknął, wyprowadzając łódź z przystani.

Tom przyjrzał się wiszącej na tablicy mapie. Nawet powiększona do tej skali, wyspa Janus przypominała niewielką plamkę pośród ławicy innych wysp. Spojrzał na bezkresne morze i odetchnął gęstym słonym powietrzem. Nie oglądał się za siebie, żeby się przypadkiem nie rozmyślić.

W miarę jak oddalali się od brzegu, woda pod nimi stawała się coraz głębsza, a jej kolor przywodził na myśl ciemną glebę. Od czasu do czasu Ralph pokazywał Tomowi coś ciekawego — morskiego orła albo stado delfinów dokazujących przed dziobem. W pewnej chwili, daleko na horyzoncie, dostrzegli komin parowca. Co jakiś czas Bluey wychodził z kambuza, racząc ich gorącą herbatą w wyszczerbionych emaliowanych kubkach. Ralph opowiadał historie o szalejących na morzu sztormach i dramatycznej sytuacji latarni w tej części wybrzeża. W zamian za to Tom uraczył go opowieściami o życiu w zatoce Byron i na wyspie Maatsuyker, tysiące mil na wschód.

— Skoro przetrwałeś na Maatsuyker, istnieje szansa, że przeżyjesz na Janus Rock — skwitował Ralph. Zerknął na zegarek. — Może się zdrzemniesz? Przed nami jeszcze długa droga, chłopcze.

* * *

Kiedy po krótkiej drzemce Tom wyszedł na pokład, Bluey przemawiał ściszonym głosem do Ralpha, który słuchając go, kręcił głową.

— Chcę tylko wiedzieć, czy to prawda. Przecież nic się nie stanie, jeśli go o to spytam — upierał się Bluey.

— Spytasz mnie o co? — wtrącił się Tom.

— Czy... — Bluey zerknął na Ralpha. Rozdarty między ciekawością a obawą przed niezadowoleniem malującym się na twarzy kapitana, zaczerwienił się i się nie odezwał.

— W porządku. To nie moja sprawa — mruknął Tom, spoglądając na spiętrzone wody, szare jak skóra foki.

— Byłem za młody. Mama nie pozwoliła mi dodać sobie lat, żebym mógł się zaciągnąć. Słyszałem, że...

Tom spojrzał na chłopaka i uniósł pytająco brwi.

— Podobno został pan odznaczony Krzyżem Wojskowym — powiedział Bluey. — Wyczytali to w pańskich papierach.

Tom wpatrywał się w wodę. Widząc to, Bluey posmutniał i wyglądał na speszonego.

— Chodzi o to, że jestem dumny, iż mogłem uścisnąć rękę prawdziwego bohatera.

— Kawałek mosiądzu nie czyni człowieka bohaterem — odparł Tom. — Większość tych, którzy naprawdę zasłużyli na medale, odeszła z tego świata. Na twoim miejscu nie ekscytował-bym się tak bardzo — dodał i odwrócił się, by spojrzeć na mapę.

* * *

— Oto i ona! — wykrzyknął Bluey, podając Tomowi lornetkę.

— Miejsce, które przez kolejne sześć miesięcy będziesz nazywał domem. — Ralph zachichotał.

Tom spojrzał przez lornetkę na wyspę, która wyłaniała się z wody niczym ogromny morski potwór. Widoczny z daleka klif był najwyższym punktem Janus Rock, dalej teren opadał łagodnie aż do przeciwległego brzegu.

— Stary Neville ucieszy się na nasz widok — rzekł Ralph. — Nie był zadowolony, kiedy przez Trimble'a ściągnęli go z emerytury. Ale prawda jest taka, że żaden latarnik nie zostawi latarni bez nadzoru, bez względu na to, jak bardzo na nią psioczył. Lepiej, żebyś wiedział, że Neville Whittnish nie należy do wesołków. Nie jest też zbyt rozmowny.

Molo ciągnęło się dobre sto stóp od linii brzegu. Zbudowano je na palach wystarczająco wysokich, by przetrwały najwyższe przypływy i najgwałtowniejsze sztormy. Wielokrążek był otaklowany, gotowy wciągnąć zapasy na szczyt urwistego wzniesienia, do budynków gospodarczych. Na brzegu czekał na nich ponury mężczyzna po sześćdziesiątce, o ogorzałej od wiatru, pobrużdżonej twarzy.

— Ralph. Bluey — powitał ich niedbałym skinieniem głowy. — Ty pewnie jesteś moim zastępcą — zwrócił się do Toma.

— Tom Sherbourne. Miło mi pana poznać — odparł Tom, wyciągając rękę.

Mężczyzna spojrzał na niego nieobecnym wzrokiem, jakby potrzebował chwili, żeby przypomnieć sobie, co właściwie oznacza ten gest. W końcu potrząsnął ręką Toma, jakby chciał się przekonać, czy jego zastępca ma silne ramiona.

— Tędy — mruknął i nie czekając, aż Tom zbierze swoje rzeczy, powlókł się w stronę latarni. Było wczesne popołudnie i po wielu godzinach spędzonych na wzburzonym morzu Tom czuł się nieswojo, mając pod stopami twardy grunt. Zarzucił worek na plecy i zataczając się, ruszył za latarnikiem, zostawiając z tyłu Ralpha i Blueya, którzy rozładowywali zapasy.

— Chatka latarnika — oznajmił Whittnish, kiedy zbliżyli się do niskiego budynku z dachem z blachy falistej. Tom dostrzegł trzy zbiorniki na deszczówkę i szereg budynków gospodarczych, w których przechowywano zapasy dla domu i latarni. — Możesz zostawić worek w korytarzu — dodał, otwierając drzwi. — Musisz się dużo nauczyć. — Odwrócił się na pięcie i ruszył prosto do wieży. Chociaż miał swoje lata, jego krok pozostał pewny i sprężysty.

Tom zauważył, że kiedy Whittnish mówił o latarni, jego głos się zmieniał; jakby opowiadał o wiernym psie albo ukochanej róży.

— Nawet po tylu latach wciąż jest piękna — powiedział. Zbudowana z białego kamienia, mierząca sto trzydzieści stóp wieża wyglądała na tle ciemnoszarego nieba jak stojący nad krawędzią klifu ogromny kawał kredy. Tom był zaskoczony nie tylko jej rozmiarami, ale i smukłą elegancją.

To, co zobaczył za zielonymi drzwiami, wyglądało mniej więcej tak, jak się spodziewał. Wystarczyło kilka kroków, by przejść z jednego końca pomieszczenia na drugi. Kroków, które rozbrzmiewały w ciszy niczym huk zbłąkanych kul, odbijając się echem od pomalowanej zieloną farbą podłogi i pobielonych wapnem ścian. Nieliczne meble — dwie szafki i mały stolik — ustawiono na tyłach pomieszczenia, gdzie kuliły się pod ścianami niczym banda garbusów. Pośrodku stał ciężki metalowy cylinder, sięgający wysoko w górę, aż do laterny.

W jego wnętrzu umieszczono ciężarki mechanizmu, który pierwotnie obracał układem optycznym.

Na górę prowadziły wąskie spiralne schody, które znikały za metalowym podestem wysoko w górze. Tom wszedł za latarnikiem na kolejny, jeszcze węższy poziom, i dalej w górę wąską spiralą schodów, aż dotarli na piąte piętro, tuż poniżej laterny — administracyjnego serca latarni. W niewielkim pomieszczeniu stało biurko z rejestrami, aparat telegraficzny i lornetka. Naturalnie nie było w nim łóżka ani wygodnych foteli, zamiast tego w pokoju stało twarde drewniane krzesło z wysokim oparciem. Kolejne pokolenia mocnych, zgrubiałych rąk sprawiły, że jego poręcze były gładkie i lekko błyszczące.

Tom zauważył, że należy wyczyścić barometr, jednak coś innego zwróciło jego uwagę. Kiedy spojrzał na mapy, dostrzegł kłębek wełny z wetkniętymi w środek drutami i kawałkiem czegoś, co wyglądało jak początek szalika.

— To starego Docherty'ego — wyjaśnił Whittnish.

Tom wiedział, że w chwilach spokoju latarnicy zajmują się rozmaitymi rzeczami: rzeźbią figury szachowe w muszlach lub drewnie, a robienie na drutach jest równie popularne.

Whittnish przejrzał dziennik i zapiski dotyczące pogody, a chwilę później poprowadził Toma piętro wyżej, na szczyt latarni. Szkło laterny przypominało gładką taflę, tu i ówdzie poprzecinaną astragalami, które trzymały szyby na miejscu. Na zewnątrz wieżę okalała metalowa galeria z niebezpiecznie wyglądającą drabiną, połączoną z wąskim pomostem, tuż pod wiatrowskazem kołyszącym się na wietrze.

— Jest piękna — przyznał Tom. Patrzył na umieszczoną na obrotowym podwyższeniu ogromną soczewkę. Była znacznie wyższa od niego i przywodziła na myśl szklany ul. Byli w samym sercu Janus Rock, pełnym światła, jasności i ciszy. Twarz starego latarnika rozjaśnił przelotny uśmiech.

— Znam ją od dziecka. Tak, to prawdziwa piękność.

* * *

Nazajutrz rano Ralph stanął na molo.

— Jesteśmy prawie gotowi do drogi powrotnej. Chcesz, żebyśmy następnym razem przywieźli ci trochę gazet?

— Wiadomości spóźnione o kilka miesięcy to żadne wiadomości. Wolałbym zaoszczędzić pieniądze i kupić dobrą książkę — odparł Tom.

Ralph rozejrzał się, sprawdzając, czy wszystko jest jak należy.

— No cóż, nic tu po nas. Jesteś pewien, że nie zmienisz zdania, synu?

Tom uśmiechnął się smutno.

— Tak, Ralphie, jestem pewien.

— Ani się obejrzysz, a będziemy z powrotem. Trzy miesiące to nic, jeśli nie spodziewasz się zbyt wiele!

— Traktuj latarnię z należytym szacunkiem, a nie sprawi ci żadnych kłopotów — dodał Whittnish. — Jasność umysłu i cierpliwość to wszystko, czego ci trzeba.

— Zobaczę, co da się zrobić — odparł Tom, spoglądając na Blueya, który szykował się do podróży. — Widzimy się za trzy miesiące, Bluey?

— Jasne.

Łódź odbiła od brzegu, zostawiając za sobą pas spienionej wody. Powietrze wypełnił zapach spalin i ogłuszający ryk silnika. Tom jeszcze długo stał na molo, patrząc, jak *Windward*

Spirit zmienia się w maleńką plamkę na stalowoszarym horyzoncie, by ostatecznie zniknąć pośród bezmiaru wody. Wówczas nastała chwila bezruchu. Nie ciszy: fale wciąż roztrzaskiwały się o skały, ryczący wiatr wciskał się do uszu, a obluzowane drzwi w jednym z budynków gospodarczych otwierały się i zamykały z głuchym łoskotem. Po raz pierwszy od lat Tom poczuł wewnętrzny spokój.

W milczeniu wszedł na szczyt klifu. Gdzieś w oddali rozległ się dźwięk koziego dzwonka i gdakanie kur. Nagle, nie wiadomo dlaczego, te odgłosy nabrały nowego znaczenia. Oznaczały, że gdzieś, tuż obok, toczy się życie. Tom pokonał sto osiemdziesiąt cztery stopnie prowadzące na szczyt latarni i wyszedł na galerię. Wiatr rzucił się na niego niczym drapieżca, pchając go z powrotem do wyjścia, aż do chwili, gdy Tom znalazł w sobie wystarczająco dużo sił, by zacisnąć dłonie na metalowej balustradzie.

Po raz pierwszy spojrzał na roztaczający się przed nim widok. Stojąc setki stóp nad poziomem morza, jak urzeczony wpatrywał się w wody oceanu, które z hukiem rozbijały się o widoczne w dole klify. Fale rozchlapywały się niczym gęsta biała farba, przez którą — od czasu do czasu — przebijał niebieski podkład. Na drugim końcu wyspy wody oceanu przedarły się przez rząd ogromnych głazów, tworząc naturalną sadzawkę. Jej widok sprawił, że Tom poczuł się, jakby zwisał z krawędzi nieba. Powoli obszedł całą galerię, spoglądając na otaczającą go pustkę. Miał wrażenie, że jego płuca nigdy nie będą wystarczająco duże, by odetchnąć taką ilością powietrza, wzrok nie obejmie takiego ogromu przestrzeni, a uszy nie przyzwyczają się do ryku oceanu. Przez ułamek sekundy czuł się, jakby jego ciało nie miało granic.

Zamrugał i pokręcił głową. Niebezpiecznie zbliżył się do wiru i żeby nie utonąć, musiał skupić się na biciu swojego serca i twardym metalu pod stopami. Wyprężył się jak struna. Utkwił wzrok w obluzowanym zawiasie i postanowił, że zacznie swój pobyt na Janus Rock od naprawienia drzwi. Potrzebuje czegoś konkretnego. Musi zająć czymś umysł, bo jeśli tego nie zrobi, jego dusza uleci ku niebu jak balon. W ten sposób zdołał przetrwać cztery lata pełne krwi i szaleństwa: zawsze wiedz, gdzie leży twoja broń, gdy na dziesięć minut zdrzemniesz się w wykopanej przez siebie ziemiance; zawsze sprawdzaj maskę przeciwgazową; upewnij się, że każdy z twoich ludzi dobrze zrozumiał rozkazy. Nie myśl o tym, co przyniosą kolejne miesiące czy lata, skup się na tym, co tu i teraz, na kolejnej godzinie, może jeszcze następnej. Wszystko inne jest spekulacją.

Podniósł do oczu lornetkę i rozejrzał się po wyspie w poszukiwaniu kolejnych śladów życia. Musi zobaczyć kozy i owce. Policzyć je. Musi skupić się na czymś konkretnym. Na mosiężnych urządzeniach, które należy wypolerować, szkle, które trzeba wyczyścić — najpierw zewnętrzne szyby latarni, dopiero później pryzmaty. Trzeba przynieść olej, zadbać o płynną pracę mechanizmu i uzupełnić poziom rtęci. Trzymał się każdej z tych myśli jak szczebli drabiny, dzięki której mógł wrócić do tego, co znał, do własnego życia.

* * *

Tej nocy, gdy zapalił lampę, jego powolne, ostrożne ruchy przywodziły na myśl kapłanów, którzy tysiące lat temu na wyspie Faros rozpalili ogień w pierwszej latarni morskiej. Wszedł po wąskich metalowych schodach prowadzących na wewnętrzny pomost zbudowany wokół lampy, schylając głowę przeszedł przez otwór wprost do serca urządzenia. Podał paliwo, rozpalając ogień pod zbiornikiem, sprawiając, że zaczęło parować i dotarło do osłony w postaci gazu. Wówczas zbliżył do osłony zapałkę, która zamieniła parę w biały płomień. Zszedł na niższy poziom i uruchomił silnik. Światło zaczęło się obracać, emitując równe, pięciosekundowe błyski. Tom sięgnął po pióro i zanotował w szerokim, oprawionym w skórę dzienniku:

Zapalono o 17.09. Wiatr północny/północno-wschodni 15 węzłów. Zachmurzenie duże, wietrznie. Morze 6.

Pod notatką zapisał swoje inicjały:

T.S.

Ten zapisek był kontynuacją opowieści, którą kilka godzin temu zakończył Whittnish, a przed nim Docherty. Tom był częścią nieprzerwanego łańcucha, kolejnym latarnikiem, opiekunem płomienia.

Kiedy upewnił się, że wszystko jest jak należy, wrócił do chatki. Jego ciało domagało się snu, ale wiedział dobrze, że aby pracować, musi coś zjeść. W spiżarni znalazł konserwy z wołowiną, puszki fasoli i gruszek, sardynki, cukier oraz duży słoik miętówek, które tak uwielbiała nieżyjąca pani Docherty. Pierwszego wieczoru zjadł kilka podpłomyków zostawionych przez Whittnisha, kawałek sera i pomarszczone jabłko.

Siedząc przy kuchennym stole, spoglądał na drżący od czasu do czasu płomień lampy naftowej. Wiatr prowadził nieustającą wojnę z szybami, podsycany wilgotnym rykiem fal. Tom zadrżał na myśl, że jest jedyną osobą, która to słyszy, jedynym człowiekiem w promieniu stu mil. Pomyślał o mewach kulących się w gniazdach na klifach i chronionych przez lodowatą wodę rybach, które przycupnęły bez ruchu pośród raf. Każda istota potrzebuje schronienia.

Poszedł z lampą do sypialni. Kiedy zdejmował buty i rozbierał się do kalesonów, jego cień pełzał po ścianie niczym płaski olbrzym. Włosy miał sztywne od morskiej soli, a skórę szorstką od wiatru. Odrzucił kołdrę i wślizgnął się do łóżka. Niebawem zasnął kołysany do snu szumem fal i opętańczym zawodzeniem wiatru. Przez całą noc wysoko w górze światło latarni morskiej przecinało mrok niczym miecz.

ROZDZIAŁ 4

Każdego ranka o wschodzie słońca, po wyłączeniu światła latarni, Tom wyrusza w głąb wyspy, by odkryć kolejną część terytorium, zanim pochłoną go codzienne obowiązki. Północna część Janus Rock okazuje się granitowym klifem, wznoszącym się dumnie nad wodami oceanu. Teren opada tu na południe, by ostatecznie zniknąć pod wodami płytkiej laguny. Nieopodal wąskiej plaży znajduje się koło wodne, które doprowadza do chatki świeżą wodę ze strumienia. W głębi lądu i wzdłuż dna oceanu, aż do Janus Rock i dalej poza nią, są szczeliny, z których w tajemniczy sposób wypływa słodka woda. Kiedy w XVIII wieku Francuzi opisali to zjawisko, uznano je za mit. Jednak prawdą było, że w różnych częściach oceanu można było odnaleźć świeżą słodką wodę, zupełnie jakby natura postanowiła spłatać figla.

Dzień po dniu Tom organizuje sobie pracę, która wkrótce staje się rutyną. Przepisy wymagają, by w każdą niedzielę wciągał na maszt flagę. Stosuje się do nich i flaga pojawia się regularnie co tydzień, z samego rana, jak również wtedy, gdy w pobliżu wyspy przepływa okręt wojenny. Tom zna latarników, którzy w duchu przeklinają swoje obowiązki, on jednak znajduje

51

w nich pocieszenie. Uważa, że luksusem jest robić coś, co tak naprawdę nie ma praktycznego zastosowania.

Naprawia rzeczy, które zaczęły niszczeć, odkąd pogorszył się stan zdrowia Trimble'a Docherty'ego. Przede wszystkim jednak dba o latarnię. Uszczelnia okna kitem. Pumeksem wygładza szufladę w miejscu, gdzie drewno wypaczyło się i napuchło od wilgoci. Maluje miejsca na podestach, gdzie zielona farba złuszczyła się albo zdarła. Minie dużo czasu, zanim specjalna ekipa pomaluje całą stację.

Urządzenia odwdzięczają się za jego troskę: szkło lśni, mosiądz błyszczy, a reflektor obraca się lekko i płynnie niczym wydrzyk niesiony prądami powietrza. Od czasu do czasu Tom schodzi na widoczne w dole skały, żeby łowić ryby albo przespacerować się piaszczystą plażą laguny. Zaprzyjaźnił się z parą czarnych scynków, które zamieszkały w szopie na drewno, i czasami dokarmia je ziarnem dla kurczaków. Sam oszczędza na jedzeniu, wiedząc, że miną miesiące, zanim do wyspy przybije łódź z zapasami.

To ciężka i odpowiedzialna praca. W przeciwieństwie do rybaków, latarnicy nie mają związków zawodowych, które walczyłyby o lepsze pensje i warunki pracy. Bywają dni, że czuje się obolały i wykończony, martwi się nadciągającym sztormem albo złości, kiedy grad niszczy ogródek warzywny. Ale jeśli nie myśli o tym zbyt intensywnie, przypomina sobie, kim jest i dlaczego znalazł się na wyspie. Musi tylko zapalać światło. Nic więcej.

* * *

Trzy miesiące później do brzegu przybił *Winward Spirit* z zapasami.

Twarz Świętego Mikołaja — z rumianymi policzkami i wąsami — rozciągnęła się w szerokim uśmiechu.

— Witaj Tomie Sherbourne. Jak sobie radzisz? — Nie czekając na odpowiedź, Ralph rzucił mu grubą wilgotną linę, którą Tom zawiązał wokół pachołka. Szyper nie mógł się nadziwić, jak dobrze wygląda latarnik.

Tom z niecierpliwością czekał na zapasy do latarni, niewiele myśląc o dostawie żywności. Zapomniał też, że wraz z łodzią na wyspę przypłynie poczta, był więc zdziwiony, gdy pod koniec dnia Ralph wręczył mu plik kopert.

— Prawie bym zapomniał — rzucił przepraszająco. List opatrzony pieczęcią naczelnika okręgu zawierał podpisane z datą wsteczną mianowanie Toma i warunki współpracy. W liście z Departamentu Repatriacji przedstawiono listę korzyści przyznanych byłym wojskowym, łącznie z zasiłkiem z tytułu niezdolności do pracy oraz pożyczką na rozkręcenie własnego interesu. Żadna z tych ofert nie zainteresowała Toma, więc otworzył kolejny list — wyciąg z Banku Commonwealth, potwierdzający, że ulokowane na koncie pięćset funtów przyniosło czteroprocentowy zysk. Jeden po drugim pobieżnie przeglądał kolejne listy, aż dotarł do ostatniego. Adres na kopercie napisano ręcznie. Tom nie miał pojęcia, kto mógłby do niego napisać, i obawiał się, że to ktoś „życzliwy", kto postanowił przesłać mu wiadomości dotyczące brata lub ojca. Mimo to otworzył list.

Drogi Tomie, pomyślałam, że napiszę do Ciebie i upewnię się, że nic Ci nie jest. Mam nadzieję, że porywisty wiatr nie zdmuchnął Cię do morza i że brak dróg nie przysparza Ci zbyt wielu problemów...

Tom zerknął na kończący list podpis:

Twoja Isabel Graysmark.

W dalszej części listu Isabel wyrażała nadzieję, że Tom nie jest zbyt samotny i po powrocie z Janus Rock odwiedzi ją, zanim wyjedzie na kolejne pustkowie. List ozdabiał rysunek latarnika opierającego się o mury latarni i nucącego pod nosem, podczas gdy za jego plecami z wody wyłaniał się ogromny wieloryb. Rysunek opatrzono podpisem:

Do tego czasu nie daj się zjeść wielorybom.

Tom się uśmiechnął. Rozbawiła go absurdalność rysunku, a jeszcze bardziej jego niewinność. Ogarnęło go uczucie lekkości, jakby to, że trzyma w ręku list od Isabel, wprawiło go w błogi stan.

— Możesz chwilę zaczekać? — zwrócił się do Ralpha, który szykował się do drogi powrotnej.

Podszedł do biurka i sięgnął po papier i pióro. Dopiero gdy pochylił się nad kartką, uświadomił sobie, że nie ma pojęcia, co napisać. Zamiast słów wolałby przesłać jej uśmiech.

Droga Isabel,
na szczęście wciąż czuję się dobrze, a porywisty wiatr
nie zdmuchnął mnie do morza. Widziałem wiele
wielorybów, jednak do tej pory żaden z nich nie próbował
mnie zjeść; może dlatego, że nie jestem zbyt smaczny.
Zważywszy na okoliczności, trzymam się całkiem nieźle
i jakoś radzę sobie z brakiem dróg. Mam nadzieję, że

*dzięki Tobie miejscowe ptaki nie narzekają na brak
jedzenia. Chętnie spotkam się z Tobą za trzy miesiące,
zanim znowu opuszczę Partageuse.*

Jak powinien zakończyć list?
— Kończysz? — spytał Ralph.
— Już prawie — odparł i pospiesznie dopisał: *Tom*.
Zakleił i zaadresował kopertę, po czym wręczył ją kapitanowi.
— Mógłbyś to wysłać?
Ralph zerknął na adres i puścił do niego oko.
— Dostarczę to osobiście. I tak będę w tej okolicy.

ROZDZIAŁ 5

Po upływie sześciu miesięcy Tom nieoczekiwanie po raz kolejny skorzystał z gościnności pani Mewett, kiedy okazało się, że posada latarnika na wyspie Janus wciąż pozostaje wolna. Nieszczęśnik Trimble Docherty do reszty stracił rozum i rzucił się ze szczytu granitowego klifu znanego jako Przepaść. Najwyraźniej wydawało mu się, że skacze na łódź dowodzoną przez jego ukochaną żonę. Wezwano więc Toma, by jeszcze raz omówić z nim warunki zatrudnienia, dopełnić formalności i dać mu trochę wolnego, zanim na dobre przejmie posadę. Do tego czasu Tom Sherbourne dał się poznać z jak najlepszej strony, więc urzędnicy z Fremantle nie zawracali sobie głowy szukaniem kolejnych kandydatów.

— Nigdy nie lekceważ znaczenia odpowiedniej żony — powiedział kapitan Hasluck, kiedy Tom wychodził z jego gabinetu. — Stara Moira Docherty tak długo była z Trimble'em, że sama mogłaby obsługiwać latarnię. Takie życie wymaga wyjątkowej kobiety. Kiedy mężczyzna taką znajduje, ma ochotę zagarnąć ją tylko dla siebie, najszybciej jak się da. Pamiętaj jednak, że będziesz musiał trochę poczekać...

Wracając do pensjonatu pani Mewett, Tom rozmyślał o drobnych rzeczach pozostawionych w latarni — kłębku wełny Trimble'a Docherty'ego, nietkniętym słoiku ulubionych miętówek jego żony, który znalazł w spiżarni. Ludzie odchodzą, jednak pozostawiają po sobie ślad. Myślał o rozpaczy człowieka, który oszalał i umarł z żalu po śmierci żony. Nie tylko wojna doprowadza ludzi do ostateczności.

Dwa dni po powrocie do Partageuse Tom siedział wyprostowany w salonie Graysmarków, podczas gdy oboje rodzice patrzyli na swoją jedyną córkę jak lwy na antylopę. Próbując pchnąć rozmowę na odpowiednie tory, Tom mówił o pogodzie, wietrze i wysłuchiwał opowieści o kuzynach Greysmarków mieszkających w innych częściach Australii. Unikanie rozmów o nim okazało się prostsze, niż się spodziewał.

— Kiedy wracasz? — spytała Isabel, gdy odprowadzała go do wyjścia.

— Za dwa tygodnie.

— W takim razie wykorzystajmy ten czas najlepiej jak możemy — odparła, jak gdyby chciała zakończyć długą dyskusję.

— Naprawdę? — spytał, równie rozbawiony, co zaskoczony Tom.

— Tak, naprawdę — odrzekła z uśmiechem. Całujące jej twarz promienie słońca sprawiły, że oczy dziewczyny rozbłysły i przez moment Tom miał wrażenie, że może zajrzeć do jej wnętrza, zobaczyć jasność i otwartość, której nie mógł się oprzeć. — Spotkajmy się jutro. Przygotuję koszyk z jedzeniem i pójdziemy nad zatokę.

— Najpierw chyba powinienem poprosić o zgodę twojego

ojca. Albo matkę. — Mówiąc to, przekrzywił głowę. — Mam nadzieję, że nie urazi cię to pytanie, ale ile właściwie masz lat?

— Wystarczająco dużo, żeby pójść na piknik.

— A dokładnie?

— Dziewiętnaście. Prawie. Pozwolisz więc, że sama zajmę się swoimi rodzicami. — Isabel wbiegła do domu i pomachała mu na pożegnanie.

Tom wrócił do pensjonatu pani Mewett lekkim, raźnym krokiem. Nie potrafił powiedzieć, co właściwie wprawiło go w ten beztroski nastrój. Nie wiedział nic o Isabel, poza tym, że lubi się śmiać i ma w sobie dobroć.

* * *

Następnego dnia Tom szedł do Graysmarków nie tyle zdenerwowany, ile zaintrygowany. Nie miał pewności, jak rodzice Isabel zareagują na kolejną wizytę.

Drzwi otworzyła mu pani Graysmark.

— Uprzejmy i punktualny — zauważyła z uśmiechem, jakby czytała z jakiejś niewidzialnej listy.

— Przyzwyczajenia z wojska... — odparł Tom.

Po chwili w progu pojawiła się Isabel i wręczyła mu wiklinowy kosz z wiekiem.

— Musisz dopilnować, żeby wszystko dotarło na miejsce w jednym kawałku — oznajmiła i odwróciła się, żeby pocałować matkę w policzek. — Pa, mamo. Do zobaczenia.

— Tylko nie siedź na słońcu. Nie chcę, żebyś zniszczyła sobie skórę piegami — ostrzegła pani Graysmark. Kiedy spojrzała na Toma, jej wzrok mówił znacznie więcej niż słowa. — Bawcie się dobrze. I nie wracajcie zbyt późno.

— Dziękuję, pani Graysmark. Obiecuję, że wrócimy na czas.

Isabel prowadziła, kiedy mijając kolejne ulice, wyszli z miasta i skierowali się w stronę oceanu.

— Dokąd idziemy? — chciał wiedzieć Tom.

— To niespodzianka.

Niebawem wyszli na piaszczystą drogę, przy której rosły gęste skarłowaciałe drzewa. Ich powykręcane, krępe gałęzie bezustannie zmagały się ze słonym powietrzem i wiejącym od strony oceanu porywistym wiatrem.

— To kawałek drogi. Mam nadzieję, że nie jesteś zmęczony? — spytała dziewczyna.

Tom się roześmiał.

— Dam radę.

— Tak sobie myślałam, że na wyspie niewiele się nachodzisz.

— Wierz mi, że codzienne wchodzenie i schodzenie po schodach latarni daje człowiekowi nieźle w kość. — Intrygowała go ta dziewczyna, która z taką łatwością sprawiała, że czuł niepokój.

Rosnące przy drodze drzewa zaczęły się przerzedzać, a szum oceanu stawał się coraz głośniejszy.

— Dla kogoś, kto pochodzi z Sydney, Partageuse musi być strasznie nudnym miejscem — zauważyła Isabel.

— Za krótko tu jestem, żeby się o tym przekonać.

— Może masz rację. Ale Sydney... Pewnie jest ogromne, ruchliwe i piękne. Zupełnie jak Londyn.

— W porównaniu z Londynem to mała mieścina.

Isabel oblała się rumieńcem.

— Och, nie wiedziałam, że tam byłeś. To dopiero musi być miasto. Może kiedyś się tam wybiorę.

— Lepiej zostań tu. Londyn... Cóż, za każdym razem, gdy

byłem tam na przepustce, wydawał się ponury. Szary, posępny i zimny, jak zwłoki. Ja wolę Partageuse.

— Zbliżamy się do jednego z najpiękniejszych miejsc. To znaczy ja uważam, że jest urocze. — Chwilę później zza drzew wyłonił się wąski przesmyk, który niczym piaszczyste molo wrzynał się w wody oceanu. Był to długi, szeroki na kilkaset jardów pas gołej ziemi, ze wszystkich stron omywany przez fale. — Oto kraniec Point Partageuse — oznajmiła Isabel. — Moje ulubione miejsce jest nieco dalej, po lewej; tam gdzie te wielkie skały.

Wyszli na środek przesmyku.

— Zostaw kosz i chodź za mną! — krzyknęła Isabel, zrzucając buty i biegnąc w stronę czarnych granitowych głazów, które jakaś potężna pierwotna siła zepchnęła do wody.

Tom dogonił ją na skraju skał. Wewnątrz kamiennego kręgu fale chlupotały i wirowały. Isabel położyła się na piasku i spojrzała ponad krawędzią.

— Posłuchaj — szepnęła. — Posłuchaj odgłosów wody. Zupełnie jakby rozbrzmiewały gdzieś w jaskini albo w katedrze.

Tom pochylił się do przodu.

— Musisz się położyć — poinstruowała go.

— Żeby lepiej słyszeć?

— Nie. Żeby nie zmyły cię fale. To zdradliwe miejsce. Jeśli dasz się zaskoczyć którejś z ogromnych fal, ani się obejrzysz, jak cię pochłonie.

Tom położył się obok niej i nieznacznie uniósł głowę, by słyszeć ryk i echo spienionej wody.

— To miejsce przypomina mi wyspę Janus — powiedział.

— Jak tam właściwie jest? Ludzie opowiadają różne historie,

ale jedynymi osobami, które mogą cokolwiek powiedzieć, są latarnik i kapitan łodzi. No i lekarz. Raz, dawno temu, Janus Rock była miejscem kwarantanny dla ludzi ze statku, na którym wybuchła epidemia tyfusu.

— To jak... To miejsce niepodobne do żadnego innego. Zupełnie inny świat.

— Mówią, że pogoda tam jest okrutna.

— Bywa, że daje się we znaki.

Isabel usiadła.

— Nie czujesz się samotny?

— Mam zbyt dużo zajęć, by czuć się samotnym. Zawsze coś trzeba naprawić, sprawdzić albo zanotować.

Przechyliła głowę, jakby nie do końca mu wierzyła.

— Podoba ci się tam?

— Tak.

Tym razem to ona się roześmiała.

— Nie jesteś zbyt rozmowny, prawda?

Tom wstał.

— Głodna? Najwyższy czas coś zjeść.

Wziął ją za rękę i pomógł wstać. Jej małą, delikatną dłoń pokrywała warstwa szorstkiego piasku.

Isabel spakowała do kosza kanapki z pieczenią wołową, piwo imbirowe, ciasto z owocami i chrupiące plasterki jabłka.

— Jestem ciekawy, czy piszesz listy do wszystkich latarników z wyspy Janus? — spytał Tom.

— Wszystkich? Nie było ich znowu tak wielu. Od lat nie pracował tam nikt nowy.

Tom zawahał się, zanim zadał kolejne pytanie.

— Dlaczego napisałaś?

Uśmiechnęła się i upiła łyk piwa.

— Bo miło karmiło się mewy w twoim towarzystwie? Bo się nudziłam? Bo nigdy wcześniej nie wysyłałam listu do latarni morskiej? — Odgarnęła z oczu niesforny kosmyk włosów i spojrzała na wodę. — Wolałbyś, żebym tego nie zrobiła?

— Nie, nie. Nie chciałem... To znaczy... — Tom wytarł ręce w papierową chusteczkę. Nie wiedzieć czemu tracił przy tej dziewczynie pewność siebie. Nigdy wcześniej nie doświadczył czegoś podobnego.

* * *

Tom i Isabel siedzieli na skraju molo w Partageuse. Był to jeden z ostatnich dni 1920 roku. Wiejący od strony oceanu łagodny wiatr szarpał olinowaniem i sprawiał, że fale z cichym pluskiem rozbijały się o kadłuby łodzi. Portowe światła odbijały się w ciemnej, lśniącej tafli niczym wiszące wysoko w górze gwiazdy.

— Ale chcę wiedzieć wszystko — ostrzegła Isabel. Jej bose stopy dyndały tuż nad powierzchnią wody. — Tylko nie mów, że to już wszystko i że nie masz nic więcej do powiedzenia. — Zmusiła go, żeby opowiedział o prywatnej szkole podstawowej i dyplomie inżyniera, który zdobył na uniwersytecie w Sydney, jednak z każdą chwilą była coraz bardziej poirytowana. — Ja mogłabym opowiadać bez końca: o babci, która uczyła mnie grać na pianinie, i o tym, jak zapamiętałam dziadka, choć umarł, kiedy byłam jeszcze dzieckiem. Jak to jest być córką dyrektora szkoły w takim miejscu jak Partageuse. O braciach, Hugh i Alfiem. O tym, jak wypływaliśmy łódką na środek rzeki i łowiliśmy ryby. — Mówiąc to, spojrzała na wodę. — Brakuje mi tamtych czasów. — W zamyśleniu nawinęła na palec pukiel długich włosów i westchnęła. — To tak, jakby cała... jakby cała galaktyka czekała tylko, aż ją odkryjesz. Ja chcę odkryć twoją.

— Co jeszcze chcesz wiedzieć?

— Może opowiesz mi o swojej rodzinie?

— Mam brata.

— Zdradzisz, jak ma na imię, czy może zapomniałeś?

— Nieprędko je zapomnę. Cecil. Ma na imię Cecil.

— A twoi rodzice?

Tom utkwił wzrok w widocznym na szczycie masztu świetle i zmrużył oczy.

— Co z nimi? — mruknęła.

Isabel usiadła i spojrzała mu prosto w oczy.

— Zastanawiam się, co się tam dzieje?

— Matka nie żyje. Z ojcem nie utrzymuję kontaktów. — Poprawił chustę, która ześlizgnęła się z ramienia dziewczyny. — Nie jest ci chłodno? Może powinniśmy wracać?

— Dlaczego nie chcesz o tym rozmawiać?

— Jeśli naprawdę chcesz, opowiem ci wszystko. Po prostu wolałbym o tym nie mówić. Czasami lepiej jest zostawić przeszłość za sobą.

— Rodzina to nie przeszłość, nie można o niej nie myśleć. Człowiek ma ją w sercu, dokądkolwiek idzie.

— Tym gorzej.

Isabel się wyprostowała.

— Nieważne. Chodźmy. Mama i tata będą się martwili. — Wracali do domu w ponurym nastroju.

* * *

Tej nocy, leżąc w łóżku, Tom wrócił pamięcią do czasów dzieciństwa, które Isabel tak bardzo chciała poznać. Tak na-

63

prawdę nigdy z nikim nie rozmawiał na ten temat. Nawet teraz kiedy o tym myślał, czuł się, jakby dotykał językiem złamanego zęba. Widział siebie w wieku ośmiu lat, szarpiącego rękaw ojcowskiej koszuli i krzyczącego: „Proszę! Proszę, pozwól jej wrócić. Proszę, tatusiu. Ja ją kocham!". Jednak ojciec odepchnął jego rękę, jakby opędzał się od natrętnej muchy. „Nie waż się więcej o niej mówić. Rozumiesz, synu?".

Kiedy ojciec wyszedł z pokoju, brat Toma, Cecil, pięć lat starszy i dużo od niego wyższy, zdzielił go w tył głowy. „Mówiłem ci, idioto. Mówiłem ci, żebyś trzymał gębę na kłódkę", syknął i pobiegł za ojcem, zostawiając ośmiolatka samego w salonie. Tom wyjął z kieszeni koronkową chusteczkę przesiąkniętą zapachem matki i przyłożył do policzka, uważając, by nie dotknęła łez ani cieknącego nosa. Nie miał zamiaru jej używać, chciał tylko poczuć miękkość i zapach.

Wrócił pamięcią do okazałego pustego domu, do ciszy brzmiącej inaczej w każdym pokoju, do pachnącej karbolem kuchni, którą kolejne gosposie utrzymywały w idealnym porządku. Pamiętał budzący grozę zapach płatków Lux i rozpacz, kiedy zobaczył chusteczkę, wypraną i wykrochmaloną przez panią Jakąśtam, która znalazła ją w kieszeni jego szortów i wyprała, zabijając tym samym zapach matki. Przeszukał cały dom, licząc, że znajdzie jakiś kącik albo szafkę, która zwróci mu tą delikatną, słodką woń. Jednak nawet w matczynej sypialni pachniało tylko środkami do polerowania mebli, jakby jej duch został w końcu przepędzony.

* * *

Siedzieli w jednej z miejscowych herbaciarni, kiedy Isabel wróciła do przerwanej rozmowy.

— Nie próbuję niczego ukryć — zapewnił Tom. — Chodzi o to, że rozgrzebywanie przeszłości to strata czasu.

— Nie chcę wtykać nosa w nie swoje sprawy. Ale... dużo przeszedłeś, masz do opowiedzenie tyle ciekawych historii, a ja pojawiłam się w twoim życiu dość późno. Próbuję zrozumieć pewne rzeczy. Zrozumieć ciebie. — Zawahała się i spytała łagodnie: — Skoro nie mogę rozmawiać o przeszłości, może porozmawiamy o przyszłości?

— Trudno rozmawiać o przyszłości. Możemy mówić tylko o tym, czego byśmy chcieli i jak wyobrażamy sobie nasze dalsze życie. To nie to samo.

— Dobrze, w takim razie czego pragniesz?

— Życia. To mi wystarczy. — Odetchnął i spojrzał na Isabel. — A ty?

— Och, ja bez przerwy czegoś chcę! — wykrzyknęła. — Chcę pięknej pogody na pikniku organizowanym przez szkółkę niedzielną. Chcę — tylko się nie śmiej — dobrego męża i domu pełnego dzieci. Dźwięku piłki do krykieta rozbijającej szybę i zapachu potrawki w kuchni. Dziewczynki będą śpiewały kolędy, a chłopcy kopali piłkę... Nie wyobrażam sobie życia bez dzieci, a ty? — Rozmarzona zamilkła, jednak po chwili dodała: — Oczywiście jeszcze nie teraz. — Zawahała się. — Nie tak jak Sarah.

— Kto?

— Moja przyjaciółka, Sarah Porter. Kiedyś mieszkałyśmy przy tej samej ulicy. Bawiłyśmy się w dom. Sarah jest trochę starsza, dlatego zawsze musiała być matką. — Nachmurzyła się. — Zaszła w ciążę, mając szesnaście lat. Rodzice chcieli uniknąć skandalu i wysłali ją do Perth. Kazali jej oddać dziecko do sierocińca. Mówili, że zostanie adoptowane, ale chłopiec miał zniekształconą stopę. Później, gdy wyszła za mąż, zapomniano o nim. Pewnego dnia spytała mnie, czy pojadę z nią do Perth, żeby w tajemnicy odwiedzić sierociniec. Dom dziecka znajdował się w pobliżu domu dla obłąkanych. Och, Tom, to straszny widok. Oddział pełen osieroconych maluchów, których nikt nie kocha. Sarah nie mogła powiedzieć ani słowa swojemu mężowi. Wiedziała, że gdyby się dowiedział, odprawiłby ją. Do tej pory o niczym nie wie. Jej synek wciąż tam był, a ona mogła tylko na niego patrzeć. Najzabawniejsze było to, że to ja nie mogłam przestać płakać. Gdybyś zobaczył te małe buźki. Ich widok rozdzierał mi serce. Oddając dziecko do sierocińca, równie dobrze mógłbyś wysłać je do piekła.

— Dziecko potrzebuje matki — odparł w zamyśleniu Tom.

— Teraz Sarah mieszka w Sydney — dodała Isabel. — Od dawna się nie kontaktujemy.

* * *

W ciągu tych dwóch tygodni Tom i Isabel spotykali się codziennie. Kiedy Bill Graysmark w rozmowie z żoną wyraził zaniepokojenie częstotliwością tych nagłych „spotkań", usłyszał: „Och, Bill. Życie jest takie krótkie. Isabel to rozsądna dziewczyna o wyrobionych poglądach. Poza tym ciężko w tych czasach o mężczyznę, który miałby ręce i nogi. Darowanemu koniowi nie zagląda się w zęby". Pani Graysmark wiedziała, jak małe jest Partageuse. Tu Isabel była bezpieczna. Gdyby między nią a Tomem doszło do czegoś niestosownego, natychmiast by jej o tym doniesiono.

* * *

Tom był zaskoczony niecierpliwością, z jaką czekał na kolejne spotkania z Isabel. Jakimś cudem dziewczynie udało się sforsować jego linię obrony. Lubił słuchać jej opowieści o życiu w Partageuse i historii miasteczka, o tym, dlaczego Francuzi właśnie tak nazwali to miejsce między oceanami — *partageuse* znaczy po francusku „chętnie dzieląca się z innymi", a jego mieszkańcy „chętnie się wszystkim dzielą". Mówiła o tym, jak spadła z drzewa i złamała rękę; jak jej bracia namalowali czerwone plamy na kozie pani Mewett i zapukali do jej drzwi, żeby poinformować kobietę, iż zwierzę ma odrę. Ściszonym głosem opowiedziała mu o tym, jak obaj zginęli w bitwie nad Sommą i jak bardzo pragnęła, by jej rodzice znów zaczęli się uśmiechać.

Tom był jednak ostrożny. Partageuse to mała mieścina, a Isabel była od niego dużo młodsza. Kiedy wróci na wyspę, być może nigdy więcej jej nie zobaczy. Z pewnością znajdą się inni, którzy to wykorzystają, jednak dla Toma kwestia honoru była niczym antidotum na to, czego doświadczył w przeszłości.

* * *

Isabel również nie potrafiła nazwać tego, co czuła za każdym razem, gdy widziała Toma. Miał w sobie coś tajemniczego. Jego uśmiech przywodził na myśl kurtynę, za którą skrywał prawdziwe myśli. Tym bardziej chciała go poznać i odkryć jego tajemnice.

Wojna nauczyła ją, że nic nie jest oczywiste i że nie należy odkładać na później tego, co ważne. Wystarczyła chwila, by życie ograbiło człowieka ze wszystkiego, co tak pieczołowicie pielęgnował, i nie było szans, by to odzyskać. Dlatego Isabel musiała się spieszyć i jak najlepiej wykorzystać swoją szansę. Zanim zrobi to ktoś inny.

* * *

W wieczór poprzedzający jego powrót na wyspę Janus Tom i Isabel spacerowali po plaży. Choć był dopiero drugi dzień stycznia, Tom miał wrażenie, jakby minęły lata, odkąd sześć miesięcy temu przypłynął do Partageuse.

Isabel spoglądała na morze, gdzie zachodzące słońce leniwie staczało się do szarej wody i dalej, poza krawędź świata.

— Zastanawiałam się, czy mógłbyś wyświadczyć mi przysługę — zagaiła.

— Słucham. O co chodzi?

— Tak sobie myślałam — ciągnęła, nawet na chwilę nie zwalniając kroku — czy mógłbyś mnie pocałować.

Przez chwilę Tom miał wrażenie, że to wiatr zadrwił sobie z niego, a ponieważ Isabel nie przystanęła, próbował domyślić się, co właściwie powiedziała.

Postanowił więc zgadywać.

— Oczywiście, że będę za tobą tęsknił. Ale... może spotkamy się, kiedy następnym razem przyjadę na urlop.

Spojrzała na niego dziwnie i Tom poczuł niepokój. Nawet w blasku zachodzącego słońca widział, że się zaczerwieniła.

— Ja... przepraszam, Isabel. W takich sytuacjach nie najlepiej radzę sobie ze słowami.

— Jakich sytuacjach? — spytała, zdruzgotana myślą, że Tom nie pierwszy raz zachowuje się w ten sposób. Może w każdym porcie, do którego zawinął, czeka na niego inna dziewczyna.

— Kiedy... trzeba się pożegnać. Dobrze mi samemu i dobrze mi w towarzystwie. Chodzi o to, że nie lubię, kiedy muszę przestawiać się z jednego na drugie.

— W takim razie pozwól, że ci to ułatwię i po prostu sobie pójdę. — Isabel odwróciła się na pięcie i ruszyła w przeciwnym kierunku.

— Isabel! Isabel, zaczekaj! — Pobiegł za nią i złapał ją za rękę. — Nie chcę, żebyś sobie szła. Nie tak po prostu. Oczywiście, że wyświadczę ci przysługę i będę za tobą tęsknił. Jesteś... po prostu lubię przebywać w twoim towarzystwie.

— W takim razie weź mnie ze sobą na wyspę.

— Co takiego? Chcesz wybrać się na wycieczkę na Janus Rock?

— Nie na wycieczkę. Chcę tam zamieszkać.

Tom się roześmiał.

— Boże, czasami naprawdę gadasz bzdury.

— Mówię poważnie.

— Wcale nie — odparł Tom, choć patrząc na jej twarz, zaczynał mieć wątpliwości.

— Dlaczego?

— Z wielu powodów. Choćby dlatego, że jedyną kobietą, która może zamieszkać na wyspie, jest żona latarnika. — Nie odpowiedziała, więc przechylił głowę, jakby dzięki temu łatwiej mu było zrozumieć.

— No to ożeń się ze mną!

Zamrugał.

— Izz... ledwie cię znam! A poza tym, na litość boską, nigdy cię nawet nie pocałowałem.

— Nareszcie! — Powiedziała to tak, jakby rozwiązanie było dziecinnie proste. Stanęła na palcach i przyciągnęła go do siebie. Zanim zdążył cokolwiek powiedzieć, pocałowała go, niezdarnie, choć z wielką pasją. Zaskoczony, odsunął ją od siebie.

— To niebezpieczna gra, Isabel. Nie powinnaś rozdawać pocałunków na prawo i lewo. Chyba że to naprawdę coś dla ciebie znaczy.

— Ale tak właśnie jest!

Tom patrzył na nią. Jej oczy rzucały mu wyzwanie, a zaciśnięte usta świadczyły o determinacji. Jeśli raz przekroczy tę linię, kto wie, do czego go to zaprowadzi? A niech to. Do diabła z dobrym wychowaniem. Do diabła z tym, co właściwe. Ma przed sobą piękną dziewczynę, która błaga o to, by ją pocałował. Słońce ukryło się za horyzontem, czas Toma w Partageuse dobiegał końca, a jutro o tej porze będzie zupełnie sam na pustkowiu. Ujął jej twarz w dłonie i pochylił się nad nią.

— Oto, jak należy to robić. — Po tych słowach pocałował ją delikatnie, pozwalając, by czas stanął w miejscu. Nie pamiętał, by jakikolwiek inny pocałunek smakował tak jak ten.

W końcu oderwał usta od jej warg i odgarnął jej z oczu zbłąkany kosmyk włosów.

— Lepiej wróć do domu, albo twoi rodzice wyślą za mną policję. — Objął ją i poprowadził wzdłuż plaży.

— Mówiłam poważnie, wiesz, o małżeństwie.

— Musisz być szalona, skoro chcesz mnie poślubić. Pensja latarnika jest dość skromna. A jego żonę czeka mnóstwo pracy i obowiązków.

— Wiem, czego pragnę, Tom.

Zatrzymał się.

— Posłuchaj, Izz. Nie chcę, żeby zabrzmiało to protekcjonalnie, ale jesteś... dużo młodsza ode mnie. W tym roku skończę dwadzieścia osiem lat. Pewnie do tej pory nieczęsto spotykałaś się z chłopcami. — Sądząc po jej nieudolnym pocałunku, Isabel w ogóle nie spotykała się z młodzieńcami.

— A co to ma do rzeczy?

— Chodzi o to, że... Nie chcę, żebyś pomyliła prawdziwe uczucie z chwilowym zauroczeniem. Przemyśl to. Jestem pewny, że za rok nie będziesz już o mnie pamiętała.

— Zobaczymy — odparła i zamknęła mu usta pocałunkiem.

ROZDZIAŁ 6

W słoneczne letnie dni człowiek odnosi wrażenie, że wyspa Janus staje na palcach. Tom mógłby przysiąc, że bywają chwile, kiedy wydaje się wyższa i powodem nie są przypływy i odpływy. Bywa i tak, że w czasie ulewy niemal całkowicie ginie pod powierzchnią wody, niczym mityczna grecka bogini, albo znika we mgle, kiedy ciężkie od kryształków soli ciepłe powietrze niemal zupełnie blokuje dostęp światła. Kiedy płonie busz, dym z pożarów dociera na Janus Rock, niosąc gęsty, lepki popiół, który osiada na kryształowych lustrach latarni i zmienia zachodzące słońce w czerwonozłotą kulę. Z tego powodu latarnia na wyspie Janus potrzebuje najsilniejszego światła.

Stojąc na galerii, Tom wpatruje się w długą na czterdzieści mil linię horyzontu, nie mogąc uwierzyć, że taki bezmiar przestrzeni istnieje w świecie, gdzie jeszcze niedawno ludzie walczyli o każdy skrawek błotnistej ziemi, tylko po to, żeby móc powiedzieć o nim „nasz", a nie „ich", choć dzień później znowu go tracili. Może ta sama chęć znakowania kazała kartografom podzielić ten bezmiar wody na dwa oceany, nawet jeśli nikt nie potrafił wyznaczyć miejsca, w którym ich prądy zaczynały się różnić. Dzielenie. Znakowanie. Pogoń za „innością". Niektóre rzeczy nigdy się nie zmieniają.

* * *

Na wyspie Janus nie było powodu, żeby się odzywać. Tom miesiącami nie słyszał własnego głosu. Wiedział, że niektórzy latarnicy od czasu do czasu nucą coś pod nosem. Zupełnie jakby uruchamiali maszynę, żeby się przekonać, czy wciąż pracuje jak należy. On jednak odnajdował wolność w ciszy. Słuchał wiatru. Obserwował szczegóły życia na wyspie.

Od czasu do czasu, niesione na skrzydłach lekkiej bryzy, wracały wspomnienia pocałunku Isabel. Dotyku jej skóry, jej bliskości, i sprawiały, że Tom zaczynał myśleć o latach, kiedy nie wierzył, że coś takiego w ogóle istnieje. Sama obecność Isabel sprawiała, że czuł się czystszy, pokrzepiony. Mimo to wciąż wracał wspomnieniami do ciemności pełnej rannych ciał i powykręcanych kończyn. Próbował zrozumieć ten mrok, jednak nie było to łatwe. Niełatwo było doświadczać ogromu śmierci i nie dać jej się złamać. Nie było powodu, dla którego powinien wciąż żyć. Nagle docierało do niego, że płacze. Opłakiwał tych, którzy ginęli wokół niego, podczas gdy jego śmierć się nie imała. Opłakiwał tych, których zabił.

W takich miejscach jak Janus Rock człowiek rozlicza się z każdego dnia. Prowadzi dzienniki, odnotowuje wszelkie wydarzenia, zbiera dowody, że dookoła wciąż toczy się życie. Z upływem czasu, kiedy duchy przeszłości rozmyły się w czystym morskim powietrzu, Tom zaczął myśleć o tym, co przyniesie przyszłość, o rzeczach, które jeszcze niedawno wydawały się nieprawdopodobne. Myślał o roześmianej Isabel, głodnej świata i chętnej do wszystkiego. Idąc do szopy na drewno, przypomniał sobie słowa kapitana Haslucka. Wybrał korzeń kazuaryny i wrócił z nim do warsztatu.

Janus Rock
15 marca 1921

Droga Isabel,

mam nadzieję, że list ten znajdzie Cię w dobrym zdrowiu. Podoba mi się tu. Może zabrzmi to dziwnie, ale naprawdę tak jest. Lubię tę ciszę. Jest w tej wyspie coś magicznego, coś, co sprawia, że jest wyjątkowa i niepodobna do innych miejsc.

Żałuję, że nie widzisz tutejszych wschodów i zachodów słońca. I gwiazd. Nocą na niebie robi się tłoczno. Kiedy patrzę na sunące w mroku konstelacje, mam wrażenie, że spoglądam na zegar. Dobrze jest wiedzieć, że bez względu na to, jak kiepski był dzień, one i tak się pojawią. Dzięki temu przetrwałem we Francji. To dobry sposób, by spojrzeć na pewne rzeczy z dystansem — przecież gwiazdy są tu tak długo, jak istnieje życie na ziemi. Po prostu świecą, niezależnie od tego, co się dzieje. Tak właśnie postrzegam latarnię; jak odłamek gwiazdy, który spadł na ziemię i który po prostu świeci. Latem, zimą, w czasie pogody i niepogody. Ludzie mogą na niej polegać.

Ale dość tej paplaniny. Razem z tym listem przesyłam Ci pudełeczko, które dla Ciebie wyrzeźbiłem. Mam nadzieję, że je wykorzystasz. Możesz przechowywać w nim biżuterię, spinki do włosów i inne drobiazgi.

Pewnie do tej pory zmieniłaś już zdanie i chcę Ci powiedzieć, że to rozumiem. Jesteś cudowną dziewczyną i z radością wspominam każdą chwilę, którą spędziłem w twoim towarzystwie.

Łódź przypływa jutro, więc oddam list i szkatułkę Ralphowi.

Tom

* * *

Janus Rock

15 czerwca 1921

Droga Isabel,

piszę ten list naprędce, kiedy chłopcy przygotowują się do opuszczenia wyspy. Ralph przekazał mi Twój list. Miło, że napisałaś. Cieszę się, że spodobał Ci się mój prezent.

Dziękuję za fotografię. Wyglądasz pięknie, choć nie tak zawadiacko, jak Cię zapamiętałem. Powieszę je w laternie, żebyś widziała, co się dzieje za oknem. Nie uważam, żeby Twoje pytanie było dziwne. Kiedy o tym myślę, podczas wojny poznałem wielu mężczyzn, którzy ożenili się, gdy byli na trzydniowej przepustce w Anglii i zaraz potem wrócili na front. Większość z nich obawiała się, że mogą już nigdy nie wrócić do domu i pewnie tego samego obawiały się ich dziewczyny. Przy odrobinie szczęścia ze mną będzie inaczej, tak więc dobrze to przemyśl. Jestem gotów zaryzykować, jeśli Ty także jesteś gotowa podjąć ryzyko. Pod koniec grudnia mogę ubiegać się o krótki

*urlop, masz więc dużo czasu, by się nad tym
zastanowić. Jeśli zmienisz zdanie, zrozumiem to. Jeśli
nie, obiecuję, że będę się Tobą opiekował i zrobię
wszystko, żeby być dobrym mężem.*

Twój Tom

* * *

Kolejne sześć miesięcy były dla Toma prawdziwą udręką. Nigdy wcześniej na nic nie czekał; pozwalał, by życie na wyspie toczyło się codziennym leniwym rytmem. Teraz myślał tylko o ślubie, przygotowaniach, jakie należało poczynić, i pozwoleniach, o które musiał się ubiegać. W wolnych chwilach chodził dookoła chatki i znajdował kolejne rzeczy, które trzeba było naprawić. Niedomykające się kuchenne okno. Kran, którego nie odkręci delikatna kobieca dłoń. Zastanawiał się, czego będzie potrzebowała Isabel w takim miejscu jak Janus Rock. Ostatnią łodzią wysłał zamówienie na farbę, żeby odświeżyć pokoje, na lustro do toaletki, nowe ręczniki i obrusy, nuty do wiekowego pianina, którego nigdy nawet nie dotknął, ale wiedział, że Isabel lubi grać. Zawahał się, zanim dopisał do listy nowe prześcieradła, dwie nowe poduszki i puchową kołdrę.

* * *

Wreszcie nadszedł dzień, gdy na Janus Rock przypłynęła łódź, by zabrać Toma do Point Partageuse.

— Wszystko w porządku? — spytał Neville Whittnish, który miał go zastępować.

— Mam nadzieję — odparł Tom.

— Trzeba przyznać, że wiesz, jak obchodzić się z latarnią — stwierdził po krótkiej inspekcji Whittnish.

— Dzięki. — Tom był szczerze wzruszony tym komplementem.

— Gotowy, chłopcze? — spytał Ralph, kiedy oddawali cumy.

— Bóg jeden wie.

— Święta prawda. — Mówiąc to, Ralph spojrzał na horyzont. — A więc płyńmy, moja piękności. Zabierzmy kapitana Sherbourne'a do jego damy.

Ralph przemawiał do swojej łodzi w taki sam pieszczotliwy sposób, w jaki Whittnish mówił o latarni — jakby była bliskim jego sercu, żywym stworzeniem. Oto rzeczy, które mógłby pokochać mężczyzna, pomyślał Tom. Utkwił wzrok w wieży latarni. Kiedy znów ją zobaczy, jego życie będzie zupełnie inne. Nagle ogarnął go strach. Czy Isabel pokocha Janus Rock tak mocno jak on? Czy zrozumie jego świat?

ROZDZIAŁ 7

— Widzisz? Ponieważ latarnia stoi wysoko nad poziomem morza, jej światło sięga daleko poza horyzont. I nie chodzi tu o promień, ale o blask, o łunę. — Stali na galerii, Tom obejmował Isabel, opierając brodę na jej ramieniu. Styczniowe słońce wplatało drobinki złota w ciemne włosy dziewczyny. Był rok 1922, ich drugi wspólny dzień na wyspie Janus, dokąd wrócili po krótkim miesiącu miodowym w Perth.

— To jak spoglądać w przyszłość — szepnęła Isabel. — Możesz wyprzedzić czas i ocalić statek, zanim jego załoga zda sobie sprawę, że potrzebuje pomocy.

— Im wyższa jest latarnia, tym większej potrzebuje soczewki i tym dalej sięga jej światło. Ta należy do najwyższych.

— Nigdy nie byłam tak wysoko! Czuję się, jakbym latała! — Isabel uwolniła się z jego objęć, żeby jeszcze raz okrążyć wieżę latarni. — Jak nazywają się te sygnały? Jest takie słowo...

— To światła błyskowe. Każda latarnia wysyła inne sygnały. Ta gaśnie cztery razy w ciągu pięciosekundowego obrotu, dlatego każdy statek wie, że to Janus, a nie Leeuwin, Breaksea, czy jakaś inna latarnia.

— Skąd to wiedzą?

— Kapitanowie mają spis latarni, które mijają po drodze. Dla szypra czas to pieniądz. Zawsze chcą płynąć na skróty, być pierwszymi, którzy rozładują towar, i pierwszymi, którzy wezmą na pokład nowy. Mniej dni spędzonych na morzu to również mniejsze koszty utrzymania załogi. Światło latarni ma ich ostrzegać i sprawiać, że odzyskają zdrowy rozsądek.

Isabel spoglądała na widoczne przez szybę ciężkie, czarne rolety.

— Do czego służą? — spytała.

— Do ochrony! Soczewka nie dba o to, jakie światło powiększa. Może sprawić, że mały płomyk będzie świecił światłem tysiąca świec. Wyobraź sobie, co w ciągu dnia mogłaby zrobić z promieniami słońca. To nic, jeśli jesteś dziesięć mil stąd. Ale sprawy wyglądają inaczej, kiedy patrzysz na nią z odległości dziesięciu cali. Dlatego należy ją chronić. Ją i siebie. Gdybym wszedł tu za dnia, a rolety nie byłyby opuszczone, usmażyłbym się. Chodź, pokażę ci, jak to działa.

Żelazne drzwi trzasnęły za nimi, gdy weszli do laterny.

— To główna soczewka, jaśniejszych już chyba nie ma.

Isabel spoglądała na rzucane przez pryzmaty miniaturowe tęcze.

— Jest taka piękna.

— Ten gruby centralny fragment szkła to nadlew. Ta ma cztery takie nadlewy, ale może być ich więcej lub mniej, w zależności od sygnału. Źródło światła musi być na równi z soczewką, tak by mogła je ona wzmocnić.

— A te szklane kręgi wokół nadlewu? — Wokół soczewki, niczym okręgi na tarczy do gry w lotki, umieszczono oddzielne szklane łuki.

79

— Pierwszych osiem załamuje światło. Dzięki temu nie świeci ono w niebo ani w dół, gdzie nikomu nie przyniesie pożytku, ale daleko w morze. Widzisz te czternaście pierścieni nad i pod metalowym prętem? Im dalej od środka, tym są grubsze. To one odbijają światło, dzięki czemu tworzy jeden promień i nie jest rozproszone.

— To znaczy, że żadne światło nie opuści tego pomieszczenia, dopóki na to nie zasłuży — zauważyła Isabel.

— Można tak powiedzieć. A oto światło — ciągnął Tom, wskazując umieszczone na metalowym stojaku niewielkie urządzenie okryte dziurkowaną osłoną.

— Nie robi wielkiego wrażenia.

— Rzeczywiście, teraz nie wygląda efektownie. Ale ta osłona to siatka żarowa, która sprawia, że parujący olej płonie jasno jak gwiazda, kiedy się go powiększy. Pokażę ci dziś wieczorem.

— Nasza własna gwiazda! Jakby świat został stworzony wyłącznie dla nas! Słońce i oceany. Jesteśmy tylko ty i ja, i mamy się tylko dla siebie!

— Latarni się wydaje, że ma mnie tylko dla siebie — odparł Tom.

— Żadnych wścibskich sąsiadów czy nudnych krewnych. — Mówiąc to, Isabel skubnęła go w ucho. — Tylko ty i ja...

— I zwierzęta. Na szczęście na Janus Rock nie ma węży. Nie tak jak na innych wyspach. Ale są tu jadowite pająki, więc lepiej uważaj. A także... — Tom nie mógł dokończyć wykładu na temat miejscowej fauny, gdyż Isabel zasypała go pocałunkami, muskała ustami jego uszy i sięgała dłońmi do kieszeni jego spodni, sprawiając, że nie potrafił się skupić, a tym bardziej mówić. — Izz... — wydusił — to naprawdę ważne. Musisz uważać na... — Jęknął, kiedy jej dłonie znalazły to, czego szukały.

— Ja... — zachichotała. — To ja jestem najbardziej niebez-
pieczną istotą na tej wyspie!

— Nie tu, Izz. Nie w latarni. Chodźmy... — odetchnął
głęboko — chodźmy na dół.

Isabel się roześmiała.

— A właśnie, że tu!

— To własność rządu.

— I co z tego? Napiszesz o tym w dzienniku?

Tom zakasłał.

— Formalnie rzecz biorąc... te rzeczy są dość delikatne
i kosztują więcej pieniędzy, niż oboje kiedykolwiek zobaczymy.
Nie chciałbym się tłumaczyć, w jaki sposób to wszystko się
potłukło. Chodź, zejdziemy na dół.

— A jeśli nie zejdę? — drażniła się z nim.

— Wtedy, kochanie, będę musiał... — mówiąc to, wziął ją
na ręce — cię znieść — dokończył i nie wypuszczając jej
z objęć, ruszył w dół wąskimi schodami.

* * *

— Tu jest jak w niebie! — pisnęła Isabel, kiedy nazajutrz rano
spojrzała na spokojne turkusowe wody oceanu. Mimo obaw
Toma co do pogody wiatr ustał, a zza chmur wyjrzało słońce.

Zaprowadził żonę do laguny, ogromnej sadzawki wypełnionej
głęboką na sześć stóp, spokojną, błękitną wodą, gdzie postanowili popływać.

— Niezależnie od tego, jak ci się tu podoba, miną trzy lata,
zanim będziemy mogli opuścić wyspę.

Słysząc to, otoczyła go ramionami.

— Jestem w miejscu, w którym chcę być, z mężczyzną,
którego kocham. Nic więcej się nie liczy.

— Czasami ryby wpływają do laguny przez szczeliny w skałach — wyjaśnił Tom. — Możesz złapać je w siatkę albo pochwycić rękami.

— Jak się nazywa ta sadzawka?

— Nie ma nazwy.

— Każda rzecz zasługuje na to, by mieć jakąś nazwę, nie sądzisz?

— W takim razie nazwij ją jakoś.

Isabel myślała przez chwilę.

— Niniejszym nadaję ci imię Rajska Sadzawka — ogłosiła, skrapiając pobliskie skały wodą. — Tu będę pływała.

— W tym miejscu powinnaś być bezpieczna, ale na wszelki wypadek miej oczy szeroko otwarte.

— Co chcesz przez to powiedzieć? — spytała, rozchlapując wodę i nie do końca go słuchając.

— Rekiny zwykle nie przedostają się przez skały, chyba że jest wyjątkowo wysoki przypływ albo gwałtowny sztorm. Dlatego raczej nic ci tu nie grozi...

— Raczej?

— Ale musisz uważać na inne rzeczy, choćby na jeżowce. Bądź ostrożna, kiedy schodzisz po podwodnych skałach. Kiedy kolce jeżowca wbiją ci się w stopę, możesz dostać zakażenia. W piasku przy brzegu mogą chować się ogończe. Jeśli nadepniesz na kolec w ogonie ogończy, będziesz w tarapatach. A jeśli jej kolec ukłuje cię w okolicach serca, cóż...

Isabel milczała.

— Wszystko w porządku, Izz?

— To dość przerażające, kiedy tak po prostu mówisz o tym wszystkim; zwłaszcza że w pobliżu nie ma żadnej pomocy.

Tom wziął ją w ramiona i pociągnął w stronę brzegu.

— Będę się tobą opiekował, kochanie. Nie martw się — rzekł z uśmiechem. — Wiesz o tym, prawda? — Ucałował jej ramiona i delikatnie położył na piasku, by zasypać pocałunkami jej twarz.

* * *

W szafie Isabel, obok sterty grubych zimowych ubrań wisi kilka kwiecistych sukienek — łatwych do uprania i praktycznych, kiedy karmi kury, doi kozy, zbiera warzywa i sprząta kuchnię. Spacerując z Tomem po wyspie, wkłada jego stare spodnie, podwija nogawki i ściska się w talii starym skórzanym paskiem, który chowa pod jedną z za dużych koszul. Lubi czuć grunt pod nogami i gdy tylko może, jest bosa, jednak chodząc po klifach zakłada tenisówki, by ochronić stopy przed ostrymi kłami z granitu. Odkrywa granice nowego świata.

* * *

Pewnego ranka, tuż po przyjeździe, upojona wolnością, postanowiła przeprowadzić eksperyment.

— Co sądzisz o moim nowym stylu? — spytała Toma, kiedy w południe naga przyniosła mu kanapkę. — W taki cudowny dzień nie potrzebuję żadnych ubrań.

Uniósł brwi i uśmiechnął się niewyraźnie.

— Wyglądasz uroczo, ale obawiam się, że wkrótce się tym znudzisz. — Sięgnął po kanapkę i pogłaskał ją po policzku. — W takim miejscu jak Janus Rock człowiek musi robić pewne rzeczy, żeby przetrwać i nie oszaleć. Trzeba jeść o właściwych porach, odwracać kartki kalendarza... — roześmiał się — ...i nosić ubrania. Zaufaj mi, kochanie.

Rumieniąc się, Isabel wróciła do domu i włożyła kilka warstw ubrań — koszulkę na ramiączkach i halkę, prostą, luźną sukienkę, rozpinany sweter i kalosze. Tak ubrana wyszła na słońce, żeby wykopać ziemniaki.

* * *

— Masz mapę wyspy? — spytała męża.

Tom się uśmiechnął.

— Boisz się, że się zgubisz? Jesteś tu od kilku tygodni! Wystarczy, że będziesz szła w kierunku przeciwnym do oceanu, a prędzej czy później dotrzesz do domu. Poza tym światło latarni wskaże ci drogę.

— Ale ja potrzebuję mapy. Przecież musi jakaś być.

— Oczywiście, że jest. Są tu mapy całego terenu, tylko nie bardzo wiem, do czego są ci potrzebne. Niewiele tu miejsc, do których mogłabyś pójść.

— Po prostu mi je pokaż, mężu. Pocałowała go w policzek.

Nieco później tego samego ranka Tom pojawił się w kuchni, niosąc pod pachą ogromny zwój, który teatralnym gestem rozwinął przed żoną.

— Twoje życzenie jest dla mnie rozkazem, pani Sherbourne.

— Dziękuję — odparła z przesadną uprzejmością Isabel. — Na razie to wszystko. Może pan odejść.

Tom uśmiechnął się i potarł dłonią brodę.

— Co panienka zamierza?

— To nie pańska sprawa!

W ciągu kolejnych dni Isabel każdego ranka wyruszała na wyprawę, a popołudniami zamykała się w sypialni, mimo że Tom zajęty był pracą.

Pewnego wieczoru, gdy pozmywała po kolacji, wzięła zwój i oddała go Tomowi.

— To dla ciebie.

— Dziękuję, kochanie. — Czytał właśnie podniszczoną książkę o wiązaniu węzłów. Spojrzał przelotnie na żonę. — Odniosę ją jutro.

— Ale to dla ciebie.

Tom podniósł wzrok.

— To mapa, prawda? — spytał.

Isabel posłała mu figlarny uśmiech.

— Nie przekonasz się, dopóki nie zobaczysz.

Rozwinął papier i spojrzał na mapę, na której pojawiły się drobne przypisy, kolorowe szkice i strzałki. Pierwszą rzeczą, jaka przyszła mu do głowy, było to, że mapa jest własnością państwa i przy kolejnej inspekcji będzie musiał słono za nią zapłacić. Na papierze pojawiły się bowiem zupełnie nowe nazwy.

— No i jak? — spytała z uśmiechem Isabel. — Wiele miejsc nie miało żadnej nazwy, więc postanowiłam to zmienić.

Zatoczki, klify, skały i trawiaste łąki zostały opisane zgrabnym pismem, a na mapie oprócz Rajskiej Sadzawki pojawiły się: Burzowy Zakątek, Zdradziecka Skała, Plaża Rozbitków, Zatoka Spokoju, Strażnica Toma, Klif Izzy i wiele innych nazw.

— Przyznam, że nigdy nie myślałem o nich jak o oddzielnych miejscach. Dla mnie to zawsze była Janus Rock — wyznał z uśmiechem Tom.

— To taki różnorodny świat. Każde miejsce zasługuje na nazwę, jak pokoje w domu.

Rzadko myślał o domu w kategoriach pokoi. Dom był po prostu domem. Zasmucił go ten podział wyspy, to rozgraniczenie na miejsca dobre i złe, bezpieczne i niebezpieczne. Wolał, gdy stanowiła całość. Co więcej, czuł się niezręcznie, wiedząc, że niektóre zakątki noszą jego imię. Wyspa Janus nie należała do niego. To on należał do niej. Tak samo postrzegali ziemię tubylcy, o których czytał w książkach. Jego zadaniem było opiekować się wyspą.

Spojrzał na żonę, która z uśmiechem patrzyła na swoje dzieło. Jeśli chciała nadawać miejscom nazwy, może nie było w tym nic złego. Może w końcu zrozumie jego punkt widzenia.

* * *

Kiedy Tom otrzymuje zaproszenia na zjazd ludzi ze swojego batalionu, zawsze odpisuje. Przesyła najlepsze życzenia i trochę pieniędzy, jednak nigdy nie bierze w nich udziału. Cóż, jako latarnik na wyspie Janus nie mógłby pojechać nawet, gdyby chciał. Wie, że są tacy, którzy chętnie zobaczyliby znajomą twarz i porozmawiali o dawnych czasach, jednak nie chce do nich dołączyć. Na wojnie stracił przyjaciół, ludzi, którym ufał, z którymi walczył, pił i dygotał w okopach. Ludzi, z którymi rozumiał się bez słów, których znał tak dobrze, jakby byli jego częścią. Myśli o języku, który ich do siebie zbliżył, słowach pomagających odnaleźć się w zupełnie nowej, okrutnej rze-czywistości. Granatach, pociskach artyleryjskich, bombach — wszystkich rodzajach pocisków, które mogły wpaść do okopu. Wszy nazywali mendami, jedzenie — żarciem, a rany — „angielkami", dzięki którym odsyłano ich do szpitala w Anglii. Tom zastanawia się, ilu mężczyzn nadal potrafi posługiwać się tym sekretnym językiem.

Czasami, kiedy budzi się obok Isabel, jest zdumiony i czuje ulgę, że wciąż żyje. Żeby się upewnić, wsłuchuje się w jej spokojny, miarowy oddech. W końcu przytula się do jej pleców, rozkoszując się miękkością skóry i krągłościami ciała. To największy cud, jaki w życiu widział.

ROZDZIAŁ 8

— Może cały ten czas, kiedy musiałem radzić sobie bez ciebie, może to była próba, test, żeby przekonać się, czy na ciebie zasługuję, Izz?

Leżeli wyciągnięci na kocu na trawie, trzy miesiące po tym, jak Isabel przybyła na wyspę Janus. Kwietniowa noc wciąż jeszcze była ciepła i pełna gwiazd. Isabel zamknęła oczy. Głowę oparła na ramieniu Toma, który delikatnie gładził ją po szyi.

— Jesteś moją drugą połówką na niebie — wyznał.

— Nie wiedziałam, że jesteś poetą!

— Nie ja to wymyśliłem. Gdzieś to wyczytałem. W jakimś łacińskim wierszu. Albo greckim micie. Coś w tym rodzaju.

— Ty i twoja prywatna edukacja! — drażniła się z nim.

Były urodziny Isabel. Tom podał śniadanie, ugotował obiad i patrzył, jak Isabel rozwiązuje kokardę na nakręcanym gramofonie, który Ralph i Bluey w tajemnicy przywieźli na wyspę razem z zapasami. Gramofon miał wynagrodzić Isabel to, że nieużywane od lat pianino, które Tom z dumą pokazał jej po przyjeździe, nie nadawało się do grania. Cały dzień słuchała

Chopina i Brahmsa, a teraz od strony latarni dobiegały stłumione dźwięki *Mesjasza* Haendla.

— Uwielbiam, kiedy to robisz — ciągnął Tom, patrząc, jak Isabel owija wokół palca kosmyk włosów, rozwija go i sięga po kolejny.

— Mama mówi, że to złe przyzwyczajenie — odparła nieśmiało Isabel. — Robię to nieświadomie.

Tom nawinął na palec kosmyk jej włosów i pozwolił, by rozwinął się niczym wstążka.

— Opowiedz mi jeszcze jakiś mit — poprosiła.

Zastanawiał się przez chwilę.

— Wiesz, że wyspa Janus wzięła swoje imię od łacińskiego słowa *Ianuarius*, styczeń? Została nazwana na cześć boga o tym samym imieniu. Bóg ten ma dwie twarze, zwrócone do siebie tyłem, i jest dość paskudny.

— Ten Janus jest bogiem czego?

— Drzwi. Zawsze patrzy w dwie strony, jest rozdarty, bo spogląda na rzeczy z dwóch różnych perspektyw. Styczeń spogląda w nowy rok, ale też ogląda się za siebie, żegnając mijający rok. Widzi przeszłość i przyszłość. Wyspa spogląda na dwa różne oceany, w dół na biegun południowy i w górę na równik.

— Tak, rozumiem — mruknęła Isabel. Uszczypnęła go w nos i wybuchnęła śmiechem. — Drażnię się z tobą. Uwielbiam, kiedy opowiadasz mi różne rzeczy. Opowiedz mi o gwiazdach. Gdzie podział się gwiazdozbiór Centaura?

Tom ucałował czubki jej palców, wziął ją za rękę i wskazał nią konstelację.

— Tam. To jego lubisz najbardziej?

— Najbardziej lubię ciebie. Kocham cię bardziej niż wszystkie konstelacje razem wzięte.

Pochylił się, żeby pocałować jej brzuch.

— Choć powinienem chyba powiedzieć, że najbardziej lubię was oboje, prawda? A jeśli to będą bliźniaki? Albo trojaczki?

Głowa Toma unosiła się i opadała w rytm oddechu Isabel.

— Słyszysz coś? Słyszysz, jak do ciebie mówi? — spytała.

— Tak. Mówi, że mam zanieść jego mamę do łóżka, zanim zrobi się naprawdę chłodno. — Po tych słowach wziął Isabel na ręce i zaniósł do chatki, podczas gdy chór w latarni morskiej zaintonował: *Albowiem urodziło nam się dziecię.*

* * *

Isabel z dumą napisała do matki, informując ją o tym, że spodziewa się dziecka.

— Och, gdybym tylko mogła... nie wiem... popłynąć i o wszystkim im powiedzieć. To czekanie na łódź mnie dobija! — Pocałowała Toma. — Chcesz, żebym napisała do twojego ojca albo brata?

Tom wstał od stołu i zaczął wycierać naczynia.

— Nie ma potrzeby — odparł zdawkowo.

Jego nerwowe zachowanie i zaciśnięte usta uświadomiły Isabel, że nie powinna drążyć tematu. Wyjęła ręcznik z dłoni męża.

— Zajmę się tym — oznajmiła. — Ty masz wystarczająco wiele zajęć.

Tom dotknął jej ramienia.

— W takim razie naprawię twój fotel. — Spróbował się uśmiechnąć i wyszedł z kuchni.

W szopie spojrzał na części fotela na biegunach, który zamierzał przygotować dla żony. Próbował przypomnieć sobie fotel, na którym siadywał z matką, kiedy opowiadała mu rozmaite historie. Jego ciało wciąż pamiętało delikatny dotyk — coś, co odebrano mu dziesiątki lat temu. Zastanawiał się, czy w przyszłości ich dziecko będzie pamiętało dotyk Isabel. Macierzyństwo to tajemnicza rzecz. Jak odważna musi być kobieta, by się na nią zdecydować, pomyślał, wracając wspomnieniami do matki. A jednak Isabel wydawała się zdeterminowana. „To natura, Tom. Czego tu się bać?" — powtarzała.

* * *

Kiedy wreszcie odnalazł matkę, miał dwadzieścia jeden lat i właśnie ukończył wydział inżynierii. Teraz sam odpowiadał za swoje życie. Adres, który zdobył dla niego prywatny detektyw, zaprowadził Toma do pensjonatu w Darlinghurst. Stojąc przed drzwiami, czuł się jak przerażony ośmioletni chłopiec. Wąski, obity boazerią korytarz tętnił życiem. Z sąsiedniego pokoju dobiegał szloch mężczyzny. „Nie możemy tak dalej żyć!" — krzyczała kobieta, najpewniej jego żona. Jej słowom towarzyszył płacz dziecka. Nieco dalej inna kobieta zarabiała właśnie na życie, o czym świadczyło monotonne skrzypienie łóżka.

Tom jeszcze raz zerknął na zapisany niestarannym pismem adres. Nie było wątpliwości, że stoi przed właściwymi drzwiami. Próbował przypomnieć sobie łagodne brzmienie matczynego głosu. „Hopla, mój mały Thomasie. Opatrzymy ranę i zakleimy ją plasterkiem".

Nikt nie odpowiedział na jego pukanie, spróbował więc jeszcze raz. W końcu ostrożnie przekręcił gałkę i drzwi do pokoju uchyliły się. Już w progu poczuł znajomą woń, jednak potrzebował chwili, by rozpoznać w niej zapach taniego alkoholu i papierosów. W słabym świetle dostrzegł nieposłane łóżko i sfatygowany fotel w różnych odcieniach brązu. Szyba w oknie była pęknięta, a stojąca w wazonie samotna róża dawno już uschła.

— Szukasz Ellie Sherbourne? — To był głos żylastego łysiejącego mężczyzny, który pojawił się w drzwiach za jego plecami.

Dziwnie było usłyszeć jej imię wypowiadane na głos. „Ellie", nikt nigdy nie mówił o jego matce „Ellie".

— Tak, szukam pani Sherbourne. Kiedy wróci?

Mężczyzna parsknął.

— Nie wróci. A szkoda, bo od miesiąca zalega z czynszem.

Wszystko to, cała ta rzeczywistość była dziwna i niedorzeczna. W niczym nie przypominała spotkania po latach, które Tom zaplanował i o którym marzył. Słowa mężczyzny sprawiły, że jego serce zaczęło bić mocniej.

— Wie pan może, gdzie mogę ją znaleźć?

— Obawiam się, że nigdzie. Zmarła trzy tygodnie temu. Właśnie przyszedłem wynieść ostatnie rzeczy.

Nic nie mogło przygotować Toma na taki scenariusz. Stał oniemiały pośrodku pokoju, w którym do niedawna mieszkała jego matka.

— Wychodzi pan? A może chce pan wynająć ten pokój? — spytał kwaśno mężczyzna.

Tom się zawahał. Po chwili otworzył portfel i wyjął z niego banknot pięciofuntowy.

— To za jej czynsz — bąknął i próbując powstrzymać łzy, wyszedł na korytarz.

Nić nadziei, którą pielęgnował od tak dawna, została brutalnie zerwana na jednej z ulic w Sydney, kiedy świat stał u progu wojny. W ciągu następnego miesiąca Tom zaciągnął się do wojska. Pytany o najbliższą rodzinę, podał nazwisko matki i jej adres w pensjonacie w Darlinghurst. Nikt nie zapytał go o szczegóły.

* * *

Tom przejechał dłonią po kawałku drewna i wyobraził sobie, co mógłby napisać w liście do matki, gdyby żyła, jakimi słowami przekazałby jej, że już niebawem zostanie babcią.

Sięgnął po taśmę mierniczą i skupił się na kolejnym kawałku drewna.

* * *

— Zebedee. — Isabel spoglądała na Toma z kamienną twarzą. Kąciki jej ust drgały niespokojnie.

— Co takiego? — spytał Tom, na chwilę przestając masować jej stopy.

— Zebedee — powtórzyła, chowając twarz za książką.

— Chyba nie mówisz poważnie. Co to za imię...

Isabel posłała mu urażone spojrzenie.

— To imię mojego ciotecznego dziadka. Zebedee Zanzibar Graysmark.

Tom spojrzał na nią, jednak nie powiedział ani słowa.

— Obiecałam umierającej babci, że jeśli kiedykolwiek będę miała syna, nazwę go imieniem jej brata. Przecież nie mogę złamać obietnicy.

— Myślałem o czymś bardziej normalnym.

— Chcesz powiedzieć, że mój cioteczny dziadek był nienormalny? — Isabel nie wytrzymała i wybuchła śmiechem. — Mam cię! Dałeś się nabrać!

— Ty mała kokietko! Pożałujesz, że to zrobiłaś!

— Nie, przestań! Przestań!

— Nie ma litości — odparł Tom, łaskocząc ją po brzuchu i karku.

— Poddaję się!

— Za późno!

Leżeli na trawie w pobliżu Plaży Rozbitków. W późno-popołudniowym słońcu piasek nabierał intensywnej żółtej barwy.

Nagle Tom zamarł.

— O co chodzi? — spytała Isabel. Długie włosy opadły jej na twarz.

Odgarnął kosmyki z oczu żony i spojrzał na nią w milczeniu. Zaniepokojona dotknęła jego policzka.

— Tom?

— To niepojęte. Trzy miesiące temu byliśmy tylko my, a teraz pojawiło się to nowe życie, zupełnie znikąd, jak...

— Jak dziecko.

— Tak, jak dziecko, ale to coś więcej, Izz. Dawniej, przed twoim przyjazdem, gdy siedziałem w latarni, myślałem o tym, czym jest życie. W porównaniu ze śmiercią... — Urwał. — Gadam bzdury. Lepiej się zamknę.

Isabel ujęła w dłonie jego twarz.

— Mów dalej, Tom. Tak rzadko mówisz o pewnych rzeczach.

— Nie potrafię ubrać tego w słowa. Skąd pochodzi życie?

— Czy to ważne?

— Czy to ważne? — powtórzył.

— To tajemnica, której nie jesteśmy w stanie zrozumieć.

— Wierz mi, że bywały chwile, kiedy chciałem poznać odpowiedź. Widziałem, jak ludzie wydają ostatnie tchnienie i miałem ochotę zapytać: dokąd odszedłeś? Jeszcze chwilę temu byłeś obok mnie, a teraz kawałki metalu uderzyły w ciebie z ogromną siłą i wyrwały w twoim ciele dziury, sprawiając, że nagle znalazłeś się w zupełnie innym miejscu. Jak to możliwe?

Isabel objęła ręką kolana, drugą głaszcząc źdźbła trawy.

— Myślisz, że ludzie pamiętają to życie, kiedy odchodzą? Myślisz, że w niebie moja babcia i dziadek wciąż są razem?

— Skąd mam wiedzieć?

— Kiedy oboje umrzemy, Bóg nie pozwoli, żebyśmy byli oddzielnie, prawda, Tom? Sprawi, że znów będziemy razem.

Tom objął żonę.

— No i zobacz, co narobiłem. Nie powinienem był się odzywać. Daj spokój, Izz, przecież wybieraliśmy imię dla dziecka. Chciałem je ocalić od losu, jaki spotkał biednego Zebedee Zanzibara. A co z imionami dla dziewczynek?

— Alice, Amelia, Annabel, April, Ariadne...

Tom uniósł brwi.

— A ta znowu zaczyna... Ariadne! Wystarczy, że będzie musiała mieszkać w latarni morskiej. Jeszcze tego jej trzeba, żeby ludzie śmiali się z jej imienia.

— W takim razie mamy do przejrzenia jeszcze jakieś dwieście stron — odparła z uśmiechem Isabel. — Lepiej się pospieszmy.

* * *

Tego wieczoru, stojąc na galerii, Tom próbował znaleźć odpowiedź na nurtujące go pytanie. Gdzie jest dusza dziecka? Dokąd pójdzie? Gdzie podziały się dusze ludzi, którzy żartowali, salutowali i razem z nim grzęźli w błocie?

I jak to się stało, że on, Tom Sherbourne, jest tu, na wyspie, z piękną żoną i maleńką duszyczką, która postanowiła do nich dołączyć? Nagle, z najdalszego zakątka ziemi, przyszło do nich dziecko. Tom tak długo otaczał się śmiercią, że to nagłe pojawienie się życia zdawało się niewiarygodne.

Wrócił do latarni i po raz kolejny spojrzał na wiszącą na ścianie fotografię Isabel. Tajemnica wszystkiego. Tajemnica.

* * *

Kolejnym prezentem, który przypłynął na wyspę wraz z ostatnią dostawą, był *Poradnik dla australijskich matek: Jak dobrze wychować dziecko*, autorstwa doktora Samuela B. Griffithsa. Isabel sięgała po książkę w każdej wolnej chwili i zasypywała Toma gradem informacji.

— Wiedziałeś, że dziecięce rzepki nie są zbudowane z kości? Jak myślisz, w jakim wieku dzieci powinny zacząć jeść łyżeczką? — pytała.

— Skąd mam to wiedzieć, Izz?

— No dalej, spróbuj zgadnąć!

— Szczerze, kochanie, nie mam pojęcia.

— Ale z ciebie ponurak! — narzekała i naburmuszona wracała do lektury. W ciągu kolejnych tygodni poradnik doczekał się oślich uszu, a na stronach pojawiły się zielone plamy z trawy.

— Nie podchodzisz do egzaminu, Izz, spodziewasz się dziecka.

— Chcę wiedzieć, co i jak mam robić. Nie będę mogła zapukać do mamy i poprosić jej o radę.

— Och, Izzy Bella. — Tom roześmiał się.

— Co? Co cię tak bawi?

95

— Nic. Zupełnie nic. Niczego bym w tobie nie zmienił.

Uśmiechnęła się i go pocałowała.

— Będziesz cudownym tatą. Wiem o tym. — Spojrzała na niego pytająco.

— O co chodzi?

— O nic.

— Izz, pytam poważnie. Co ci chodzi po głowie?

— Twój tata. Dlaczego nigdy o nim nie mówisz?

— Po prostu nie darzymy się specjalnym uczuciem.

— Ale jaki on był?

Tom zastanawiał się przez chwilę. Jak w kilku słowach opisać własnego ojca? Jak wytłumaczyć jego spojrzenie, dzielącą ich, niewidzialną przepaść, która nie pozwoliła im się do siebie zbliżyć?

— Miał rację. Zawsze miał rację. Niezależnie od tego, o co chodziło. Znał zasady i trzymał się ich, choćby się waliło i paliło. — Tom wrócił wspomnieniami do sztywnej wysokiej postaci, która kładła się cieniem na jego dzieciństwie. Zimnej i niewzruszonej niczym grobowiec.

— Był surowy?

Tom roześmiał się gorzko.

— Surowy to mało powiedziane. — W zamyśleniu potarł brodę. — Może po prostu chciał mieć pewność, że jego synowie nie wyrwą się spod kontroli. Dostawaliśmy lanie z byle powodu. Cecil ciągle na mnie donosił, wiedział, jak się wywinąć. — Znowu się roześmiał. — Ale wiesz co? Dzięki temu w wojsku nie miałem problemów z dyscypliną. Człowiek nigdy nie wie, za co będzie wdzięczny losowi. — Spoważniał. — Poza tym wiedziałem, że bez względu na to, co się wydarzy, nikt nie będzie po mnie płakał.

— Och Tom! Nawet tak nie mów! — wykrzyknęła Isabel.

Przytulił ją i w milczeniu głaskał jej miękkie, ciemne włosy.

* * *

Są chwile, gdy ocean przestaje być oceanem — nie jest błękitny, nie jest nawet wodą, ale zmienia się w gwałtowną eksplozję energii, niebezpieczeństwa i dzikości, jaką mogą wywołać wyłącznie bogowie. Woda niczym oszalała bestia rzuca się na wyspę, opluwa latarnię mgiełką drobnych kropli, gryzie poszarpane szczyty klifów. Dźwięk, jaki wydaje, przypomina ryk demona, którego gniew nie zna granic. Z myślą o takich nocach stworzono latarnie morskie.

W czasie najgorszych sztormów Tom całą noc siedzi w latarni, grzejąc się przy piecyku naftowym i popijając słodką herbatę. Jego myśli krążą wokół biedaków, którzy w tym momencie są na morzu, i dziękuje Bogu, że jest bezpieczny. Spogląda w mrok, sprawdzając, czy ktoś wzywa pomocy. Jego łódka czeka w pogotowiu, choć Bóg jeden wie, jaki byłby z niej pożytek w taką pogodę.

Tamtej nocy, na początku maja, Tom siedział z ołówkiem w ręku, dokonując obliczeń. Jego roczna pensja wynosi trzysta dwadzieścia siedem funtów. Ile kosztują dziecięce buciki? Ralph mówił, że dzieci błyskawicznie z nich wyrastają. Do tego ubrania. I podręczniki. Oczywiście jeśli zostaną na wyspie, Isabel będzie uczyła dzieci w domu. Ale w noce takie jak ta zastanawiał się, czy ma prawo zmuszać kogokolwiek do takiego życia. Szczególnie dzieci. Przypomniał sobie słowa Jacka Throssela, jednego z latarników ze wschodu: „Przysięgam, to najlepsze życie, jakie można zapewnić dzieciakom. Mam ich sześcioro, wszystkie zdrowe jak ryby. Zawsze gotowe do zabawy i psot. Nic, tylko badają jaskinie i wymyślają kryjówki. To prawdziwy gang małych pionierów. Moja żona dba o to, żeby odrabiały lekcje. Uwierz mi, wychowywanie dzieci na wyspie jest proste jak drut!".

Tom wrócił do obliczeń, zastanawiając się, w jaki sposób zaoszczędzić trochę pieniędzy na ubrania, lekarzy i Bóg wie na co jeszcze. Świadomość, że zostanie ojcem, sprawiała, iż był zdenerwowany, podekscytowany i zmartwiony.

Kiedy wrócił do wspomnień o ojcu, szalejący na dworze sztorm zagłuszył wszystkie odgłosy nocy, w tym rozpaczliwe krzyki Isabel wołającej o pomoc.

ROZDZIAŁ 9

— Napijesz się herbaty? — spytał Tom, nie wiedząc, co innego mógłby powiedzieć. Był człowiekiem praktycznym, potrafił obsługiwać delikatne urządzenia, naprawiać zepsute sprzęty, a przy tym miał refleksyjną naturę. Jednak na widok pogrążonej w rozpaczy Isabel czuł się bezsilny.

Nawet na niego nie spojrzała, spróbował więc jeszcze raz.

— Może podać ci środki przeciwbólowe? — Na kursie pierwszej pomocy uczono latarników ratować tonących, zajmować się ludźmi cierpiącymi na hipotermię, opatrywać rany, a nawet przeprowadzać podstawowe amputacje. Nikt jednak słowem nie wspomniał o ginekologii i Tom nie miał pojęcia, w jaki sposób pomóc kobiecie, która poroniła.

Od czasu potwornego sztormu minęły dwa dni. Dwa dni, odkąd Isabel zaczęła krwawić. Wciąż jednak nie pozwalała Tomowi nadać sygnału wzywającego pomocy. Po całonocnym czuwaniu w latarni Tom wrócił do domu tuż przed świtem. Jego ciało domagało się snu, jednak gdy wszedł do sypialni, ujrzał Isabel zwiniętą w kłębek na zakrwawionej pościeli. Rozpacz w jej oczach była nie do wytrzymania.

— Przepraszam — szepnęła. — Tak bardzo przepraszam, Tom. — Chwilę później zwinęła się z bólu i przycisnęła ręce do brzucha.

* * *

Teraz odezwała się beznamiętnym głosem:

— Po co mi lekarz? Dziecko nie żyje. Jestem do niczego — dodała. — Inne kobiety bez problemu wydają na świat zdrowe dzieci.

— Izzy Bella, przestań.

— To moja wina, Tom. Nie mów mi, że jest inaczej.

— Nieprawda, Izz. — Przytulił do piersi jej głowę i obsypał pocałunkami. — Będziemy mieli drugie dziecko. A po nim kolejne. Kiedyś, gdy wszystkie będą biegały po domu i pałętały się pod nogami, pomyślisz, że to wszystko był koszmarny sen. — Otulił ją szalem. — Jest piękny dzień. Chodź, usiądziemy na werandzie. Świeże powietrze dobrze ci zrobi.

Usiedli obok siebie w wiklinowych fotelach. Isabel okryła się niebieskim kraciastym kocem i w milczeniu patrzyła, jak późnojesienne słońce powoli stacza się za horyzont.

Wróciła wspomnieniami do dnia, gdy po raz pierwszy ujrzała Janus Rock. Wyspa wydała jej się pusta, niczym białe płótno. Potrzebowała czasu, by spojrzeć na nią oczami Toma i dostroić się do subtelnych zmian. Chmur, które samotnie lub w kłębiastych ławicach sunęły po niebie, fal, które w zależności od wiatru i pory roku były inne i z których uważny obserwator mógł wyczytać pogodę na kolejne dni. Musiała przyzwyczaić się do ptaków od czasu do czasu pojawiających się na wyspie, niesione wiatrem niczym nasiona albo wyrzucone na brzeg wodorosty.

Spojrzała na dwie samotne sosny i łzy napłynęły jej do oczu. — Szkoda, że nie ma tu lasu — odezwała się nagle. — Tęsknię za drzewami. Za ich liśćmi i zapachem. Boże, Tom, tęsknię za zwierzętami. Za widokiem kangurów. Brakuje mi tego.

— Wiem, że tęsknisz, Izz.

— A ty nie?

— Jesteś wszystkim, czego potrzebuję na tym świecie, i jesteś tu, przy mnie. Wszystko inne samo się poukłada. Musi tylko minąć trochę czasu.

* * *

Niezależnie od starań Isabel warstwa aksamitnego kurzu pokrywała wszystko: ślubną fotografię, zdjęcie Hugh i Alfiego zrobione w 1916 roku, w tygodniu, kiedy wstąpili do wojska. Obaj mieli na sobie mundury i uśmiechali się, jakby właśnie zostali zaproszeni na przyjęcie. Może nie byli najwyższymi żołnierzami Australijskich Sił Imperialnych, ale z całą pewnością tryskali entuzjazmem i wyglądali bajecznie w nowych miękkich kapeluszach.

W jej pudełeczku na przybory krawieckie panował względny porządek. Igły i szpilki tkwiły na swoich miejscach wbite w jasnozieloną poduszeczkę, a niedokończona szatka do chrztu przywodziła na myśl zapomniany zegar, który dawno temu przestał odmierzać czas.

Sznur pereł — dostała go od Toma w prezencie ślubnym — leżał w pudełku, które podarował jej, gdy jeszcze nie byli małżeństwem. Szczotka do włosów i szylkretowe grzebienie były jedynymi rzeczami na toaletce.

Isabel weszła do salonu, spoglądając na warstwę kurzu,

widoczne obok okna niewielkie pęknięcie tynku i postrzępiony róg granatowego dywanika. Palenisko pełne było popiołu, a ciężkie zasłony zdradzały oznaki zniszczenia. Na myśl o czekającej ich pracy poczuła się zmęczona. Jeszcze niedawno była pełna nadziei i wigoru. Teraz pokój przywodził na myśl trumnę, przy której zatrzymało się jej życie.

Otworzyła album ze zdjęciami, który przed wyjazdem podarowała jej matka. Były w nim fotografie z dzieciństwa Isabel, opatrzone nazwą zakładu fotograficznego Gutchera, i zrobione w domu ślubne zdjęcie rodziców. Musnęła palcami blat stołu i dotknęła koronkowej serwety, którą dostała od babci w wyprawie ślubnej. Podeszła do pianina i podniosła klapę.

Tu i ówdzie drewno było popękane. Widoczny nad klawiaturą złoty liść głosił: Eavestaff, Londyn. Isabel często myślała o tym, w jaki sposób instrument znalazł się w Australii. Wyobrażała sobie, jak potoczyłyby się jego losy, gdyby trafił do angielskiego domu, na salę koncertową lub do szkoły, gdzie małe dziecięce paluszki wygrywałyby na nim pierwsze fałszywe nuty. A jednak przewrotny los przywiódł go do tego miejsca, gdzie samotność i pogoda na zawsze skradły jego głos.

Nacisnęła środkowe C tak delikatnie, że z instrumentu nie wydobył się żaden dźwięk. Ciepły klawisz z kości słoniowej był gładki jak dłonie jej babci, a jego dotyk sprawił, że Isabel wróciła wspomnieniami do popołudniowych lekcji muzyki, kiedy grała utwory w tonacji As-dur, jedną oktawę, dwie, a w końcu trzy. Przypomniała sobie dźwięk piłki do krykieta uderzanej drewnianym kijem, gdy Hugh i Alfie dokazywali na dworze, a „mała dama” nabywała „ogłady” i słuchała babci, która z przejęciem tłumaczyła, jak ważne jest, by dziewczynka trzymała uniesione nadgarstki.

— Ale to głupie grać na dwie ręce! — marudziła Isabel.

— Cóż, moja droga, wiesz przecież, jak to robić — strofowała ją staruszka.

— Mogę zagrać w krykieta, babciu? Tylko chwilę, zaraz wrócę.

— Krykiet nie jest grą dla dziewczynek. No już. Etiuda Chopina — ponaglała babcia, otwierając usmarowany czekoladą zeszyt.

Isabel raz jeszcze dotknęła klawisza. Poczuła nagłą tęsknotę, nie za muzyką, ale za chwilami, gdy podkasywała sukienkę i dołączała do braci. Jeden za drugim wciskała kolejne klawisze, jakby wierzyła, że dzięki nim wróci do przeszłości, ale jedynym dźwiękiem wydobywającym się z pianina był stłumiony klekot wyschniętego drewna.

— I po co to wszystko? — spytała, wzruszając ramionami, kiedy Tom wszedł do pokoju. — Jest puste i martwe. Zupełnie jak ja — dodała i wybuchnęła płaczem.

* * *

Kilka dni później oboje stanęli nad brzegiem klifu.

Tom wbił głęboko w ziemię niewielki krzyż, który zrobił z wyrzuconego przez fale drewna. Na prośbę Isabel wyrył na nim datę — 31 maja 1922 — i jedno słowo „Pamiętamy".

Sięgnął po łopatę i wykopał dół, w którym posadzili krzak rozmarynu przyniesiony przez Isabel z ogródka. Od uporczywych myśli krążących w jego głowie zbierało mu się na wymioty. Dłonie miał spocone, choć praca, którą musiał wykonać, wcale nie była ciężka.

* * *

Stojąc na szczycie klifu, Isabel spoglądała, jak *Windward Spirit* przybija do brzegu. Wkrótce Ralph i Bluey wejdą na górę, nie musi więc wychodzić im na spotkanie. Dopiero gdy opuścili trap, zauważyła, że towarzyszy im ktoś jeszcze. Nie pamiętała jednak, by Tom uprzedzał ją o wizycie któregokolwiek z konserwatorów.

Cała trójka przez chwilę stała na molo. Nieznajomy, który ściskał w rękach czarną torbę, najwyraźniej nie mógł dojść do siebie po podróży.

Widząc Toma, Isabel pobladła ze złości.

— Jak śmiałeś?

— Jak śmiałem? — Tom zatoczył się do tyłu.

— Prosiłam, żebyś tego nie robił, a mimo to mnie nie posłuchałeś! Równie dobrze możesz go odesłać. Niech zostanie na dole. Nie chcę go widzieć!

Kiedy się złościła, wyglądała jak dziecko. Tom miał ochotę się roześmiać, ale jego uśmiech jeszcze bardziej rozzłościł Isabel. Oparła ręce na biodrach.

— Mówiłam, że nie potrzebuję lekarza, ale i tak zrobiłeś po swojemu. Nie pozwolę się dotknąć komuś, kto i tak nie powie mi nic więcej oprócz tego, co sama dobrze wiem. Powinieneś się wstydzić! To twoi goście. Zajmij się nimi.

— Izzy! — zawołał Tom. — Izzy, zaczekaj! Daj spokój, kochanie! On nie jest... — Jednak Isabel była już zbyt daleko, by usłyszeć resztę jego słów.

— No i? — spytał Ralph. — Jak to przyjęła? Założę się, że jest cała w skowronkach.

— Niezupełnie. — Tom włożył ręce do kieszeni spodni.

— Ale... — Ralph wydawał się zaskoczony. — Myślałem, że się ucieszy. Moja Hilda wykorzystała cały swój urok osobisty, żeby ściągnąć go na wyspę, a wierz mi, że nieczęsto jest zdolna do takich poświęceń.

— Ona... — Tom zastanawiał się, jak wytłumaczyć zachowanie żony. — Ona źle to zrozumiała. Przepraszam. Wpadła w histerię. W takiej sytuacji lepiej przygotować się na najgorsze i zaczekać, aż się uspokoi. Obawiam się, że sam będę musiał przygotować lunch.

Chwilę później dołączyli do nich Bluey wraz z nieznajomym i wszyscy czterej weszli do domu.

* * *

Isabel siedziała na trawie nieopodal zatoki, którą nazwała Zdradziecką, i gotowała się ze złości. Nie mogła znieść myśli, że Tom zamierzał wtajemniczyć w ich sprawy zupełnie obcych ludzi. Była zła, że Ralph i Bluey o wszystkim się dowiedzą. W drodze powrotnej będą rozmawiali o jej wstydliwej tajemnicy i Bóg jeden wie o czym jeszcze. Jakby tego było mało, jej mąż sprowadził na wyspę lekarza, przez co poczuła się jeszcze bardziej zdradzona.

Siedziała, patrząc na gnane wiatrem niskie fale. Mijały kolejne godziny. Zgłodniała i zrobiła się senna, jednak nie zamierzała wracać do domu, gdzie czekał na nią lekarz. Zamiast tego skupiła się na krajobrazie. Badała fakturę liści i zachwycała się ich zielenią. Słuchała odgłosów wiatru, wody i ptaków. W pewnej chwili usłyszała odległy obcy dźwięk, krótki i natarczywy. Nie wiedziała, czy dobiegał od strony latarni, czy może od strony domu. Nie był to znajomy brzęk metalu, który czasami wydobywał się z warsztatu. Chwilę później znowu go usłyszała, jednak tym razem brzmiał nieco inaczej. Zastanawiała się, czy to wiatr, który często płatał figle i zniekształcał rozmaite

105

odgłosy. Nieco dalej dwie mewy kłóciły się o rybę. Ich schrypnięte krzykliwe głosy zagłuszyły wszystko dookoła.

Isabel znów pogrążyła się w zadumie, aż do chwili, gdy ponownie usłyszała ten dźwięk. Tym razem był na tyle wyraźny, że mogła go rozpoznać. To była gama, wciąż pełna niedoskonałości, choć tonacja z minuty na minutę brzmiała coraz lepiej.

Nigdy nie słyszała, by Ralph czy Bluey mówili coś na temat pianina, a Tom nie miał pojęcia o grze na instrumencie. To pewnie ten przeklęty lekarz zdecydowany położyć swoje łapska tam, gdzie nie powinien. Isabel nigdy nie wydobyła z pianina żadnego dźwięku, jednak była pewna, że to właśnie je słyszała. Wiedziona wściekłością ruszyła ścieżką w górę, gotowa odegnać intruza od swojego instrumentu, ciała i domu.

Przeszła obok budynków gospodarczych, gdzie Tom, Ralph i Bluey układali worki z mąką.

— Witaj, Isab... — zaczął Ralph, jednak minęła go bez słowa i weszła do chatki.

Wpadła do salonu.

— Jeśli pan pozwoli, to niezwykle delikatny instru... — Nie dokończyła, zaskoczona widokiem rozmontowanego pianina, otwartej torby z narzędziami i nieznajomego, który maleńkim kluczem obracał kołek nad jedną z miedzianych strun, jednocześnie uderzając w odpowiedni klawisz.

— Zmumifikowana mewa. Oto cały problem — wyjaśnił, nie podnosząc na nią wzroku. — Jeden z wielu. Kolejny to dwadzieścia lat pośród piasku, soli i Bóg wie czego jeszcze. Wymieniłem filcowe podkładki i brzmi nieco lepiej. — Nawet na chwilę nie przestawał uderzać w klawisz i obracać kluczem. — Widziałem już różne rzeczy: martwe szczury, kanapki, wypchanego kota. Mógłbym napisać książkę o przedmiotach, które lądują wewnątrz pianina, choć nie mam pojęcia, jak się tam dostały. Idę o zakład, że mewa nie wleciała tu z własnej woli.

Isabel była tak zaskoczona, że nie wiedziała, co powiedzieć. Stała z otwartymi ustami, gdy poczuła, że ktoś kładzie rękę na jej ramieniu. Widząc, że to Tom, oblała się rumieńcem.

— To tyle, jeśli chodzi o niespodzianki. — Roześmiał się i pocałował ją w policzek.

— To... to było... — Nie dokończyła.

Stali objęci, stykając się czołami, aż w końcu oboje wybuchli śmiechem.

Isabel towarzyszyła stroicielowi przez kolejne dwie godziny, w czasie których starał się wydobyć z instrumentu czysty, donośny dźwięk. Koniec pracy skwitował głośnym „Alleluja!".

— Zrobiłem, co w mojej mocy, pani Sherbourne — oznajmił, chowając narzędzia. — Najchętniej zabrałbym je do pracowni, jednak podróż tam i z powrotem wyrządziłaby więcej złego niż dobrego. Nie jest idealnie dostrojone, ale ujdzie. — Wysunął taboret. — Chce pani spróbować?

Isabel usiadła przy pianinie i zagrała gamę a-moll.

— Jest o niebo lepiej niż przedtem! — przyznała. Zaczęła grać początek arii Haendla i wróciła pamięcią do dzieciństwa, gdy usłyszała czyjś stłumiony kaszel. To był Bluey i stojący za jego plecami Ralph.

— Nie przestawaj! — poprosił Bluey, gdy odwróciła się, by ich przywitać.

— Byłam taka nieuprzejma. Przepraszam! — Wstała od pianina.

— Ależ skąd — odparł Ralph. — Proszę. To od Hildy. — Podał jej pudełko przewiązane czerwoną wstążką.

— Och! — pisnęła Isabel. — Mogę otworzyć?

— Oczywiście. Jeśli nie powiem jej, jaka była twoja reakcja, gotowa pomyśleć, że nie dostarczyłem prezentu.

Isabel otworzyła pudełko i wyjęła *Wariacje Goldbergowskie* Bacha.

— Tom mówi, że potrafisz grać takie rzeczy z zamkniętymi oczami.

— Od lat nie grałam na pianinie. Ale... są cudowne! Dziękuję! — Uściskała Ralpha i pocałowała go w policzek. — Tobie też, Bluey — dodała, a jej wargi przypadkiem musnęły usta chłopaka, gdy ten niespodziewanie się odwrócił.

Bluey uśmiechnął się i zawstydzony spuścił wzrok.

— Tak naprawdę nie miałem z tym nic wspólnego — przyznał, ale Tom był innego zdania.

— Nie wierz w ani jedno jego słowo. Pojechał specjalnie do Albany, żeby przywieźć stroiciela. Nie było go cały dzień.

— W takim razie zasługujesz na dodatkowy pocałunek — odparła Isabel i pocałowała chłopaka w drugi policzek.

— Pan zresztą też! — dodała, całując stroiciela.

* * *

Tej nocy Tom sprawdzał przesłonę, słuchając Bacha. Dźwięki pięły się po schodach latarni, wypełniając całą latarnię i prześlizgując się między pryzmatami. Isabel była równie tajemnicza jak rtęć, która obracała mechanizm. Mogła uleczyć, ale i zabić, brała na siebie cały ciężar latarni, jednak Tom wiedział, że wystarczy chwila, a rozpadnie się na tysiące drobinek, które czmychną w różnych kierunkach, byle dalej od siebie. Wyszedł na galerię. Kiedy światła *Windward Spirit* zniknęły za horyzontem, pomodlił się za Isabel i ich wspólne życie. Zaraz potem otworzył dziennik i w rubryce „Uwagi" opatrzonej datą 13 września 1922 napisał:

Wizyta łodzi z zaopatrzeniem i Archiego Pollocka, stroiciela pianin. Wydano uprzednią zgodę.

CZĘŚĆ II

ROZDZIAŁ 10

27 kwietnia 1926

Usta Isabel były blade, a oczy uparcie patrzyły w ziemię. Od czasu do czasu czule dotykała ręką brzucha, którego płaskość przypominała jej, że jest pusty. Mimo to na bluzkach wciąż pojawiały się ślady mleka, które obficie popłynęło z jej piersi w pierwszych dniach po poronieniu, niczym uczta dla nieobecnego gościa. Wówczas płakała, jakby przed chwilą usłyszała bolesną prawdę.

Stała, ściskając w rękach prześcieradła. Nadal miała obowiązki, tak jak latarnia nadal rozświetlała mroki nocy. Pościeliwszy łóżko i schowawszy koszulę nocną pod poduszkę, weszła na klif, by choć przez chwilę posiedzieć przy grobach. Szczególnie dbała o świeżą mogiłę, zastanawiając się, czy wątły krzew rozmarynu przyjmie się na wietrznym szczycie klifu. Wyrwała kilka chwastów rosnących wokół dwóch starszych krzyży, które w miarę upływu czasu pokryły drobne kryształki soli.

Kiedy usłyszała niesiony wiatrem płacz dziecka, instynktownie zerknęła na grób. Przez moment miała wrażenie, że

113

w jej życiu zaszła tragiczna pomyłka, że ostatnie dziecko nie przyszło na świat martwe, ale żyje i oddycha. Uczucie zniknęło równie szybko, jak się pojawiło, ale płacz nie ustawał. Dopiero dobiegający z galerii krzyk Toma uświadomił jej, że to nie sen. Isabel poderwała się z ziemi i najszybciej jak mogła zbiegła w stronę plaży.

Mężczyzna, którego znaleźli w łódce, nie żył, jednak Tom znalazł na dziobie mały rozwrzeszczany tobołek.

— Jasna cholera! — krzyknął. — Jasna cholera, Izz. To...

— Dziecko! Dziecko! Boże Wszechmogący! Tom! No już, daj mi je!

* * *

Kiedy weszła do domu, serce waliło jej jak młot. Instynktownie wiedziała, jak trzymać niemowlę i jak je uspokoić. Myjąc je ciepłą wodą, nie mogła się nadziwić, jak świeża i gładka jest jego skóra, miękka, bez jednej zmarszczki. Isabel ucałowała każdy z maleńkich paluszków i delikatnie obcięła paznokietki dziecka, żeby się nie podrapało. Podtrzymując dłonią jego główkę, sięgnęła po jedwabną chusteczkę, którą trzymała na specjalne okazje, i wytarła nią zaschnięte smarki wokół nosa dziewczynki i widoczne na policzkach ślady łez. Te proste czynności obudziły wspomnienia innej kąpieli i innej twarzyczki — i czegoś, co zostało jej brutalnie odebrane.

Patrząc w oczy dziecka, miała wrażenie, że spogląda w oblicze Boga. Nie było tu miejsca na żadne maski ani pozory, bezbronność maleństwa przytłaczała. To, że ta skomplikowana istota, to misterne połączenie krwi, kości i skóry trafiło pod jej dach, było upokarzające. A to, że pojawiła się teraz, zaledwie dwa tygodnie po... To nie mógł być przypadek. Kruche niczym

114

płatek śniegu dziecko z pewnością by zginęło, gdyby nie łaskawe prądy morskie, które bezpiecznie przywiodły je na Plażę Rozbitków.

Niemowlę wyraziło swoją ufność w nieznającej słów pradawnej mowie ciała — jego mięśnie rozluźniły się, a główka opadła na rękę Isabel. Istota, która cudem uniknęła śmierci, z jeszcze większym zapałem garnęła się do życia.

Isabel zalała fala rozmaitych uczuć. Poczuła obawę, kiedy maleńkie rączki zacisnęły się na jej palcu, rozbawienie na widok słodkiej małej pupy i szacunek dla oddechu, który przemieniał powietrze w duszę i krew. Jednak niezmiennie w głębi serca drzemał mroczny, tępy ból.

— Widzisz, kruszyno? Doprowadziłaś mnie do płaczu — przemówiła do dziecka. — Jak to zrobiłaś? Taka mała idealna istotka? — Wyjęła niemowlę z wanny, uniosła jak świętą ofiarę składaną bogom i położyła na miękkim białym ręczniku. Wycierała ją ostrożnie, jak ktoś, kto próbuje zetrzeć plamy atramentu, uważając, by ich nie rozmazać, jakby obawiała się, że dziecko w każdej chwili może zniknąć. Dziewczynka leżała cierpliwie, podczas gdy Isabel posypała ją talkiem i założyła czystą pieluchę. Bez wahania podeszła do komody w pokoju dziecinnym i zaczęła przeglądać ubranka. W końcu wybrała żółtą sukieneczkę ozdobioną rzędem małych kaczuszek i ostrożnie ubrała w nią niemowlę.

Nucąc kołysankę i momentami zapominając słowa, otworzyła maleńką dłoń i przyjrzała się widocznym na niej liniom. Były jak ścieżki, które od chwili narodzin wiodły tę kruchą istotę prosto do brzegu.

— Urocza, śliczna kruszyno — szepnęła do śpiącej dziewczynki. Dziecko oddychało płytko, od czasu do czasu wzdrygając się przez sen. Isabel trzymała je na jednej ręce, drugą wygładzając prześcieradło w łóżeczku i poprawiając koc, który zrobiła szydełkiem z miękkiej jagnięcej wełny. Nawet gdy wszystko było gotowe, czuła, że nie może wypuścić dziecka z objęć, jeszcze nie teraz. Organizm, który od jakiegoś czasu przygotowywał jej ciało do roli matki, nagle obrócił się przeciwko niej i to on kierował jej uczuciami i mięśniami. Tłumione instynkty wzięły górę. Isabel wróciła z dzieckiem do kuchni i trzymając je na kolanach, zaczęła przeglądać księgę imion.

* * *

Latarnik rozlicza się ze wszystkiego. Każdy przedmiot jest wpisany w rejestr, opisany i poddawany kontroli. Nic nie umknie uwagi urzędników. Zastępca kierownika Departamentu Portów i Żeglugi rości sobie prawo do wszystkiego, począwszy od palników i atramentu, poprzez miotły i szafki, a na skrobaczce do butów skończywszy. Każdy drobiazg jest udokumentowany w oprawionym w skórę *Rejestrze wyposażenia* — nawet owce i kozy. Nic nie może zostać wyrzucone bez uprzedniej zgody władz z Fremantle, lub — jeśli rzeczony przedmiot jest naprawdę drogi — z Melbourne. Biada latarnikowi, który zużył dodatkowe pudełko koszulek żarowych albo galon oleju i nie potrafił tego wytłumaczyć. Bez względu na to, jak wiele mil dzieliło ich od lądu, latarnicy byli niczym motyle w szklanej gablocie — przyszpileni, uważnie obserwowani, bez szans na ucieczkę. Nie można przecież powierzyć latarni byle komu.

Staranne zapiski w dzienniku równie szczegółowo relacjonują życie latarnika. Podają dokładny czas zapalenia latarni i jej wyłączenia, informują o pogodzie i przepływających w pobliżu statkach. O tych, które nadały sygnał, i tych, które zmagały się ze sztormem, zbyt pochłonięte walką z żywiołem, by nadać wiadomość alfabetem Morse'a albo międzynarodowym kodem sygnałowym, skąd i dokąd płyną. Od czasu do czasu latarnicy pozwalali sobie na drobne żarty: ozdabiali początek miesiąca fantazyjnymi zawijasami albo z radością odnotowywali fakt, że inspektor zatwierdził urlop dla długoletnich pracowników. Jednak to były wszystkie swobody, na jakie mogli sobie pozwolić. Dziennik był świadectwem prawdy. Wprawdzie Janus Rock to nie Lloyds, gdzie statki polegają na prognozie pogody, więc zamykając księgę, Tom ma świadomość, że prawdopodobnie nikt nigdy nie zajrzy do jego notatek. Jednak pisząc raporty, czuje wewnętrzny spokój. Wiatr wciąż jest mierzony w systemie z czasów, gdy żeglarstwo przeżywało prawdziwy rozkwit: gdzie 0-2 oznacza wiatr spokojny (wystarczający, by mieć sterowność), a 12 to huraganowy wicher (przy którym płótna mogą nie wytrzymać). Tom rozkoszuje się tym językiem prawdy, mając w pamięci chaos, burzliwy okres manipulowania faktami, kiedy nie miał pojęcia, a tym bardziej nie mógł opisać, co tak naprawdę się działo, gdy kolejne eksplozje wstrząsały ziemią.

To właśnie dziennik nurtował go najbardziej, gdy po raz pierwszy przybył na wyspę. Z radością odnotowywał wszelkie szczegóły, nie przez wzgląd na warunki umowy, ale dlatego, że dzięki temu spełniał obywatelski obowiązek. Jego zapiski stanowiły maleńką część układanki. Nie był to wielki wkład, ale Tom czuł, że jest to konieczne. Światło wzywające pomocy, nitka dymu na horyzoncie, wyrzucony na brzeg kawałek metalu, który mógł pochodzić z wraku — wszystko to opisywał starannym, pochyłym pismem.

Teraz siedział przy biurku z piórem w ręku, gotowy opisać wydarzenia minionego dnia. Zginął człowiek. Ludzie powinni się o tym dowiedzieć, należało zadać pytania. Nabrał atramentu do pióra, mimo iż zbiorniczek był niemal pełny. Pobieżnie przejrzał kilka poprzednich stron i wrócił do notatki, którą sporządził sześć lat temu, w ponurą środę, kiedy po raz pierwszy przypłynął na Janus Rock. Od tamtego czasu dni przypominały pływy morskie, wznosiły się i opadały, jednak nigdy — niezależnie od tego, jak bardzo był zmęczony ciągłymi naprawami, po nieprzespanej nocy, gdy w czasie sztormu siedział na wieży i zastanawiał się, co właściwie robi w tym przeklętym miejscu, a nawet w te tragiczne dni, gdy Isabel poroniła — nie był tak niespokojny jak dziś. Ale żona błagała go, by zaczekał dzień. Jeden dzień.

Przypomniało mu się popołudnie sprzed dwóch tygodni, kiedy wrócił do domu z połowu i usłyszał krzyk Isabel. „Tom! Tom, szybko!". Wpadł do chatki i znalazł ją leżącą na podłodze w kuchni.

— Tom! Coś jest nie tak — wyjęczała z trudem. — Dziecko! Ja rodzę.

— Jesteś pewna?

— Oczywiście, że jestem pewna! — wydyszała. — Nie wiem, co się dzieje! Ja tylko... słodki Jezu! Tom, to potwornie boli!

— Pomogę ci. — Uklęknął obok niej na podłodze.

— Nie! Nie ruszaj mnie — jęknęła. Z każdym oddechem starała się zwalczyć ból, z trudem wymawiając kolejne słowa. — To bardzo boli. Boże, Tom, spraw, żeby przestało boleć! — krzyczała. Jej sukienka nasiąknęła krwią, która drobnymi strużkami płynęła po podłodze.

Tym razem było inaczej, Isabel była w siódmym miesiącu ciąży i Tom niewiele mógł zdziałaś, by jej pomóc.

— Powiedz mi, co mam robić, Izz. Mów mi, co mam robić! Isabel szarpała ubrania, próbując zdjąć bieliznę.

Tom uniósł jej biodra, jednak krzyki żony były coraz głośniejsze, a ona wiła się to w jedną, to w drugą stronę.

Poród był szybki i Tom patrzył jak dziecko — jego dziecko — wyłania się z ciała Isabel. Było ubrudzone krwią i żałośnie małe. Przywodziło na myśl zmniejszony model noworodka, na którego tak długo czekali, unurzany we krwi kobiety nieprzygotowanej na jego narodziny.

Miało około stopy i ważyło tyle co torebka cukru. Nie poruszało się i nie wydało żadnych dźwięków. Tom trzymał je w ramionach, rozdarty między zdumieniem i przerażeniem, nie wiedząc, co właściwie powinien zrobić ani co powinien czuć.

— Daj mi ją! — krzyknęła Isabel. — Daj mi moje dziecko! Chcę ją potrzymać!

— To był chłopiec — szepnął Tom, wręczając żonie jeszcze ciepłe ciało dziecka. — Mały chłopiec.

Posępna pieśń wiatru przybrała na sile. Promienie późnopopołudniowego słońca wlewały się do pokoju niczym rzeka płynnego złota, otulając świetlistym kocem kobietę i jej martwe dziecko. Stary kuchenny zegar odmierzał minuty z pedantyczną dokładnością. Życie narodziło się i zgasło, a wszechświat ani na chwilę nie zwolnił. Maszyna czasu i przestrzeni nadal mełła ziarna czasu, którymi karmiła się ludzkość.

Isabel usiadła pod ścianą i szlochała, tuląc drobne ciałko, które miało przyjść na świat większe i silniejsze.

— Moje dziecko, moje dziecko, moje dziecko — powtarzała szeptem, jakby wierzyła, że dzięki temu chłopiec wróci do życia. Twarz niemowlęcia przypominała oblicze mnicha pogrążonego w modlitwie; zamknięte oczy i milczące zaciśnięte usta świadczyły o tym, że wróciło do świata, który tak niechętnie opuściło.

Nadgorliwe wskazówki nieubłaganie odmierzały czas. Minęło pół godziny, a Isabel nie odezwała się ani słowem.

— Przyniosę ci koc — odezwał się niepewnie Tom.

— Nie! — Złapała go za ręce. — Nie zostawiaj nas.

Usiadł przy niej i otoczył ją ramieniem, pozwalając, by ukryła twarz na jego piersi. Widoczne na podłodze kałuże krwi zaczęły wysychać. Śmierć, krew, pocieszanie rannych — wszystko to wyglądało znajomo. A jednak tym razem było inaczej. W tamtych wspomnieniach nie było kobiety i dzieci, tylko wybuchy i błoto. Dookoła wszystko wyglądało tak samo: talerze stały równo na suszarce; kuchenna ściereczka wisiała na drzwiach piekarnika. Ciasto, które Isabel upiekła tego ranka, leżało odwrócone na kratce pod gorące naczynia, przykryte wilgotnym ręcznikiem.

— Co zrobimy? — odezwał się po chwili. — Z dzieckiem... z nim?

Isabel spojrzała na zimne nieruchome ciałko, które trzymała w ramionach.

— Zagrzej wodę — poleciła.

Tom zerknął na żonę.

— Proszę, zagrzej wodę.

Nie chcąc jej denerwować, zdezorientowany wstał i postawił wodę na ogniu.

— Kiedy się zagrzeje, napełnij nią miskę do prania.

— Izz, jeśli chcesz się wykąpać, zaniosę cię.

— To nie dla mnie. Muszę go umyć. W szafce z bielizną pościelową są czyste prześcieradła, te, które haftowałam. Przyniesiesz jedno?

— Izz, kochanie, będzie na to czas. Teraz ty jesteś najważniejsza. Pójdę do wieży i nadam sygnał. Niech przyślą łódź.

— Nie! — Głos miała stanowczy. — Nie! Nie chcę... nie chcę nikogo widzieć. Nie chcę, żeby ktokolwiek wiedział. Jeszcze nie teraz.

— Ale skarbie, straciłaś dużo krwi. Jesteś blada jak płótno. Powinniśmy wezwać lekarza, który zabierze cię na ląd.

— Miska, Tom. Proszę.

* * *

Kiedy woda była ciepła, Tom napełnił metalową miskę i postawił ją na podłodze obok Isabel. Podał żonie flanelową ściereczkę, a ona zamoczyła ją w wodzie i delikatnie otarła twarz noworodka, zmywając z półprzezroczystej skóry smugi wodnistej krwi. Dziecko nadal wyglądało jak pogrążony w modlitwie nieruchomy posąg, miniaturowy mnich pochłonięty sekretną rozmową z Bogiem. Isabel po raz kolejny zwilżyła ściereczkę i otarła twarz maleństwa, wpatrując się w nie, jakby liczyła, że lada chwila otworzy oczy i poruszy paluszkami.

— Izz — szepnął Tom, gładząc ją po włosach — posłuchaj mnie. Zrobię ci teraz bardzo słodkiej herbaty i chciałbym, żebyś ją wypiła. Okryję cię kocem i trochę tu posprzątam. Nie musisz nigdzie płynąć, ale musisz pozwolić się sobą zaopiekować. Bez dyskusji. Dam ci morfinę i żelazo w tabletkach, a ty je połkniesz, dobrze? — Mówił spokojnym, łagodnym głosem, jakby przekazywał jej suche fakty.

Pochłonięta tym osobliwym rytuałem, Isabel nie przestawała obmywać ciała dziecka, którego pępowina leżała na podłodze obok łożyska i błon płodowych. Nieznacznie uniosła głowę, gdy Tom otulił ją kocem. Chwilę później wrócił do kuchni z wiadrem i ścierką i na czworakach zaczął ścierać z podłogi plamy zakrzepłej krwi.

Isabel zanurzyła ciało w misce, uważając, by główka znajdowała się nad poziomem wody, wytarła je i razem z łożyskiem zawinęła w czysty ręcznik.

— Tom, rozłożysz prześcieradło na stole?

Tom odsunął formę do pieczenia i rozłożył złożone na pół haftowane prześcieradło. Isabel podała mu tobołek.

— Połóż go na nim — poinstruowała męża zmęczonym głosem, a potem patrzyła, jak posłusznie wypełnia jej polecenie.

— Teraz musimy zająć się tobą — oznajmił Tom. — Woda jest jeszcze gorąca. Chodź, umyjemy cię. Oprzyj się na mnie. Powoli. Wolno, nie spiesz się. — Ich drogę z kuchni do łazienki znaczyły szkarłatne krople krwi. Tym razem to Tom obmył twarz żony wilgotną flanelową szmatką, raz po raz maczając ją w wodzie.

Godzinę później Isabel leżała w łóżku, ubrana w czystą koszulę nocną, z włosami splecionymi w ciasny warkocz. Tom cierpliwie głaskał ją po twarzy aż do chwili, gdy wycieńczona zasnęła u jego boku. Dopiero wtedy wymknął się z pokoju i wrócił do kuchni, gdzie dokończył sprzątanie i namoczył przesiąknięte krwią ubrania. O zmroku usiadł przy kuchennym stole, zapalił lampę i odmówił modlitwę nad ciałem dziecka. Bezmiar przestrzeni, maleńkie ciałko, wieczność i zegar, który jakby oskarżał mijający czas — wszystko to wydawało się jeszcze bardziej bezsensowne niż w Egipcie czy Francji. Tom wiele razy był świadkiem śmierci, jednak panująca w domu martwa cisza sprawiła, że poczuł się, jakby po raz pierwszy zobaczył jej prawdziwą twarz. Mężczyźni, którym towarzyszył na skraju życia, mieli być opłakiwani przez swoje matki, ale na polu bitwy najbliżsi byli zbyt daleko, by można ich było sobie wyobrazić. Widok dziecka odebranego matce w chwili narodzin, odebranego jedynej kobiecie, na której Tomowi zależało, stanowił zupełnie inny, przerażający rodzaj bólu. Po raz kolejny zerknął na cienie rzucane przez nieruchome ciało dziecka i leżące obok ciasto, ukryte pod ściereczką niczym otulony całunem brat bliźniak.

* * *

— Jeszcze nie, Tom. Powiem im, kiedy będę gotowa — upierała się następnego dnia Isabel.

— Ale twoi rodzice... będą chcieli znać prawdę. Oczekują, że przy najbliższej okazji wrócisz do domu. Spodziewają się pierwszego wnuka.

Isabel spojrzała na niego bezradnie.

— Właśnie! Spodziewają się pierwszego wnuka, a ja poroniłam.

— Będą się o ciebie martwili.

— Więc po co ich niepokoić? Proszę, Tom. To nasza sprawa. Moja sprawa. Nie musimy mówić o tym całemu światu. Pozwól, niech jeszcze trochę nacieszą się złudzeniami. W czerwcu, kiedy przypłynie łódź, napiszę do nich list.

— Ale do czerwca zostało jeszcze mnóstwo czasu!

— Po prostu nie mogę, Tom. — Na nocną koszulę spadła łza. — Przynajmniej przez kilka tygodni będą szczęśliwi...

Tak więc wysłuchał jej próśb i w swoich zapiskach nie wspomniał ani słowem o martwym dziecku, które przyszło na świat. Ale to było coś innego; tamta sprawa dotyczyła wyłącznie ich dwojga. Pojawienie się łódki nie dawało Tomowi takiej swobody. Rozpoczął raport od wzmianki o parowcu, który

widział rankiem, płynącej do Cape Town *Manchester Queen.*
Opisał warunki pogodowe jako „spokojne", zanotował tem-
peraturę i odłożył pióro. Jutro opowie całą historię o pojawieniu się łodzi, zaraz po tym, jak nada sygnał. Zastanawiał
się przez chwilę, czy zostawić wolne miejsce, tak aby mógł
uzupełnić notatki, czy lepiej dać do zrozumienia, że łódź
przybyła później niż w rzeczywistości. Ostatecznie zostawił
wolne miejsce. Nazajutrz z samego rana nada sygnał i wy-
tłumaczy, że nie zrobił tego wcześniej, bo oboje z Isabel byli
zbyt zajęci dzieckiem. Dziennik wyjawi prawdę, choć prawda ta będzie spóźniona o jeden dzień. Zerknął na swoje
odbicie w szybie, widoczne nad *Ustawą o latarniach mor-*
skich z 1911 roku, i przez chwilę nie rozpoznawał własnej
twarzy.

* * *

— Nie jestem ekspertem w tej dziedzinie — tłumaczył
Isabel tego popołudnia, gdy na wyspie pojawiło się niemowlę.
— I nie zmienisz tego, jeśli nadal będziesz tak stał. Chcę
tylko, żebyś ją przytrzymał, a ja sprawdzę, czy butelka jest
wystarczająco ciepła. No już, przecież cię nie ugryzie — dodała
z uśmiechem. — Przynajmniej nie teraz.
Dziecko było niewiele dłuższe od jego przedramienia, jednak
Tom sięgnął po nie, jakby było ośmiornicą.
— Po prostu stój tak przez minutę — poleciła Isabel, poprawiając mu ramiona. — Właśnie tak, dobrze. A teraz... — podała
mu dziecko — ...przez dwie minuty jest tylko twoja. — Po
tych słowach wyszła do kuchni.
Tom po raz pierwszy został sam na sam z dziewczynką. Stał
na baczność, przerażony, że może nie sprostać zadaniu. Tym-

czasem dziecko zaczęło się wiercić, wierzgając nóżkami i machając rączkami z siłą, która wprawiła go w zdumienie.

— Uspokój się! — błagał, próbując odpowiednio ułożyć ramiona. — Nie utrudniaj życia staruszkowi.

— Pamiętaj, żeby podtrzymywać jej główkę! — zawołała z kuchni Isabel.

Tom natychmiast wsunął dłoń pod główkę dziecka, zaskoczony tym, jak bardzo jest drobna. Kiedy dziewczynka znów zaczęła się wiercić, ukołysał ją delikatnie.

— No już, nie bądź taka. Nie utrudniaj życia wujkowi Tomowi.

Kiedy dziecko zamrugało i spojrzało mu prosto w oczy, poczuł niemal fizyczny ból. Nagle dotarło do niego, że ta kruszyna jest częścią świata, którego on, Tom Sherbourne, prawdopodobnie nigdy nie pozna.

Isabel wróciła do pokoju z butelką mleka.

— Masz. — Mówiąc to, podała butelkę Tomowi i pomogła mu przysunąć ją do ust dziecka, pokazując, jak zachęcić małą do picia. Był zdumiony całym procesem. Świadomość, że dziecko niczego od niego nie wymaga, sprawiła, że poczuł głęboki szacunek dla czegoś, czego nie potrafił nazwać ani zrozumieć.

* * *

Kiedy Tom wrócił do latarni, a dziecko zasnęło, Isabel krzątała się po kuchni, przygotowując obiad. Gdy tylko usłyszała płacz, pobiegła do pokoju dziecinnego i wyjęła małą z łóżeczka. Dziecko było marudne i przylgnęło do jej piersi, ssąc cienki materiał bluzki.

— Nadal jesteś głodna, kochanie? Doktor Griffith ostrzega w swoim poradniku, żeby nie przekarmić dziecka, ale odrobina więcej... — Podgrzała mleko i przystawiła butelkę do ust niemowlęcia, jednak tym razem dziewczynka odwróciła główkę i płacząc, chwyciła ustami ciepły sutek, który dotykał jej policzka przez cienki materiał bluzki. — No dalej, skarbie, tu masz butelkę — przemawiała czule Isabel, ale dziecko nie zamierzało jej słuchać. Wiło się i wierzgało, szukając piersi.

Isabel pamiętała ból, jaki towarzyszył pojawieniu się mleka, kiedy jej piersi stały się nabrzmiałe i obolałe. Wtedy uważała, że to jeden z najokrutniejszych mechanizmów rządzących naturą. Teraz niemowlę, które trzymała w ramionach, pragnęło jej mleka, a może szukało pocieszenia po tym, jak cudem uniknęło śmierci. Widząc to, zawahała się. W jej myślach panował chaos, pełen bólu, tęsknoty i uczucia straty.

— Biedne maleństwo — szepnęła i powoli rozpięła bluzkę. Chwilę później niemowlę z zadowoleniem ssało jej pierś, choć uroniła zaledwie kilka kropli mleka.

Spokój przerwało pojawienie się Toma.

— Jak tam... — Urwał zdumiony tym, co zobaczył.

Isabel spojrzała na męża. Na jej twarzy poczucie winy mieszało się z niewinnością.

— Tylko w ten sposób mogłam ją uspokoić.

— Ale... Cóż... — Zaskoczony Tom nie miał pojęcia, co powiedzieć.

— Płakała. Nie chciała pić z butelki...

— Ale... wcześniej nie było z tym problemu. Przecież widziałem...

— Tak, może dlatego, że była bardzo głodna.

Tom patrzył na nią zbity z tropu.

— To zupełnie naturalne, Tom. Najlepsza rzecz, jaką mogłam dla niej zrobić. Nie patrz na mnie w ten sposób. — Mówiąc

126

to, wyciągnęła do niego rękę. — Chodź tu, kochanie. Uśmiechnij się.

Oszołomiony wziął ją za rękę, czując narastający niepokój.

* * *

Tego popołudnia oczy Isabel lśniły blaskiem, którego nie widział od lat.

— Chodź i zobacz! — zawołała. — Czyż to nie piękny widok? Jest taka śliczna! — Wskazała wiklinowe łóżeczko, w którym spało niemowlę. Jego maleńka pierś unosiła się i opadała niczym fale rozbijające się o brzegi wyspy.

— Tak, wygląda uroczo — przyznał Tom.

— Myślę, że nie ma jeszcze trzech miesięcy.

— Skąd wiesz?

— Sprawdziłam. W przewodniku doktora Griffitha — dodała pospiesznie, widząc niedowierzanie malujące się na twarzy męża. — Zebrałam kilka marchewek i rzepę, dodałam resztkę baraniny i ugotowałam potrawkę. Dziś wieczorem chcę zjeść uroczystą kolację.

Tom zmarszczył czoło.

— Musimy powitać Lucy i zmówić modlitwę za jej biednego ojca.

— Jeśli ten człowiek rzeczywiście był jej ojcem. Lucy?

— Dziecko musi mieć imię. Lucy znaczy „światło", dlatego idealnie do niej pasuje, nie sądzisz?

— Izzy Bella. — Tom uśmiechnął się i delikatnie pogładził żonę po włosach. — Uważaj, kochanie, nie chcę, żebyś później cierpiała...

* * *

Wieczorem, zapalając światła latarni, Tom wciąż czuł dziwny niepokój, nie potrafił jednak powiedzieć, czy to na nowo rozbudzony smutek związany z tym, co wydarzyło się w przeszłości, czy złe przeczucie. Schodząc po wąskich krętych schodach, miał wrażenie, jakby coś ciążyło mu na piersi, spychając z powrotem w mrok, od którego całkiem niedawno zdołał się uwolnić.

* * *

Tego wieczoru, gdy zasiedli do kolacji, towarzyszyło im sapanie dziecka i gaworzenie, które wywoływało uśmiech na twarzy Isabel.

— Zastanawiam się, co się z nią stanie — rozmyślała na głos. — Aż żal pomyśleć, że mogłaby trafić do sierocińca, jak synek Sarah Porter.

Później kochali się po raz pierwszy od dnia, gdy Isabel poroniła. Trzymając ją w ramionach, Tom miał wrażenie, że zaszła w niej jakaś subtelna zmiana. Wydawała się odprężona i bardziej pewna siebie. Po wszystkim pocałowała go.

— Kiedy przyjdzie wiosna, posadźmy w ogrodzie różę, która będzie kwitła długo po tym, jak opuścimy wyspę — powiedziała.

* * *

— Dziś rano wyślę sygnał — oznajmił Tom, kiedy bladym świtem zgasił latarnię. Perłowy blask nadchodzącego dnia zakradł się do sypialni i delikatnie pieścił twarz dziecka. Dziewczynka obudziła się w nocy i Isabel przyniosła ją do łóżka, żeby spała między nimi.

Teraz przytknęła do ust palec i wskazała głową śpiące niemowlę. Zaraz potem wstała i poszła z Tomem do kuchni.

— Usiądź, skarbie, a ja zaparzę herbatę — szepnęła, sięgając po filiżanki, dzbanek i czajnik. — Dużo myślałam, Tom — wyznała, kiedy wstawiła wodę.

— O czym, Izzy?

— O Lucy. To nie może być przypadek, że pojawiła się tuż po tym, jak... — Nie musiała kończyć, by wiedział, co ma na myśli. — Nie możemy odesłać jej do sierocińca. — Spojrzała na Toma i wzięła go za ręce. — Kochanie, myślę, że powinna z nami zostać.

— Rozumiem, skarbie! To urocze dziecko, ale nie jest nasze. Nie możemy go zatrzymać.

— Dlaczego nie? Tylko pomyśl. Kto tak naprawdę wie, że tu jest?

— Ralph i Bluey dowiedzą się, kiedy przypłyną tu za kilka tygodni.

— Tak, ale skąd mieliby wiedzieć, że nie jest nasza? Wszyscy myślą, że spodziewam się dziecka. Po prostu będą zaskoczeni, że urodziła się wcześniej.

Tom patrzył na nią z otwartymi ustami.

— Ale... Izzy, czyś ty oszalała? Zdajesz sobie sprawę z tego, co proponujesz?

— Proponuję, żebyśmy postąpili jak należy. To wszystko. Proponuję, żebyśmy pokochali to dziecko. Proponuję, kochanie — ścisnęła jego dłonie — żebyśmy przyjęli dar, który został nam ofiarowany. Od jak dawna pragniemy dziecka? Od jak dawna się o nie modlimy?

Tom odwrócił się w stronę okna, złapał się za głowę i wybuchnął śmiechem. Zaraz jednak spoważniał i opuścił ręce.

— Na litość boską, Isabel! Kiedy im powiem o człowieku w łodzi, ktoś na pewno będzie wiedział, co to za jeden. Domyślą się, że było z nim dziecko. Może nie od razu, ale z czasem...

— W takim razie nie powinieneś im mówić.

— Mam nic nie mówić? — spytał z niedowierzaniem.

Isabel pogłaskała go po głowie.

— Właśnie tak, kochanie, nic im nie mów. Nie zrobiliśmy nic złego poza tym, że daliśmy schronienie bezbronnemu dziecku. Możemy urządzić temu człowiekowi porządny pogrzeb. A łódź... możemy spuścić ją z powrotem na wodę.

— Izzy, Izzy! Wiesz, kochanie, że zrobiłbym dla ciebie wszystko, ale... Kimkolwiek jest ten człowiek i niezależnie od tego, co zrobił, zasługuje na to, żeby odpowiednie władze zajęły się jego sprawą. Legalnie. A jeśli matka tego maleństwa żyje? Jeśli odchodzi od zmysłów, czekając na męża i dziecko?

— Która kobieta straciłaby z oczu własne dziecko? Pogódź się z tym, Tom, ona na pewno utonęła. — Znowu ścisnęła jego ręce. — Wiem, ile znaczą dla ciebie zasady, i wiem, że proszę, abyś je złamał. Ale pomyśl, dlaczego je stworzono? By ratować życie! Właśnie to powinniśmy zrobić, kochanie. Uratować to życie. Ona tu jest, Tom, i potrzebuje nas, a my możemy jej pomóc. Proszę.

— Nie mogę, Izzy. Nie rozumiesz? To nie zależy ode mnie.

Jej twarz pociemniała.

— Jak możesz być tak nieczuły? Dbasz tylko o swoje zasady, statki i tę przeklętą latarnię.

Już wcześniej słyszał podobne zarzuty, kiedy oszalała z rozpaczy Isabel kierowała swój gniew przeciwko jedynej bliskiej osobie, człowiekowi, który najlepiej jak mógł wykonywał swoje obowiązki, robił wszystko, by ją pocieszyć, samemu tłumiąc ból. Po raz kolejny poczuł, że podeszła blisko niebezpiecznej krawędzi, może nawet zbyt blisko.

ROZDZIAŁ 11

Wścibska mewa obserwowała Toma z oblepionej wodoro-stami skały. Łypiąc na niego paciorkowatym okiem, patrzyła, jak owija w płótno ciało mężczyzny, które roztaczało mdławą woń śmierci. Trudno było powiedzieć, czym mężczyzna zaj-mował się za życia. Jego twarz nie była ani młoda, ani stara. Był drobnej budowy blondynem, na lewym policzku miał niewielką bliznę. Tom zastanawiał się, kto za nim tęsknił, kto go kochał, a kto nienawidził.

Stare mogiły rozbitków znajdowały się na niewielkiej nizinie nieopodal plaży. Rozkopując ziemię, Tom poczuł, jak jego mięśnie budzą się do życia, automatycznie wykonując dawno zapomniany rytuał, którego miał nadzieję nigdy więcej nie powtarzać.

Gdy po raz pierwszy zgłosił się do grzebania zwłok, zwy-miotował na widok rzędów ciał, które, leżąc na ziemi, czekały na jego łopatę. Z czasem przykry obowiązek stał się pracą jak każda inna. Wiele razy miał nadzieję, że dostanie chudzielca albo kogoś, komu wybuch urwał nogi, przez co łatwiej będzie go ruszyć. Pochować ciała. Oznaczyć grób. Zasalutować i odejść. Tak to się odbywało. Niegdyś liczył na to, że dostanie najbardziej okaleczone zwłoki. Myśl o tym zmroziła Toma, tym bardziej, że w tamtym czasie nie widział w tym nic niezwykłego. Łopata stękała przy każdym zetknięciu z piaszczystą ziemią. Kiedy skończył uklepywać mogiłę, pochylił głowę, by zmówić modlitwę za biednego nieszczęśnika, ale zamiast tego szepnął tylko: „Wybacz mi, Boże, ten i inne grzechy, jakich się dopuściłem. Przebacz też Isabel. Wiesz przecież, jaka jest dobra. Wiesz, jak dużo wycierpiała. Wybacz nam obojgu. Miej litość". Przeżegnał się i wrócił do łodzi, gotowy zepchnąć ją na wodę. Dźwignął ją i wtedy jego uwagę przykuło coś błyszczącego. Zaintrygowany pochylił się i zajrzał do środka. Coś zaklinowało się we wrędze. Tom spróbował wydobyć świecidełko, jednak bez powodzenia. Potrzebował chwili, by wydostać zimny, twardy przedmiot, który okazał się srebrną grzechotką ozdobioną aniołkami i stemplem probierczym.

Obracał ją w dłoniach, jakby spodziewał się, że do niego przemówi i da mu jakąś wskazówkę. W końcu schował ją do kieszeni. Mogło być wiele powodów, dla których ta dwójka przypłynęła na Janus Rock, ale tylko myśl, że dziecko jest sierotą, pozwalała Tomowi zagłuszyć sumienie i spać spokojnie w nocy. Starał się podtrzymywać w sobie tę myśl i nie dopuszczać żadnych wątpliwości. Utkwił wzrok w miejscu, gdzie ocean stykał się z niebem, przywodząc na myśl zaciśnięte usta. Niektórych rzeczy lepiej nie wiedzieć.

Upewnił się, że łódź została porwana przez południowy prąd, zanim wrócił na plażę. Dziękował Bogu za słonawy odór gnijących na skałach, zielonoczarnych wodorostów, który zabijał wszechobecną woń śmierci. Mały purpurowy krab wypełzł spod skalnej półki, podreptał do najeżonej kolcami, martwej, nabrzmiałej najeżki i zaczął wydłubywać szczypcami mięso z jej brzucha. Tom wzdrygnął się z obrzydzeniem i czym prędzej ruszył ścieżką w górę.

* * *

— Mieszkając na wyspie, trudno ukryć się przed wiatrem. Choć to nie problem, jeśli jesteś mewą lub albatrosem. Widzisz, jak unoszą się na prądach powietrza? Zupełnie jakby odpoczywały. — Siedząc na werandzie, Tom wskazał potężnego srebrzystego ptaka, który przyleciał na Janus Rock z jednej z pobliskich wysp, i jak na sznurku zawisł nieruchomo w powietrzu.

Dziecko zignorowało jego słowa i zamiast na palec spojrzało mu prosto w oczy, urzeczone ruchem warg i głębokim ciepłym głosem. Chwilę póżnej zaczęło się wiercić i gaworzyć. Tom próbował nie zwracać uwagi na to, jak reaguje jego serce, i uparcie kontynuował swój wykład:

— Ale w tej zatoczce jest takie miejsce, w którym znajdziesz chwilę ciszy i spokoju. Wszystko przez to, że wychodzi na północ, a wiatry wiejące z północy są na Janus Rock prawdziwą rzadkością. To część Oceanu Indyjskiego, spokojna, cicha i ciepła. Wody po drugiej stronie należą do Oceanu Południowego, są dzikie, zdradzieckie i niebezpieczne. Lepiej trzymaj się od nich z daleka.

Niemowlę uwolniło spod koca pulchną rączkę i Tom pozwolił, by zacisnęło paluszki na jego palcu wskazującym. Tydzień po pojawieniu się dziewczynki przyzwyczaił się do jej gaworzenia i ciszy, która niczym zapach kwiatów albo świeżo upieczonego ciasta wypełniała dom, gdy mała spała. Martwiło go, że rankiem nasłuchuje jej radosnego gruchania i odruchowo zrywa się z łóżka, kiedy dziecko zaczyna płakać.

— Zakochujesz się w niej, prawda? — spytała Isabel, która stojąc w progu, przysłuchiwała się opowieściom męża. — Cóż, trudno jej nie kochać — dodała z uśmiechem, kiedy ściągnął brwi.

— Te jej reakcje...

— Będziesz cudownym ojcem.

Tom drgnął nerwowo.

— Izz, nadal uważam, że powinniśmy to zgłosić.

— Spójrz tylko na nią. Czy wygląda jak ktoś, komu dzieje się krzywda?

— Ale... nie o to chodzi. Nie musimy nikogo krzywdzić. Moglibyśmy to zgłosić i adoptować małą. Jeszcze nie jest za późno, Izz. Wciąż możemy to naprawić.

— Adoptować ją? — Isabel zesztywniała. — Dobrze wiesz, że nikt nie wyśle dziecka do latarni na odludziu, gdzie nie ma lekarza, szkoły, a tym bardziej kościoła. Nawet gdyby trafiła do adopcji, szukaliby dla niej jakiejś bezdzietnej pary w mieście. Poza tym wszystkie te skomplikowane procedury trwają całe wieki. Musielibyśmy chodzić na spotkania. Sam wiesz, że nie dostaniesz urlopu, a nie wrócimy na ląd przez kolejne półtora roku. — Położyła mu rękę na ramieniu. — Ja wiem, że sobie poradzimy, tak jak wiem, że będziesz cudownym ojcem. Ale oni tego nie wiedzą.

Spojrzała na niemowlę i pogłaskała jego delikatny policzek.

— Miłość jest ważniejsza od regulaminów, Tom. Gdybyś powiadomił ich o łodzi, Lucy byłaby teraz w jakimś przerażającym sierocińcu. — Dotknęła ręki męża. — Nasze modlitwy zostały wysłuchane. Modlitwy dziecka zostały wysłuchane. Kto byłby tak niewdzięczny, by ją odesłać?

* * *

Niczym szczep, który przyjmuje się na krzaku róży, uczucia macierzyńskie Isabel — jej determinacja i instynkt, wystawione na próbę przez ostatnie poronienie — rozkwitły na nowo, dzięki kruchej istocie potrzebującej matczynej miłości. Smutek i ból zabliźniły ranę, jeszcze bardziej zacieśniając więź, która zawiązała się między kobietą a niemowlęciem.

Tego wieczoru, kiedy Tom wrócił do domu z latarni, Isabel z dzieckiem na rękach siedziała przy kominku, kołysząc się w bujanym fotelu, który zrobił dla niej cztery lata temu. Nie zauważyła go i przez chwilę przyglądał się jej w milczeniu. Jej działania wydawały się instynktowne, jakby we wszystkim, co robiła, brała pod uwagę dobro Lucy. Patrząc na nią, Tom próbował odsunąć od siebie dręczące go wątpliwości. Może Isabel rzeczywiście ma rację? Kim jest, żeby odbierać tej kobiecie dziecko?

Trzymała w ręku modlitewnik, do którego zaglądała znacznie częściej, odkąd straciła pierwsze dziecko. Teraz czytała w ciszy modlitwy dla kobiet, które zostały matkami. *Oto synowie są darem Pana, a owoc łona nagrodą...**.

* * *

Nazajutrz rano, gdy Tom nadawał sygnał, Isabel przyszła do latarni z dzieckiem na ręku. Długo myślał o tym, jak najlepiej

---

* Ps 127,3 — wszystkie cytaty pochodzą z: Biblia Tysiąclecia, Pismo Święte Starego i Nowego Testamentu, Pallotinum, Poznań 2003.

sformułować wiadomość, jednak gdy zaczynał, ręce drżały mu ze zdenerwowania. Jeszcze niedawno bał się zawiadomić o tym, że Isabel poroniła, ale to, co zamierzał zrobić teraz, było dużo gorsze. *Dziecko przyszło na świat wcześniej niż powinno stop przedwczesny poród nas zaskoczył stop Isabel szybko wraca do zdrowia stop pomoc lekarska niepotrzebna stop dziewczynka Lucy.*

Spojrzał na Isabel.

— Coś jeszcze?

— Waga. Ludzie zawsze pytają o wagę. — Pomyślała o dziecku Sarah Porter. — Powiedzmy trzy kilogramy dwieście gramów.

Tom spojrzał na nią zaskoczony łatwością, z jaką kłamstwo wyszło z jej ust. Odwrócił się do klucza i wystukał sygnał.

Kiedy nadeszła odpowiedź, przepisał ją i zanotował w księdze sygnałów.

Gratulacje stop wspaniała wiadomość stop zgodnie z przepisami oficjalnie odnotowaliśmy wzrost populacji na wyspie Janus stop Ralph i Bluey przesyłają pozdrowienia stop dziadkowie zostaną poinformowani najszybciej jak będzie to możliwe stop.

Westchnął, czując w piersi bolesny ucisk, i odczekał chwilę, zanim przekazał wieści Isabel.

* * *

W kolejnych tygodniach Isabel promieniała. Śpiewała, krzątając się po domu. W ciągu dnia tuliła się do Toma i obsypywała go pocałunkami. Jej uśmiech emanował prawdziwą, nieskrywaną radością. A dziecko? Dziecko było spokojne i ufne. Nie kwestionowało ramion, które je tuliły, dłoni, które je głaskały,

ust, które całowały i śpiewały mu do snu *Mama jest tu, Lucy,*
mama jest tu.

Nie było wątpliwości, że niemowlę rozwija się prawidłowo.
Skóra dziewczynki promieniała. Zachęcone jej łapczywymi
ustami piersi Isabel znowu wypełniły się mlekiem — doktor
Griffith nazywał ten proces relaktacją — jakby między nią
a Lucy istniało jakieś sekretne porozumienie. Rankiem Tom
dłużej niż zwykle przesiadywał w latarni. Od czasu do czasu łapał
się na tym, że otwiera dziennik, wraca do zapisków z dwudziestego siódmego kwietnia i wpatruje się w puste miejsce.

Wiedział, że nadmiar przepisów może człowieka zabić,
a jednak niekiedy tylko one wyznaczały cienką granicę między
człowieczeństwem a barbarzyństwem, odróżniając ludzi od
brutalnych bestii, którymi by się stali, gdyby przyszło im żyć
w świecie pozbawionym zasad. Przepisy te mówiły, że lepiej
wziąć człowieka w niewolę niż go zabijać. Pozwalały zabierać
ciała żołnierzy z pasa ziemi niczyjej. Mimo to pewne pytania
wciąż nie dawały mu spokoju: czy ma prawo odebrać Isabel
dziecko? Czy Lucy ma rodziców? Czy może zabrać dziecko
kobiecie, która je uwielbia, i zostawić je na pastwę losu...

Nocami zaczął śnić, że tonie. Desperacko machał rękami
i nogami, szukając oparcia dla stóp, jednak unosił się na wodzie
dzięki syrenie, której ogona się uczepił. W pewnej chwili
syrena zaczynała wciągać go coraz głębiej w ciemną lodowatą
wodę, aż w końcu budził się zlany potem obok śpiącej spokojnie
Isabel.

ROZDZIAŁ 12

— Witaj, Ralph. Dobrze cię widzieć. A gdzie Bluey?

— Tutaj! — krzyknął z rufy marynarz pokładowy, wychylając głowę zza skrzyń z owocami. — Jak się masz, Tom? Ucieszyłeś się na nasz widok?

— Jak zawsze, staruszku, przecież to wy przywozicie alkohol, prawda? — Tom roześmiał się i zabezpieczył liny. Stary silnik perkotał i krztusił się, podczas gdy łódź przybijała do brzegu, wypełniając powietrze spalinami. Była połowa czerwca. Łódź z zaopatrzeniem przypłynęła po raz pierwszy, odkąd Lucy pojawiła się na wyspie siedem tygodni temu.

— Tyrolka jest gotowa, wciągarka też.

— Nie bądź taki nadgorliwy, Tom! — krzyknął Ralph. — Chyba nie będziesz nas poganiał, co? To wyjątkowy dzień! Nie musimy się spieszyć. W końcu przypłynęliśmy zobaczyć nowego mieszkańca wyspy! Moja Hilda obładowała mnie jak jucznego konia, nie mówiąc o dumnych dziadkach.

Ralph zszedł z trapu i uściskał Toma.

— Gratulacje, synu. Cholernie się cieszę. Zwłaszcza po tym... po tym wszystkim, co się wydarzyło.

Bluey poszedł za jego przykładem.

— Taaa, gratulacje. Mama przesyła najlepsze życzenia.

Tom spojrzał na morze.

— Dziękuję, bardzo dziękuję. Doceniam to.

Idąc na górę, zauważyli Isabel stojącą przy sznurze do wieszania bielizny, na którym uprane pieluchy łopotały niczym flagi sygnałowe. Kosmyki włosów wymknęły się z upiętego w pośpiechu ciasnego koka

Podchodząc do niej, Ralph wyciągnął ręce.

— Proszę, proszę, nic tak nie służy kobiecie, jak urodzenie dziecka. Rumiane policzki, lśniące włosy; zupełnie jak moja Hilda, kiedy na świat przychodziły nasze dzieci.

Isabel oblała się rumieńcem i pospiesznie ucałowała staruszka. Kiedy pocałowała Blueya, zawstydzony chłopak spuścił wzrok i mruknął pod nosem:

— Gratuluję, pani S.

— Wejdźcie do środka. Wstawiłam wodę i upiekłam ciasto.

* * *

Siedząc przy starym drewnianym stole, Isabel od czasu do czasu zerkała na śpiące w koszyku dziecko.

— Kiedy dostaliśmy wiadomość o narodzinach małej, kobiety w Partageuse nie mówiły o niczym innym. Oczywiście na żonach farmerów nie zrobiło to większego wrażenia. Mary Linford opowiadała, jak urodziła trójkę dzieci bez niczyjej pomocy. Ale ludzie w mieście byli pod wrażeniem. Mam nadzieję, że Tom na coś się przydał.

Para wymieniła spojrzenia. Tom zamierzał coś powiedzieć, jednak Isabel go uprzedziła. Wzięła go za rękę i ścisnęła ją.

— Był cudowny. Nie mogłam wymarzyć sobie lepszego męża. — W oczach miała łzy.

— Jest śliczna — zauważył Bluey, choć spod miękkiego kocyka widać było tylko małą pyzatą buzię.

— Ma nos Toma, prawda? — zastanawiał się Ralph.

— Prawdę mówiąc... — zaczął Tom. — Nie wiem, czy chciałbym, żeby jakakolwiek dziewczynka miała mój nos!

— Wiem, co masz na myśli! — Staruszek zachichotał. — A teraz, mój przyjacielu, będę potrzebował twojego podpisu na formularzach. Chodź i miejmy to z głowy.

Tom ochoczo wstał od stołu.

— Jasne. W takim razie zapraszam do biura, kapitanie Addicott — powiedział, zostawiając Blueya przemawiającego czule do niemowlęcia.

Młody mężczyzna pochylał się nad łóżeczkiem i zabawiał dziewczynkę, delikatnie podzwaniając grzechotką.

— Masz szczęście, że dostałaś taką śliczną srebrną grzechotkę. Zupełnie jak księżniczka. Nigdy nie widziałem czegoś tak pięknego! I te zdobienia. Aniołki dla aniołka... Jaki śliczny, miękki kocyk...

— To... — zaczęła Isabel — pamiątki z przeszłości — dodała nieco ciszej.

Bluey oblał się rumieńcem.

— Przepraszam. Nie chciałem być niegrzeczny. Ja... lepiej pójdę rozładować skrzynie. Dziękuję za ciasto — bąknął i wyszedł kuchennymi drzwiami.

Janus Rock
czerwiec 1926

Drodzy rodzice,

Bóg zesłał nam aniołka, żeby dotrzymywał nam towarzystwa. Maleńka Lucy bez reszty skradła nasze serca! To urocza mała dziewczynka, jest idealna. Śpi dobrze, rośnie zdrowo i nie sprawia żadnych kłopotów.

Żałuję, że nie możecie jej zobaczyć ani przytulić. Każdego dnia wygląda inaczej i wiem, że gdy wreszcie ją zobaczycie, nie będzie już niemowlęciem. Kiedy wrócimy na ląd, będzie małym szkrabem uczącym się chodzić. Tymczasem przesyłam Wam coś, co można chyba nazwać zdjęciem. Umoczyłam jej stópkę w karminie i odbiłam na papierze! (Na wyspie trzeba być pomysłowym...). To prawdziwe dzieło sztuki.

Tom jest cudownym ojcem. Janus Rock wydaje się zupełnie inna, odkąd pojawiła się na niej Lucy. Na razie opieka nad nią nie przysparza mi większych problemów — po prostu wkładam ją do kosza i zabieram ze sobą, kiedy idę zebrać jaja albo wydoić kozy. Później, kiedy zacznie raczkować, może być nieco trudniej. Ale nie martwię się na zapas.

Jest tyle rzeczy, o których chcę Wam opowiedzieć. O jej ciemnych włosach i o tym, jak pięknie pachnie po kąpieli. Oczy też ma ciemne. Jednak żadne słowa nie oddadzą jej urody. Jest zbyt piękna, by można było ją opisać. Znam ją dopiero od kilku tygodni, a już nie wyobrażam sobie życia bez niej.

Cóż, Babciu i Dziadku (!), lepiej skończę już ten list i oddam go kapitanowi, w przeciwnym razie miną kolejne trzy miesiące, zanim go dostaniecie!

Kochająca Isabel

PS. Właśnie przeczytałam Wasz list, który rankiem przypłynął na łodzi. Dziękuję za uroczy kocyk. Lalka jest śliczna, a książki cudowne. Cały czas czytam jej rymowanki, więc na pewno się jej spodobają.

PPS. Tom dziękuje za sweter. Na wyspie zaczyna się robić chłodno!

Księżyc przypominał wąski sierp zawieszony na ciemniejącym niebie. Tom i Isabel siedzieli na werandzie. Wysoko nad ich głowami światło latarni rozgarniało mrok. Lucy zasnęła w ramionach Toma.

— Trudno oddychać inaczej niż ona, prawda? — spytał, patrząc na dziecko.

— Co masz na myśli?

— To jak zaklęcie. Za każdym razem, gdy zasypia, zaczynam oddychać w tym samym rytmie. Tak samo działa na mnie światło latarni. Łapię się na tym, że narzuca tempo, w jakim robię niektóre rzeczy. Przeraża mnie to — dodał pod nosem.

Isabel się uśmiechnęła.

— To miłość, Tom. Nie musisz się jej obawiać.

Zadrżał. Nie wyobrażał sobie, jak mógł żyć na tym świecie, nie znając Isabel, a teraz jeszcze mała Lucy niepostrzeżenie skradła mu serce. A przecież tego właśnie chciał.

* * *

Każdy, kto opiekował się latarnią, z dala od lądu, może opowiedzieć o uroku, jaki samotność rzuca na ludzi. Niczym iskry, które wypadły z pieca, latarnie morskie rozświetlają brzegi Australii, choć niektóre z nich rzadko cieszą ludzkie oko. To dzięki ich światłu kontynent nie popada w zapomnienie. To one sprawiają, że szlaki żeglugowe są bezpieczne, podobnie jak statki, które pokonują tysiące mil, by przywieźć urządzenia, książki i ubrania i wymienić je na wełnę i zboże, węgiel i złoto, zamienić owoce ludzkiej pomysłowości na owoce ziemi.

Odosobnienie tka swój tajemniczy kokon, sprawia, że myśli człowieka skupiają się na jednym miejscu, jednym czasie i rytmie podporządkowanym światłu latarni. Wyspa nie zna innych głosów ani śladów innych stóp. Z dala od lądu człowiek może żyć jak mu się żywnie podoba i nikt nie powie, że się myli: ani mewy, ani pryzmaty, ani nawet wiatr.

Tak więc Isabel zanurza się coraz głębiej w swoim świecie boskiej dobroczynności, gdzie modlitwy są wysłuchiwane, a niemowlęta przybijają do brzegu niesione boską wolą i prądami morskimi.

— Tom, zastanawiam się, jak to możliwe, że jesteśmy tacy szczęśliwi? — rozmyśla na głos. Z nabożną czcią patrzy, jak jej błogosławiona córeczka rośnie i się rozwija. Rozkoszuje się odkryciami, których dokonuje codziennie, obserwując małą Lucy: tym, jak przekręca się na brzuszek, zaczyna raczkować i wydaje pierwsze nieśmiałe dźwięki.

Zima, a wraz z nią sztormy, odchodzi na drugi koniec świata, zastąpiona latem, bladym błękitem nieba i złocistym słońcem.

— Siup, do góry! — Isabel śmieje się. Bierze Lucy na ręce i wszyscy troje schodzą wąską ścieżką w stronę plaży. Tom zbiera rozmaite liście, a Lucy wącha je, żuje ich końcówki i zabawnie krzywi buzię. Zachwycony Tom układa dla niej maleńkie bukieciki albo obsypuje dziewczynkę łuskami karanksów i makreli, które złowił nieopodal skał, w miejscu, gdzie dno oceanu gwałtownie się obniża. W spokojne noce powietrze wypełnia się melodyjnym głosem Isabel, która czyta Lucy opowieści o karzełkach Snugglepocie i Cuddlepie, podczas gdy Tom pracuje w szopie. Bez względu na to, co było właściwe, a co nie, Lucy została z nimi, a Isabel nie może być lepszą matką. Każdej nocy, modląc się, dziękuje Bogu za rodzinę, zdrowie, pełne błogosławieństw życie i prosi, by okazała się godna tych jakże hojnych darów, którymi obdarzył ją Pan.

Dni nadchodzą i przemijają niczym fale na plaży, ledwie zauważalne w maleńkim świecie pełnym pracy, snu, karmienia i obserwowania. Isabel roni łzę, odkładając ubranka, z których Lucy dawno już wyrosła.

— Spójrz na nią — mówi do Toma. — A jeszcze nie dalej jak wczoraj była małą kruszyną. — Ostrożnie zawija ubranka w bibułkę, smoczek, grzechotkę, pierwsze dziecięce sukienki, maleńkie buciki. Robi dokładnie to co inne kobiety, które cieszą się macierzyństwem.

*　*　*

Kiedy nie dostała okresu, była podekscytowana. Po ostatnich wydarzeniach porzuciła nadzieję na to, że jeszcze kiedyś zajdzie w ciążę, jednak los po raz kolejny okazał się łaskawy. Postanowiła, że zaczeka jeszcze trochę i będzie modliła się do Boga, zanim przekaże Tomowi dobre wieści. Nie mogła jednak przestać myśleć o braciszku lub siostrzyczce małej Lucy. Jej serce wypełniała radość. Jednak krwawienie wróciło, silniejsze i bardziej bolesne, niż mogła to sobie wyobrazić. Bolała ją głowa i czasami budziła się w nocy zlana potem. W kolejnych miesiącach znów przestała krwawić.

— Kiedy wrócimy na ląd, pójdę do doktora Sumptona. Nie ma potrzeby robić zamieszania — powtarzała Tomowi. Znosiła wszystko cierpliwie, bez słowa skargi. — Jestem silna jak wół, kochanie. Nie przejmuj się. — Żyła miłością do męża i małej Lucy. Niczego więcej nie potrzebowała.

* * *

Mijały miesiące, w czasie których życie na wyspie biegło zgodnie z określonymi rytuałami: zapaleniem świateł latarni, podnoszeniem flag, osuszaniem zbiornika z rtęcią, by odfiltrować olej. Wypełnianiem formularzy i stosowaniem się do wskazówek rzemieślników, według których uszkodzenie lamp rtęciowych jest spowodowane wyłącznie niedbalstwem latarników, nigdy jakością wykonania. Data w dzienniku, w połowie strony, zmieniła się z roku 1926 na rok 1927. Związek nie mógł pozwolić sobie na marnowanie papieru, księgi były drogie. Tom przywitał nowy rok z zadziwiającą obojętnością, jakby z racji stanowiska nie zwracał uwagi na coś tak prozaicznego jak upływający czas. Po części było to prawdą — widok, który zobaczył, stojąc na galerii w Nowy Rok, niczym nie różnił się od tego, co zobaczył w sylwestra.

Od czasu do czasu wciąż otwierał dziennik na stronie opatrzonej datą 27 kwietnia 1926, aż w końcu nie musiał patrzeć, by wiedzieć, że rejestr otworzy się we właściwym miejscu.

Isabel ciężko pracowała. Ogródek warzywny rozkwitał, domek lśnił czystością. Prała i cerowała ubrania Toma i gotowała mu potrawy, które lubił. Lucy rosła zdrowo. Światło latarni rozpraszało mrok. Czas mijał.

ROZDZIAŁ 13

— Niebawem minie rok — zauważyła Isabel. — Dwudziestego siódmego kwietnia, już niedługo, będzie obchodziła urodziny.

Tom był w warsztacie i zeskrobywał rdzę z uszkodzonego zawiasu. Słysząc słowa żony, odłożył tarnik.

— Wiesz, zastanawiam się, kiedy naprawdę ma urodziny.

— Mnie wystarczy dzień, w którym szczęśliwie przypłynęła na wyspę. — Isabel ucałowała dziewczynkę, która tuląc się do niej, obgryzała skórkę chleba.

Lucy wyciągnęła do Toma małe rączki.

— Przykro mi, kochanie, ale cały jestem brudny. Lepiej zostań u mamy.

— Nie mogę uwierzyć, jak bardzo urosła. Z dnia na dzień robi się coraz cięższa. — Isabel roześmiała się i na potwierdzenie swych słów westchnęła głęboko. — Upiekę tort — oznajmiła. Lucy przytuliła główkę do jej piersi, zasypując ją gradem okruchów. — Ten ząb nie daje ci spokoju, prawda, kochanie? Masz takie czerwone policzki. Może powinnyśmy posypać dziąsła talkiem? — Lepiej wrócę z nią do domu i skończę gotować zupę — zwróciła się do Toma. — Zobaczymy się później.

Stalowoszare światło przeszyło szybę i rozlało się po stole warsztatowym. Tom młotkiem wyprostowywał skrzywiony zawias i każde uderzenie odbijało się echem od ścian warsztatu. Wiedział, że wkłada w to więcej siły niż trzeba, jednak nie mógł się powstrzymać. Nie potrafił uwolnić się od dręczącego uczucia, które wywołała w nim rozmowa o urodzinach i rocznicach. Raz po raz uderzał wściekle młotkiem, aż metal pękł od siły jego ciosów. Dopiero wtedy zebrał strzaskane fragmenty i spojrzał na nie nieobecnym wzrokiem.

* * *

Siedząc w fotelu, Tom podniósł wzrok. Odkąd obchodzili urodziny Lucy, minęło kilka tygodni.

— Nieważne, co jej czytasz — przekonywała go Isabel. — Chodzi o to, żeby przyzwyczajała się do brzmienia nowych słów. — Posadziła dziewczynkę na kolanach męża i poszła dokończyć pieczenie chleba.

— Tatatatata — gaworzyła mała.

— Bubububu — odpowiedział Tom. — A więc jak? Chcesz usłyszeć opowieść? — Mała wyciągnęła rączkę, jednak zamiast sięgnąć po leżący na stole zbiór baśni, chwyciła beżową broszurę i niezdarnie machnęła nią w stronę Toma. — Nie sądzę, żeby ci się to spodobało — powiedział ze śmiechem. — Po pierwsze nie ma tu żadnych obrazków. — Mówiąc to, sięgnął po baśnie, ale Lucy nie dawała za wygraną.

— Tatatatata — powtórzyła, wymachując broszurą.

— Skoro się upierasz! — Roześmiał się. Lucy otworzyła książeczkę i naśladując Toma i Isabel, przez chwilę wodziła

147

paluszkiem po papierze. — Jak sobie życzysz — zgodził się Tom. — *Instrukcje dla latarników. Numer dwudziesty dziewiąty: Latarnicy nie mogą pozwolić, by ich sprawy, czy to prywatne, czy też nie, przeszkadzały im w wypełnianiu obowiązków, od których zależy bezpieczeństwo żeglugi. Należy również przypomnieć, że ich dalsza praca oraz awans są zależne od bezwzględnego posłuszeństwa, przestrzegania zasad, pracowitości, trzeźwości, a także utrzymania czystości i porządku zarówno wśród członków rodziny, jak i na posterunku; w latarni oraz budynkach gospodarczych. Numer trzydziesty: Jakiekolwiek wykroczenia, skłonność do awantur, pijaństwa czy niemoralnych czynów ze strony latarnika* — przerwał, żeby odsunąć od nosa paluszki Lucy — *spowodują jego ukaranie bądź zwolnienie. Jeśli którykolwiek z członków jego rodziny dopuści się podobnych wykroczeń, zostanie niezwłocznie usunięty z placówki.*

Urwał. Poczuł przejmujący chłód, a jego serce zaczęło bić szybciej. Z zamyślenia wyrwała go maleńka rączka błądząca po jego brodzie. Z roztargnieniem przycisnął ją do ust. Lucy uśmiechnęła się i go pocałowała.

— Chodź, lepiej poczytamy *Królewnę Śnieżkę* — zaproponował i sięgnął po zbiór baśni, choć nie potrafił się skoncentrować.

* * *

— Tu jesteście, moje panie. Tosty i herbata podane do łóżka! — ogłosił, stawiając tacę obok żony.

— Uważaj, Luce — ostrzegła Isabel. Była niedzielny poranek i Isabel wzięła dziecko do łóżka tuż po tym, jak Tom poszedł zgasić latarnię. Dziewczynka niezdarnie pełzła w stronę tacy i małej filiżanki słabej herbaty, niewiele cieplejszej od mleka.

Tom usiadł obok żony i wziął Lucy na kolana.

— No dalej, Lulu — zwrócił się do małej, pomagając jej trzymać filiżankę, tak by mogła się napić. Dopiero po chwili zauważył, że Isabel jest dziwnie milcząca, a gdy na nią spojrzał, ujrzał w jej oczach łzy.

— Izzy, Izzy, co się stało, kochanie?

— Nic, Tom. Naprawdę nic.

Wierzchem dłoni otarł łzę z jej policzka.

— Czasami jestem taka szczęśliwa, że mnie to przeraża.

Pogłaskał ją po włosach, jednocześnie zerkając na Lucy, która znalazła sobie nową zabawę i robiła bańki w herbacie.

— Posłuchaj, panienko, pijesz czy masz już dość?

Dziewczynka śliniła się, zachwycona bulgotaniem.

— Coś mi się widzi, że trzeba skończyć tę zabawę. — Delikatnie wyjął filiżankę z jej małych rączek. Lucy, jakby w ogóle tego nie zauważyła, śliniąc się, wróciła na kolana Isabel, która śmiała się przez łzy.

— Urocze! Chodź no tu, ty moja mała małpko! — Mówiąc to, pocałowała małą w brzuszek. Lucy zaczęła wić się i chichotać.

— Eście! Eście! — piszczała, zmuszając Isabel do dalszej zabawy.

— Wy dwie jesteście siebie warte! — zauważył ze śmiechem Tom.

— Kocham was tak bardzo, że czasami czuję się, jakbym była pijana. Gdyby kazali mi iść prosto, nie dałabym rady.

— Na Janus Rock nie ma prostych dróg, więc nie musisz się martwić — odparł Tom.

— Nie śmiej się ze mnie. To tak, jakbym przed pojawieniem się Lucy była daltonistką. Teraz świat wydaje się zupełnie inny.

Jest jaśniejszy i bardziej przejrzysty. Wiem, że jestem w tym samym miejscu, że ptaki są takie same, podobnie jak woda, że słońce wschodzi i zachodzi, tak jak robiło to zawsze, choć dotąd nie wiedziałam, po co to wszystko. — Mówiąc to, przytuliła małą. — Teraz już wiem. Dla niej... Ty też jesteś inny, Tom.

— Jak to?

— Myślę, że były w tobie rzeczy, o których istnieniu nie miałeś pojęcia, dopóki ona się nie pojawiła. Zakamarki serca, które życie zamknęło z jakiegoś powodu. — Musnęła palcami jego usta. — Wiem, że nie lubisz rozmawiać o wojnie i innych rzeczach, ale to one sprawiły, że popadłeś w odrętwienie.

— Moje stopy. To one najczęściej drętwieją. Wszystko przez zmarznięte błoto — spróbował zażartować Tom.

— Przestań. Próbuję coś powiedzieć. Na miłość boską, próbuję z tobą porozmawiać, a ty zbywasz mnie jakimś kiepskim żartem, jakbym była dzieckiem, które nie zasługuje na to, by poznać prawdę, albo jej nie rozumie.

Tym razem Tom był śmiertelnie poważny.

— Bo nie rozumiesz, Isabel. I lepiej by było, gdyby żaden cywilizowany człowiek nie musiał tego rozumieć. Mówienie o tym jest jak zarażanie innych chorobą. — Odwrócił się do okna. — Robiłem, co robiłem, by ludzie tacy jak ty i Lucy mogli zapomnieć o tym, że coś takiego w ogóle się wydarzyło. Po to, by ten koszmar nigdy więcej się nie powtórzył. „Wojna, która zakończy wszelkie wojny", pamiętasz? Na tej wyspie nie ma dla niej miejsca. Podobnie jak nie ma dla niej miejsca w naszym łóżku.

Twarz mu stężała i Isabel dostrzegła w jego oczach determinację, której nigdy wcześniej nie widziała — determinację, dzięki której przetrwał to wszystko, na co skazał go los.

— Chodzi o to — zaczęła — że nigdy nie wiemy, czy przyjdzie nam żyć rok, czy może kolejne sto lat. Chciałam tylko, żebyś wiedział, jak bardzo jestem ci wdzięczna. Za wszystko. Szczególnie za to, że dałeś mi Lucy.

Po ostatnich słowach uśmiech zamarł Tomowi na ustach.

— Bo tak właśnie było — dodała pospiesznie Isabel. — Wiedziałeś, jak bardzo jej potrzebowałam, i wiem, ile cię to kosztowało. Niewielu mężczyzn byłoby w stanie zrobić coś takiego dla swoich żon.

Wyrwany ze świata marzeń Tom poczuł, że pocą mu się dłonie. Serce waliło tak, jakby chciało wyrwać się z piersi i uciec dokądkolwiek, nieważne dokąd, byle dalej od wyboru, jakiego dokonał. Wyboru, który — nie wiedzieć czemu — ciążył mu niczym żelazna obroża.

— Najwyższy czas, żebym zajął się jakąś robotą. Wy zostańcie w łóżku i zjedzcie tosty — dodał i opuścił pokój najwolniej jak mógł.

ROZDZIAŁ 14

Kiedy przed świętami Bożego Narodzenia w 1927 roku minął kolejny trzyletni okres kontraktu, Tom i jego rodzina po raz pierwszy opuścili wyspę i udali się do Point Partageuse, powierzając posterunek zastępcy. Dla małżeństwa był to drugi, krótki urlop, a dla Lucy pierwsza wyprawa na kontynent. Szykując się do wyjazdu, Isabel szukała wymówki, by razem z córką pozostać na Janus Rock.

— Wszystko w porządku, Izz? — spytał Tom, widząc leżącą na łóżku otwartą walizkę. Isabel stała przy oknie, nieobecnym wzrokiem spoglądając na wody oceanu.

— Ach, tak — odpowiedziała pospiesznie. — Sprawdzam, czy wszystko spakowałam.

Tom zamierzał wyjść z pokoju, jednak zawrócił i położył jej rękę na ramieniu.

— Denerwujesz się?

Isabel wzięła skarpetki i zwinęła je w kłębek.

— Ani trochę — zapewniła, wkładając je do walizki. — Ani trochę.

* * *

Niepokój, który próbowała ukryć przed mężem, zniknął, gdy zobaczyła Lucy w ramionach Violet. Rodzice Isabel przyszli powitać ich na molo, a matka śmiała się i płakała jednocześnie.

— Nareszcie! — Pokręciła głową z zachwytem, przyglądając się Lucy, dotykając jej policzków, włosów i drobnych rączek. — Moja błogosławiona wnuczka. Dwa lata czekałam, aż będę mogła ją zobaczyć! Czyż nie jest podobna do cioteczki Clem?

Isabel miesiącami przygotowywała Lucy na spotkanie z ludźmi.

— W Partageuse, Luce, jest bardzo dużo ludzi. Wszyscy będą cię lubili. Na początku może to być trochę dziwne, ale nie musisz się bać. — Wieczorami, przed snem, opowiadała dziewczynce historie o mieście i jego mieszkańcach.

Kiedy dotarli na miejsce, Lucy z ciekawością spoglądała na otaczający ją tłum. Isabel z niepokojem przyjmowała gratulacje i wysłuchiwała zachwytów nad uroczą córeczką. Nawet pani Mewett połaskotała Lucy po brodzie, kiedy zobaczyła ją w sklepie z pasmanterią, gdzie kupowała siatkę na włosy.

— Dzieci to prawdziwe błogosławieństwo — stwierdziła tęsknie. — Słysząc to, Isabel zaczęła się zastanawiać, czy aby się nie przesłyszała.

* * *

Niemal tuż po przyjeździe Violet zabrała całą rodzinę do zakładu fotograficznego Gutchera. Na płóciennym tle pomalowanym w paprocie i greckie kolumny Lucy pozowała w towarzystwie Toma i Isabel, Billa i Violet, a także sama, siedząc w wielkim wiklinowym fotelu. Zamówione odbitki miały wrócić z Tomem i jego rodziną na Janus Rock, trafić do dalekich kuzynów Isabel oraz ozdabiać kominek i pianino w domu jej rodziców.

— Trzy pokolenia kobiet z rodziny Graysmarków — szczebiotała zachwycona Violet, kiedy zobaczyła siebie z Lucy na kolanach, siedzącą obok Isabel.

Dziadkowie Lucy zupełnie stracili dla niej głowę. Bóg nie popełnia pomyłek, pomyślała Isabel. Wysłał to maleństwo do najlepszego z możliwych miejsc.

* * *

— Och, Bill — Violet zwróciła się wieczorem do męża — Bogu niech będą dzięki. Bogu niech będą dzięki...

Po raz ostatni widziała córkę trzy lata temu, w trakcie jej krótkiego urlopu, gdy Isabel dochodziła do siebie po drugim poronieniu. Pamiętała, jak płacząc, położyła głowę na jej kolanach.

— W przyrodzie takie rzeczy się zdarzają — pocieszała ją Violet. — Musisz odpocząć i stanąć na nogi. Jeśli taka jest wola boska, będziecie mieli dzieci. Musicie tylko cierpliwie czekać. I modlić się. Modlitwa jest najważniejsza.

Jednak nie powiedziała Isabel całej prawdy. Nie powiedziała jej, jak często widziała kobiety, które mimo upalnego lata i surowej zimy donosiły ciążę tylko po to, by ich dzieci umarły na szkarlatynę lub dyfteryt. Kobiety te składały ubranka swych pociech z nadzieją, że jeszcze kiedyś w ich życiu pojawi się ktoś, na kogo będą pasowały. Nie powiedziała, jak niezręcznie czuły się te kobiety, gdy ktoś pytał je, ile mają dzieci. Szczęśliwy poród był zaledwie początkiem długiej i niebezpiecznej podróży. Violet wiedziała to aż za dobrze, bo zbyt długo mieszkała w domu, w którym wiele lat temu zagościła cisza.

Rzetelna, obowiązkowa Violet Graysmark, szanowana żona szanowanego męża. Nie dopuszczała, by w jej szafach zalęgły się mole, i nie pozwalała chwastom wtargnąć do ogródka. Obrywała zwiędłe kwiaty, dzięki czemu róże w jej ogrodzie kwitły jeszcze pod koniec sierpnia. Jej krem cytrynowy sprzedawał się jako pierwszy na kościelnym kiermaszu dobroczynnym, a przepis na ciasto owocowe został opublikowany w broszurce miejscowego koła gospodyń. To prawda, że co noc dziękowała Bogu za tak liczne błogosławieństwa, jednak bywały popołudnia, gdy zachodzące słońce zmieniało barwę ogrodu z zielonej na burą, a ona pochylona nad zlewem, obierała ziemniaki, czując, że jej serce nie pomieści ogromu smutku, który ją przytłacza. Kiedy ostatnim razem patrzyła na zrozpaczoną Isabel, miała ochotę lamentować razem z nią. Chciała rwać włosy z głowy, powiedzieć jej, że zna ten potworny ból po śmierci pierworodnego dziecka i wie, że nie ma na świecie takiej rzeczy, która go uśmierzy i wynagrodzi matce tę stratę. Chciała powiedzieć córce, jak bardzo ta bezsilność doprowadzała ją do szału, jak sprawiała, że targuje się z Bogiem, chcąc wiedzieć, co miałaby poświęcić, by odzyskać dziecko.

Kiedy Isabel zasnęła, a Bill drzemał przy dogasającym ogniu, Violet otworzyła szafę, wyjęła starą puszkę po ciastkach i przez chwilę przeglądała jej zawartość, odsuwając na bok monety, niewielkie lusterko, zegarek i portfel, aż w końcu znalazła to, czego szukała — starą, postrzępioną kopertę. Usiadła na łóżku i w żółtym świetle lampy zaczęła czytać niezgrabne słowa, które od lat znała na pamięć.

Droga Pani Graysmark!

Mam nadzieję, że wybaczy mi pani ten list. Nie zna mnie pani. Nazywam się Betsy Parmenter i mieszkam w Kent. Dwa tygodnie temu odwiedzałam mojego syna Freda, który został odesłany z frontu z powodu ciężkich ran od szrapnela.

Obecnie przebywa w szpitalu 1st Southern General w Stourbridge. Moja siostra mieszka w okolicy, więc mogłam codziennie go odwiedzać.

Piszę, ponieważ pewnego popołudnia do szpitala trafił ranny australijski żołnierz, który, jak rozumiem, był pani synem, Hugh. Był w ciężkim stanie, gdyż — jak pani z pewnością wie — stracił wzrok i ramię. Mimo to mógł mówić i chętnie opowiadał o swojej rodzinie i domu w Australii. Był niezwykle dzielnym młodym człowiekiem. Widywałam go codziennie i był nawet taki okres, gdy lekarze wierzyli, że wróci do zdrowia. Jednak wdało się zakażenie krwi i jego stan gwałtownie się pogorszył.

Chciałam panią poinformować, że przynosiłam mu kwiaty (w tym czasie rozkwitały wczesne tulipany, a to przecież takie urocze kwiaty) i papierosy. Myślę, że on i Fred naprawdę się polubili. Hugh zjadł nawet ze smakiem kawałek ciasta owocowego, które przyniosłam do szpitala. Byłam przy nim tamtego ranka, gdy jego stan się pogorszył. We trójkę odmówiliśmy modlitwę do Pana i zaśpiewaliśmy „Bądź mi opoką". Lekarze robili co mogli, by uśmierzyć jego ból, i myślę, że pod koniec rzeczywiście nie cierpiał. Został też pobłogosławiony przez pastora.

Chcę, by Pani wiedziała, jak bardzo doceniamy ogromne poświęcenie Pani dzielnego syna. Hugh często mówił o swoim bracie Alfiem, tym bardziej modlę się, by drugi syn wrócił do domu cały i zdrowy.

Proszę wybaczyć, że piszę do Pani dopiero teraz, ale
mój Fred odszedł zaledwie tydzień po Pani synu i jest
mi bardzo ciężko.

Z najlepszymi życzeniami
Betsy Parmenter

Hugh znał tulipany wyłącznie z książek z obrazkami, pomyślała Violet i poczuła ulgę, wiedząc, że przed śmiercią być może dotknął jednego z nich i poczuł jego kształt. Zastanawiała się, czy tulipany pachną.

Przypomniała sobie skruszoną, poważną minę listonosza, który kilka tygodni później wręczył jej paczkę: zaadresowaną do Billa, owiniętą w szary papier i przewiązaną sznurkiem. Była tak przygnębiona, że nawet nie przeczytała dołączonego do niej druku. Nie musiała. W tamtym czasie wiele kobiet otrzymywało podobne przesyłki ze skromną kolekcją pamiątek po synach.

Pokwitowanie z Melbourne głosiło:

Drogi Panie,

przesyłamy Panu pocztą poleconą paczkę z rzeczami
należącymi do Pańskiego syna, nieżyjącego szeregowego
Graysmarka Nr 4497, służącego w 28. batalionie.
Byłbym niezmiernie zobowiązany, gdyby zechciał Pan
powiadomić nas, czy paczka bezpiecznie dotarła do
Pańskich rąk, podpisując i odsyłając załączone
potwierdzenie odbioru.

Z poważaniem
J.M. Lean, major,
Oficer nadzorujący archiwum

Na osobnym kawałku papieru z „The Kit Store, 110 Grey-hound Road, Fulham, London SW" spisano listę przedmiotów. Jedna rzecz nie dawała jej spokoju, kiedy raz po raz przebiegała wzrokiem słowa:

lusterko do golenia, trzy pensy, zegarek na rękę ze skórzanym paskiem, harmonijka.

Jak to możliwe, że organki Alfiego znalazły się między rzeczami Hugh? Po raz kolejny spojrzała na listę, formularze, list, paczkę i z uwagą przyjrzała się imieniu. A.H. Graysmark. Nie H.A. Alfred Henry, nie Hugh Albert. Pobiegła odszukać męża.

— Bill! — krzyczała. — Och, Bill! Zaszła straszliwa pomyłka!

Potrzeba było wielu listów napisanych na papierze z eleganckiej papeterii, by dowiedzieć się, że Alfie zginął zaledwie dzień po bracie, trzy dni po przyjeździe do Francji. Wstępując do tego samego pułku, w ten sam dzień, bracia byli dumni, że otrzymali kolejne numery. Sygnalista, który na własne oczy widział, jak Hugh, żywy, został odtransportowany na noszach, zlekceważył rozkaz wysłania depeszy o poległym w boju A.H. Graysmarku, zakładając, że zaszła pomyłka i chodziło o H.A. Graysmarka. Violet dowiedziała się o śmierci drugiego syna po otrzymaniu paczki. Jak przyznała później, na polu bitwy nietrudno o podobne błędy.

* * *

Kiedy ostatnim razem wróciła do domu, w którym dorastała, Isabel przypomniała sobie mrok, jaki nadszedł wraz z wiadomością o śmierci braci, i rozpacz, która pozbawiła jej matkę chęci do życia. Czternastoletnia Isabel wertowała słownik. Wiedziała, że jeśli kobieta straciła męża, stawała się wdową. Mąż, który stracił żonę, nazywany był wdowcem. Nie wiedziała jednak, kim stają się rodzice, którzy stracili dziecko. Nie było słowa określającego ich rozpacz i ból. Wciąż pozostawali ojcem i matką, nawet jeśli nie mieli już synów ani córek. To wydało jej się dziwne. Zastanawiała się, czy formalnie rzecz biorąc, wciąż ma prawo nazywać się siostrą, skoro obaj jej ukochani bracia zginęli na wojnie.

Czuła się, jakby pociski z francuskiej linii frontu eksplodowały w samym sercu jej rodziny, pozostawiając krater, którego nikt ani nic nie było w stanie zasypać. Violet całymi dniami sprzątała pokoje synów, bezustannie polerując srebrne ramki, w których zamknięto ich zdjęcia. Bill przestał się odzywać. Za każdym razem, gdy Isabel próbowała zająć go rozmową, milczał jak zaklęty albo bez słowa wychodził z pokoju. Ostatecznie uznała, że nie będzie przysparzała rodzicom kolejnych problemów. Była nagrodą pocieszenia, którą dostali na otarcie łez po nieżyjących synach.

Zachwyty jej rodziców utwierdziły Isabel w przekonaniu, że postąpiła właściwie, zatrzymując Lucy. Cienie przeszłości rozproszyły się i odeszły w niepamięć. Jedna mała istotka uleczyła tak wiele ludzkich istnień — nie tylko ją i Toma, ale ludzi, którzy już dawno pogodzili się ze stratą.

Podczas bożonarodzeniowego lunchu Bill Graysmark odmówił modlitwę i zduszonym głosem podziękował Panu za Lucy. Nieco później, w kuchni, Violet zwierzyła się Tomowi, że jej mąż odżył, odkąd Lucy przyszła na świat.

— To cud. Jakby wypił magiczną miksturę.

Spojrzała przez okno na różowe hibiskusy.

— Bill ciężko zniósł wiadomość o śmierci Hugh, jednak wiadomość o śmierci Alfiego dosłownie zwaliła go z nóg. Przez długi czas nie mógł w to uwierzyć. Powtarzał tylko, że to niemożliwe, że coś takiego nie mogło się wydarzyć. Miesiącami pisał do różnych instytucji, próbując dowieść, że zaszła koszmarna pomyłka. Po części cieszyło mnie to. Byłam dumna, że tak zażarcie walczył. Jednak w okolicy było wielu ludzi, którzy stracili więcej niż jednego syna. Wiedziałam, że to prawda. W końcu on także podupadł na duchu i dał za wygraną. — Odetchnęła głęboko. — Ale teraz... — podniosła wzrok i uśmiechnęła się — ...dzięki Lucy znowu jest taki jak kiedyś. Idę o zakład, że wasza mała dziewczynka jest dla niego tak samo ważna jak dla was. Dzięki niej znowu cieszy się życiem. — Dotknęła twarzy Toma i pocałowała go w policzek. — Dziękuję.

* * *

Po południu tego samego dnia, kiedy kobiety krzątały się w kuchni zajęte myciem naczyń, Tom i Lucy wyszli do ogrodu na tyłach domu. Dziewczynka dreptała po trawie, raz po raz podchodząc do ojca, by go pocałować.

— Chryste, dzięki, skarbie! — Śmiał się. — Tylko mnie nie zjedz.

Wodziła za nim wzrokiem, czekając, aż ją przytuli i zacznie łaskotać.

— Ach! Idealny ojciec! — Głos dobiegał z tyłu i należał do ojca Isabel, który szedł w stronę wnuczki i zięcia. — Pomyślałem, że wyjdę i sprawdzę, czy dajesz sobie radę. Vi zawsze mówiła, że świetnie radziłem sobie z naszą trójką. — Wraz z ostatnim słowem na jego twarzy pojawił się grymas bólu. Zaraz jednak wziął się w garść i wyciągnął ręce. — Chodź do dziadka. Chodź i wytarmoś go za wąsy! Moja mała księżniczko!

Dziewczynka wyciągnęła rączki i ruszyła ku niemu chwiejnym krokiem.

— No chodź tu — powtórzył, biorąc ją w ramiona. Lucy sięgnęła do kieszeni jego kamizelki i wyszarpnęła ukryty w niej zegarek kieszonkowy. — Chcesz wiedzieć, która jest godzina? Znowu? — spytał ze śmiechem Bill. Otworzył złotą kopertę i pokazał dziewczynce wskazówki. Lucy natychmiast zamknęła zegarek i pchnęła go w stronę dziadka, by znów go otworzył.

— Violet ciężko to znosi — zwrócił się do zięcia.

Tom podniósł się z ziemi i otrzepał spodnie z trawy.

— O co chodzi, Bill?

— Tęskni za Isabel i za małą. Do diabła, Tom, przecież muszą być prace, które mógłbyś wykonywać na lądzie, tu, w Partageuse... Na litość boską, skończyłeś przecież uniwersytet...

Tom przeniósł ciężar ciała z jednej nogi na drugą.

— Tak, wiem, co mówią: „Kto raz był latarnikiem, zawsze nim pozostanie".

— Rzeczywiście tak mówią — przyznał Tom.

— To prawda?

— Mniej więcej.

— Ale mógłbyś rzucić tę pracę? Gdybyś tylko chciał? — dopytywał się Bill.

Tom zastanowił się, zanim odpowiedział.

— Mężczyzna może porzucić żonę, jeśli bardzo tego chce, ale to nie znaczy, że podjął właściwą decyzję.

Bill spojrzał na niego.

— Ci ludzie wyszkolili mnie i dali mi doświadczenie. Byłbym wobec nich nie w porządku, gdybym teraz zostawił ich na lodzie. Poza tym człowiek się przyzwyczaja. — Mówiąc to, zerknął w niebo, jakby zastanawiał się, co powiedzieć. — Tam jest moje miejsce. Isabel je kocha.

Lucy wyciągnęła rączki do Toma, a on posadził ją sobie na biodrze.

— Chcę tylko powiedzieć, żebyś opiekował się moimi dziewczynkami.

— Obiecuję, że zrobię, co w mojej mocy.

* * *

Najważniejszym wydarzeniem drugiego dnia świąt był organizowany w Partageuse kiermasz parafialny, w którym brali udział zarówno miejscowi, jak i przyjezdni. Była to wieloletnia tradycja zapoczątkowana przez kogoś, kto z całą pewnością miał głowę do interesów i dostrzegł korzyści płynące z organizowania imprezy połączonej ze zbiórką pieniędzy w dzień, kiedy nikt nie mógł powiedzieć, że jest zbyt zajęty pracą lub obowiązkami. A ponieważ były święta Bożego Narodzenia ludzie nie skąpili pieniędzy.

Oprócz sprzedaży ciastek, toffi i słoików z dżemem, które od czasu do czasu eksplodowały na słońcu, kiermasz słynął z wydarzeń sportowych i innych atrakcji: wyścigów z jajkiem i łyżką oraz wyścigów w workach. Wciąż strącano kokosy z podpórek drewnianymi kulami, jednak po wojnie zrezygnowano ze strzelnicy, ponieważ udoskonalone zdolności strzeleckie miejscowych mężczyzn oznaczały stratę pieniędzy.

Kiermasz był otwarty dla wszystkich, a udział w nim był traktowany jak obowiązek. Wydarzenie przyciągało całe rodzi-

162

ny. Nad ogniem płonącym w ogromnej beczce pieczono hamburgery i kiełbaski, które sprzedawano po sześć pensów za sztukę. Tom siedział z Lucy i Isabel na kocu w cieniu drzewa, zajadając kiełbaski w bułkach, podczas gdy Lucy dzieliła swój lunch na kawałki.

— Chłopcy doskonale biegali — wspominała Isabel. — Wygrali nawet „wyścig na trzech nogach". Myślę, że mama wciąż ma puchar, który zdobyłam w biegu w workach.

Tom się uśmiechnął.

— Nie wiedziałem, że poślubiłem mistrzynię lekkoatletyki.

Isabel roześmiała się i dała mu kuksańca w ramię.

— Opowiadam ci legendy rodu Graysmarków.

Tom próbował zapanować nad bałaganem na talerzu Lucy, kiedy podszedł do nich chłopak z odznaką szeryfa.

— Przepraszam — zaczął, ściskając notatnik i ołówek. — To pańskie dziecko?

Pytanie zaskoczyło Toma.

— Słucham?

— Pytałem, czy to pańskie dziecko.

Tom otworzył usta, jednak słowa, które wypowiedział, zabrzmiały jak chaotyczny bełkot.

Chłopak spojrzał na Isabel.

— To pani dziecko?

Isabel ściągnęła brwi i powoli skinęła głową, jakby potrzebowała czasu, by zrozumieć pytanie.

— To pan organizuje wyścig ojców?

— Nie inaczej. — Chłopak przyłożył ołówek do kartki i poprosił Toma, by przeliterował swoje nazwisko.

Tom spojrzał na Isabel, jednak jej twarz nie zdradzała żadnych emocji.

— Jeśli nie potrafisz, mogę zrobić to za ciebie — odparła żartobliwie.

Miał nadzieję, że domyśli się, co wytrąciło go z równowagi, jednak ona nie przestawała się uśmiechać.

— Bieganie nie jest moją mocną stroną — wyznał w końcu.

— Ale wszyscy ojcowie biorą udział w wyścigu — upierał się chłopak. Najwyraźniej nikt nigdy mu nie odmówił.

— Odpadłbym już w eliminacjach. — Tom ostrożnie dobierał słowa.

Kiedy chłopak wyruszył na poszukiwanie kolejnych kandydatów, Isabel rzuciła beztrosko:

— Nieważne, Lucy. Za to mamusia weźmie udział w wyścigu mam. Przynajmniej jedno z rodziców jest gotowe się dla ciebie wygłupić.

Tym razem Tom nie odwzajemnił jej uśmiechu.

* * *

Doktor Sumpton mył ręce, podczas gdy Isabel ubierała się za parawanem. Dotrzymała słowa danego Tomowi i umówiła się na wizytę.

— Praktycznie rzecz biorąc, wszystko jest w porządku — stwierdził lekarz.

— W takim razie o co chodzi? Jestem chora?

— Ależ skąd. To zmiana trybu życia — odparł. — To szczęście, że urodziła pani dziecko. W przypadku innych kobiet przedwczesny poród bywa znacznie bardziej skomplikowany. Co do pozostałych objawów, cóż, obawiam się, że będzie pani zmuszona robić dobrą minę do złej gry. Za mniej więcej rok powinny ustąpić. To naturalna kolej rzeczy — dodał z uśmiechem. — Wtedy poczuje pani ulgę, skończą się kłopoty

z miesiączkowaniem. Niektóre kobiety mogłyby pani poza-
zdrościć.

Wracając do domu rodziców, Isabel próbowała powstrzymać
łzy cisnące się jej do oczu. W czasach, gdy wiele kobiet na
zawsze straciło bliskich, ona ma Lucy i Toma. Chciwością
byłoby pragnąć więcej.

* * *

Kilka dni później Tom podpisał kolejny trzyletni kontrakt.
Naczelnik okręgu, który przyjechał z Fremantle, żeby dopilnować formalności, uważnie przyglądał się jego pismu i pod-
pisowi, porównując je z oryginałem. Najmniejsze drżenie dłoni,
a Tom nie mógłby wrócić na Janus Rock. Wśród latarników
dość powszechne było zatrucie rtęcią. Jeśli udało się je wykryć
w początkowej fazie, gdy powodowało zaledwie drżenie rąk,
można było zatrzymać latarnika na lądzie, a tym samym
zapobiec rozwojowi choroby.

ROZDZIAŁ 15

Chrzest Lucy, pierwotnie zaplanowany na pierwszy tydzień ich urlopu, musiał zostać przełożony ze względu na przedłużającą się „niedyspozycję" wielebnego Norkellsa. Ostatecznie ceremonia odbyła się w przeddzień ich powrotu na Janus Rock, na początku stycznia. Tamtego upalnego ranka Ralph i Hilda przyszli do kościoła razem z Tomem i Isabel. Jedynym miejscem dającym schronienie przed palącym słońcem był cień rzucany przez rosnące obok niewielkiego cmentarza karłowate drzewa.

— Miejmy nadzieję, że Norkells nie jest na kolejnej popijawie. — Ralph westchnął.

— Daj spokój, Ralph! — zbeształa go Hilda. Chcąc zmienić temat, cmoknęła wymownie, zerkając na jeden z granitowych nagrobków. — Taka szkoda.

— O co chodzi, Hildo?

— Mówię o tym biednym dziecku i jego ojcu, którzy utonęli. Wreszcie doczekali się pomnika.

Isabel zamarła. Przez moment miała wrażenie, że zemdleje. Otaczające ją dźwięki stały się odległe, by chwilę później wrócić ze zdwojoną mocą. Próbowała odczytać wyryte w kamieniu złocone litery: *Ku pamięci Franza Johannesa Roennfeldta, ukochanego męża Hannah, i ich najdroższej córeczki Grace Ellen. Niech Bóg ma Was w opiece.* Pod spodem widniał napis: *Selig sind die da Leid tragen.* Leżące u stóp nagrobka świeże kwiaty musiały zostać przyniesione nie dalej jak godzinę temu.

— Co się stało? — spytała, czując w rękach i nogach nieprzyjemne mrowienie.

— To wstrząsająca historia — odparł Ralph, kręcąc głową. — Chodzi o Hannah Potts. — Isabel natychmiast rozpoznała nazwisko. — Septimus Potts, miejscowi nazywają go Pottsem Bogaczem. Najbogatszy człowiek w okolicy. Przybył z Londynu przeszło pięćdziesiąt lat temu, jako sierota bez grosza przy duszy. Zbił fortunę na drewnie. Został wdowcem, kiedy jego córki były jeszcze małe. Jak ma na imię ta druga, Hildo?

— Gwen. Hannah jest starsza. Obie chodziły do tej elitarnej szkoły z internatem w Perth.

— Kilka lat temu Hannah wyszła za szkopa... Stary Potts przestał się do niej odzywać i zakręcił kurek z pieniędzmi. Dziewczyna i jej mąż mieszkali w walącej się chacie niedaleko pompowni. Potts Bogacz odwiedził ich dopiero, gdy na świat przyszło dziecko. Rok temu w rocznicę pierwszego lądowania na Gallipoli doszło do kłótni...

— Nie teraz, Ralph. — Hilda posłała mężowi wymowne spojrzenie.

— Ja tylko mówię...

— To nie miejsce ani czas. — Po tych słowach zwróciła się do Isabel: — Powiedzmy, że doszło do nieporozumienia między Frankiem Roennfeldtem a niektórymi z mieszkańców.

Skończyło się tym, że Frank razem z dzieckiem wskoczył do łodzi... Ludzie byli do niego uprzedzeni, ponieważ był Niemcem. Nie ma sensu o tym rozmawiać, zwłaszcza teraz. Lepiej zapomnieć o całej historii.

Isabel słuchała opowieści z zapartym tchem, a na koniec jęknęła i z trudem odetchnęła.

— Tak, wiem! — rzuciła Hilda, jakby chciała pokazać, że taka reakcja wcale jej nie dziwi. — A później było już tylko gorzej...

Tom zerknął na Isabel. Nad jego górną wargą lśniły kropelki potu. Serce waliło mu tak mocno, że zastanawiał się, czy inni je słyszą.

— Nie był żeglarzem — ciągnął Ralph. — Z tego co wiem, od dziecka miał słabe serce. Nie miał szans z tutejszymi prądami. Później rozszalał się sztorm i słuch po nich zaginął. Musieli utonąć. Stary Potts wyznaczył nagrodę za jakiekolwiek informacje: tysiąc gwinei! — Pokręcił głową. — Taka suma skusiłaby każdego, kto wiedziałby cokolwiek o dziecku i jego ojcu. Sam zastanawiałem się, czyby ich nie poszukać! Wprawdzie nie przepadam za szkopami, ale dziecko... Dziewczynka miała dwa miesiące. Człowiek nie może przecież winić takiego maleństwa.

— Biedna Hannah nie doszła do siebie. — Hilda westchnęła. — Dopiero kilka miesięcy temu uległa namowom ojca i postawiła nagrobek. — Urwała i podciągnęła rękawiczki. — Zabawne, jak toczą się ludzkie losy, prawda? Dziewczyna przyszła na świat w zamożnej rodzinie, studiowała na uniwersytecie w Sydney, poślubiła miłość swego życia, a teraz błąka się po miasteczku, jakby nie miała dachu nad głową.

Isabel poczuła się, jakby wskoczyła do lodowatej wody. Wydawało się, że kwiaty na nagrobku z niej szydzą, a świadomość, że gdzieś w pobliżu jest matka Lucy, sprawiła, że lęk ścisnął ją za gardło. Oszołomiona oparła się o drzewo.

— Nic ci nie jest, moja droga? — spytała Hilda, zaskoczona jej nagłą bladością.

— Nie, to ten upał. Zaraz poczuję się lepiej.

Ciężkie drzwi otworzyły się ze skrzypnięciem i pojawił się w nich pastor.

— Gotowi na wielki dzień? — spytał, mrużąc oczy w jaskrawym świetle dnia.

* * *

— Musimy coś powiedzieć! Natychmiast! Trzeba odwołać chrzest... — szeptał gorączkowo Tom. Oboje z Isabel stali w zakrystii, podczas gdy Bill i Violet pokazywali wnuczkę gościom zgromadzonym w kościele.

— Nie możemy, Tom. — Oddech miała płytki, a twarz bladą jak ściana. — Jest za późno!

— Musimy to naprawić! Powiedzieć ludziom o wszystkim!

— Nie możemy! — Isabel zatoczyła się do tyłu i rozejrzała, jakby szukała właściwych słów. — Nie możemy zrobić tego Lucy! Jesteśmy jedynymi rodzicami, jakich zna. Poza tym co powiemy ludziom? Że nagle przypomnieliśmy sobie, że to nie nasze dziecko? — Jej twarz przybrała barwę popiołu. — A co z ciałem mężczyzny? To wszystko zabrnęło za daleko. — Instynkt podpowiadał jej, że musi za wszelką cenę zyskać na czasie. Była zbyt zdezorientowana, zbyt przerażona, by cokolwiek zrobić. Starała się mówić spokojnie. — Porozmawiamy o tym później. Teraz musimy ochrzcić Lucy. — Snop światła rozświetlił jej zielone jak morze oczy i Tom zobaczył czający się w nich strach. Kiedy zrobiła krok w jego stronę, odskoczył jak oparzony.

Ponad szeptami zgromadzonych gości dały się słyszeć kroki pastora. Tom się odwrócił. *W zdrowiu i chorobie. Na dobre i na złe.* Słowa, które lata temu wypowiedział w tym kościele, rozbrzmiewały w jego głowie.

— Wszystko gotowe — oznajmił radośnie pastor.

* * *

— Czy dziecko zostało wcześniej ochrzczone? — zaczął wielebny Norkells.

— Nie — odparli zgodnie zgromadzeni przy chrzcielnicy. Obok Toma i Isabel stali Ralph, ojciec chrzestny, i kuzynka Isabel, Freda, matka chrzestna małej Lucy.

Rodzice chrzestni trzymali świece i odpowiadali na pytania pastora:

— Czy wyrzekacie się szatana, który jest głównym sprawcą grzechu?

— Wyrzekamy się — odparli zgodnie.

Kiedy słowa odbijały się echem od ścian z piaskowca, Tom utkwił wzrok w swoich nowych, wyglansowanych butach i skupił się na bolącym odcisku na pięcie.

— Czy wierzycie w Boga, Ojca wszechmogącego, Stworzyciela nieba i ziemi?

— Wierzymy.

Z każdą kolejną obietnicą, Tom ocierał stopą o twardą, sztywną skórę, pogrążając się w bólu.

Lucy jak urzeczona wpatrywała się w witrażowe okna, które wypełniały kościół feerią barw, i patrząc na nią, Isabel pomyślała, że dziewczynka nigdy nie widziała tylu kolorów.

— Łaskawy Boże, spraw, by dziecko to odrodziło się w wierze jako nowy człowiek...

Tom pomyślał o bezimiennym grobie na wyspie Janus. Zobaczył twarz Franka Roennfeldta, zanim zakrył ją płótnem — obojętną, bez wyrazu.

Na dworze głosy dzieci grających w krykieta wypełniały powietrze piskami i okrzykami: „Co to miało być?". W drugim rzędzie ławek Hilda Addicott szeptała do swojej sąsiadki:

— Patrz, Tom ma łzy w oczach. Prawdziwy człowiek o gołębim sercu. Może wygląda na twardziela, ale w głębi duszy jest łagodny i delikatny.

Norkells wziął Lucy na ręce i zwrócił się do Ralpha i Fredy:

— Jakie imię wybieracie dla tego dziecka?

— Lucy Violet — odparli rodzice chrzestni.

— Lucy Violet. Ja ciebie chrzczę w imię Ojca i Syna i Ducha Świętego. — Ksiądz polał głowę dziewczynki wodą. Zaskoczona Lucy rozpłakała się, jednak jej krzyki utonęły w pierwszych dźwiękach *Pan jest moim pasterzem*, zaintonowanych przez grającą na drewnianych organach panią Rafferty.

Isabel opuściła kościół przed końcem mszy i pobiegła do wychodka na końcu ścieżki. Małe ceglane pomieszczenie przypominało rozgrzany piec. Isabel opędziła się od natrętnych much i zgięta wpół walczyła z torsjami. Siedzący na ścianie gekon przyglądał jej się w milczeniu. Kiedy pociągnęła za łańcuszek, ten podjechał do góry w stronę blaszanego daszku. Chwilę później wróciła do kościoła.

— Problemy żołądkowe — oznajmiła słabym głosem, żeby uprzedzić pytania matki. Wzięła Lucy na ręce i przytuliła ją tak mocno, że dziewczynka zaparła się rączkami o jej pierś i próbowała się odepchnąć.

* * *

Na uroczystym obiedzie w hotelu Palace ojciec Isabel siedział przy stole z Violet, ubraną w niebieską bawełnianą sukienkę z białym koronkowym kołnierzykiem. Ściśnięty ciasno gorset nie pozwalał jej oddychać, a włosy, które upięła w ciasny kok, przyprawiały ją o ból głowy. Mimo to postanowiła, że nic nie zepsuje tego dnia, chrztu jej pierwszej i — jeśli dobrze odczytała reakcje Isabel — jedynej wnuczki.

— Tom jest dzisiaj jakiś nieswój, nie sądzisz, Vi? Zwykle nie pije, ale dziś nie odmawia sobie whisky. — Bill wzruszył ramionami, jakby próbował przekonać samego siebie. — Pewnie postanowił uczcić narodziny dziecka.

— Myślę, że jest zdenerwowany: To taki ważny dzień. Isabel też jest jakaś drażliwa. Pewnie przez te problemy z żołądkiem.

Tom i Ralph siedzieli przy barze.

— Wygląda na to, że córeczka odmieniła twoją żonę — zagaił kapitan. — To zupełnie inna kobieta.

Tom obracał w rękach pustą szklankę.

— Rzeczywiście, macierzyństwo ją odmieniło.

— Kiedy przypomnę sobie, jak wyglądała po stracie pierwszego dziecka...

Tom wzdrygnął się, jednak Ralph ciągnął:

— Zupełnie jakbym zobaczył ducha. Po drugim dziecku było jeszcze gorzej.

— Tak, bardzo to przeżyła.

— Ale cóż, najważniejsze, że dobry Bóg dba o szczęśliwe zakończenia, prawda? — skwitował kapitan.

— Czyżby, Ralph? Chyba nie dla każdego jest taki łaskawy. Popatrz na to, co się stało z biednym Fritzem...

— Nie możesz tak mówić, chłopcze. Dla ciebie był łaskawy!

Tom poluzował krawat i rozpiął kołnierzyk koszuli, jakby nagle w barze zrobiło się duszno.

— Wszystko w porządku? — spytał Ralph.

— Trochę tu duszno. Chyba pójdę się przejść. — Jednak na dworze wcale nie było lepiej. Powietrze stało nieruchome, gęste niczym roztopione szkło, które zamiast ułatwiać oddychanie, dusiło.

Gdyby mógł spokojnie porozmawiać z Isabel... Wszystko byłoby tak jak trzeba. Jeśli cokolwiek można jeszcze naprawić. Wyprostował się, odetchnął głęboko i powlókł się powoli z powrotem do hotelu.

* * *

— Zasnęła — szepnęła Isabel, zamykając drzwi do sypialni, gdzie Lucy spała otoczona poduszkami, które miały ją chronić przed sturlaniem się z łóżka. — Była dziś taka grzeczna. Wytrzymała w kościele wśród tych wszystkich ludzi. Płakała tylko wtedy, kiedy miała mokro. — Z upływem dnia jej głos przestał drżeć i odzyskał radosny ton.

— To prawdziwy aniołek — przyznała z uśmiechem Violet. — Nie wiem, jak to zniesiemy, kiedy jutro wróci na wyspę.

— Wiem. — Isabel westchnęła. — Ale obiecuję, że będę pisała i informowała was o wszystkim. Lepiej chodźmy już spać. O świcie musimy być na nogach. Idziesz, Tom?

173

Skinął głową.

— Dobranoc, Violet. Dobranoc, Bill — wymamrotał i poszedł za Isabel do sypialni.

— Kiedy im powiemy? — Tom zażądał odpowiedzi, kiedy tylko zostali sami. — Twarz miał ściągniętą, ramiona wyprostowane.

— Nie powiemy — odparła szeptem Isabel.

— Jak to?

— Musimy to przemyśleć, Tom. Potrzebujemy czasu. Jutro wracamy na wyspę. Jeśli cokolwiek powiemy, w miasteczku rozpęta się piekło, a ty wieczorem masz być z powrotem na służbie. Popłyniemy na Janus Rock i tam zastanowimy się, co zrobić. Nie możemy w pośpiechu podjąć decyzji, której będziemy później żałowali.

— Izz, w tym miasteczku jest kobieta, która myśli, że jej córka nie żyje, chociaż jest inaczej. Kobieta, która nie wie, co się stało z jej mężem. Bóg jeden wie, przez co przeszła. Im szybciej powiemy jej prawdę...

— Wiem, to straszne! Ale musimy postąpić właściwie nie tylko wobec Hannah Potts, ale i wobec Lucy. Proszę, Tom. W tym momencie żadne z nas nie myśli racjonalnie. Zaczekajmy i, przede wszystkim, spróbujmy się trochę zdrzemnąć.

— Muszę wyjść. Potrzebuję świeżego powietrza. — Po tych słowach wymknął się na werandę, ignorując prośby Isabel, żeby został.

Na dworze było nieco chłodniej. Tom usiadł w ciemności na wyplatanym krześle i ukrył twarz w dłoniach. Przez kuchenne okno słyszał stukot, kiedy Bill pakował do drewnianego pudełka ostatnie kawałki układanki.

— Isabel chce jak najszybciej wrócić na wyspę. Mówi, że

męczy ją ten zgiełk i tłumy ludzi. — Bill zamknął wieko pudełka. — Chociaż trudno o prawdziwy tłum po tej stronie Perth.

Violet przycinała knot lampy naftowej.

— Wiesz, że zawsze była bardzo wrażliwa — odparła spokojnie. — Tak między nami, myślę, że chce mieć Lucy tylko dla siebie. — Westchnęła. — Bez małej będzie tu tak cicho!

Bill otoczył żonę ramieniem.

— Przywołuje wspomnienia, prawda? Pamiętasz Hugh i Alfiego, kiedy byli brzdącami? Cudowne urwisy. — Zachichotał. — Pamiętasz, jak na kilka dni zamknęli kota w szafce? — Urwał. — Wiem, to nie to samo, ale bycie dziadkiem jest równie cudowne, prawda? To trochę tak, jakbyśmy odzyskali naszych chłopców.

Violet zapaliła lampę.

— Były takie chwile, kiedy myślałam, że nie damy rady. Że już nigdy nie będziemy szczęśliwi. — Zdmuchnęła zapałkę. — A jednak w końcu los nas pobłogosławił. — Założyła szklany klosz i udała się do sypialni.

Jej słowa jeszcze długo rozbrzmiewały w głowie Toma, który siedząc na werandzie, wdychał słodki zapach jaśminu.

ROZDZIAŁ 16

Pierwsza noc po ich powrocie na Janus Rock była niezwykle wietrzna. Wiatr, wyjąc, dobijał się do okien latarni i napierał na grube szkło, jakby liczył, że natrafi na jakiś słaby punkt. Zapalając światło, Tom wrócił myślami do kłótni z Isabel, jaka wybuchła tuż po odpłynięciu łodzi, na pokładzie której dotarli na wyspę.

Isabel pozostawała niewzruszona.

— Nie możemy cofnąć tego, co się stało, Tom. Myślisz, że nie próbowałam znaleźć rozwiązania? — Tuliła do piersi lalkę, którą przed chwilą podniosła z podłogi. — Lucy jest szczęśliwą, zdrową małą dziewczynką. Oddanie jej teraz byłoby... och, Tom to byłoby straszne! — Składała prześcieradła i chowała je do bieliźniarki, chodząc tam i z powrotem między koszem na bieliznę a szafą. — Na dobre i na złe, Tom. Zrobiliśmy, co zrobiliśmy. Lucy cię uwielbia, tak jak ty uwielbiasz ją. Nie masz prawa pozbawiać jej kochającego ojca.

— A co z jej matką? Jej cholerną, żyjącą matką! Wciąż uważasz, że postępujemy właściwie?

Isabel oblała się rumieńcem.

— A twoim zdaniem to sprawiedliwe, że straciliśmy troje dzieci? Uważasz, że to w porządku, że Alfie i Hugh zostali pochowani tysiące mil stąd, podczas gdy ty wróciłeś do domu cały i zdrowy? Oczywiście, że to nie w porządku, Tom! Ale musimy przyjmować życie takim, jakie jest!

Uderzyła w czuły punkt. Nawet po tylu latach Tom nie mógł pozbyć się nieprzyjemnego uczucia, że oszukał nie tyle los, ile swoich towarzyszy. Że uniknął śmierci kosztem ich życia, nawet jeśli logika podpowiadała mu, że wszystko to było wyłącznie kwestią szczęścia. Isabel zauważyła jego zdenerwowanie i złagodniała.

— Tom, musimy zrobić to, co najlepsze dla Lucy.

— Izzy, proszę.

— Ani słowa! — przerwała mu. — Jedyną rzeczą, jaką możemy zrobić, to kochać tę małą dziewczynkę tak bardzo, jak na to zasługuje. I nigdy, przenigdy jej nie skrzywdzić! — Chwyciła lalkę i wybiegła z pokoju.

* * *

Teraz, gdy patrzył na wzburzone wody oceanu i spienione białe fale, miał wrażenie, że zewsząd napiera na niego ciemność. Granica między niebem a wodą zacierała się z każdą chwilą. Ciśnienie na barometrze spadało i Tom wiedział, że do rana rozszaleje się sztorm. Sprawdził mosiężną klamkę w drzwiach prowadzących na galerię i spoglądał na obracające się, niewzruszone światło latarni.

* * *

Tego wieczoru, kiedy Tom udał się do latarni, Isabel usiadła obok łóżeczka Lucy i patrzyła, jak dziewczynka zasypia.

Zmęczona ostatnimi wydarzeniami opadła z sił, choć myśli w jej głowie kłębiły się niczym nadchodząca burza. Teraz szeptem śpiewała kołysankę, której Lucy zwykle domagała się przed snem:

— *Wiej wietrze południowy, południowy, południowy...* — Z trudem panowała nad drżącym głosem. — *Przy latarni stałam, kiedy cię żegnałam. Aż ciemność opadła na spienione fale i łodzi kochanka nie widziałam wcale...*

Kiedy Lucy w końcu zasnęła, Isabel rozchyliła jej małe paluszki, by wyjąć z nich różową muszlę. Nudności, które czuła, odkąd ujrzała nagrobek, przybrały na sile. Próbowała je zwalczyć, wodząc palcem po spirali muszli, szukając pocieszenia w jej idealnej gładkości i proporcjach. Istota, która ją stworzyła, dawno umarła, a miniaturowa różowa rzeźba była wszystkim, co po niej zostało. Nagle Isabel przyszło do głowy, że mąż Hannah Potts również zostawił po sobie żywą rzeźbę — małą, uroczą dziewczynkę.

Lucy machnęła rączką przez sen i skrzywiła się, kiedy zacisnęła piąstkę i poczuła, że nie ma muszli.

— Nie pozwolę, żeby ktokolwiek cię skrzywdził, kochanie. Obiecuję, że zawsze będę cię chroniła — szepnęła Isabel. A potem zrobiła coś, czego nie robiła od lat. Uklękła i pochyliła głowę. — Boże, nie liczę na to, że kiedykolwiek pojmę twoją tajemnicę. Mogę jedynie starać się godnie wypełniać to, do czego mnie powołałeś. Daj mi siłę, bym wytrwała w tym, co robię. — Na krótką chwilę ogarnęły ją wątpliwości, jednak odpędziła od siebie wszelkie złe myśli i skupiła się na swoim miarowym oddechu. — Wiem, że Hannah Potts, Hannah Roennfeldt... — zaczęła niepewnie, jakby oswajała się z tym, co zamierza powiedzieć — jest bezpieczna pod twoją opieką.

Dlatego proszę, obdarz nas wszystkich spokojem. — Słuchała wycia wiatru, gniewnego szumu oceanu, czując, jak odzyskuje spokój, który utraciła dwa dni temu. Położyła muszlę obok łóżeczka Lucy, tak by dziewczynka znalazła ją tuż po przebudzeniu, i zdeterminowana wyszła z pokoju.

* * *

Dla Hannah Roennfeldt styczniowy poniedziałek po chrzcie Lucy był bardzo ważnym dniem.

Kiedy szła do skrzynki na listy, spodziewała się, że będzie pusta. Sprawdzała ją nie dalej jak wczoraj. Była to część rytuału, który powtarzała codziennie prawie od dwóch lat, od czasu przerażających wydarzeń, które rozegrały się w rocznicę pierwszego lądowania na Gallipoli. Najpierw zaglądała na posterunek policji, by posłać posterunkowemu Harry'emu Garstone'owi pytające spojrzenie, na które w milczeniu kręcił głową. Kiedy wychodziła, kolega Garstone'a szeptał: „Biedna kobieta. Aż żal na nią patrzeć...". On także kręcił głową i wracał do papierkowej roboty. Każdego dnia przeczesywała inną część plaży w poszukiwaniu znaku, wskazówki — kawałków drewna wyrzuconego na brzeg, fragmentu metalowej dulki...

Wyjęła z kieszeni list do męża i córeczki. Czasami dołączała do niego inne rzeczy: wycinek z gazety informujący o cyrku, który przyjeżdżał do miasta, rymowankę spisaną na kartce i ozdobioną kolorowym wzorkiem. Rzucała list na fale z nadzieją, że wyciekający z koperty atrament trafi do jej bliskich bez względu na to, w wodach którego oceanu spoczęły ich ciała.

W drodze powrotnej wstępowała do kościoła i siadała w ostatniej ławce, nieopodal posągu świętego Judy. Czasami zostawała

179

aż do wieczora, kiedy smukłe cienie drzew pukały do witrażowych okien, a świece wotywne zmieniały się w kałuże stygnącego wosku. Tu, tak długo, jak długo siedziała w cieniu, Frank i Grace wciąż istnieli. Kiedy czuła, że nie może się już dłużej oszukiwać, wracała do domu, zaglądając po drodze do skrzynki na listy, by jeszcze raz przeżyć rozczarowanie, gdy okazywało się, że jest pusta.

W ciągu dwóch lat wysyłała listy do szpitali, władz portowych i zamorskich misji z nadzieją, że ktoś może słyszał o samotnym mężczyźnie z córeczką, jednak w odpowiedzi dostawała uprzejme zapewnienia, że jeśli coś takiego się wydarzy, zostanie o tym niezwłocznie poinformowana.

Tamtego ranka zapowiadał się kolejny ciepły styczniowy dzień. Pod wyblakłym lazurowym niebem, wśród gałęzi eukaliptusów, rozbrzmiewały pokrzykiwania srok. Hannah jak w transie zeszła z werandy i ruszyła wąską brukowaną ścieżką. Już dawno przestała zauważać gardenie i stefanotisy, których słodki kremowy zapach przynosił pocieszenie. Zardzewiała żelazna skrzynka na listy zaskrzypiała przeciągle, jakby miała za złe Hannah, że nie daje jej spokoju. W środku leżało coś białego. Hannah zamrugała z niedowierzaniem. List.

Kopertę zdobił zaschnięty filigranowy ślad ślimaka, który zmienił jeden z jej rogów w wielobarwną tęczę. Nie było na niej znaczka, a charakter pisma w adresie był równy i zdecydowany.

Zabrała list do domu i położyła na blacie kuchennego stołu. Spoglądała na niego w milczeniu, aż w końcu sięgnęła po nóż do papieru z ozdobną rękojeścią z masy perłowej i ostrożnie rozcięła kopertę, uważając, by nie zniszczyć jej zawartości.

Drżącymi dłońmi wyjęła pojedynczą kartkę i przebiegła wzrokiem napisane na niej słowa:

Nie martw się o nią. Dziecko jest bezpieczne, otoczone miłością i opieką. Twój mąż znalazł spokój w domu Ojca. Mam nadzieję, że słowa te będą dla ciebie pocieszeniem.

Módl się za mnie.

W domu panował półmrok, ciężkie zasłony w wytłaczany wzór chroniły wnętrze przed ostrym światłem poranka. Winorośl na tyłach domu rozbrzmiewała pieśnią cykad, od której Hannah dzwoniło w uszach.

Jeszcze raz przyjrzała się listowi. Widziała słowa czarno na białym, jednak nie do końca je rozumiała. Serce tłukło jej się w piersi, sprawiając, że nie mogła złapać powietrza. Spodziewała się, że list zniknie, kiedy tylko go otworzy. Podobne rzeczy zdarzały się już wcześniej. Bywało, że widziała na ulicy Grace albo kątem oka dostrzegała różowy błysk jej sukieneczki, która w rzeczywistości była paczką w tym samym kolorze albo targaną wiatrem damską spódnicą. Czasami widywała ludzi, którzy do złudzenia przypominali jej męża, a gdy ciągnęła ich za rękaw, napotykała zdumione spojrzenia obcych mężczyzn.

— Gwen! — zawołała, kiedy w końcu odzyskała głos. — Gwen, mogłabyś przyjść tu na chwilę? — Ponagliła siostrę w obawie, że jeśli się poruszy, list zniknie, jakby nigdy nie istniał.

Gwen pojawiła się w kuchni z przyborami do haftowania.

— Wołałaś mnie, Hanny? — spytała.

Hannah nie odpowiedziała i ruchem głowy wskazała list.

181

Gwen wzięła go do ręki.

Nareszcie, pomyślała Hannah. A jednak to nie sen.

* * *

W ciągu godziny opuściły prostą drewnianą chatkę i udały się do Bermondsey, kamiennej posiadłości Septimusa Pottsa położonej na wzgórzu, na obrzeżach miasta.

— Znalazłaś to rano w skrzynce na listy? — spytał.

— Tak — odparła Hannah, wciąż oszołomiona swym znaleziskiem.

— Kto zrobiłby coś takiego? — zastanawiała się Gwen.

— To chyba jasne, że zrobił to ktoś, kto wie, że Grace żyje! — odparła Hannah. Nie widziała ukradkowego spojrzenia, jakie wymienili jej ojciec i siostra.

— Hannah, skarbie, minęło sporo czasu... — zaczął Septimus.

— Wiem!

— Ojciec chce powiedzieć — wtrąciła Gwen — że to dość dziwne, że do tej pory nie mieliśmy żadnych wieści. I teraz, nagle, nie wiadomo skąd...

— Ale to przynajmniej coś!

— Och, Hanny — westchnęła Gwen, kręcąc głową.

* * *

Później tego samego dnia sierżant Knuckey, wyższy rangą policjant z Partageuse, usiadł niezgrabnie na tapicerowanym krześle, postawił na kolanie filigranową filiżankę herbaty i zaczął sporządzać notatki.

— I nie widziała pani, by ktokolwiek podejrzany kręcił się koło domu? — spytał Gwen.

— Nie — odparła, odstawiając dzbanuszek z mlekiem na stół. — Nikt nas nie odwiedza.

Mężczyzna zapisał coś w notatniku.

— I?

Potrzebował chwili, by zrozumieć, że pytanie skierowane jest do niego. Po raz kolejny spojrzał na list. Staranne pismo. Zwyczajny papier. Nie wysłano go pocztą. Czyżby podrzucił go ktoś z miejscowych? Bóg świadkiem, że niektórzy z mieszkańców Partageuse nadal z zadowoleniem patrzą na cierpienie Hannah.

— Obawiam się, że to wciąż za mało. — Cierpliwie wysłuchał protestów dziewczyny, która twierdziła, że list musi zawierać jakieś wskazówki. Zauważył, że ojciec i druga córka wyglądali na zakłopotanych sytuacją. Przypominali ludzi, którzy nie wiedzą, jak się zachować, gdy podczas obiadu szalona ciotka zaczyna rozprawiać o Jezusie.

Kiedy Septimus odprowadzał go do drzwi, sierżant założył kapelusz i szepnął do niego:

— Cała ta sprawa wygląda na jakiś okrutny żart. Moim zdaniem najwyższy czas zakopać topór wojenny i zostawić biednego Fritza w spokoju. Nie bronię go, ale uważam takie żarty za niesmaczne. Na pana miejscu zachowałbym to w tajemnicy. Po co zachęcać innych. — Uścisnął dłoń Septimusa i wyszedł na obsadzoną eukaliptusami ścieżkę.

* * *

Po powrocie do gabinetu Septimus Potts położył rękę na ramieniu Hannah.

— No już, skarbie, głowa do góry. Nie pozwól, żeby dopadły cię czarne myśli.

— Nic nie rozumiem, tato. Ona żyje! Po co ktoś miałby pisać list, gdyby było inaczej? Minęło już tyle czasu.

— Wiesz co, kochanie? Zwiększę nagrodę do dwóch tysięcy gwinei. Jeśli ktoś coś wie, wkrótce się o tym przekonamy. — Nalewając córce kolejną filiżankę herbaty, Septimus Potts po raz pierwszy nie cieszył się na myśl, że najprawdopodobniej nie będzie musiał rozstawać się z pieniędzmi.

*   *   *

Mimo iż Septimus Potts był ważną personą wśród miejscowych przedsiębiorców, niewielu mogło powiedzieć, że udało im się go poznać. Zażarcie bronił swojej rodziny, choć jego głównym przeciwnikiem był los. Septimus miał zaledwie pięć lat, kiedy w 1869 roku zszedł z pokładu *Queen of Cairo* w australijskim Fremantle. Na szyi miał zawieszoną małą drewnianą tabliczkę, ofiarowaną mu przez matkę, gdy ze łzami w oczach żegnała go w jednym z londyńskich doków. Napis na tabliczce głosił: „Jestem dobrym chrześcijańskim chłopcem. Proszę się mną zaopiekować".

Septimus był siódmym i ostatnim dzieckiem właściciela sklepu z artykułami metalowymi, który zaledwie trzy dni po narodzinach syna zginął pod kopytami spłoszonego konia pociągowego. Matka Septimusa robiła co mogła, by utrzymać rodzinę, jednak po kilku latach umęczona suchotami zrozumiała, że musi zadbać o przyszłość swoich dzieci. Część z nich wysłała do krewnych w Londynie i okolicach, by pomagały ludziom, którzy je przygarnęli. Jednak najmłodszy Septimus okazał się zbyt dużym obciążeniem dla jej topniejących finansów, tak więc postanowiła wysłać go do Australii.

Zdaniem Septimusa podobne doświadczenia budziły w ludziach pragnienie śmierci albo apetyt na życie, choć on sam twierdził, że śmierć wystarczająco szybko upomni się o każdego z nas. Tak więc gdy krągła opalona kobieta z misji wysłała go do „dobrego domu" na południu Australii Zachodniej, o nic nie pytał ani nie protestował. Zresztą kto by słuchał małego przybłędy? Rozpoczął nowe życie w Kojonup, mieścinie na wschód od Partageuse, w domu Walta i Sarah Flindellów, którzy zarabiali na życie, handlując drewnem sandałowym. Ci dobrzy ludzie byli bystrzy i doskonale wiedzieli, że drewno jest wystarczająco lekkie, by mogło je ładować dziecko, więc zgodzili się przyjąć chłopca. Dla Septimusa to, że mieszkał z ludźmi, którzy nie żałowali mu jedzenia, a podłoga nie uciekała mu spod nóg, było prawdziwym błogosławieństwem.

Szybko poznał nowy kraj, do którego wysłano go jak paczkę bez adresu. Pokochał Walta i Sarah i ich praktyczne podejście do życia. W małej chatce na poletku wykarczowanej ziemi nie było szyb w oknach ani bieżącej wody, ale — przynajmniej na początku — niczego im nie brakowało.

Z czasem, gdy cenniejsze od złota drewno sandałowe zaczęło być towarem deficytowym, Walt i Septimus zwrócili oczy ku tartakom, które niczym grzyby po deszczu powstawały wokół Partageuse. Budowa latarni morskich wzdłuż wybrzeża oznaczała jedno: przewóz ładunków tą właśnie drogą przestał być ryzykowny i stanowił dopuszczalne ryzyko. Dzięki nowym liniom kolejowym i portom można było prowadzić wycinkę lasów i niemal od razu wysyłać drewno do najodleglejszych zakątków świata.

* * *

Septimus harował jak wół, odmawiał modlitwy, a w niedziele wypraszał u żony pastora lekcje czytania i pisania. Nigdy nie wydał półpensówki, jeśli nie musiał tego robić, i nie przepuścił okazji, by zarobić kolejną. Jego fenomen polegał na tym, że dostrzegał okazje tam, gdzie nie widzieli ich inni. Przy niecałych sześciu stopach wzrostu — w butach — nosił się jak ktoś znacznie wyższy i zawsze ubierał się tak elegancko, jak pozwalały fundusze. Oznaczało to, że w najlepszym wypadku wyglądał wytwornie, a w najgorszym szedł w niedzielę do kościoła w czystym ubraniu, nawet jeśli musiał prać je o północy, by po całym dniu pracy pozbyć się pyłu i trocin.

Jego starania nie poszły na marne. W 1892 roku kolonię odwiedził świeżo upieczony baronet z Birmingham, poszukując egzotycznych miejsc, w których mógłby ulokować trochę gotówki. Septimus wykorzystał okazję, by rozkręcić interes, i przekonał mężczyznę, żeby zainwestował w ziemię. Wkrótce potroił zyski i dzięki sprytnej reinwestycji swoich pieniędzy otworzył własną firmę. Kiedy kolonia dołączyła do utworzonego w 1901 roku Związku Australijskiego, Septimus Potts był jednym z najbogatszych ludzi w okolicy.

W czasach dobrobytu poślubił Ellen, młodą damę z Perth. Na świat przyszły Hannah i Gwen, a ich dom, Bermondsey, uchodził za symbol stylu i sukcesu. Wówczas, na jednym ze słynnych pikników organizowanych w buszu na śnieżnobiałych płóciennych obrusach, jego ukochana żona została ukąszona w kostkę przez nibykobrę siatkowaną i po godzinie już nie żyła.

* * *

Życie, pomyślał Septimus, kiedy córki wróciły do chatki, to parszywy drań, któremu nigdy nie wolno ufać. To, co daje hojnie jedną ręką, bez zastanowienia zabiera drugą. Dopiero pogodził się z córką, kiedy na świat przyszła mała Grace, a zaraz potem mąż Hannah i jej córeczka zniknęli Bóg wie gdzie, zostawiając dziewczynę pogrążoną w rozpaczy. A teraz jakiś wichrzyciel znowu zaczynał mącić. Cóż, trzeba dziękować Bogu i modlić się, by nie było gorzej.

* * *

Sierżant Knuckey usiadł przy biurku, stukając ołówkiem w podkładkę do pisania. Biedna kobieta. Któż mógłby ją winić za to, że pragnie, by jej dziecko żyło? Jego Irene wciąż opłakuje małego Billy'ego, a minęło dwadzieścia lat, odkąd się utopił. I choć od tamtej pory mieli jeszcze piątkę dzieci, ich życiu wciąż towarzyszył smutek.

Knuckey wiedział, że nie ma szans, by dziecko Hannah Roennfeldt żyło. Mimo to sięgnął po kartkę i chcąc dopełnić formalności, zaczął spisywać raport. Przynajmniej tyle może zrobić dla tej udręczonej kobiety.

ROZDZIAŁ 17

Twój mąż odnalazł spokój w domu Ojca.

Hannah Roennfeldt raz po raz przebiega wzrokiem napisane na kartce, tajemnicze słowa. Grace żyje, ale Frank zginął. Chce wierzyć, że tak właśnie jest. Frank. Franz. Przypomina sobie łagodnego mężczyznę, który dużo przeszedł, zanim w końcu ją spotkał.

W wieku szesnastu lat musiał pożegnać się z wystawnym wiedeńskim życiem, kiedy karciane długi jego ojca przywiodły rodzinę do Kalgoorlie, miejsca tak odległego od Austrii, że nawet najbardziej zajadli wierzyciele dawali za wygraną i zaprzestawali pościgów. Od luksusów do skromnego życia. Fritz pracował jako piekarz w sklepie prowadzonym przez wuja i ciotkę, niegdyś Fritza i Mitzie, teraz Clive'a i Millie. To oni powtarzali, jak ważne jest, by wtopić się w tłum. Matka to rozumiała, ale ojciec — z dumą i uporem, który doprowadził rodzinę do finansowej ruiny — pogardzał wszelkimi zmianami i po niespełna roku rzucił się pod koła pociągu, czyniąc Franka głową rodziny.

Kilka miesięcy później, gdy wybuchła wojna, Frank został

internowany jako obywatel wrogiego państwa i wysłany najpierw na wyspę Rottnest, a później na wschód. I choć nie został wysiedlony ani osierocony, gardzono nim za wydarzenia, na które nie miał wpływu.

A jednak nigdy się nie skarżył, pomyślała Hannah, wspominając jego radosny, szczery uśmiech. Nawet wtedy, gdy w 1922 roku wrócił do pracy w piekarni.

Dobrze pamiętała dzień, kiedy zobaczyła go po raz pierwszy na głównej ulicy. Poranek był słoneczny, choć w powietrzu czuło się październikowy chłód. Uśmiechnął się i podał jej szal.

— Zostawiła go pani w księgarni — powiedział uprzejmie.

— Dziękuję, to bardzo miło z pana strony.

— To piękny szal. Moja matka miała podobny. Chiński jedwab jest bardzo drogi, szkoda byłoby go zgubić. — Ukłonił się i odwrócił, by odejść.

— Nigdy wcześniej tu pana nie widziałam — rzekła pospiesznie. Nigdy też nie słyszała tak czarującego akcentu.

— Właśnie rozpocząłem pracę w piekarni. Nazywam się Frank Roennfeldt. Miło mi panią poznać.

— W takim razie witamy w Partageuse, panie Roennfeldt. Mam nadzieję, że się tu panu podoba. Ja jestem Hannah Potts. — Przełożyła pakunki z ręki do ręki, starając się zarzucić szal na ramiona.

— Pozwoli pani, że jej pomogę. — Płynnym ruchem okrył jej ramiona. — Życzę miłego dnia. — Mówiąc to, uśmiechnął się. Miał cudownie błękitne oczy, a promienie słońca sprawiały, że jego jasne włosy lśniły.

Kiedy przeszła na drugą stronę ulicy i wsiadała do bryczki, zauważyła kobietę, która spojrzała na nią z pogardą i splunęła na ziemię. Hannah była zaskoczona, jednak nie odezwała się słowem.

Kilka tygodni później po raz kolejny odwiedziła maleńką księgarnię Maisie McPhee. Natychmiast zobaczyła stojącego przy ladzie Franka i oburzoną matronę, która mówiła podniesionym głosem, wymachując przy tym laską.

— Już sam pomysł! — krzyczała. — Sam fakt, że sprzedajesz szwabskie książki! Przez te zwierzęta straciłam syna i wnuka. Do głowy by mi nie przyszło, że ty, Maisie McPhee, wspomagasz ich jak Czerwony Krzyż!

Z pomocą przerażonej dziewczynie przyszedł Frank.

— Proszę wybaczyć, jeśli panią obraziłem — odezwał się z uśmiechem. — Nie jest to wina panny McPhee. — Wyciągnął w kierunku matrony otwartą książkę. — Proszę zobaczyć, to tylko poezja.

— Tylko poezja. Akurat! — prychnęła kobieta, uderzając laską o podłogę. — Potrafią tylko łgać! Słyszałam, że w naszym mieście pojawił się szkop, ale nie sądziłam, że będzie na tyle zuchwały, by się z tym obnosić! A co do ciebie, Maisie McPhee — pochyliła się nad ladą — twój świętej pamięci ojciec z pewnością przewraca się w grobie.

— Naprawdę bardzo mi przykro — powtórzył Frank. — Panno McPhee, proszę zatrzymać tę książkę. Nie miałem zamiaru nikogo urazić. — Położył na ladzie banknot dziesięcioszylingowy i pospiesznie opuścił księgarnię. Tuż za nim wyszła matrona i stukając laską, ruszyła w przeciwnym kierunku.

Maisie i Hannah przez chwilę spoglądały na siebie w milczeniu. W końcu sprzedawczyni uśmiechnęła się.

— Przyniosła panienka listę? — spytała.

Kiedy Maisie przeglądała spisane na kartce tytuły, Hannah kątem oka zerkała na porzuconą książkę. Zastanawiała się, jak to możliwe, że oprawiony w zieloną skórę tomik wywołał takie

190

oburzenie. Otworzyła ją i spojrzała na napisany gotyckim pismem tytuł: *Księga godzin*. Rainer Maria Rilke. W szkole oprócz francuskiego uczyła się także niemieckiego i słyszała o tym poecie.

— Maisie — zaczęła, wyciągając dwie jednofuntówki — pozwolisz, że wezmę tę książkę? — Widząc zaskoczone spojrzenie dziewczyny, dodała: — Nie sądzisz, że najwyższy czas, żebyśmy zapomnieli o przeszłości?

Sprzedawczyni zapakowała książkę w szary papier i przewiązała sznurkiem.

— Dzięki temu nie będę musiała odsyłać jej z powrotem do Niemiec. Tu i tak nikt jej nie kupi.

Kilka minut później Hannah weszła do piekarni i położyła na ladzie małą paczuszkę.

— Czy mógłby pan przekazać to panu Roennfeldtowi? — spytała sprzedawcę. — Zostawił ją w księgarni.

— Jest na zapleczu. Zaraz go zawołam.

— Nie ma takiej potrzeby. Dziękuję — odparła i wyszła ze sklepu, zanim mężczyzna zdążył cokolwiek dodać.

Kilka dni później Frank przyszedł z wizytą, by podziękować za jej uprzejmość, a życie Hannah obrało zupełnie nowy kierunek, który był spełnieniem jej marzeń.

* * *

Radość Septimusa Pottsa na wieść, że jego córka spotyka się z miejscowym, zamieniła się w przerażenie, gdy okazało się, że mężczyzna jest zwykłym piekarzem. Septimus dobrze pamiętał swoje skromne początki, więc nie zamierzał skreślać chłopaka. Jednak gdy dowiedział się, że jest Niemcem, albo prawie Niemcem, jego przerażenie zmieniło się w odrazę.

Sprzeczki z Hannah, które zaczęły się w okresie jej narzeczeństwa, sprawiły, że oboje stali się uparci i jeszcze bardziej nieprzejednani w swych postanowieniach.

W ciągu zaledwie dwóch miesięcy sytuacja osiągnęła punkt krytyczny. Septimus Potts krążył po salonie, próbując oswoić się z tym, co właśnie usłyszał.

— Czyś ty oszalała, dziewczyno?

— Tego właśnie chcę, tato.

— Poślubić szkopa? — Spojrzał na stojące na kominku zdjęcie Ellen. — Twoja matka nigdy by mi tego nie wybaczyła! Obiecałem jej, że wychowam was jak należy...

— I dotrzymałeś słowa.

— Coś jednak musiało pójść nie tak, skoro chcesz zostać żoną piekarza, który na dodatek jest przeklętym Niemcem.

— Austriakiem.

— A co to za różnica? Chcesz, żebym zabrał cię do domu weterana i pokazał chłopców, którzy wciąż gadają od rzeczy z powodu cholernego gazu? To ja ufundowałem ten przeklęty szpital!

— Dobrze wiesz, że Frank nie brał udziału w tej wojnie. Został internowany. Nigdy nikogo nie skrzywdził.

— Opamiętaj się, Hannah. Jesteś mądrą dziewczyną. Jest wielu mężczyzn... tu, w Perth, Sydney albo nawet w Melbourne, którzy byliby zaszczyceni, mogąc cię poślubić.

— Chciałeś powiedzieć, że byliby zaszczyceni, mogąc położyć łapę na twoich pieniądzach.

— A więc o to chodzi? Gardzisz moimi pieniędzmi, młoda damo?

— To nie tak, tato...

— Harowałem jak wół, żeby stać się tym, kim jestem. Nie

wstydzę się swojej pozycji ani pochodzenia. Ale ty... masz szansę osiągnąć jeszcze więcej.

— Chcę tylko, żebyś pozwolił mi żyć po swojemu.

— Posłuchaj, jeśli chcesz pracować charytatywnie, wyjedź na misję i zamieszkaj wśród tubylców. Albo pracuj w sierocińcu. Przynajmniej nie będziesz musiała brać ślubu ze swoją przeklętą karierą.

Hannah oblała się rumieńcem. Serce waliło jej jak młotem, nie dlatego, że była wściekła, ale ze strachu, że mimo wszystko ojciec może mieć rację. A jeśli zgodziła się wyjść za Franka, by rozzłościć zalotników, którym zależało wyłącznie na jej pieniądzach? Jeśli chciała w ten sposób wynagrodzić mu wszystko, czego doświadczył w życiu? Pomyślała o tym, co czuła, widząc jego uśmiech, jak unosił brodę, kiedy szukał odpowiedzi na jej pytania, i poczuła, że odzyskuje spokój.

— To dobry, uczciwy człowiek, tato. Daj mu szansę!

— Hannah — Septimus położył dłoń na ramieniu córki — wiesz, że jesteś dla mnie całym światem. — Pogłaskał ją po głowie. — Pamiętasz, że będąc małą dziewczynką, nie pozwalałaś matce szczotkować swoich włosów? Mówiłaś: „Tatuś! Chcę, żeby tatuś to zrobił!". No i czesałem cię. Wieczorami siadałaś mi na kolanach przy kominku, a ja szczotkowałem ci włosy. Piekliśmy na ogniu placki i ukrywaliśmy przed mamą, gdy masło skapnęło ci na sukienkę. Twoje włosy lśniły jak włosy perskiej księżniczki. Zaczekaj, po prostu zaczekaj — poprosił ją.

Jeśli potrzebował czasu, żeby oswoić się z tą myślą i zmienić zdanie... Już miała się zgodzić, kiedy dodał:

— Wtedy spojrzysz na to z mojej strony i zobaczysz, że popełniasz wielki błąd. — Odetchnął głęboko, jak wówczas, gdy podejmował ważne decyzje handlowe. — I podziękujesz mi, że cię od tego odwiodłem.

Hannah odsunęła się od ojca.

— Nie pozwolę się traktować protekcjonalnie. Nie możesz mi zabronić wyjść za Franka.

— Chciałaś chyba powiedzieć, że nie mogę cię przed tym ocalić.

— Jestem wystarczająco dorosła, by poślubić go bez twojej zgody.

— Może nie obchodzi cię, co ja o tym myślę, ale pomyśl o swojej siostrze. Wiesz, jak zareagują na to tutejsi mieszkańcy.

— Tutejsi mieszkańcy to ksenofobiczni hipokryci!

— Widzę, że pieniądze, które wydałem na twoją edukację, nie poszły na marne. A wszystko po to, żebyś mogła upokarzać ojca wymyślnymi słówkami. — Spojrzał jej w oczy. — Nigdy nie sądziłem, że będę zmuszony to powiedzieć, ale jeśli poślubisz tego człowieka, nie licz na moje błogosławieństwo. Ani pieniądze.

Ze spokojem, który tak bardzo przypominał Septimusowi Ellen, Hannah wyprostowała się i przez chwilę stała bez ruchu.

— Jeśli tego chcesz, tato, niech tak będzie.

* * *

Po skromnym ślubie, na którym zabrakło Septimusa, młodzi zamieszkali w rozpadającym się domu Franka na obrzeżach miasta. Żyli skromnie. Hannah dawała lekcje gry na pianinie i uczyła drwali czytać i pisać. Niektórzy z nich czerpali chorą satysfakcję ze świadomości, że choć raz w tygodniu zatrudniają córkę swojego pracodawcy. Jednak większość ludzi szanowała Hannah za jej serdeczność i uprzejmość.

194

Była szczęśliwa. Znalazła męża, który ją rozumiał i z którym mogła porozmawiać o filozofii i mitologii. Uśmiech Franka sprawiał, że zapominała o troskach i czynił życie łatwiejszym.

Z upływem lat mieszkańcy Partageuse przyzwyczaili się do piekarza, który nadal mówił z dziwnym, egzotycznym akcentem. Niektórzy, jak żona Billy'ego Wisharta albo Joe Rafferty i jego matka, widząc go na ulicy, ostentacyjnie przechodzili na drugą stronę, jednak w większości życie Hannah i Franka upływało w spokoju. W 1925 roku zdecydowali, że ich sytuacja jest na tyle stabilna, że mogą pomyśleć o dziecku. Niespełna rok później, w lutym, na świat przyszła ich córeczka.

Hannah pamiętała, jak Frank stał nad kołyską i nucił tenorem:

Schlaf, Kindlein, schlaf.
Dein Vater hüt' die Schaf.
Die Mutter schüttelt's Bäumelein,
da fällt herab ein Träumelein.
Schlaf, Kindlein, schlaf.

W małym pokoiku przy lampie naftowej, z bolącymi plecami, na krześle, które wymagało naprawy, powiedział jej:

— Nie wyobrażam sobie lepszego życia. — Blask na jego twarzy nie pochodził od lampy, ale od leżącej w łóżeczku maleńkiej istoty, której spokojny, miarowy oddech świadczył o tym, że wreszcie zasnęła.

*   *   *

W marcu ołtarz przystrojono wazonami stokrotek i stefanotisów z ogrodu Franka i Hannah. Ich słodki zapach wypełniał kościół, unosząc się między rzędami pustych ławek aż do masywnych drzwi. Hannah miała na sobie bladoniebieską sukienkę i filcowy kapelusz w tym samym kolorze. Frank włożył ślubny garnitur, który po czterech latach wciąż leżał na nim jak ulał. Jego kuzynka Bettina wraz z mężem Wilfem przyjechali z dalekiego Kalgoorlie, by zostać rodzicami chrzestnymi, i z pobłażaniem uśmiechali się do maleńkiej istoty w ramionach Hannah.

Wielebny Norkells stał obok chrzcielnicy, przeglądając księgę liturgiczną w poszukiwaniu rozdziału poświęconego ceremonii chrztu świętego. Niezdarność, z jaką to robił, mogła mieć związek z jego oddechem, w którym wyraźnie czuć było alkohol.

— Czy dziecko zostało wcześniej ochrzczone? — zaczął po chwili.

Było upalne, ponure niedzielne popołudnie. Wokół chrzcielnicy latała leniwie opasła mucha plujka. Od czasu do czasu przysiadała na kamieniu, by napić się wody, i odlatywała, gdy poirytowani jej bzyczeniem rodzice chrzestni próbowali ją przepędzić. W końcu pacnięta przez Wilfa wachlarzem jego żony wpadła do wody święconej niczym pijak do rowu. Pastor nie zwrócił na to uwagi i ciągnął beznamiętnie:

— Czy wyrzekacie się szatana, który jest głównym sprawcą grzechu?

— Wyrzekamy się — odparli zgodnie Wilf i Bettina.

Kiedy ich głosy odbijały się echem od kamiennych murów, drzwi kościoła otworzyły się z cichym skrzypnięciem. Serce Hannah zabiło radośniej, gdy zobaczyła ojca i Gwen, którzy uklękli w ostatniej ławce. Hannah i Septimus nie rozmawiali ze sobą od dnia, w którym dziewczyna opuściła dom, by poślubić Franka, i Hannah przypuszczała, że zaproszenie na chrzest, które wysłała ojcu, pozostanie jak zwykle bez odpowiedzi. „Spróbuję, Hanny — obiecywała Gwen. — Ale wiesz, jaki on jest uparty. Bez względu na to, co powie, ja przyjdę do kościoła. Cała ta sytuacja trwa już zdecydowanie za długo".

Frank dyskretnie spojrzał na żonę.

— Widzisz? — szepnął. — Bóg sprawia, że z czasem wszystko zaczyna się układać.

— Łaskawy Boże, spraw, by dziecko to odrodziło się w wierze jako nowy człowiek... — Słowa wielebnego odbiły się echem od kamiennych ścian, a niemowlę sapnęło i przez chwilę wierciło się w ramionach matki. Kiedy zaczęło kwilić, Hannah przyłożyła do jego filigranowych ust knykieć małego palca, który dziewczynka zaczęła ssać z zadowoleniem. Rytuał trwał, a wielebny Norkells wyjął dziewczynkę z matczynych objęć i zwrócił się do rodziców:

— Jakie imię wybraliście dla swojego dziecka?

— Grace Ellen.

— Grace Ellen. Ja ciebie chrzczę w imię Ojca i Syna i Ducha Świętego.

Przez resztę nabożeństwa niemowlę spoglądało na witrażowe okna. Dwa lata później twarz małej Lucy wyrażała to samo bezbrzeżne zdumienie, gdy w ramionach trzymała ją Isabel Sherbourne.

* * *

Kiedy ceremonia dobiegła końca, Septimus pozostał w ławce. Hannah szła główną nawą do wyjścia, tuląc w ramionach małą Grace, która wierciła się w kocyku, spoglądając to w jedną, to w drugą stronę. Hannah podeszła do ojca. Wstał, kiedy bez słowa podała mu dziecko. Zawahał się, jednak chwilę później wziął dziewczynkę z rąk córki.

— Grace Ellen. Twoja matka byłaby wzruszona — wykrztusił, zanim po jego policzku potoczyła się pierwsza łza. Z czułością i podziwem spojrzał na niemowlę.

Hannah wzięła go pod ramię.

— Chodź, poznaj Franka — szepnęła i poprowadziła go w stronę ołtarza.

* * *

— Proszę, chciałabym, żebyście weszli — Hannah zwróciła się do ojca i siostry, którzy stali przed furtką. Septimus wyglądał na niezdecydowanego. Mała drewniana chatka, niewiele większa od szopy, przypominała mu przybudówkę w domu Flindellów, gdzie wychowywał się jako dziecko. Kiedy przeszedł przez próg, miał wrażenie, że cofnął się w czasie o pięćdziesiąt lat.

W pokoju frontowym rozmawiał chłodno, ale uprzejmie z kuzynami Franka. Pochwalił wyśmienity tort i skromny, choć pyszny poczęstunek, kątem oka obserwując pęknięcia na ścianach i dziury w dywanie.

Wychodząc, odciągnął Hannah na bok i wyjął z kieszeni portfel.

— Pozwól, że dam ci coś dla...

Jednak dziewczyna delikatnie odsunęła jego rękę.

— Daj spokój, tato. Radzimy sobie.

— Oczywiście, że sobie radzicie. Ale teraz, kiedy na świat przyszło dziecko...

Położyła mu dłoń na ramieniu.

— Naprawdę. To miło z twojej strony, ale damy sobie radę. Odwiedź nas niedługo.

Uśmiechnął się i pocałował niemowlę w czoło, a zaraz potem ucałował córkę.

— Dziękuję, Hanny. — Jego kolejne słowa zabrzmiały niczym szept: — Ellen chciałaby, żeby naszej wnuczce niczego nie brakowało. Poza tym... tęskniłem za tobą.

W ciągu tygodnia do domu Hannah i Franka zaczęły napływać prezenty dla małej Grace, z Perth, Sydney i innych odległych miejsc. Łóżeczko, mahoniowa komoda. Sukienki, czapeczki wiązane pod brodą i przybory do kąpieli. Wnuczka Septimusa Pottsa zasługiwała na wszystko co najlepsze.

* * *

Twój mąż odnalazł spokój w domu bożym.

Tajemniczy list sprawia, że Hannah na nowo pogrąża się w żałobie, mimo iż czuje, jak wstępuje w nią nadzieja. Bóg zabrał jej męża, ale oszczędził córeczkę. Kryje twarz w dłoniach i płacze, nie ze smutku, ale ze wstydu i na wspomnienie tego, co wydarzyło się tamtego dnia.

Mieszkańcy miasteczka wolą nie mówić o niektórych wydarzeniach. To mała społeczność, gdzie każdy wie, że istnieją rzeczy, o których lepiej zapomnieć. Dzieci nie muszą wiedzieć o błędach, jakie w młodości popełnili ich ojcowie, czy o rodzeństwie z nieprawego łoża, mieszkającym pięćdziesiąt mil dalej i noszącym nazwisko innego mężczyzny. Historia jest tym, na co przyzwala społeczeństwo.

Oto, jak toczy się życie — chronione milczeniem łagodzącym wstyd. Mężczyźni, którzy wrócili z wojny, opowiadali historie o bohaterskiej śmierci swoich towarzyszy, ani słowem nie wspominając o żałosnym zachowaniu tych, którzy konali na

199

ich oczach. Świat wierzył, iż żaden żołnierz nigdy nie odwiedził burdelu, nie zachowywał się jak dzikus, nie uciekał i nie krył się przed oddziałami wroga. Być na froncie — to już samo w sobie stanowiło wystarczającą karę. Kiedy żony chowają pieniądze albo noże przed mężem, który wrócił odmieniony, robią to dyskretnie i bez słowa, jakby same chciały o tym zapomnieć.

Dla Hannah Roennfeldt pamięć o dniu, w którym straciła Franka, jest jak tajemnica, o której nie może nikomu powiedzieć. „Po co rozdrapywać dawne rany?" — powiedzą ci, którzy pragną powrócić do „cywilizowanego" życia w Partageuse. Ale Hannah pamięta.

* * *

ANZAC Day*. Puby pękają w szwach. Pełno w nich mężczyzn. Mężczyzn, którzy tam byli, albo tych, którzy stracili tam braci; ludzi, którzy przeżyli bitwę na Gallipoli albo bitwę pod Sommą i po dziesięciu latach wciąż cierpią na nerwicę frontową i powikłania spowodowane gazem musztardowym. Dwudziesty piąty kwietnia 1926. Na tyłach baru mężczyźni podrzucają po dwie monety, zakładając się uprzednio, czy wypadną orły czy reszki, w towarzystwie policjantów, którzy raz w roku przymykają na to oko. Gdzie tam, sami dołączają do gry — w końcu oni też brali udział w tej wojnie.

Piwo Emmu Bitter leje się strumieniami, głosy stają się coraz bardziej donośne, a piosenki coraz bardziej sprośne. Jest wiele rzeczy, o których należy zapomnieć. Po wojnie wrócili

---

* ANZAC — Australian and New Zeland Army Corps; święto obchodzone 25 kwietnia, w rocznicę pierwszego lądowania pod Gallipoli.

do pracy na roli, do pracy za biurkiem i nauczania. Wrócili do tego, bo nie mieli wyboru. Im więcej piją, tym trudniej im zapomnieć i tym większą mają ochotę uderzyć coś albo kogoś, walczyć uczciwie jak mężczyzna z mężczyzną. Pragną pokonać przeklętych Turków. Cholernych szkopów. Wszystkich drani. A Frank Roennfeldt nada się do tego jak nikt inny. Jest jedynym Niemcem w miasteczku i nikogo nie obchodzi, że urodził się w Austrii. W okolicy on jeden może uchodzić za wroga, więc o zmierzchu, gdy widzą go, jak idzie ulicą w towarzystwie Hannah, zaczynają gwizdać *Długa droga do Tipperary*. Hannah wygląda na zdenerwowaną i potyka się. Frank bierze na ręce maleńką Grace, zdejmuje z ramion żony sweter i otula nim niemowlę. Oboje spuszczają głowy i przyspieszają kroku.

Chłopcy w pubie czują, że szykuje się niezły ubaw i wychodzą na ulicę. Za ich przykładem idą kolejni, z innych barów. Któryś z dowcipnisiów wpada na pomysł, że zabawnie byłoby strącić Frankowi kapelusz, i robi to bez zastanowienia.

— Och, daj nam spokój, Joe Rafferty! — karci go Hannah. — Wracaj do pubu i zostaw nas w spokoju. — Przyspieszają kroku.

— Daj nam spokój! — przedrzeźnia ją Joe piskliwym głosem. — Przeklęty Fritz! Wszyscy jesteście tacy sami! Tchórze! — Odwraca się w stronę tłumu. — Popatrzcie tylko na tych dwoje i ich śliczne dziecko — bełkocze. — Wiecie, że w przeszłości Fritz zjadał dzieci? Piekli je żywcem, cholerni dranie.

— Odejdź albo wezwiemy policję! — krzyczy Hannah. Chwilę później zamiera na widok posterunkowych Harry'ego Garstone'a i Boba Lyncha, którzy popijają piwo na hotelowej werandzie i uśmiechają się złośliwie pod wypomadowanymi wąsami.

Nagle wybucha wrzawa.

— No dalej, chłopcy, zabawmy się z miłośnikami szkopów! — krzyczy ktoś w tłumie. — Uratujmy dziecko, zanim je zjedzą. — Kilkunastu mężczyzn zaczyna gonić Franka i Hannah, która zostaje w tyle, bo elastyczny pas utrudnia jej oddychanie.

— Grace, Frank! — krzyczy. — Ratuj Grace! — Ze łzami w oczach patrzy, jak Frank ucieka z maleńkim tobołkiem, byle dalej od rozwścieczonej tłuszczy, która ściga go ulicą aż do molo. Serce Franka wali jak oszalałe, a jego ramię pulsuje bólem, kiedy z Grace na rękach biegnie po zawieszonych nad wodą trzeszczących deskach i wskakuje do pierwszej lepszej łodzi. Zaraz potem, wiosłując wściekle, wypływa w morze, tam, gdzie nic mu nie grozi.

Wróci, kiedy opadną emocje, a jego prześladowcy wytrzeźwieją.

Doświadczał już gorszych rzeczy.

ROZDZIAŁ 18

W ciągu dnia — gdziekolwiek jest i cokolwiek robi — Isabel instynktownie wyczuwa, gdzie znajduje się Lucy, zupełnie jakby łączyła je niewidzialna nić miłości. Nigdy nie wpada w gniew, jej cierpliwość do dziewczynki nie zna granic. Kiedy jedzenie ląduje na podłodze, a brudna rączka zostawia na ścianie paskudne plamy, Isabel nie podnosi głosu i nie karci Lucy spojrzeniem. W nocy, kiedy mała budzi się z płaczem, uspokaja ją i przemawia do niej czule. Przyjmuje dar, który dostała od losu, i cierpliwie znosi wszelkie niedogodności.

Po południu, kiedy Lucy śpi, idzie do stojących na przylądku drewnianych krzyży. To jej sanktuarium, jej miejsce kultu, w którym prosi o radę i modli się o to, by być dobrą matką. Modli się również o Hannah Roennfeldt. Nie zaprzecza temu, co się zdarzyło. Tu Hannah jest niczym więcej, jak tylko odległą myślą. Nie ma ciała i nie istnieje, podczas gdy Lucy... Isabel zna każdy jej grymas, każdy płacz. Dzień po dniu obserwuje tę małą cudowną istotę, która stopniowo wychodzi z kokonu, odkrywając przed światem swą wyjątkową naturę. Patrzy, jak kształtuje się jej osobowość, w miarę jak dziewczynka poznaje kolejne słowa i używa ich, by określić, kim jest i co czuje w danej chwili.

Isabel siedzi w kaplicy bez ścian, okien i kapłana i dziękuje Bogu. Kiedy myśli o Hannah Roennfeldt burzą jej spokój, tłumaczy sobie, że nie może tak po prostu odesłać dziewczynki i igrać z jej szczęściem. A Tom? Tom to dobry człowiek, który zawsze postępuje właściwie. Tego może być pewna. W końcu pogodzi się z całą tą sytuacją.

Na razie jednak oddalili się od siebie, jakby powstał między nimi niewidzialny, cienki niczym źdźbło trawy pas ziemi niczyjej.

* * *

Stopniowo życie na Janus Rock wraca do normy, a codzienne rytuały bez reszty zajmują uwagę Toma. Czasami, kiedy budzi się z mrocznych snów, pełnych połamanych świec i kompasów bez igieł, próbuje odegnać niepokój i czeka, aż pierwsze promienie słońca rozproszą kłębiące się w jego głowie czarne myśli. Samotność kołysze go do snu łagodną muzyką kłamstwa.

* * *

— Wiesz, jaki dziś jest dzień, prawda, Luce? — spytała Isabel. Włożyła jej przez głowę ciepły sweter i sięgnęła do rękawów, by wydobyć na wierzch rączki. Minęło pół roku, odkąd w styczniu 1928 roku wrócili na wyspę Janus.

Lucy zadarła główkę i lekko ją przechyliła.

— Hmmm — zaczęła, grając na zwłokę.

— Mam ci podpowiedzieć?

Mała pokiwała głową.

Isabel założyła jej pierwszą skarpetkę.

— No już, wyciągnij drugą nóżkę. Właśnie tak. Podpowiedź

brzmi: jeśli będziesz dziś bardzo grzeczna, może wieczorem dostaniesz pomarańczę...

— Łódka! — pisnęła mała, zeskakując z kolan matki i skacząc po pokoju, z jednym bucikiem na nodze, a drugim w ręce. — Łódka przypływa! Łódka przypływa!

— Tak. Może posprzątamy dom na przyjazd Ralpha i Blueya?

— Tak! — wykrzyknęła Lucy i pognała do kuchni. — Alf i Booey płyną, tatusiu!

Tom wziął ją na ręce i pocałował.

— Aleś ty mądra! Pamiętałaś czy może ktoś ci przypomniał?

— Mamusia! — wyznała z uśmiechem i uwolniła się z jego rąk, by poszukać Isabel.

Niedługo potem, ubrane w kalosze i płaszcze, poszły do kurnika. Lucy z dumą wymachiwała małym koszyczkiem.

— Prawdziwa rewia mody — zauważył Tom, kiedy mijał je w drodze do szopy.

— Przedkładam ciepło i wygodę nad elegancję — odparła Isabel i pocałowała go. — Poza tym idziemy szukać jajek.

Lucy z pietyzmem brała jajka w obie ręce, zamieniając czynność, która zwykle zabierała Isabel kilka sekund, w prawdziwy rytuał. Tuliła każde z nich do policzka i z dumą oznajmiała, że „jest jeszcze ciepłe!" albo że „jest zupełnie zimne", i oddawała je Isabel na przechowanie. Ostatnie zawsze lądowało w jej małym koszyczku.

— Dziękuję ci, Daphne. Dziękuję, Speckle... — zaczynała, kiedy wszystkie jajka zostały zebrane, i kolejno dziękowała każdej kurze za ich hojne dary.

W ogródku warzywnym, kiedy wykopywały ziemniaki, pomagała trzymać Isabel łopatę.

— Chyba widzę jednego... — mówiła Isabel, czekając, aż dziewczynka zauważy coś w piaszczystej ziemi.

— Tam! — piszczała Lucy i sięgała po ziemniaka, który okazywał się kamieniem.

— Mało brakowało... — Isabel się uśmiechała. — A tam obok? Troszkę z boku?

— Emniak! — wołała mała i podnosiła zdobycz wysoko nad głowę. Grudki ziemi wpadały jej we włosy i do oczu, sprawiając, że zaczynała płakać.

— Chodź, mamusia zobaczy — uspokajała ją Isabel. Wycierała ręce w ogrodniczki i oglądała oko dziewczynki. — Gotowe. A teraz zamrugaj. Widzisz? I już po wszystkim. — Lucy posłusznie otwierała i zamykała oczy.

— Nie boli — oznajmiała w końcu, a zaraz potem piszczała: — Następny emniak! — I polowanie zaczynało się od nowa.

* * *

Po powrocie do domu Isabel zamiotła podłogi, zgarniając piaszczystą ziemię na niewielkie kupki, by zebrać je na szufelkę. Kiedy wróciła z kuchni, gdzie w piecu rósł pachnący bochen chleba, Lucy chodziła od pokoju do pokoju, zostawiając za sobą piaszczyste ślady.

— Patrz, mamusiu! Pomagam!

Isabel spojrzała na bałagan i westchnęła.

— Można tak powiedzieć... — Wzięła dziewczynkę na ręce. — Dziękuję. Jesteś bardzo grzeczna. A teraz upewnijmy się, że podłogi są naprawdę czyste i zamiećmy je jeszcze raz, dobrze? Ach, Lucy Sherbourne — dodała, kręcąc głową — prawdziwa z ciebie pani domu.

* * *

Nieco później w drzwiach pojawił się Tom.

— Jest już gotowa?

— Tak — odparła Isabel. — Buzia umyta, rączki umyte. Paluszki czyste.

— W takim razie chodźmy na górę, skarbie.

— Po schodach, tatusiu?

— Tak, po schodach — odpowiedział i oboje ruszyli w stronę latarni. U podnóża schodów podniosła rączki, żeby idąc z tyłu, mógł ją prowadzić. — A teraz, króliczku, liczymy. Jeden, dwa, trzy. — Zaczęli powolną wspinaczkę. Tom odliczał każdy stopień jeszcze długo po tym, jak Lucy dała za wygraną.

Kiedy dotarli na szczyt wieży, mała wyciągnęła ręce.

— Ornetka — zażądała.

— Zaraz dostaniesz lornetkę. Ale najpierw posadzimy cię na stole. — Posadził ją na stosie map i pomógł jej trzymać lornetkę.

— Widzisz cokolwiek?

— Chmuly.

— Rzeczywiście, dookoła jest pełno chmur. A widzisz łódź?

— Nie.

— Jesteś pewna? — Roześmiał się. — Lepiej, żebyś nie stała na wartowni. A to co? Widzisz? Tam, gdzie pokazuję.

Dziewczynka machnęła nogami.

— Alf i Booey! Pomalańcze.

— Mama mówi, że będą pomarańcze, tak? W takim razie trzymajmy kciuki, żeby miała rację.

* * *

Minęła kolejna godzina, zanim łódź dobiła do brzegu. Tom i Isabel stali na molo, Lucy siedziała na ramionach Toma.

— Proszę, proszę, prawdziwy komitet powitalny! — wykrzyknął Ralph.

— Ceść! — zawołała Lucy. — Ludzie! Ceść, Alf, ceść, Boo.

Bluey wyskoczył na molo i chwycił linę, którą cisnął mu kapitan.

— Uważaj, Luce — powiedział do dziewczynki. — Nie chcemy przecież, żebyś się zaplątała. — Spojrzał na Toma. — Kurczę, to już nie jest Mała Lucy, tylko prawdziwa pannica! Ralph się roześmiał.

— Dzieci mają to do siebie, że rosną!

Bluey skończył mocować linę.

— Nic dziwnego, przecież widzimy ją raz na kilka miesięcy. Inaczej ma się sprawa z dzieciakami w mieście. Człowiek widzi je każdego dnia, więc nie zauważa, jak się zmieniają.

— Ani się obejrzymy, a wyrastają z nich takie potężne chłopy jak ty! — żartował Ralph. Kiedy zszedł na molo, jedną rękę trzymał za plecami. — Kto mi pomoże rozładować łódź?

— Ja! — wykrzyknęła Lucy.

Ralph puścił oko do Isabel i wyjął zza pleców puszkę brzoskwiń.

— Mam dla ciebie coś bardzo, bardzo ciężkiego.

Dziewczynka wzięła puszkę w obie ręce.

— Chryste, Luce, ostrożnie! — ostrzegła ją Isabel. — Chodź, zaniesiemy to do domu. — Spojrzała na mężczyzn. — Chętnie wam pomogę i sama wezmę coś na górę. — Ralph wrócił na łódź i chwilę później podał jej listy i kilka mniejszych paczek.

— Do zobaczenia na górze. Nastawię wodę.

* * *

Po lunchu dorośli popijali w kuchni herbatę.

— Lucy jest dziwnie cicho... — zauważył Tom.

— Hmmm — mruknęła Isabel — miała skończyć obrazek dla mamy i taty. Zajrzę do niej. — Jednak zanim zdążyła wstać od stołu, Lucy weszła do kuchni ubrana w halkę Isabel, która wlokła się za nią po podłodze, buty na obcasach i sznur korali, które Isabel dostała od matki.

— Lucy! Grzebałaś w moich rzeczach?

— Nie — odparła dziewczynka, patrząc na nią zdumiona.

Isabel oblała się rumieńcem.

— Zwykle nie paraduję po domu w bieliźnie — wyjaśniła. — Chodź, Lucy, ubierzemy cię, inaczej się przeziębisz. Poza tym musimy porozmawiać o grzebaniu w rzeczach mamy i mówieniu prawdy. — Uśmiechnęła się i wyszła z kuchni, nieświadoma grymasu, jaki przemknął przez twarz Toma, kiedy wypowiedziała ostatnie słowa.

* * *

Lucy truchta posłusznie za Isabel, kiedy idą zebrać jajka. Jest zafascynowana nowo wyklutymi pisklętami, które pojawiają się od czasu do czasu, i trzyma je pod brodą, żeby poczuć na skórze ich puszystą miękkość. Kiedy pomaga wyrywać marchew i pasternak, czasami ciągnie tak mocno, że przewraca się na plecy i mruży oczy, gdy spadają na nią grudki ziemi.

— Lucy gapa! — Isabel śmieje się. — No już, wstawaj.

Przy pianinie siedzi na kolanach Isabel i wali w klawisze. Isabel trzyma jej palec wskazujący i pomaga wystukać *Trzy ślepe myszki*, ale ona się upiera: „Ja sama, mamo", i znów zaczyna swoją szaleńczą kakofonię.

Godzinami siedzi na kuchennej podłodze, rysując kredkami na przestarzałych formularzach. Od czasu do czasu z dumą pokazuje Isabel kolorowe gryzmoły i tłumaczy:

— To mama, tata i Lulu z latarni.

Wierzy, że wysoka wieża za domem to zamek, w którym mieszka gwiazda. Oprócz podstawowych słów, takich jak „pies" czy „kot", i dziwacznych pojęć z książek, zna takie słowa jak „soczewka", „pryzmat" czy „załamanie".

— To moja gwiazda — opowiada Isabel wieczorem, wskazując palcem latarnię. — Dał mi ją tatuś.

Lucy opowiada Tomowi strzępki historii o rybach, mewach i statkach. Kiedy idą plażą, bierze jego i Isabel za rękę i prosi, żeby ją huśtali.

— Lulu z latarni! — To jej ulubione powiedzonko. Używa go, kiedy rysuje siebie albo gdy mówi o sobie w opowieściach.

* * *

Oceany nigdy nie cichną. Nie mają początku ani końca. Wiatr nigdy nie przestaje wiać. Czasami znika, ale tylko po to, by nabrać siły w innej części świata i rzucić się na wyspę z wściekłością, której Tom nie jest w stanie pojąć. Wszystko tu jest gigantyczne. Czas mierzy się w milionach lat, skały, które z daleka wyglądają jak ciśnięte na brzeg kości do gry, to szerokie na kilkadziesiąt stóp, przewrócone na bok ogromne głazy, które woda i wiatr pieściły od tysięcy lat, sprawiając, że kolejne warstwy stają się pionowymi liniami.

Tom patrzy, jak Lucy i Isabel pluskają się w Rajskiej Sadzawce. Dziewczynka jest zachwycona zabawą, słonością wody i niebieską rozgwiazdą. Jej małe paluszki zamykają się na stworzeniu, a twarz zdradza radość i dumę, jakby to ona je stworzyła.

— Tatusiu, patrz na moją rozgwiazdę! — piszczy. Istnienie wyspy i pojawienie się na niej dziecka to dla Toma dwie różne skale czasowe, których nie potrafi pogodzić.

Zdumiewa go świadomość, że ta maleńka istota znaczy dla niego więcej niż to, co wydarzyło się tysiące lat przed jej narodzeniem. Próbuje zrozumieć swoje emocje — jak to możliwe, że czuje miłość i niepokój, kiedy Lucy całuje go na dobranoc albo pokazuje mu obtarte kolano, licząc, że magia rodzicielskiego pocałunku uleczy ranę.

To samo czuje wobec Isabel. Gdy na nią patrzy, gdy o niej myśli, jest rozdarty między pożądaniem i miłością a przerażającym wrażeniem, że nie może oddychać. Uczucia te przenikają się wzajemnie, walcząc o dominację.

Czasami, kiedy siedzi w latarni, próbuje wyobrazić sobie Hannah Roennfeldt. Zastanawia się, czy jest wysoka? Pulchna? Czy Lucy jest do niej podobna? Kiedy o niej myśli, widzi tylko ukrytą w dłoniach, mokrą od łez twarz. Na myśl o niej wzdryga się i pospiesznie wraca do obowiązków.

Dziecko jest zdrowe, szczęśliwe i uwielbiane w tym maleńkim świecie, z dala od gazet i plotek. Z dala od rzeczywistości. Bywają tygodnie, kiedy Tom czuje się częścią normalnej, szczęśliwej rodziny, jakby był pod działaniem narkotyku.

* * *

— Tatuś nie może o niczym wiedzieć. Przynajmniej dopóki ci nie powiem — tłumaczy Isabel.

Lucy spogląda na nią z powagą.

— Nie może wiedzieć — powtarza, kiwając głową. — Mogę zjeść ciasteczko?

Za chwilę. Najpierw dokończmy pakowanie. — Na łodzi, która przypłynęła we wrześniu 1928 roku, znajdowało się kilka paczek, które Bluey przekazał Isabel, kiedy Ralph i Tom rozładowywali zapasy. Zorganizowanie urodzinowej niespodzianki dla Toma nie było łatwe. Isabel kilka miesięcy wcześniej musiała napisać do matki, prosząc ją, by kupiła rozmaite rzeczy, a ponieważ tylko Tom był właścicielem konta bankowego, musiała również obiecać, że zwróci jej pieniądze przy najbliższej wizycie.

Wybranie prezentu dla męża było zarazem proste i trudne. Isabel wiedziała, że ucieszy się z byle czego, jednak nie było rzeczy, której by naprawdę chciał. Ostatecznie wybrała wieczne pióro marki Conway Stewart i ostatnie wydanie almanachu Wisdena, decydując się na połączenie czegoś użytecznego z czymś, co dostarcza rozrywki. Kiedy zapytała Lucy, co chciałaby podarować tacie na urodziny, dziewczynka nawinęła na palec kosmyk włosów i zastanawiała się przez chwilę.

— Gwiazdy — odpowiedziała w końcu.

Isabel się roześmiała.

— Nie jestem pewna, czy to się uda, Luce.

— Ale ja chcę! — odparła mała ze złością.

— A może podarujemy tacie mapę gwiazd, atlas? — spytała Isabel.

— Tak!

Teraz, kiedy obie pochylały się nad opasłą księgą, Isabel spytała:

— Co chcesz napisać na pierwszej stronie? — Pomagała Lucy trzymać pióro i pisać kolejne nierówne litery. — *Dla tatusia. Od kochającej go bardzo, bardzo...*

— Więcej — upierała się Lucy.

— Więcej czego?

— Więcej „bardzo". Bardzo, bardzo, bardzo, bardzo, bardzo...

Zapisane dziecięcą rączką słowa „bardzo" ciągnęły się na kartce jak stonoga.

— Co teraz? — spytała z uśmiechem Isabel. — Może. I na zawsze, Lucy?

— Lulu z latarni.

Lucy zaczęła zapisywać kolejne słowa, jednak szybko się znudziła i zniecierpliwiona zeskoczyła z kolan matki.

— Mama dokończ — rozkazała.

Więc Isabel dokończyła dedykację i dopisała w nawiasie: (*Napisane przez Isabel Sherbourne, skrybę i człowieka do wszystkiego wyżej wymienionej sygnatariuszki*).

* * *

— To książka... — stwierdził Tom, kiedy odpakował prezent, co nie było łatwe, zważywszy na to, że Lucy przez cały czas zasłaniała mu oczy.

— To atles! — pisnęła dziewczynka.

Tom przyjrzał się księdze.

— *Atlas gwiazd Browna. Zawiera ilustracje wszystkich większych gwiazd oraz instrukcje, jak odnaleźć je na niebie, wykorzystać w nawigacji i w trakcie egzaminów w Urzędzie Żeglugi.* — Uśmiechnął się i spojrzał na Isabel. — Lucy to bystra dziewczynka. Tylko ona mogła zorganizować coś takiego.

— Przeczytaj, tatusiu. W środku. Sama napisałam.

Otworzywszy atlas, Tom zobaczył dedykację. Wciąż się uśmiechał, jednak zapisane na papierze słowa wywoływały w nim uczucie niepokoju. Wieczność to coś abstrakcyjnego, zwłaszcza dla tego dziecka, w tym miejscu. Mimo to pocałował Lucy w czubek głowy.

— Jest piękny, Lulu z latarni. To najpiękniejszy prezent, jaki w życiu dostałem.

ROZDZIAŁ 19

— Gdybyśmy przynajmniej wygrali ten jeden, nie byłaby to taka straszna klapa — oznajmił Bluey. W sezonie 1928/29 australijska drużyna krykieta przegrała na własnym boisku w turnieju Ashes pierwsze cztery mecze. Kiedy w marcu łódź z zaopatrzeniem przybiła do brzegów Janus Rock, w Melbourne wciąż trwał mecz finałowy. Kiedy rozładowywali zapasy, Bluey raczył Toma szczegółami:

— Bradman zdobył sto punktów, więc nie wszystko jeszcze stracone. Gazety rozpisują się o tym, jak utrudniał życie Larwoodowi. Mówię ci, mecz trwa od czterech dni. Wygląda na to, że nieprędko poznamy zwycięzcę.

Kiedy Ralph poszedł do kuchni, żeby przekazać Lucy kolejny prezent od Hildy, Tom i marynarz pokładowy układali w szopie ostatnie cztery worki z mąką.

— Mój kuzyn tam pracuje — oznajmił Bluey, wskazując głową widoczne na worku logo firmy Dingo.

— W młynie? — spytał Tom.

— Taaa. Podobno nieźle tam płacą. A pracownicy dostają darmowe zapasy mąki.

— Każda praca ma jakieś plusy.

— Pewnie. Ja na przykład dostaję tyle czystego powietrza, ile jestem w stanie pomieścić w płucach, i tyle wody, ile potrzeba, żebym mógł swobodnie pływać — odparł ze śmiechem Bluey. Rozejrzał się, jakby chciał się upewnić, że szyper nie usłyszy jego słów. — Jeśli będę chciał, załatwi mi pracę. — Urwał. — Czasami myślę o tym, że mógłbym pracować w sklepie spożywczym — dodał, pospiesznie zmieniając temat.

To było niepodobne do Blueya. Chłopak od czasu do czasu opowiadał o wynikach turnieju krykieta Sheffield Shield albo chwalił się, że wygrał trochę pieniędzy na wyścigach konnych. Mówił o swoim bracie Mervie, który zginął pierwszego dnia bitwy o Gallipoli, albo o Adzie, swojej owdowiałej matce. Jednak tego dnia Tom wyczuwał, że chodzi o coś więcej.

— Skąd taki pomysł? — spytał.

Bluey kopniakiem wyprostował jeden z worków.

— Jak to jest być żonatym?

— Słucham? — Tom był zaskoczony tą nagłą zmianą tematu.

— Chodzi mi o to, czy... jest fajnie?

Tom nawet na niego nie spojrzał.

— Jest coś, o czym chciałbyś mi powiedzieć, Bluey?

— Nie.

— Skoro tak mówisz... — Tom pokiwał głową. Zwykle wystarczy zaczekać, żeby usłyszeć, co ludzie mają do powiedzenia. I tym razem nie było inaczej.

Bluey wyprostował kolejny worek.

— Ma na imię Kitty. Kitty Kelly. Jej ojciec jest właścicielem sklepu spożywczego. Spotykamy się od jakiegoś czasu.

Tom uniósł brwi i się uśmiechnął.

— To dobrze.

— Chodzi o to, że ja... no... nie wiem... Myślałem, że może powinniśmy się pobrać. — Spojrzenie Toma sprawiło, że dodał pospiesznie: — Wcale nie musimy się pobierać. To nie tak. Szczerze mówiąc, my nigdy jeszcze... Chodzi o to, że jej ojciec ma na wszystko oko. Tak jak jej matka. I bracia. Pani Mewett jest kuzynką jej matki, więc wiesz, jaka to rodzina.

Tom się roześmiał.

— O co więc chcesz zapytać?

— To poważna decyzja. Wiem, że w końcu każdy się żeni, ale zastanawiam się... skąd właściwie mam wiedzieć, czy...

— Nie jestem ekspertem w tej dziedzinie. Ożeniłem się tylko raz i wciąż uczę się, jak być mężem. Może powinieneś zapytać Ralpha. Jest z Hildą od niepamiętnych czasów, wychował kilkoro dzieci. Wygląda na to, że zna się na rzeczy.

— Nie mogę powiedzieć Ralphowi.

— Dlaczego?

— Kitty mówi, że jeśli się pobierzemy, będę musiał rzucić pracę na łodzi i zacząć pracować w sklepie jej ojca. Boi się, że pewnego dnia utonę i nie wrócę do domu.

— Optymistka, co?

Bluey wyglądał na zmartwionego.

— Pytam poważnie. Jak to jest być żonatym? Mieć dziecko i w ogóle?

Tom przeczesał palcami włosy, wyraźnie skrępowany pytaniem chłopaka.

— Nie jesteśmy typową rodziną. Niewiele ludzi żyje na pustkowiu, z dala od cywilizacji. Jeśli mam być szczery, odpowiedź będzie zależała od dnia. Małżeństwo ma swoje plusy i minusy. Jest dużo bardziej skomplikowane niż bycie samemu. To wszystko, co mogę ci powiedzieć.

— Mama mówi, że jestem za młody i nie wiem, czego tak naprawdę chcę.

Tom uśmiechnął się mimo woli.

— Pewnie powie ci to samo, kiedy będziesz miał pięćdziesiąt lat. Moim zdaniem wcale nie chodzi o to, co masz w głowie, ale o to, co czujesz. Zaufaj swoim uczuciom, Blue. — Zawahał się. — Nie zawsze jest kolorowo, nawet jeśli znajdziesz tę jedyną. Czeka cię długa droga. Nigdy nie wiesz, co się wydarzy. Pamiętaj, że jeśli raz się zdecydujesz, nie będziesz mógł się wycofać.

— Tatusiu, popatrz! — W drzwiach szopy stanęła Lucy, wymachując pluszowym tygrysem, którego dostała od Hildy. — On warczy! — pisnęła. — Posłuchaj! — Żeby to udowodnić, odwróciła zabawkę do góry nogami.

Tom wziął ją na ręce. Przez niewielkie okno widział Ralpha, który szedł ku nim wąską ścieżką.

— Ty to masz szczęście — powiedział ze śmiechem, łaskocząc ją po szyi.

— Szczęśliwa Lucy! — Dziewczynka zachichotała.

— A bycie ojcem? Jak to jest? — spytał Bluey.

— Właśnie tak.

— Nie, Tom, pytam poważnie.

Tom spoważniał.

— Nic nie jest w stanie cię na to przygotować. Nie uwierzysz, jak taki szkrab potrafi cię omotać. Człowiek zupełnie traci dla niego głowę. To prawdziwy atak z zaskoczenia.

— Zrób, żeby warczał, tatusiu — ponagliła go Lucy. Tom pocałował dziewczynkę i odwrócił zabawkę do góry nogami.

— Słuchaj, stary, nie mów o tym nikomu, dobrze? — poprosił Bluey. Po chwili jednak dodał: — Zresztą wszyscy wiedzą, że jesteś dyskretny. — Po tych słowach spojrzał na Lucy i warknął, udając tygrysa.

* * *

Czasami to my mamy szczęście, a kiedy indziej inny biedak wyciąga najkrótsze źdźbło, więc zaciskamy zęby i robimy, co każą.

Tom przybijał deskę do ściany kurnika, żeby załatać dziurę, którą ubiegłej nocy wyrwał wiatr. Połowę życia próbował bronić przed wiatrem rozmaite rzeczy. Musiał jakoś sobie radzić i robił co mógł, by ochronić swój skromny dobytek.

Pytania Blueya obudziły w nim dawne uczucia. Jednak za każdym razem, gdy wracał myślami do nieznajomej z Partageuse, która straciła dziecko, przed oczami stawała mu Isabel. Ona również straciła dzieci i nigdy więcej nie będzie miała własnych. Nie wiedziała o istnieniu Hannah, gdy Lucy pojawiła się na wyspie. Chciała dla dziecka wszystkiego, co najlepsze. Mimo to wiedział, że nie robiła tego wyłącznie przez wzgląd na Lucy. Głęboko we wnętrzu Isabel żyje pragnienie, którego on nigdy nie zdoła zaspokoić. Porzuciła wszystko, wygodne życie, rodzinę, przyjaciół, tylko po to, by zamieszkać z nim tu, na smaganym wiatrem pustkowiu. Powtarzał sobie w kółko, że nie może pozbawić jej tej jedynej rzeczy.

* * *

Isabel była zmęczona. Zaraz po tym, jak łódź odpłynęła, zaczęła uzupełniać zapasy jedzenia. Piekła chleb i ciasto owocowe, robiła konfitury ze śliwek, których wystarczy na kolejny rok. Wyszła z kuchni zaledwie na moment, jednak wystarczyła chwila nieuwagi, by Lucy podeszła do piekarnika, żeby powąchać pachnących słodkości, i oparzyła rękę o rondel. Oparzenie nie było poważne, jednak na tyle bolesne, by mała nie mogła zasnąć. Tom zabandażował ranę i podał dziewczynce aspirynę, jednak o zmierzchu Lucy wciąż była niespokojna.

— Zabiorę ją do latarni. I tak muszę dokończyć papierkową robotę, a ty wyglądasz na wykończoną.

Zmęczona Isabel się zgodziła.

Z dzieckiem na jednej ręce i poduszką i kocem w drugiej Tom delikatnie wniósł Lucy po schodach i posadził na stole z mapami.

— Jesteśmy na miejscu, skarbie — oznajmił szeptem, jednak dziewczynka zdążyła już zasnąć.

Pochylony nad stołem dodawał kolejne liczby, sumował galony oleju i pudełka koszulek żarowych. Poziom wyżej światło latarni obracało się powoli z monotonnym niskim buczeniem. Daleko w dole blask lampy naftowej rozświetlał okno chaty.

Pracował przez godzinę, kiedy nagle instynkt kazał mu się odwrócić. Spojrzał za siebie i zobaczył Lucy, która przyglądała się mu w milczeniu. Światło lampy nadawało jej oczom dziwny blask. Kiedy ich spojrzenia się spotkały, dziewczynka uśmiechnęła się, po raz kolejny zaskakując Toma swoim pięknem i bezbronnością. Uniosła zabandażowaną rączkę i przyjrzała się jej.

— Byłam na wojnie, tatusiu — oznajmiła, marszcząc czoło, i wyciągnęła ramiona.

— Śpij, skarbie — odparł Tom i spojrzał na zasłane papierami biurko. Jednak Lucy nie dawała za wygraną. — Kołysanka, tatusiu — mruknęła sennym głosem, ani na chwilę nie opuszczając rąk.

Tom wziął ją na kolana i delikatnie kołysał.

— Będziesz miała koszmary, jeśli ci zaśpiewam, Lulu. To mamusia potrafi śpiewać, nie ja.

— Skaleczyłam rączkę, tatusiu. — Na dowód swoich słów uniosła zabandażowaną rękę.

— Rzeczywiście, kochanie. — Tom delikatnie ucałował bandaże. — Ale niedługo wyzdrowiejesz. Zobaczysz. — Pocałował ją w czoło i zmierzwił miękkie jasne włosy. — Och, Lulu, Lulu, jak tu trafiłaś? — Odwrócił wzrok i przez chwilę spoglądał w otaczającą go ciemność. — Jak to możliwe, że pojawiłaś się w moim życiu?

Poczuł, jak jej mięśnie wiotczeją pod naporem snu. Głowa dziewczynki opadła w zgięcie jego łokcia.

— Dlaczego budzisz we mnie takie uczucia? — spytał głosem tak cichym, że sam z trudem rozróżniał poszczególne słowa.

ROZDZIAŁ 20

— Nie wiedziałem, że próbował się ze mną skontaktować. — Tom siedział obok Isabel na werandzie. Obracał w rękach starą, sfatygowaną kopertę, zaadresowaną do niego na „13. batalion Australijskich Sił Imperialnych". Każdy wolny skrawek pokrywały rozmaite adresy do korespondencji, wśród których widniał zapisany niebieską kredką rozkaz „zwrócić do nadawcy". Do Wielmożnego Pana, Edwarda Sherbourne'a. Ojca Toma. List przybył w niewielkiej paczce trzy dni wcześniej, wraz z wiadomością o jego śmierci.

Pismo z kancelarii adwokackiej Hattersley & Parfitt brzmiało niezwykle oficjalnie i opisywało tylko suche fakty. Rak krtani. Osiemnastego stycznia 1929 roku. Potrzebowali kilku miesięcy, by odnaleźć Toma. Jego brat Cecil był wyłącznym spadkobiercą. Jedyną rzeczą, jaką zapisano Tomowi, był medalion należący niegdyś do jego matki.

* * *

Otworzył paczkę wieczorem, po tym, jak zapalił latarnię. Siedział i odrętwiały wpatrywał się w staranne kanciaste pismo.

Drogi Thomasie,

piszę do Ciebie, ponieważ wiem, że zaciągnąłeś się do
wojska. Wiesz, że zazwyczaj jestem oszczędny
w słowach, ale skoro jesteś tak daleko, w miejscu,
gdzie w każdej chwili grozi Ci niebezpieczeństwo,
wygląda na to, że muszę napisać to wszystko, co
chciałbym Ci powiedzieć, z nadzieją, że przeczytasz ten
list, zanim znów się spotkamy.

Jest wiele rzeczy, których nie potrafię Ci wyjaśnić, nie
oczerniając przy tym Twojej matki; nie chcę jednak
wyrządzić większej szkody niż ta, która już się
wydarzyła. Dlatego postanowiłem przemilczeć pewne
rzeczy. Przyznaję, że w jednej kwestii rzeczywiście
ponoszę winę, i chciałbym to teraz naprawić. Do listu
dołączam medalion. Odchodząc, Twoja matka prosiła mnie,
bym ci go oddał. W środku znajdziesz jej zdjęcie.
Wcześniej myślałem, że lepiej będzie, jeśli o niej
zapomnisz, i dlatego tak długo z tym zwlekałem. Nie była
to łatwa decyzja, jednak ostatecznie uznałem, że Twoje
życie będzie lepsze, gdy uwolnisz się od wspomnień o matce.

Teraz, kiedy zmarła, czuję, że powinienem zrobić to,
o co mnie prosiła. Lepiej późno niż wcale.
Starałem się wychować Cię na dobrego chrześcijanina.
Próbowałem zapewnić Ci najlepszą edukację. Mam
nadzieję, że wpoiłem Ci podstawowe wartości. Liczę na
to, że dzięki mnie potrafisz odróżnić dobro od zła i masz

świadomość, iż żadne ziemskie sukcesy czy przyjemności nie pomogą Ci odzyskać raz utraconej duszy.

Ofiara, którą poniosłeś, zaciągając się do wojska, napawa mnie dumą. Wyrosłeś na odpowiedzialnego młodzieńca i gdy wojna dobiegnie końca, z chęcią znajdę dla Ciebie miejsce w firmie. Cecil okazał się doskonałym kierownikiem i liczę na to, że będzie zarządzał fabryką, kiedy ja przejdę na emeryturę. Wiem jednak, że i dla Ciebie znajdzie się tam miejsce.

Zabolało mnie, że dowiedziałem się o Twojej decyzji od innych ludzi. Chętnie zobaczyłbym Cię w mundurze i pożegnał, jednak przypuszczam, że skoro odnalazłeś matkę i dowiedziałeś się, że nie żyje, nie będziesz chciał mieć ze mną nic wspólnego. Dlatego pozostawiam decyzję Tobie. Jeśli zechcesz odpisać na ten list, będę szczęśliwy. Jesteś przecież moim synem i dopóki sam nie zostaniesz ojcem, nie dowiesz się, co naprawdę znaczą te słowa.

Jeśli jednak pozostawisz ten list bez odpowiedzi, wiedz, że uszanuję Twoją decyzję i nie będę Cię więcej niepokoił. Tymczasem modlę się o Twoje bezpieczeństwo i o to, byś cały i zdrowy wrócił do kraju.

Twój kochający ojciec
Edward Sherbourne

Tom miał wrażenie, że minęły wieki, odkąd ostatni raz rozmawiał z tym człowiekiem. Jak wiele kosztowało go napisanie tego listu? To, że ojciec próbował się z nim skontaktować po tym wszystkim, co wydarzyło się między nimi, było dla niego szokiem. Nagle nic już nie było pewne. Zastanawiał się, czy oziębłość ojca miała ukryć głęboką, jątrzącą się ranę. Po raz pierwszy dostrzegł coś pod kamienną fasadą i na krótką chwilę wyobraził sobie mężczyznę z zasadami, który został skrzywdzony przez ukochaną kobietę, jednak nie potrafił tego okazać.

Tom próbował odszukać matkę z jednego powodu. Stojąc przed drzwiami pensjonatu w wyglansowanych butach, z wypielęgnowanymi paznokciami, po raz ostatni powtarzał swoją kwestię: „Przepraszam, że wpakowałem cię w kłopoty". W tamtej chwili bał się jak dziecko, które czekało trzynaście lat, by wyrzucić z siebie te słowa. Było mu niedobrze. „Powiedziałem tylko, że widziałem samochód. Że przed domem stał zaparkowany samochód. Nie wiedziałem...".

Minęły lata, zanim zrozumiał wagę swych słów. To one sprawiły, że uznano ją za złą matkę i wygnano z jego życia. Za późno wyruszył na wyprawę, by prosić o przebaczenie. Teraz już nigdy nie usłyszy, jak matka udziela mu rozgrzeszenia i uwalnia go od poczucia winy za zdradę, której przecież nie chciał się dopuścić.

Spojrzał na zamknięte w medalionie zdjęcie. Może oboje kochali go na swój sposób? Nagle ogarnęła go szczera, a zarazem niszczycielska złość na ojca za to, że tak po prostu zdecydował się rozdzielić go z matką.

Dopiero gdy kropla zmieniła atrament w sieć miniaturowych rzek, uświadomił sobie, że płacze. *Dopóki sam nie zostaniesz ojcem, nie dowiesz się, co naprawdę znaczą te słowa...*

* * *

Siedząca obok niego Isabel mówiła ściszonym głosem:

— Nawet jeśli nie widziałeś go od lat, nadal był twoim ojcem. Rodziców ma się jednych na całe życie. Cała ta sytuacja bardzo cię zabolała.

224

Tom zastanawiał się, czy pojęła ironię własnych słów.

— Chodź, Luce, wypij kakao! — zawołała.

Dziewczynka podbiegła do nich i wzięła kubek w umorusane dłonie. Otarła usta przedramieniem i oddała go Isabel.

— Patataj, patataj! — zawołała radośnie. — Jadę do Pataterz, żeby zobaczyć się z babcią i dziadkiem. — Po tych słowach wsiadła na konika na kiju i wróciła do zabawy.

Tom spojrzał na medalion, który trzymał w ręku.

— Przez lata wierzyłem, że mnie nienawidzi, ponieważ zdradziłem jej sekret. Nie miałem pojęcia o medalionie... — Zacisnął usta. — To by wiele zmieniło.

— Nie wiem, co powiedzieć — wyznała Isabel. — Chciałabym, żeby... sama nie wiem... żeby było ci łatwiej.

— Mamusiu, jestem głodna! — zawołała Lucy, wracając na werandę.

— Nic dziwnego, skoro cały czas biegasz po dworze! — odparła Isabel, biorąc ją na ręce. — Chodź i przytul się do tatusia. Jest dzisiaj smutny. — Po tych słowach posadziła dziewczynkę na kolanach Toma, tak by obie mogły go przytulić.

— Uśmiechnij się, tatusiu — pisnęła Lucy. — O, tak — dodała, uśmiechając się szeroko.

* * *

Światło przedarło się przez chmury, szukając schronienia przed deszczem, który czaił się w oddali. Lucy siedziała na ramionach Toma, szczęśliwa, że może na wszystko patrzeć z góry.

— Tędy! — wołała, wskazując palcem na lewo. Tom skręcił i skierował się w stronę poletka. Jedna z kóz uciekła z prowizorycznej zagrody i Lucy uparła się, że pomoże jej szukać.

Jednak w zatoczce nie było ani śladu zwierzęcia, a przecież nie mogło uciec tak daleko.

— Poszukamy gdzieś indziej — oznajmił Tom. Jeszcze raz rozejrzał się dookoła i zawrócił. — Dokąd teraz, Lulu? Ty wybierasz.

— Tam! — Dziewczynka wskazała palcem przeciwległy kraniec wyspy i ruszyli w tamtą stronę.

— Ile znasz słów, które rymują się ze słowem „kozy"?

— Brzozy!

— Dobrze. Jakieś jeszcze?

— Wozy? — powtórzyła Lucy.

Tom się roześmiał.

— A kiedy na dworze jest zimno?

— Zima.

— Tak, ale kiedy jest zimno mówimy, że przyszły...? Zaczyna się na literę m.

— Mrozy! — Połaskotał ją w brzuch. — Mrozy, wozy, kozy. A skoro o nich mówimy... Spójrz w dół, na plażę.

— Jest tam! Pobiegnijmy, tatusiu!

— Lepiej nie, skarbie. Przecież nie chcemy jej wystraszyć. Podejdziemy do niej ostrożnie.

Tom był tak zaabsorbowany pościgiem, że z początku nie zwrócił uwagi na miejsce, w którym koza urządziła sobie pastwisko.

— Schodź, księżniczko. — Mówiąc to, zdjął Lucy z ramion i postawił ją na ziemi. — Bądź grzeczna i zostań tu, a ja pójdę po Flossie. Przywiążę jej do obroży linę, żeby grzecznie wróciła do domu. — No dobrze, Flossie. Chodź już, koniec z obijaniem się. — Zwierzę podniosło łeb i odbiegło w bok. — Dość tego. Nie ruszaj się. — Tom złapał kozę za obrożę i szybko przywiązał do niej linę. — Gotowe. Już dobrze, Lulu. — Odwracając się, poczuł mrowienie w ramionach, jednak potrzebował chwili, by zrozumieć, skąd się wzięło to dziwne uczucie. Lucy siedziała na niewielkim kopczyku porośniętym trawą gęstszą niż ta, która rosła dookoła. Unikał tej części wyspy, która bez względu na to, jak słoneczny był dzień, zawsze wydawała się posępna i pogrążona w cieniu.

— Popatrz, tatusiu, znalazłam miejsce do siedzenia — pisnęła uradowana Lucy.

— Lucy! Schodź stamtąd! Natychmiast! — krzyknął, zanim zdążył ugryźć się w język.

Zaskoczona dziewczynka wykrzywiła buzię, rozpłakała się i zaczęła uciekać.

Tom rzucił się za nią.

— Przepraszam, Lulu. Nie chciałem cię wystraszyć — uspokajał ją, zawstydzony swoją reakcją. Próbując ukryć przerażenie, odsunął się od dziewczynki. — Po prostu nie powinnaś tam siadać, skarbie.

— Dlaczego? — spytała Lucy, wciąż płacząc. — To moje miejsce. Jest magiczne.

— Chodzi o to... — Przytulił ją. — Po prostu nie powinnaś tam siadać, kochanie. — Pocałował ją w czubek głowy.

— Byłam niegrzeczna? — spytała zdezorientowana.

— Nie, nie byłaś niegrzeczna. — Pocałował ją w policzek i odgarnął jej włosy z oczu.

Kiedy ją tulił, po raz pierwszy od lat miał bolesną świadomość, że ręce, którymi dotykał drobnej twarzyczki dziewczynki, są tymi samymi rękami, które pochowały jej ojca w płytkim, bezimiennym grobie. Zamknął oczy i przypomniał sobie, jak zareagowały jego mięśnie, kiedy trzymał ciężkie, bezwładne ciało. Nie wiadomo dlaczego, tuląc Lucy, czuł się jeszcze bardziej przytłoczony jej ciężarem.

Poczuł na twarzy drobne paluszki.

— Tatusiu! Popatrz na mnie! — prosiła go.

Otworzył oczy i spojrzał na nią w milczeniu. Odetchnął głęboko.

— Czas zabrać Flossie do domu — oznajmił zmęczonym głosem. — Potrzymasz linę?

Dziewczynka skinęła głową. Tom owinął linę wokół ręki dziewczynki i oboje ruszyli ścieżką w górę.

* * *

Po południu Lucy chciała wdrapać się na krzesło, jednak odwróciła się i spojrzała na Toma.

— Mogę tu usiąść, tatusiu?

Nawet na chwilę nie oderwał wzroku od zepsutej klamki.

— Tak, możesz tam usiąść, Lulu — odparł bez zastanowienia.

Kiedy Isabel wysunęła jedno z krzeseł, by usiąść przy stole, dziewczynka krzyknęła:

— Nie! Nie siadaj tu, mamusiu! Nie możesz tu usiąść!

Isabel się roześmiała.

— Przecież zawsze tu siedzę, skarbie. Myślę, że to dobre miejsce do siedzenia.

— Tatuś mówi, że to nie jest dobre miejsce!

— O czym ona mówi, Tom?

— Później ci wyjaśnię — mruknął, sięgając po śrubokręt i mając nadzieję, że Isabel o wszystkim zapomni.

Jednak nie zapomniała.

— O co chodziło z tym siedzeniem? — spytała, kiedy

położyła Lucy spać. — Była niespokojna, kiedy usiadłam na łóżku, żeby poczytać jej do snu. Powiedziała, że będziesz bardzo zły.

— Och, wymyśliła sobie zabawę. Do jutra o wszystkim zapomni.

Jednak Lucy przywołała ducha Franka Roennfeldta i jego twarz prześladowała Toma za każdym razem, gdy spojrzał w stronę grobów.

Dopóki sam nie zostaniesz ojcem... Często myślał o matce Lucy, jednak dopiero teraz uświadomił sobie, jak okrutnie postąpił z ciałem jej ojca. Przez niego mężczyzna nie miał należytego pochówku, a pamięć o nim umarła na zawsze. To on przyczynił się do tego, że ten człowiek nigdy nie pojawi się we wspomnieniach Lucy, mimo iż był jej ojcem. Przez krótką chwilę cienka warstwa piaszczystej ziemi oddzielała Lucy od jej dziedzictwa — od Franka Roennfeldta i kolejnych pokoleń jego rodziny. Tom zamarł, gdy uświadomił sobie, że mógł pozbawić życia krewnych człowieka, dzięki któremu Lucy przyszła na świat. Nagle twarze wrogów obudziły się do życia, zimne i oskarżycielskie, opuszczając grobowiec, w którym pogrzebał je dawno temu.

Nazajutrz rano, kiedy Isabel i Lucy poszły pozbierać jajka, zabrał się do porządków w salonie. Chował kredki Lucy do puszki po ciastkach i układał jej książki. Wśród nich znalazł modlitewnik, który Ralph podarował dziewczynce w dzień chrztu. Isabel często czytała na głos fragmenty modlitw. Przerzucił kilka cienkich kartek, ozdobionych na brzegach złotym wzorem. Poranne modlitwy, rytuały komunijne... Przeglądając psalmy, natrafił na fragment *Noli aemulari — Nie unoś się gniewem z powodu złoczyńców ani nie zazdrość niesprawied-*

liwym. Bo znikną tak prędko jak trawa i zwiędną jak świeża zieleń*.

Isabel i Lucy roześmiane wróciły do domu.

— Boże, jak tu czysto! Wpuściłeś do domu skrzaty? — spytała Isabel.

Tom zamknął książeczkę i położył ją na stosie baśni.

— Próbowałem tu posprzątać.

* * *

Kilka tygodni później Ralph i Tom siedzieli oparci o kamienną ścianę magazynu. Właśnie rozładowali ostatnie wrześniowe zapasy. Bluey został na pokładzie, mocując się z łańcuchem kotwicy, a Isabel i Lucy piekły w kuchni piernikowe ludziki. To był ciężki ranek i mężczyźni popijali piwo w pierwszych nieśmiałych promieniach wiosennego słońca.

Tom od tygodni czekał na tę chwilę, zastanawiając się, jak właściwie powinien zacząć rozmowę. Odchrząknął, jakby chciał dodać sobie odwagi.

— Ralph, zrobiłeś kiedyś coś... złego?

Kapitan przekrzywił głowę i spojrzał na niego.

— O czym ty, do cholery, mówisz?

Mimo przygotowań słowa zabrzmiały niezgrabnie.

— Chodzi o to, że... no... jak naprawić coś, co się zepsuło? Jak się do tego zabrać? — Utkwił wzrok w widocznym na etykietce piwa czarnym łabędziu, próbując opanować zdenerwowanie. — To naprawdę poważna sprawa.

Ralph upił łyk piwa, spojrzał na zieleniącą się trawę i pokiwał głową.

---

* Ps 37,1.

— Powiesz mi, o co chodzi? Oczywiście to nie moja sprawa... nie chcę się wtrącać.

Tom zamarł. Niemal wyczuwał ulgę, jaka spłynęłaby na niego, gdyby wyjawił mu prawdę o Lucy.

— Śmierć ojca sprawiła, że zacząłem myśleć o wszystkich błędach, jakie popełniłem w życiu. Zacząłem się zastanawiać, jak je naprawić. — Otworzył usta, jakby chciał coś dodać, jednak wspomnienie Isabel kąpiącej ich martwego synka sprawiło, że się rozmyślił.

— Nawet nie znam ich imion... — Zdziwiło go, jak łatwo zastąpił jedno poczucie winy innym.

— Czyich imion?

Zawahał się, jakby stanął na skraju przepaści, zastanawiając się, czy powinien skoczyć, czy nie. Upił łyk piwa.

— Mężczyzn, których zabiłem. — Słowa zabrzmiały beznamiętnie.

Ralph potrzebował chwili, by zastanowić się nad odpowiedzią.

— Na tym polega przeklęta wojna. Albo ty zabijesz, albo oni zabiją ciebie.

— Im więcej czasu mija, tym bardziej szalone wydaje się to, co zrobiłem. — Tom miał wrażenie, że utknął w przeszłości, ściśnięty niewidzialnym imadłem, które potęgowało każde odczucie i każdą przesiąkniętą poczuciem winy myśl. Walczył o oddech przytłoczony przekonaniem, że już nigdy, przenigdy nie zdoła się wydostać.

Ralph cierpliwie czekał na to, co za chwilę usłyszy.

— Jezu Chryste, po prostu chcę to wszystko naprawić! — wybuchnął Tom, drżąc. — Powiedz mi, co, do cholery, powinienem zrobić! Ja... nie mogę już tego znieść. Nie daję rady! —

Cisnął butelkę na ziemię. Szkło roztrzaskało się o skałę, a słowa Toma zmieniły się w spazmatyczny szloch.

Ralph otoczył go ramieniem.

— Już dobrze. Spokojnie, spokojnie. Żyję na tym świecie dłużej niż ty i widziałem różne rzeczy. Dobro i zło są jak cholerne węże, splatają się ze sobą tak ciasno, że człowiek nie potrafi ich rozróżnić, dopóki obu nie zastrzeli. Tyle że wtedy jest już za późno.

Przez chwilę patrzył na Toma w milczeniu.

— Pozostaje pytanie, czy rozdrapywanie ran cokolwiek zmieni? Co się stało, to się nie odstanie. — W jego głosie nie słychać było osądu ani wrogości, a jednak słowa raniły Toma jak ostrza noży.

— Chryste, najlepszym sposobem, żeby doprowadzić człowieka do obłędu, to pozwolić mu na nowo przeżywać wojnę.

Ralph podrapał odcisk na palcu.

— Jeślibym miał syna, byłbym dumny, gdyby choć w połowie był taki jak ty. Jesteś dobrym człowiekiem, Tom. Szczęściarzem, który ma żonę i córkę. Skup się na tym, co jest najważniejsze dla twojej rodziny. Dostałeś drugą szansę, więc nie sądzę, żeby Bóg przejmował się tym, co zrobiłeś, a czego nie zrobiłeś w przeszłości. Skup się na tym, co jest tu i teraz. Uporządkuj to, co możesz uporządkować, i zapomnij o przeszłości. Resztę zostaw aniołom, diabłu czy innym, którzy się tym zajmują.

* * *

— Sól. Nigdy nie pozbędziesz się soli. Wżera się jak rak, jeśli nie jesteś ostrożny — mamrotał pod nosem Tom. Od rozmowy z Ralphem minął zaledwie dzień. Lucy siedziała obok niego w ogromnym szklanym kokonie soczewki Fresnela, karmiąc szmacianą lalkę nieistniejącymi słodyczami, podczas gdy Tom czyścił i polerował wykonane z brązu elementy. Dziewczynka podniosła na niego niebieskie oczy.

— Czy Dolly też jest twoją córeczką? — spytała.

Tom na chwilę przerwał pracę.

— Nie wiem. Może powinnaś zapytać Dolly.

Dziewczynka pochyliła się nad lalką i zaczęła szeptać.

— Mówi, że nie — oznajmiła. — Jesteś tylko moim tatusiem.

Twarz Lucy nie była już tak okrągła i zaczynała się zmieniać. Jej włosy były jaśniejsze, skóra blada, a oczy patrzyły na świat pytająco. Zastanawiał się, czy będzie podobna do matki, czy może raczej do ojca. Po raz kolejny przypomniał sobie twarz mężczyzny, którego pochował na wyspie. Ogarnął go lęk, kiedy pomyślał o trudnych pytaniach, które Lucy zacznie zadawać z biegiem czasu. Przeraził się na myśl, jak bardzo jego własne odbicie przypomina twarz Edwarda Sherbourne'a. Podobieństwo czai się wewnątrz każdego z nas, pomyślał. Partageuse to mała mieścina. Matka może nie rozpoznać własnego dziecka, kiedy jest niemowlęciem, jednak czy nie dostrzeże siebie w twarzy dorosłej kobiety? Ta myśl nie dawała mu spokoju. Umoczył ściereczkę w środku do polerowania i tak długo tarł brązowe elementy, aż na jego czole pojawił się pot.

* * *

Tego wieczoru Tom stał oparty o słupek werandy, obserwując ruchomy snop światła, który rozpraszał mroki nocy. Dopiero o świcie światło zgaśnie. Raz za razem zastanawiał się nad słowami Ralpha. *Uporządkuj to, co możesz uporządkować.*

— Tu jesteś, kochanie. — Isabel wyszła na werandę. — Mała zasnęła. Musiałam aż trzy razy czytać *Kopciuszka*. — Przytuliła

233

się do niego. — Uwielbiam, kiedy przewraca kartki i udaje, że czyta. Zna te historie na pamięć.

Nie odpowiedział. Pocałowała go w szyję i szepnęła:

— Gdyby zawsze chodziła tak wcześnie spać. Jestem zmęczona, ale nie aż tak...

Tom wciąż spoglądał na wody oceanu.

— Jak wygląda pani Roennfeldt? — spytał.

Isabel potrzebowała chwili, by uświadomić sobie, że Tom pyta o Hannah Potts.

— Na Boga, dlaczego chcesz to wiedzieć?

— A jak myślisz?

— Jeśli chcesz wiedzieć, Lucy wcale nie jest do niej podobna! Ma jasne włosy i niebieskie oczy, musiała odziedziczyć je po ojcu.

— Na pewno nie odziedziczyła ich po nas. — Odwrócił się, by na nią spojrzeć. — Izzy, musimy coś zrobić. Musimy jej powiedzieć.

— Lucy? Jest za mała, żeby...

— Nie, Hannah Roennfeldt.

— Po co? — spytała przerażona.

— Zasługuje na to, żeby wiedzieć.

Isabel zadrżała. Często zastanawiała się, co jest lepsze: wierzyć, że córka umarła, czy mieć świadomość, że żyje i nigdy więcej jej nie zobaczysz? Wyobrażała sobie, przez co przechodzi matka Lucy. Wiedziała, że nawet chwilowe porozumienie z Tomem okaże się zgubne.

— Tom, rozmawialiśmy już o tym. Dobrze wiesz, że nie powinniśmy przedkładać twoich wyrzutów sumienia nad dobro Lucy.

— Wyrzutów sumienia? Na miłość boską, Isabel, nie mówimy o kradzieży sześciopensówki z kościelnej tacy! Mówimy o życiu dziecka! I jego matki! Każda chwila naszego szczęścia trwa jej kosztem. To nie w porządku, niezależnie od tego, czym się kierujemy.

— Jesteś zmęczony, smutny i zdezorientowany. Rano zmienisz zdanie. Dziś wieczorem nie zamierzam już o tym rozmawiać. — Dotknęła jego ręki i próbowała zapanować nad drżeniem głosu. — My... nie żyjemy w idealnym świecie. Musimy się z tym pogodzić.

Spojrzał na nią i przez krótką chwilę miał wrażenie, że Isabel nie istnieje. Może oboje nie istnieją, a dzieląca ich „ziemia niczyja" wyznacza granicę między dwoma światami, które nie są już jednością.

* * *

Lucy szczególnie lubi oglądać fotografie zrobione, gdy po raz pierwszy całą trójką odwiedzili Partageuse.

— To ja! — opowiada Tomowi, siedząc na jego kolanie, i pokazuje paluszkiem dziewczynkę ze zdjęcia. — Ale wtedy byłam mała. Teraz jestem już duża.

— Rzeczywiście, kochanie. Niedługo skończysz cztery latka.

— A to — ciągnie Lucy — mama mamusi!

— Tak. Mama mamusi, czyli babcia.

— A to tata tatusia.

— Nie, to tata mamusi. Dziadek.

Lucy patrzy na niego z niedowierzaniem.

— Tak, wiem, to pogmatwane. Ale babcia i dziadek nie są moimi rodzicami.

— A kim są twoi rodzice?

Tom przesadza dziewczynkę z jednego kolana na drugie.

— Moi rodzice mieli na imię Eleanora i Edward.

— Oni też są moimi dziadkami?

— Oboje nie żyją, kochanie.

— Och — szepnęła Lucy i pokiwała głową, choć Tom podejrzewał, że nie ma pojęcia, o czym mówi. — Jak Flossie.

Tom dawno zapomniał o kozie, która zachorowała i zdechła kilka tygodni temu.

— Tak, tak jak Flossie.

— Dlaczego umarli?

— Ponieważ byli starzy i chorzy. To było dawno temu — dodał.

— Ja też umrę?

— Gdyby to ode mnie zależało, na pewno nie.

Ostatnio każdy dzień spędzony w towarzystwie Lucy wydawał się niebezpieczny. Im więcej znała słów, tym bardziej interesował ją świat i to, kim jest. Tom nie mógł pogodzić się z myślą, że cały jej światopogląd opiera się na jednym wielkim kłamstwie, kłamstwie, któremu on dał początek.

* * *

Wnętrze latarni lśniło czystością. Tom zawsze dbał o porządek, jednak ostatnio wypowiedział wojnę każdej śrubce i okuciu, polerując je tak długo, aż wyglądały jak nowe. Jego skóra i ubrania przesiąkły zapachem środków czyszczących. Pryzmaty błyszczały i próżno było szukać na nich choć drobinki kurzu. Kółka zębate poruszały się cicho i płynnie, a mechanizm działał gładko jak nigdy dotąd.

Inaczej miały się sprawy w chatce.

— Mógłbyś uszczelnić to pęknięcie odrobiną kitu? — spytała Isabel, gdy po lunchu siedzieli przy kuchennym stole.

— Zajmę się tym, kiedy zakończę przygotowania do inspekcji.

— Ale jesteś do niej gotowy od tygodni, jeśli nie od miesięcy. Zachowujesz się, jakby sam król miał zaszczycić nas swoją obecnością.

— Po prostu chcę, żeby wszystko było jak trzeba. Mówiłem ci, że mam szansę objąć posadę w Point Moore. Bylibyśmy na lądzie, niedaleko Geraldton. Blisko ludzi i daleko od Partageuse.

— Kiedyś nie chciałeś nawet myśleć o opuszczeniu Janus Rock.

— Tak, ale czasy się zmieniają.

— To nie czasy się zmieniły, Tom. Zawsze powtarzasz, że jeśli latarnia wygląda inaczej, to nie ona się zmieniła, tylko my.

— Mów, co chcesz — mruknął, nawet na nią nie patrząc. Wziął klucz francuski i bez słowa wyszedł z domu.

* * *

Tej nocy Tom zabrał butelkę whisky i wszedł na pobliski klif. Delikatny wiatr muskał jego twarz, kiedy siedząc w milczeniu, szukał na niebie kolejnych konstelacji i czuł na języku palący smak alkoholu. Spoglądając na tnący ciemność snop światła, pomyślał, że — jak na ironię — to samo światło sprawia, iż wyspa, na której wybudowano latarnię, zawsze pozostaje w mroku. To, co dla jednych było świetlistym drogowskazem, innych skazywało na wieczne ciemności.

ROZDZIAŁ 21

Uroczystość, która trzy miesiące później odbyła się w Point Partageuse była zgodnie z obowiązującymi standardami wystawna. Z Perth przyjechał dyrektor Biura Floty Handlowej w towarzystwie gubernatora stanu. Pojawiły się także lokalne osobistości — burmistrz, kierownik portu, pastor, a także trzech z pięciu ostatnich latarników. Zebrali się, żeby upamiętnić dzień, w którym latarnia na Janus Rock rozbłysła po raz pierwszy, czterdzieści lat temu, w styczniu 1890 roku. Z tej okazji Sherbourne'owie mogli pozwolić sobie na krótki urlop.

Tom włożył palec między szyję a opinający ją sztywny, wykrochmalony kołnierzyk koszuli.

— Czuję się jak świąteczna gęś! — poskarżył się Ralphowi, kiedy stali za kulisami, wyglądając zza kurtyny. Na ustawionych na scenie w równych rzędach krzesłach zasiadali inżynierowie komunalni oraz pracownicy portu i latarni, którzy przez lata związani byli z wyspą Janus. Na zewnątrz letnia noc tętniła życiem i cykaniem świerszczy. Isabel i jej rodzice siedzieli nieco z boku. Bill Graysmark trzymał Lucy na kolanie, cierpliwie słuchając kolejnych rymowanek.

— Po prostu myśl o darmowym piwie, synu — szepnął Ralph. — Nawet Jock Johnson nie może zbyt długo ględzić. Ten dziwaczny strój musi go dobijać. — Mówiąc to, wskazał głową łysego, spoconego mężczyznę w kołnierzu z gronostajów, który z zawieszonym na szyi burmistrzowskim łańcuchem przygotowywał się do przemówienia.

— Zaraz do ciebie wrócę — powiedział Tom. — Muszę skorzystać z toalety. — Po tych słowach poszedł do wychodka za ratuszem.

W drodze powrotnej zauważył kobietę, która najwyraźniej mu się przyglądała.

Dyskretnie sprawdził, czy nie zapomniał zapiąć rozporka, i obejrzał się, żeby się przekonać, czy kobieta patrzyła na kogoś innego. Jednak jej wzrok podążał za nim.

— Nie pamięta mnie pan, prawda? — spytała, podchodząc bliżej.

Tom spojrzał na nią jeszcze raz.

— Przykro mi, ale chyba z kimś mnie pani pomyliła.

— To było dawno temu — odparła, czerwieniąc się. Dopiero gdy na jej twarzy dokonała się subtelna zmiana, Tom rozpoznał dziewczynę ze statku, którą spotkał, gdy pierwszy raz płynął do Partageuse. Postarzała się, zmizerniała, a pod oczami pojawiły się sine cienie. Zastanawiał się, czy nie jest chora. Pamiętał ją w nocnej koszuli, przerażoną i przyciśniętą do ściany przez jakiegoś pijaczynę. Wspomnienie to należało jednak do innego mężczyzny, w innym życiu. Może raz czy dwa pomyślał o tym, co stało się z nią i typem, który ją nagabywał. Nigdy nie mówił nikomu o tym wydarzeniu, nawet Isabel, a instynkt podpowiadał mu, że jest za późno, by zrobić to teraz.

— Chciałam panu podziękować... — zaczęła, jednak przeszkodził jej głos dobiegający od strony wejścia...

— Zaraz zaczynamy. Lepiej wejdźcie do środka.

— Przepraszam, obawiam się, że muszę już iść. Może spotkamy się później.

* * *

Ceremonia rozpoczęła się, kiedy tylko zajął miejsce na scenie. Po krótkim powitaniu przyszedł czas na przemówienia, anegdoty opowiadane przez byłych latarników oraz odsłonięcie makiety przedstawiającej latarnię na Janus Rock w dniu jej otwarcia.

— Ten model został sfinansowany przez naszego miejscowego dobroczyńcę, pana Septimusa Pottsa — ogłosił z dumą burmistrz. — Jest mi niezwykle miło, że pan Potts wraz z uroczymi córkami, Hannah i Gwen, zaszczycił nas swoją obecnością. Proszę zatem, abyśmy mu podziękowali.

Po tych słowach wskazał starszego mężczyznę siedzącego obok dwóch kobiet, z których jedna, ku zaskoczeniu Toma, okazała się dziewczyną ze statku. Tom zerknął na Isabel, która uśmiechając się sztywno, oklaskiwała biznesmena i jego córki.

— Naturalnie, panie i panowie — ciągnął burmistrz — gościmy też dziś obecnego latarnika na Janus Rock, pana Thomasa Sherbourne'a. Jestem pewny, że Tom chętnie opowie kilka słów o życiu na wyspie. — Spojrzał na Toma i gestem przywołał go na mównicę.

Tom zamarł. Nikt nie wspominał o żadnym przemówieniu. Jakby tego było mało, wciąż czuł zawroty głowy po spotkaniu z Hannah Roennfeldt. Publiczność powitała go brawami, a burmistrz po raz kolejny przywołał go do siebie:

— Podejdź no tu, kolego.

Przez krótką chwilę Tom zastanawiał się, czy to możliwe, by wszystko, co wydarzyło się od owego feralnego dnia, gdy prądy przyniosły łódkę do brzegów wyspy, było koszmarnym snem. A jednak Isabel, Potts, jego córki i Bluey wydawali się nieznośnie realni. Jak w letargu dźwignął się z krzesła i z dudniącym sercem podszedł do mównicy.

— O rety — zaczął, wywołując tym powszechną wesołość — nie spodziewałem się tego. — Wytarł ręce w spodnie i oparł je o drewniany pulpit. — Życie na wyspie Janus...

Jak powiedzieć im o odosobnieniu? Jak sprawić, by poznali tamtejszy świat, który przypomina życie w innym wymiarze, w innej galaktyce? Bańka, w której żył na Janus Rock, roztrzaskała się jak szkło. Oto jest tu, w ogromnej sali pełnej ludzi, z których każdy prowadzi własne życie. Jest też Hannah Roennfeldt. Zapadła długa cisza. Niektórzy pokasływali nerwowo, inni wiercili się na krzesłach.

— Ludzie, którzy zaprojektowali latarnię na Janus Rock, byli bardzo mądrzy, a ci, którzy ją wybudowali, musieli być wyjątkowo odważni. Ja próbuję oddać im sprawiedliwość. Dlatego co wieczór zapalam światło. — Zdecydował się na język techniki, dzięki czemu nie będzie musiał się zastanawiać nad tym, co powiedzieć. — Ludzie wyobrażają sobie, że latarnia jest ogromna, ale to nieprawda. Światło pochodzi od płomienia parującego oleju, który płonie w siatce żarowej lampy gazowej. Płomień zostaje powiększony przez wysoki na dwanaście stóp zestaw pryzmatów nazywany soczewką Fresnela, która załamuje światło i tworzy snop tak silny, że można go zobaczyć z odległości ponad trzydziestu mil. To zadziwiające, że tak mała rzecz może być widoczna z tak daleka. Moja praca... moja praca polega na tym, by utrzymać ją w czystości i pilnować, by się obracała.

To jak życie w innym świecie i czasie. Nic się nie zmienia poza porami roku. U wybrzeży Australii jest wiele latarni. Ludzie tacy jak ja każdego dnia starają się zapewnić bezpieczeństwo przepływającym statkom. Światła latarni płoną dla wszystkich tych, którzy ich potrzebują, nawet jeśli ich nie widzimy i nie wiemy, kim są... Naprawdę, nie mam pojęcia, co jeszcze mógłbym powiedzieć. Poza tym, że człowiek nigdy nie wie, co przyniesie kolejny dzień i co wyrzuci na brzeg kolejna fala.

Zobaczył, że burmistrz dyskretnie zerka na zegarek.

— Cóż, myślę, że wystarczająco długo was zanudzałem i wszyscy jesteśmy spragnieni. Dziękuję. — Zakończył nagle i żegnany skromnymi oklaskami zdumionej publiczności, wrócił na miejsce.

— Wszystko w porządku? — spytał szeptem Ralph. — Jesteś blady jak ściana.

— Nie lubię niespodzianek.

* * *

Żona kapitana Haslucka uwielbiała przyjęcia. Niestety podobne wydarzenia były w Partageuse prawdziwą rzadkością, więc tego wieczoru nie posiadała się ze szczęścia. Jako żona kierownika portu z radością zachęcała gości do rozmowy, zwłaszcza gdy byli to przybysze z Perth. Niezmordowana krążyła po sali, przedstawiała sobie kolejne osoby, zapominalskim przypominała nazwiska gości i podpowiadała, co ich łączy. Miała oko na wielebnego Norkellsa, który nie rozstawał się ze szklaneczką sherry, i zajęła żonę dyrektora Biura Floty Handlowej rozmową na temat prania złotych galonów przy mundurach. Zdołała nawet przekonać starego Neville'a Whittnisha, żeby opowiedział, jak w 1899 roku ocalił załogę szkunera pełnego beczek z rumem, który stanął w płomieniach nieopodal Janus Rock.

— Wtedy nie było jeszcze federacji — przypomniał. — Dopiero później, w tysiąc dziewięćset piętnastym, Związek Australijski położył łapy na latarniach. Od tamtej pory jest dużo więcej papierkowej roboty.

Żona gubernatora stanu uprzejmie kiwała głową, zastanawiając się, czy mężczyzna wie, że ma łupież. Pani kapitanowa szukała kolejnej sposobności, by zaistnieć towarzysko, gdy nagle w tłumie wypatrzyła Isabel.

— Isabel, moja droga. — Mówiąc to, dotknęła jej łokcia. — Przemówienie Toma było doprawdy fascynujące! — Spojrzała na Lucy, która stała uczepiona matczynej spódnicy. — Jest późno, a ty wciąż jesteś na nogach, młoda damo — zagruchała. — Mam nadzieję, że grzeczna z ciebie dziewczynka.

Isabel się uśmiechnęła.

— To złote dziecko.

Z kocią gracją pani Hasluck odwróciła się i wzięła pod ramię przechodzącą kobietę.

— Gwen — zaczęła, na pewno znasz Isabel Sherbourne, prawda?

Gwen Potts zawahała się. Ona i jej siostra były kilka lat starsze od Isabel, a ponieważ uczyły się w szkole z internatem w Perth, żadna z nich nie znała jej za dobrze. Żona kapitana zauważyła jej niepewność.

— Graysmark. Pewnie znasz ją pod panieńskim nazwiskiem Graysmark — wyjaśniła.

— Ja... ależ oczywiście, że panią znam. — Gwen uśmiechnęła się uprzejmie. — Pani ojciec jest dyrektorem szkoły.

— Tak — odparła Isabel. Czuła, że zbiera się jej na wymioty. Rozejrzała się, jakby unikała jej wzroku.

Pani Hasluck zaczynała żałować, że je sobie przedstawiła. Córki Pottsów stroniły od lokalnej społeczności, a po tej całej historii z jej siostrą i tym Niemcem... Dobry Boże... Zastanawiała się, jak rozwiązać tę niezręczną sytuację, gdy Gwen zawołała stojącą obok Hannah.

— Hannah, wiedziałaś, że pan Sherbourne, który wygłosił dziś przemówienie, jest mężem Isabel Graysmark? Córki dyrektora szkoły.

— Nie, nie wiedziałam — odparła Hannah. Wystarczyło na nią spojrzeć, by wiedzieć, że myśli o czymś innym.

Isabel zamarła. Nie mogła wykrztusić słowa, gdy Hannah odwróciła ku niej wymizerowaną twarz. Przyciągnęła do siebie Lucy i otworzyła usta, żeby się przywitać, jednak nie wydobył się z nich żaden dźwięk.

— Jak masz na imię, skarbie? — spytała z uśmiechem Gwen.

— Lucy. — Isabel z trudem powstrzymywała się, by nie wybiec z sali.

— Śliczne imię — odparła Gwen.

— Lucy — powtórzyła Hannah. W jej ustach to słowo zabrzmiało obco, jakby pochodziło z innego języka. Spojrzała na dziewczynkę i wyciągnęła rękę, żeby dotknąć jej ramienia.

Sposób, w jaki patrzyła na Lucy, sprawił, że Isabel wzdrygnęła się z przerażenia.

Dziewczynka wydawała się zahipnotyzowana dotykiem kobiety. Milcząc, z powagą spoglądała w jej ciemne oczy, jak ktoś, kto koncentruje się na układance.

— Mamusiu — odezwała się nagle i obie kobiety zamrugały,

jakby ktoś obudził je ze snu. Spojrzała na Isabel. — Mamusiu — powtórzyła, trąc oczy — chce mi się spać.

Przez ułamek sekundy Isabel wyobrażała sobie, że oddaje dziewczynkę Hannah. Przecież to ona jest jej matką. Ona ma prawo do Lucy. To halucynacje. Nie, zbyt często odgrywała w myślach ten scenariusz. Mimo to nie zamierzała zmieniać raz podjętej decyzji. Jakikolwiek był boski plan, Isabel zamierzała się go trzymać i posłusznie wypełniać wolę Pana. Desperacko szukała w myślach jakiegoś tematu do rozmowy.

— Oto i on — zaszczebiotała pani Hasluck, widząc nadchodzącego Toma. — Nasz bohater. — Zatrzymała go, a sama podeszła do kolejnej grupki gości. Tom nie mógł się doczekać, kiedy oboje z Isabel wymkną się z przyjęcia, szczególnie, że większość gości skupiła uwagę na pasztecikach z kiełbasą i kanapkach. Gdy jednak zobaczył, z kim rozmawia jego żona, poczuł na karku nieprzyjemne mrowienie. Serce waliło mu jak młotem.

— Tom, to panie Hannah i Gwen Potts — odezwała się Isabel, siląc się na uśmiech.

Spojrzał na żonę, która jeszcze mocniej przytuliła Lucy i wzięła go pod rękę.

— Witam — odrzekła Gwen.

— Miło znów pana spotkać. — Hannah dopiero teraz przestała przyglądać się Lucy.

Tom nie wiedział, co powiedzieć.

— Znowu? — zdziwiła się Gwen.

— Spotkaliśmy się kilka lat temu, ale nie mieliśmy okazji się poznać.

Zdezorientowana Isabel spoglądała to na Hannah, to na Toma.

— Pani mąż był niezwykle szlachetny. Uratował mnie przed człowiekiem, który... mnie nagabywał. Płynęliśmy statkiem z Sydney — wyjaśniła, jakby chciała uprzedzić kolejne pytanie siostry. — Och, opowiem ci o tym później. To dawne dzieje. Nie miałam pojęcia, że to pan jest latarnikiem na Janus — zwróciła się do Toma.

Gdy nie odpowiedział, zapadła niezręczna cisza.

— Tatusiu — pisnęła znużonym głosem Lucy. Isabel chciała ją przytulić, ale Tom wziął ją na ręce. Dziewczynka objęła go za szyję i przytuliła głowę do jego piersi, jakby słuchając bicia jego serca.

Tom chciał wykorzystać okazję i uwolnić się od towarzystwa sióstr, kiedy Hannah dotknęła jego ramienia.

— Podobało mi się to, co pan powiedział. Że światło latarni płonie dla wszystkich tych, którzy go potrzebują. — Minęła chwila, zanim dodała: — Mogę o coś pana zapytać, panie Sherbourne?

— Słucham. — To pytanie napełniło go lękiem.

— Może zabrzmi to dziwnie, ale czy zdarza się tak, że statki ratują ludzi na pełnym morzu? Słyszał pan kiedyś o łodziach, które wyciągano z wody? O ludziach, którzy ocaleli i podróżowali na drugi koniec świata? Zastanawiałam się, czy kiedykolwiek słyszał pan podobne opowieści...

Tom odchrząknął.

— Myślę, że na oceanie wszystko jest możliwe.

— Rozumiem... Dziękuję. — Hannah odetchnęła głęboko i znowu zerknęła na Lucy. — Posłuchałam pana — dodała. — Wtedy na statku. Tak jak pan mówił, ten człowiek miał wystarczająco dużo problemów. Chyba pójdę do domu, Gwen — zwróciła się do siostry. — Nie jestem w nastroju do świętowania.

Pożegnasz ode mnie tatę? Nie chcę mu przeszkadzać. — Spojrzała na Toma i Isabel. — Przepraszam. — Już miała odejść, kiedy Lucy podniosła głowę i pomachała jej.

— Pa, pa — szepnęła sennie.

Hannah spróbowała się uśmiechnąć.

— Pa, pa — odparła ze łzami w oczach. — Mają państwo uroczą córeczkę — dodała i ruszyła pospiesznie w stronę drzwi.

— Proszę jej wybaczyć. — Kilka lat temu moją siostrę spotkała wielka tragedia — tłumaczyła Gwen. — Straciła na morzu męża i córeczkę, która byłaby teraz w wieku Lucy. Często zadaje podobne pytania, a widok dzieci doprowadza ją do łez.

— To straszne — wydusiła Isabel.

— Lepiej pójdę i sprawdzę, czy wszystko z nią w porządku.

Kiedy Isabel, Tom i mała zostali sami, podeszła do nich matka Isabel.

— Nie jesteś dumna z tatusia, Lucy? — spytała. — Wygłosił takie piękne przemówienie. — Spojrzała na córkę. — Mam ją zabrać do domu? Ty i Tom moglibyście zostać. Minęły lata, odkąd mieliście okazję potańczyć.

Isabel zerknęła na męża.

— Obiecałem Ralphowi i Blueyowi, że napijemy się piwa. To nie miejsce dla mnie — powiedział i nie patrząc na żonę, wyszedł z ratusza.

* * *

Późnym wieczorem, gdy Isabel, myjąc się, spojrzała w lustro, przez ułamek sekundy widziała w nim zrozpaczoną twarz Hannah Potts. Spryskała twarz chłodną wodą, jakby chciała zmyć wspomnienia tego, co wydarzyło się kilka godzin temu, jednak wychudzone oblicze tamtej kobiety nie dawało jej spokoju, podobnie świadomość, że Tom i Hannah już wcześniej się spotkali. Isabel nie miała pojęcia, dlaczego tak ją to poruszyło, czuła jednak, że traci grunt pod nogami.

Spotkanie z siostrami Potts było szokiem. Nagle z bliska zobaczyła mrok czający się w oczach Hannah, poczuła słodkawy zapach jej pudru. Niemal fizycznie doświadczyła otaczającej ją aury bezsilności i rozpaczy. Przeraziła ją myśl, że mogłaby stracić Lucy. Mięśnie jej ramion zesztywniały, jakby chciała zatrzymać dziecko przy sobie.

— Boże — modliła się — Boże, spraw, żeby Hannah Potts odzyskała spokój. I spraw, żebym mogła zatrzymać Lucy.

Toma wciąż nie było. Isabel weszła do pokoju dziecka, żeby sprawdzić, czy śpi. Delikatnie wyjęła z rąk Lucy książkę z obrazkami i położyła na toaletce.

— Dobranoc, mój słodki aniołku — szepnęła, całując ją w czoło. Gładząc policzek dziewczynki, przyłapała się na tym, że porównuje twarz małej z twarzą Hannah, szukając czegoś w jej kształcie i łukach brwi.

ROZDZIAŁ 22

— Mamusiu, czy możemy mieć kotka? — spytała Lucy, kiedy nazajutrz rano szła z Isabel do kuchni. Dziewczynka była zafascynowana pręgowanym rudym kotem o egzotycznym imieniu Tabatha Tabby, który wałęsał się po domu Graysmarków. Do tej pory znała koty wyłącznie z opowieści i nigdy wcześniej żadnego nie głaskała.

— Nie sądzę, żeby kot był szczęśliwy na Janus Rock, skarbie. Nie miałby się tam z kim bawić — odpowiedziała Isabel.

— Tatusiu, proszę, możemy mieć kotka? — Dziewczynka nie dawała za wygraną, nie zważając na panującą w domu nerwową atmosferę.

Tom wrócił późno i wstał pierwszy. Siedział przy stole, przeglądając stary numer „West Australian".

— Lulu, może weźmiesz Tabathę do ogrodu i zapolujecie na myszy? — zaproponował.

Dziewczynka wzięła kota na ręce i potykając się, wyszła z domu.

Tom spojrzał na Isabel.

— Jak długo jeszcze, Izz? Jak długo, do cholery?

— O czym ty mówisz?

— Jak tak można? Jak długo będziemy to ukrywali? Wiedziałaś, że ta biedna kobieta o mało nie postradała przez nas zmysłów. A teraz widziałaś ją na własne oczy!

— Tom, nie możemy nic zrobić. Wiesz o tym równie dobrze jak ja. — Przez krótką chwilę znów widziała twarz Hannah i słyszała jej głos. Zauważywszy, że Tom zacisnął usta, próbowała go udobruchać. — Może... kiedy Lucy będzie starsza... Może wtedy powiemy jej prawdę. Wówczas nie będzie to takie bolesne... Ale musimy jeszcze zaczekać.

Tom był zaszokowany jej propozycją.

— O czym ty mówisz, Isabel? Nie możemy czekać. Wyobraź sobie, jak wygląda życie tej kobiety! Przecież ją znasz!

Czuła, że ogarnia ją panika.

— Wygląda na to, że ty również ją poznałeś. Szkoda tylko, że nic mi o tym nie powiedziałeś.

Ten nagły atak go zaskoczył.

— Nie znałem jej. Spotkałem ją. Raz.

— Kiedy?

— Na statku z Sydney.

— Od tego wszystko się zaczęło, prawda? Dlaczego mi o tym nie powiedziałeś? Co miała na myśli, mówiąc, że byłeś „niezwykle szlachetny"? Co przede mną ukrywasz?

— Co ukrywam?

— Nie wiem nic o twoim życiu! O czym jeszcze mi nie powiedziałeś, Tom? Ile romansów postanowiłeś przede mną zataić?

Tom zerwał się od stołu.

— Przestań! Natychmiast przestań, Isabel! Robisz wszystko, żeby zmienić temat, bo wiesz, że mam rację. Nie ma znaczenia, czy spotkałem ją wcześniej, czy nie. — Jeszcze raz spróbował przemówić żonie do rozsądku. — Izz, widziałaś, co się z nią stało. To nasza wina. — Odwrócił wzrok. — Na wojnie... na wojnie widziałem różne rzeczy. Rzeczy, o których ci nie mówiłem. Chryste, robiłem straszne rzeczy... — Zacisnął pięści. — Po wszystkim obiecałem sobie, że nigdy więcej nikogo nie skrzywdzę. Jak myślisz, dlaczego podjąłem się pracy latarnika? Wierzyłem, że może będę mógł zrobić coś dobrego, może dzięki temu uratuję czyjeś życie. I spójrz, do czego mnie to doprowadziło. Nikomu nie życzę tego, przez co musiała przejść ta biedna kobieta! — Urwał, jakby szukał odpowiednich słów. — Chryste, we Francji nauczyłem się, że człowiek powinien dziękować Bogu, jeśli ma co włożyć do ust, i zęby, żeby to pogryźć. — Wzdrygnął się z obrzydzeniem. — Kiedy zwróciłaś na mnie uwagę, byłem wniebowzięty! — Milczał przez chwilę. — Kim my jesteśmy, Izzy? W co się bawimy, na litość boską? Przysięgałem, że będę z tobą na dobre i na złe! Na dobre i na złe, Isabel! Mogę tylko powiedzieć, że jest cholernie źle — rzucił i wyszedł z kuchni.

Lucy jak zahipnotyzowana przyglądała się kłótni rodziców. Nigdy dotąd nie słyszała, by Tom wypowiedział tak dużo słów, tak głośno. Nigdy też nie widziała, żeby płakał.

* * *

— Zniknęła! — Słowa Isabel powitały Toma, gdy po południu wrócił do domu Graysmarków w towarzystwie Blueya. — Lucy! Zostawiłam ją w ogrodzie za domem, żeby pobawiła się z kotem, a sama poszłam pakować nasze rzeczy. Myślałam, że mama się nią zajmie, a ona myślała, że to ja jej pilnuję.

— Uspokój się, uspokój się, Izz. — Tom położył rękę na ramieniu żony. — Zastanów się, kiedy widziałaś ją po raz ostatni?

— Godzinę temu. Najwyżej dwie.

— Kiedy zauważyłaś, że zniknęła?

— Teraz. Tata szuka jej na tyłach domu. — Obrzeża Partageuse wciąż porastał busz. Za wypielęgnowanym ogródkiem Graysmarków ciągnęły się połacie skarłowaciałej roślinności, a dalej las.

— Dzięki Bogu, że wróciłeś, Tom. — Na werandę wybiegła Violet. — Tak mi przykro. To moja wina. Powinnam była jej przypilnować! Bill szuka jej na starym szlaku przewozu drewna...

— Dokąd jeszcze mogłaby pójść? — Tom starał się nie tracić głowy. — Czy w okolicy są jakieś miejsca, o których ty albo Bill opowiadaliście Lucy?

— Mogła pójść wszędzie — odparła Violet, kręcąc głową.

— Boże jedyny, Tom, tu są węże. I jadowite pająki! — Isabel była przerażona.

— Jako dziecko całymi dniami przesiadywałem w buszu — powiedział Bluey. — Nic jej nie będzie. Znajdziemy ją. Chodź, Tom.

— Izz... Bluey i ja rozejrzymy się po okolicy, może trafimy na jakieś ślady. Ty jeszcze raz przeszukaj ogród i sprawdź przed domem. Violet, poszukaj w domu, zajrzyj do wszystkich szafek i pod łóżka. Wszędzie tam, gdzie mogłaby wejść za kotem. Jeśli nie znajdziemy jej w ciągu godziny, będziemy musieli zawiadomić policję i poprosić o pomoc tropicieli.

Na wzmiankę o policji Isabel posłała mu ukradkowe spojrzenie.

— To nie będzie konieczne — przekonywał ją Bluey. — Zobaczy pani, dziewczynka wróci do domu cała i zdrowa.

— Miejmy nadzieję, że idąc, robi dużo hałasu — dodał, gdy obaj z Tomem byli wystarczająco daleko od domu. —

W ciągu dnia węże śpią. Chowają się, gdy słyszą, że ktoś nadchodzi. Ale jeśli się je zaskoczy... Czy kiedykolwiek oddalała się bez waszej wiedzy?

— Do tej pory nie miała się gdzie oddalać — odparł szorstko Tom i zaraz dodał: — Przepraszam, Bluey. Nie chciałem, żeby tak to zabrzmiało. Chodzi o to, że ona nie ma poczucia odległości. Na Janus Rock, dokądkolwiek pójdziesz, jesteś blisko domu.

Idąc, nawoływali Lucy, jednak dziewczynka nie odpowiadała. Szli czymś, co niegdyś było wąską ścieżką, teraz zarośniętą i prawie niewidoczną pod gałęziami skarłowaciałych drzew, które utrudniały przejście. Jednak przy swoim wzroście Lucy bez problemu przedarłaby się przez gąszcz.

Jakieś piętnaście minut później dotarli do miejsca, w którym ścieżka wychodziła na polanę i rozwidlała się w dwóch różnych kierunkach.

— Dużo tych szlaków — zauważył Bluey. — Dawniej, kiedy szukano dobrego drewna, regularnie wyrąbywano ścieżki. Tu i ówdzie wciąż jeszcze można natrafić na płytkie studzienki, w których zbiera się woda gruntowa. Z reguły są ukryte pod warstwą liści i gałęzi, więc lepiej patrz pod nogi.

* * *

Dziewczynka z latarni nie wie, co to strach. Wie, że nie należy podchodzić do krawędzi klifów. Rozumie, że pająki mogą ukąsić i należy ich unikać. Pamięta, że nie może wchodzić do wody, jeśli nie ma przy niej któregoś z rodziców. Potrafi odróżnić płetwę grzbietową przyjaznego delfina, która pojawia się i znika, od płetwy rekina, która niczym brzytwa tnie powierzchnię wody. Wie, że jeśli pociągnie kota za ogon, ten może ją podrapać. Oto granice lęku.

Gdy więc idąc za Tabathą Tabby, opuszcza ogród dziadków, nie ma pojęcia, że lada chwila może się zgubić. Po chwili nie widzi już kota, ale jest za późno. Jest zbyt daleko od domu, by wrócić po własnych śladach, a im bardziej się stara, tym głębiej zapuszcza się w busz.

W końcu dociera do polanki i siada przy zwalonej kłodzie. Rozgląda się. Dostrzega mrówkowych żołnierzyków. Wie, że należy ich unikać, i upewnia się, że siedzi w bezpiecznej odległości od szlaku ich przemarszu. Nie boi się. Mama i tata ją znajdą. Sięga po patyk i rysuje wzory w piaszczystej ziemi. Po chwili dostrzega dziwne stworzenie. Jest dłuższe od jej palca i wychodzi spod kłody, na której siedzi. Nigdy dotąd nie widziała czegoś podobnego. Stwór ma długie ciało, nogi jak owad albo pająk i dwa grube ramiona, zupełnie jak kraby, które tatuś dziewczynki łowi czasem na wyspie. Zafascynowana delikatnie dźga go patykiem i ogon stworzenia wygina się nagle w piękny łuk, jakby chciało nim dotknąć swojej głowy. W tej samej chwili tuż obok pojawia się kolejna istota.

Jak urzeczona obserwuje stworzenia, które podążają za jej patykiem, próbując pochwycić go szczypcami. Niebawem dołącza do nich trzecie, które wypełzło spod kłody. Czas płynie wolno.

* * *

Kiedy docierają na polanę, Tom jest zaniepokojony. Widzi wystającą zza zwalonego pnia małą obutą stópkę.

— Lucy! — woła i biegnie w stronę kłody, gdzie dziewczynka bawi się patykiem. Nagle zamiera na widok skorpiona, który wijąc się, próbuje pochwycić koniec patyka. — Chryste, Lucy! — Bierze małą pod pachę i miażdży skorpiona podeszwą buta. — Do diabła, Lucy, co ty wyprawiasz?! — krzyczy.

— Tatusiu! Zabiłeś go!

— Lucy! To stworzenie jest niebezpieczne! Ukąsiło cię?

— Nie. Ono mnie lubi. Zobacz. — Dziewczynka otwiera kieszeń z przodu sukieneczki i z dumą pokazuje kolejnego skorpiona. — Ten jest dla ciebie.

— Nie ruszaj się! — Mówi spokojnie Tom i ostrożnie stawia dziewczynkę na ziemi. Wkłada patyk do kieszeni Lucy i czeka, aż stworzenie chwyci go szczypcami. Dopiero wtedy strząsa je na ziemię i depcze.

— Jesteś pewna, że cię nie ugryzły? — pyta, szukając na rękach i nogach Lucy śladów ukąszeń. — Nic cię nie boli?

Dziewczynka kręci głową.

— To była przygoda!

— Tak, to z pewnością była przygoda — zgadza się Tom.

— Sprawdź jeszcze raz — radzi Bluey. — Ukąszenia nie zawsze są widoczne. Na szczęście nie wydaje się senna. To dobry znak. Prawdę mówiąc, bardziej się bałem, że wpadła do jednej ze studzienek.

— Wieczny optymista — mruczy Tom. — Lucy, kochanie, na Janus nie ma skorpionów, ale musisz pamiętać, że są niebezpieczne. Nie wolno ich dotykać. — Przytula ją. — Na Boga, gdzieś ty się podziewała?

— Bawiłam się z Tabathą, tak jak mi kazałeś.

Toma przeszedł dreszcz, kiedy przypomniał sobie, jak rankiem kazał jej wyjść do ogrodu i pobawić się z kotem.

— Chodź, skarbie, musimy wrócić do mamusi.

Teraz, kiedy przypomniał sobie wydarzenia ubiegłej nocy, to słowo nabrało zupełnie nowego znaczenia.

* * *

Isabel zbiegła z werandy i powitała ich na skraju ogrodu. Chwyciła Lucy w ramiona i szlochała ze szczęścia.

— Dzięki Bogu — odetchnął Bill. — Dzięki Bogu — powtórzył, obejmując Violet. — I tobie, Bluey — dodał. — Ura-
towałeś nam życie.

* * *

Tamtego dnia Isabel zapomniała o Hannah Roennfeldt i Tom
wiedział, że nigdy więcej nie powinien poruszać tego tematu.
Wciąż jednak widział wymizerowaną twarz tej kobiety. Postać,
która jeszcze niedawno była zaledwie mglistym wyobrażeniem,
nabrała realnych kształtów i okazała się kobietą, której życie
Tom Sherbourne zamienił w pasmo udręki. Jej zapadnięte
policzki, smutne oczy i obgryzione paznokcie — widział je,
gdy tylko zamykał oczy. Jednak najgorszy był szacunek, który
mu okazała, i zaufanie, jakim go obdarzyła.

Od czasu do czasu zastanawiał się, w jaki sposób Isabel
udało się zapomnieć. W jak mrocznych zakamarkach swego
umysłu ukryła to, przed czym on nie potrafił uciec.

* * *

— Cholera, nie masz wrażenia, że między nimi nie dzieje
się najlepiej? — spytał Bluey, gdy razem z Ralphem wypływał
nazajutrz z Janus Rock w drogę powrotną do Partageuse.

— Dam ci dobrą radę — odparł szyper. — Nie interesuj się
tym, co dzieje się w małżeństwach innych ludzi.

— Tak, wiem, ale... myślałem, że odetchną z ulgą, gdy
dziewczynka wróci do domu cała i zdrowa. Tymczasem Isabel
zachowywała się, jakby to Tom był winny, że Lucy zaginęła.

— Trzymaj się od tego z daleka, chłopcze. Lepiej idź i zaparz
dobrej herbaty.

ROZDZIAŁ 23

Losy małej Grace Roennfeldt i jej ojca były jedną z miejscowych zagadek, które nie doczekały się rozwiązania. Dla jednych wydarzenia tamtej nocy były dowodem na to, że nie można ufać szkopowi: na pewno był szpiegiem, który po wojnie został wezwany do Niemiec. Nikogo nie obchodziło, że Frank Roennfeldt był Austriakiem. Inni, którzy wiedzieli cokolwiek na temat oceanu, mówili: „A co on sobie myślał? Żeby tak po prostu wypływać na pełne morze? Musiał mieć nierówno pod sufitem. Człowiek bez doświadczenia nie przeżyłby pięciu minut". W okolicy panowało jednak przekonanie, że w ten sposób Bóg chciał ukarać Hannah Potts za to, że poślubiła niewłaściwego człowieka. Wybaczyć jest łatwo, ale trudniej zapomnieć okrucieństwa, których dopuścił się jego naród...

Nagroda wyznaczona przez starego Pottsa obrosła legendą. Przez parę lat kusiła ludzi z Goldfields, z północy, a nawet z Adelaidy, którzy wierzyli, że kawałek wyrzuconego na brzeg drewna i pierwsza lepsza historyjka uczynią z nich bogaczy. Na początku przez kilka miesięcy Hannah wysłuchiwała każdego, kto rzekomo widział jej męża i córeczkę lub tamtej pamiętnej nocy słyszał na morzu płacz dziecka.

Jednak z czasem nawet ona zaczęła dostrzegać w tych opowieściach pewne nieścisłości. Kiedy mówiła, że dziecięca sukieneczka „znaleziona" na brzegu nie jest tą, którą miała na sobie Grace, ludzie przekonywali ją: „Proszę pomyśleć! Jest pani pogrążona w smutku. Jak może pani pamiętać, w co było ubrane to biedne dziecko?". Albo: „Będzie pani łatwiej, jeśli pogodzi się pani z faktami". Na koniec rzucali jakąś przykrą uwagę, kiedy Gwen wyprowadzała ich z salonu, dziękując za fatygę i dając kilka szylingów na powrót do domu.

* * *

W styczniu stefanotisy znów obsypały się kwiatami, a powietrze było ciężkie od ich zmysłowego zapachu. Tymczasem Hannah Roennfeldt marniała w oczach. Nadal chodziła na posterunek policji, plażę i do kościoła, jednak to, co kiedyś było codziennym rytuałem, teraz zdarzało się znacznie rzadziej. „Wariatka", mruknął posterunkowy Garstone, kiedy zamknęła za sobą drzwi. Nawet wielebny Norkells zachęcał ją, by spędzała mniej czasu w chłodnych mrokach kościoła i poszukała Chrystusa w życiu, które toczy się dookoła niej.

Dwa dni po uroczystościach w ratuszu, leżąc w nocy w łóżku, Hannah usłyszała jęk zawiasów skrzynki na listy. Zerknęła na zegar, który wskazywał trzecią nad ranem. Może to opos? Wstała z łóżka i podeszła do okna, jednak niczego nie zauważyła. Księżyc w nowiu wyglądał jak blady lśniący sierp, a jedyne światło pochodziło od gwiazd, którymi upstrzone było niebo. Po raz kolejny usłyszała metaliczne skrzypnięcie.

Zapaliła latarnię sztormową i najciszej jak mogła wyszła na dwór. Stąpała ostrożnie, by nie obudzić śpiącej w pokoju obok siostry i nie spłoszyć węży, które pod osłoną nocy polowały na myszy i żaby. Jej blade bose stopy niemal nie dotykały ziemi.

Drzwiczki skrzynki kołysały się na wietrze, odsłaniając ukryty w środku przedmiot. W świetle latarni Hannah dostrzegła niewielką podłużną paczuszkę. Wyjęła ją. Paczka nie była większa od jej dłoni, owinięta w szary papier. Hannah obejrzała ją, szukając nazwiska nadawcy, ale ciemność zamykała się wokół lampy niczym zaciśnięta pięść. Pospiesznie wróciła do sypialni i sięgnęła po nożyczki krawieckie, żeby przeciąć sznurek. Przesyłkę zaadresowano do niej. Poznała charakter pisma: staranne, kształtne litery.

Otworzyła paczuszkę.

Wnętrze pudełka wypełniono gazetami. Wyjmując je, Hannah usłyszała dziwny dźwięk, jednak dopiero gdy wyciągnęła ostatnią z nich, zobaczyła srebrną grzechotkę, którą jej ojciec kupił dla wnuczki w Perth. Natychmiast poznała zdobiące ją grawerowane aniołki. Do grzechotki dołączono liścik.

Dziecko jest bezpieczne, otoczone miłością i opieką.
Proszę, módl się za mnie.

Nic więcej. Żadnej daty, inicjałów, podpisu.

— Gwen! Gwen! — krzyczała, dobijając się do sypialni siostry. — Spójrz na to! Ona żyje! Grace żyje. Wiedziałam!

Gwen zwlokła się z łóżka, gotowa usłyszeć kolejną dziwaczną historię, jednak widok grzechotki wyraźnie ją poruszył. Dobrze pamiętała dzień, w którym razem z ojcem siedziała w sklepie braci Caris w Perth, słuchając, jak Septimus Potts rozmawia ze złotnikiem na temat zdobień. Dotknęła ostrożnie grzechotki, jakby miała przed sobą jajko, z którego lada chwila może wykluć się potwór.

Hannah wodziła oczami po pokoju, śmiała się i płakała.

— Mówiłam ci, pamiętasz? Moja kochana Grace! Żyje!

Gwen położyła rękę na ramieniu siostry.

— Nie dajmy się ponieść emocjom. Z samego rana pójdziemy do taty i poprosimy, żeby poszedł z nami na policję. Oni będą wiedzieli, co zrobić. A teraz idź spać. Jutro musisz mieć jasny umysł.

Jednak sen nie wchodził w grę. Hannah bała się, że jeśli zamknie oczy, obudzi się. Wyszła do ogrodu na tyłach domu, usiadła na bujaku, na którym siadywała z Frankiem i Grace, i spojrzała na tysiące gwiazd. Ich widok ją uspokajał, przywodził na myśl maleńkie światełka nadziei w bezkresnym oceanie mroku. Świat był niczym rozpościerające się przed nią ogromne płótno. Nic dziwnego, że jedno małe życie z łatwością mogło przepaść bez śladu. Ale miała grzechotkę, a wraz z nią odzyskała nadzieję. To nie był żart. Trzymała w ręku talizman miłości, symbol przebaczenia, maleńki skarb, którego dotykało jej dziecko i ci, którzy się nim opiekują. Wróciła wspomnieniami do lekcji filologii klasycznej i przypomniała sobie mit o Demeter i Persefonie. Teraz, kiedy istniała szansa, że po latach odzyska Grace, starożytna opowieść nabrała zupełnie nowego znaczenia.

Czuła — nie, wiedziała — że ta okropna podróż dobiega końca. Kiedy odzyska Grace, jej życie zacznie się od nowa. W końcu będą mogły cieszyć się szczęściem, którego tak długo im odmawiano. Uśmiechnęła się do wspomnień: Franka, który próbował zmienić pieluchę, i ojca starającego się zachować spokój, gdy Grace zwymiotowała na jego najlepszy garnitur. Po raz pierwszy od lat była naprawdę podekscytowana. Musi tylko wytrzymać do rana.

Kiedy dopadały ją wątpliwości, skupiała się na szczegółach: delikatnych włoskach Grace, nieco cieńszych z tyłu, w miejscu, gdzie tarła główką o prześcieradło, jasnych półksiężycach u nasady maleńkich paznokci. Wspomnienia były niczym zarzucona w jej umyśle kotwica, dzięki której sprowadzi Grace z powrotem do domu — jedynego miejsca na ziemi, w którym będzie bezpieczna.

* * *

Point Partageuse wrzało od plotek. Podobno znaleziono smoczek. Nie, nie smoczek, gryzak. Dowód na to, że dziecko nie żyje, albo wręcz przeciwnie. Zabił ją ojciec. Nie, to ojciec został zamordowany. Od sklepu mięsnego do warzywniaka, od weterynarza do kościoła, w historii pojawiały się nowe fakty i wątki, a głodni sensacji ludzie przekazywali ją sobie ściszonym głosem, cmokając, zaciskając usta i próbując ukryć emocje.

— Panie Potts, nikt nie wątpi, że osobiście kupił pan tę grzechotkę, jednak proszę pamiętać, że odnalezienie jej nie świadczy jeszcze o tym, że dziecko żyje. — Sierżant Knuckey próbował uspokoić wzburzonego Septimusa, który wyglądał jak gotowy do walki zawodowy bokser.

— Musicie zbadać tę sprawę! Po co ktoś miałby czekać tyle lat, żeby to podrzucić? W środku nocy? I dlaczego nie zgłosił się po nagrodę? — Był czerwony na twarzy, przez co jego wąsy wydawały się jeszcze bardziej siwe.

— Z całym szacunkiem, ale skąd, do cholery, mam wiedzieć?

— Tego już za wiele! W towarzystwie dam proszę zważać na słowa!

— Przepraszam. — Knuckey zacisnął usta. — Zapewniam pana, że się tym zajmiemy.

— A jak, jeśli wolno spytać? — Septimus Potts nie dawał za wygraną.

— My... ja... Ma pan na to moje słowo.

Hannah poczuła, że ogarnia ją rozpacz. Będzie tak jak do tej pory. Mimo to siedziała do późna w nocy, obserwując skrzynkę na listy i czekając na znak.

* * *

— Bernie, będę potrzebował zdjęcia — oznajmił posterunkowy Lynch. Wchodząc do zakładu fotograficznego Gutchera, wyjął z filcowej torby srebrną grzechotkę.

Bernie Gutcher spojrzał na niego nieufnie.

— Od kiedy to interesujesz się dziećmi?

— Odkąd chodzi o dowody w sprawie — odparł policjant.

Gdy fotograf przygotowywał sprzęt, Lynch oglądał wiszące na ścianach zdjęcia. Jego wzrok prześlizgiwał się po fotografiach miejscowej drużyny futbolowej, Harry'ego Garstone'a i jego matki, a także Billa i Violet Graysmarków z córką i wnuczką.

Kilka dni później na tablicy ogłoszeń przed posterunkiem pojawiło się zdjęcie grzechotki z leżącą obok linijką, a także prośba, by każdy, kto rozpozna przedmiot, zgłosił się na policję. Poniżej umieszczono wiadomość od wielmożnego pana Septimusa Pottsa, który informował, że nagroda za pomoc w odnalezieniu jego wnuczki Grace Ellen Roennfeldt wynosi trzy tysiące gwinei, a każdy, kto zechce pomóc, może liczyć na pełną anonimowość.

* * *

Za tysiąc gwinei można było kupić farmę w okolicach Partageuse. Za trzy tysiące... No cóż, za trzy tysiące można było kupić praktycznie wszystko.

— Jesteś pewny? — spytała po raz kolejny matka Blueya. Na głowie wciąż miała wałki i krążyła nerwowo po kuchni. — Na litość boską, zastanów się, chłopcze!

— Nie. Nie jestem. To znaczy nie do końca. To było dawno temu. Ale nigdy dotąd nie widziałem czegoś tak drogiego. Do tego to coś leżało w dziecięcym łóżeczku! — Drżącą ręką skręcił papierosa i przez chwilę przyglądał się zapałce. — Co mam zrobić, mamo? — Na jego czole, pod grzywą rudych loków, perliły się kropelki potu. — Może to wszystko ma jakiś sens? A może mi się zdawało? — Zaciągnął się papierosem i wolno wypuścił dym. — Może powinienem zaczekać do następnej wyprawy na Janus i wtedy z nim porozmawiać, jak mężczyzna z mężczyzną.

— Chyba raczej jak mężczyzna z małpą! Jeśli tak mają wyglądać twoje pomysły, to śmiem twierdzić, że jesteś głupszy, niż się spodziewałam. Trzy tysiące gwinei! — Uniosła trzy palce i machnęła mu nimi przed oczami. — Nawet gdybyś pracował na tej przeklętej łodzi przez kolejne sto lat, w życiu nie zarobisz takich pieniędzy!

— Ale tu chodzi o Toma! I Isabel. Nie wiemy nawet, czy zrobili coś złego. A nawet jeśli to ta sama grzechotka, mogło się zdarzyć, że fale wyrzuciły ją na brzeg. Raz Tom znalazł na plaży muszkiet! I konia na biegunach.

— Nic dziwnego, że Kitty cię zostawiła. Nie masz za grosz ambicji. Ani rozsądku.

— Mamo! — Jej słowa go zabolały.

— Włóż czystą koszulę. Idziemy na policję.

— Ale tu chodzi o Toma. To mój przyjaciel!

— Tu chodzi o trzy tysiące gwinei! I jeśli się nie pospieszysz, może się zdarzyć, że stary Ralph Addicott sprzątnie ci je sprzed nosa. — Spojrzała na syna i dodała: — Kitty Kelly nie potraktuje z góry mężczyzny z taką ilością gotówki, prawda? A teraz uczesz się. I zgaś tego przeklętego papierosa.

ROZDZIAŁ 24

Z początku Tom myślał, że *Windward Spirit* jest złudzeniem, mirażem smaganym przez ostatnie podmuchy cyklonu, który szalał u zachodnich wybrzeży Australii. Zawołał Isabel, żeby upewnić się, że ona także widzi łódź. Niespełna tydzień temu wrócili na wyspę. *Windward Spirit* miała przypłynąć dopiero w połowie marca, by zabrać ich na ląd, zanim Tom obejmie posadę latarnika w Point Moore. Może Ralph i Bluey mają problemy z silnikiem? A może któryś z nich został ranny w czasie, gdy na morzu szalał sztorm?

Martwe fale bywały zdradzieckie i trzeba było nie lada umiejętności, by zacumować łódź, nie rozbijając jej o molo.

— W czasie sztormu każdy port jest dobry, co, Ralph?! — zawołał, przekrzykując wiatr, kiedy łódź dobijała do brzegu. Szyper jednak udał, że go nie słyszy.

Niepokój Toma się nasilił, kiedy zamiast Blueya zauważył na pokładzie pobrużdżoną, wiekową twarz Nevilla Whittnisha i czterech policjantów.

— Jejku, Ralph! O co chodzi?

I tym razem szyper nie odpowiedział. Jego zachowanie

sprawiło, że Tomowi ciarki przeszły po plecach. Podniósł wzrok i zobaczył Isabel, która cofała się, jakby chciała pozostać niezauważona. Jeden z policjantów wszedł na trap i zatoczył się, zanim odzyskał równowagę. Tuż za nim podążyli następni.

— Thomas Edward Sherbourne?

— Tak.

— Sierżant Spragg, policja z Albany. To mój zastępca, posterunkowy Strugnell. Sierżant Knuckey i posterunkowy Garstone. Możliwe, że ich pan zna. Pracują na posterunku w Point Partageuse.

— Przykro mi, ale nie kojarzę.

— Panie Sherbourne, jesteśmy tu z powodu Franka Roennfeldta i jego córki Grace.

Te słowa były niczym cios, który pozbawił Toma tchu. Mięśnie na jego karku naprężyły się, twarz pobladła. Oczekiwanie dobiegło końca. Czuł się jak po kilku dniach siedzenia w okopie, kiedy wreszcie dano sygnał do ataku.

Sierżant sięgnął do kieszeni i wyjął zdjęcie, które załopotało na wietrze. Przytrzymał je drugą ręką.

— Poznaje to pan?

Tom spojrzał na zdjęcie grzechotki. Zawahał się i zerknął na klif. Isabel zniknęła. Czas stanął w miejscu, za chwilę nie będzie już odwrotu.

Westchnął, jakby zrzucił z siebie ogromny ciężar, zamknął oczy i spuścił głowę. Poczuł na ramieniu czyjąś rękę.

— Tom, Tom, synu... — To był Ralph. — Co tu się dzieje, do cholery?

* * *

Gdy policjanci przesłuchują Toma, Isabel wspina się na klif, by poszukać schronienia wśród drewnianych krzyży. Krzewy rozmarynu są niewyraźne, zupełnie jak jej myśli. Isabel, drżąc, po raz kolejny wraca do tego, co wydarzyło się przed chwilą, gdy najniższy i prawdopodobnie najmłodszy z policjantów z powagą pokazał jej zdjęcie. Zaskoczenie malujące się na jej twarzy na pewno nie uszło jego uwagi.

— W ubiegłym tygodniu ktoś wysłał pani Roennfeldt tę grzechotkę.

— W ubiegłym tygodniu?

— Wygląda na to, że ta sama osoba dwa lata temu podrzuciła jej list.

Tego było już za wiele.

— Będziemy chcieli zadać pani kilka pytań, kiedy skończymy rozmawiać z pani mężem. Tymczasem lepiej będzie... — Wzruszył niezgrabnie ramionami. — Proszę nie odchodzić za daleko.

Isabel spogląda ponad krawędzią klifu. Dookoła jest tyle powietrza, a ona walczy o każdy oddech. Jej myśli krążą wokół Lucy, która śpi, podczas gdy w pokoju obok policja przesłuchuje jej ojca. Zabiorą ją, myśli spanikowana. Może zdąży ukryć ją gdzieś na wyspie. Może... może ucieknie z nią łodzią. Pospiesznie ocenia sytuację. Szalupa ratunkowa jest w każdej chwili gotowa do wypłynięcia. Gdyby znalazła jakiś pretekst, żeby wyprowadzić dziewczynkę z domu. Tylko dokąd? Dokądkolwiek, to bez znaczenia. Wsiądą do łodzi i odpłyną, zanim ktokolwiek zorientuje się, że zniknęły. Jeśli trafią na odpowiedni prąd, popłyną na północ... Oczyma wyobraźni widzi, jak bezpiecznie dobijają do brzegu gdzieś w okolicach Perth. Jednak zdrowy rozsądek przypomina jej, jak niebezpieczne bywają południowe prądy. Isabel wie, że na oceanie czeka je niechybna śmierć. Pospiesznie obmyśla kolejny plan. Może przysiąc, że dziecko jest jej, że w łodzi znaleźli dwa ciała i zatrzymali grzechotkę. Chwyta się każdej możliwości, nawet najbardziej absurdalnej.

Instynkt podpowiada jej, że powinna porozmawiać z Tomem, poprosić go o radę. I nagle dociera do niej, że to wszystko przez niego. Czuje się jak tamtej nocy, gdy obudziła się z myślą, że musi przekazać Hugh straszne wieści, i przypomniała sobie, że on nie żyje.

Stopniowo oswaja się z myślą, że nie zdoła uciec. Lęk, który czuła na początku, przeradza się we wściekłość. Dlaczego? Dlaczego to zrobił? Miał chronić rodzinę, a nie ją niszczyć. Czarne myśli kłębią się w głowie Isabel, niosąc ze sobą kolejne pytania. Czy to możliwe, że planował to wszystko od dwóch lat? Kim jest mężczyzna, który ją okłamał i chce odebrać jej dziecko? Isabel pamięta, jak Hannah Roennfeldt dotknęła jego ramienia, i zastanawia się, co naprawdę łączy tych dwoje. Zgięta wpół wymiotuje na trawę.

* * *

Wody oceanu z hukiem roztrzaskiwały się o klif, wyrzucając wodną mgiełkę wysoko w górę, aż do miejsca, w którym stała Isabel. Drewniane krzyże i jej sukienka były ciężkie od wody.

— Izzy! Isabel! — Głos Toma utonął w ryku wiatru.

Kołujący na niebie burzyk jak błyskawica runął w dół, by pochwycić śledzia. Jednak szczęście i sztorm stanęły po stronie ryby, która wijąc się, wyleciała z ptasiego dzioba i wpadła między wzburzone fale.

Tom pokonał ostatnie kilkaset jardów, które dzieliły go od

żony. Burzyk znów wzbił się nad ocean, przekonany, że bez trudu złowi każdą rybę, która nie zdążyła ukryć się pośród najgłębszych raf.

— Nie mamy dużo czasu — oznajmił Tom, przyciągając ją do siebie. — Lucy zaraz się obudzi. — Policjanci przesłuchiwali go przez dwie godziny. Dwóch z nich, niosąc łopaty, szło teraz w kierunku starych grobów po drugiej stronie wyspy.

Isabel patrzyła na męża, jakby widziała go po raz pierwszy.

— Policjant powiedział, że ktoś wysłał Hannah Roennfeldt grzechotkę...

Tom nie odwrócił wzroku, jednak milczał.

— ...że ktoś dwa lata temu podrzucił jej list z informacją, że dziecko żyje. — Zamilkła, jakby zastanawiała się, co powiedzieć. — Tom! — jęknęła, spoglądając na niego przerażonym wzrokiem. — Och, Tom! — powtórzyła, odsuwając się od niego.

— Musiałem coś zrobić, Izzy. Bóg mi świadkiem, że próbowałem jakoś to wytłumaczyć. Chciałem tylko, żeby wiedziała, że dziecko żyje.

Spojrzała na niego, jakby próbowała zrozumieć wykrzyczane z daleka słowa, mimo iż stał tak blisko, że kosmyki jej włosów muskały jego twarz.

— Ufałam ci, Tom. — Przytrzymała włosy ręką i patrzyła na niego z otwartymi ustami. — Na litość boską, coś ty zrobił? Co zrobiłeś Lucy?

Tom przygarbił się, jednak w jego oczach dostrzegła ulgę. Kiedy opuściła ręce, jej włosy rozwiały się na wietrze, łopocząc niczym żałobny welon.

— Dwa lata! — szepnęła łamiącym się głosem. — Czy przez te dwa lata wszystko było kłamstwem?

— Widziałaś tę biedną kobietę! Widziałaś, co jej zrobiliśmy!

— Chcesz powiedzieć, że ta kobieta znaczy dla ciebie więcej niż nasza rodzina?

— To nie jest nasza rodzina, Izz.

— To jedyna rodzina, jaką możemy mieć! Co teraz stanie się z Lucy?

Tom chwycił ją za ręce.

— Posłuchaj, po prostu rób, co ci każę, a wszystko będzie dobrze. Powiedziałem im, że to moja wina. Rozumiesz? Powiedziałem, że to ja chciałem zatrzymać Lucy, że się temu sprzeciwiałaś, ale cię zmusiłem. Jeśli powtórzysz im to samo, nic złego ci się nie stanie... Zabierają nas do Partageuse. Izzy, obiecuję, że będę cię chronił. — Przyciągnął ją do siebie i pocałował w czoło. — Nieważne, co się ze mną stanie. Wiem, że wsadzą mnie do więzienia, ale kiedy wyjdę, będziemy...

Nagle rzuciła się na niego i zaczęła okładać pięściami.

— Nie ma już „nas", Tom! Nie po tym, co zrobiłeś! — Nawet nie próbował jej powstrzymać. — Dokonałeś wyboru! Guzik cię obchodziło, co stanie się ze mną i Lucy. Więc... — urwała, szukając odpowiednich słów — ...nie licz na to, że od tej chwili będę się przejmowała twoim losem!

— Izz... daj spokój, wcale tak nie myślisz!

— Czyżby? — odparła zachrypniętym głosem. — Wiem, że odbiorą nam naszą córeczkę. Ty tego nie rozumiesz, prawda? To, co zrobiłeś, jest... niewybaczalne!

— Chryste, Izz...

— Równie dobrze mogłeś mnie zabić! Zabicie mnie byłoby lepsze niż zabicie naszego dziecka. Jesteś potworem! Zimnym, bezdusznym potworem!

Tom stał, słuchając słów, które bolały bardziej niż ciosy.

Szukał na twarzy Isabel cienia miłości, o której tak często mówiła, jednak znalazł tylko wściekłość, zimną i wzburzoną jak otaczające ich wody oceanu.

Burzyk zanurkował wśród fal i triumfując, wzbił się w powietrze. Ryba, którą trzymał w dziobie, desperacko otwierała i zamykała pyszczek.

* * *

— Morze jest zbyt wzburzone, by wypływać — zwrócił się Ralph do sierżanta Knuckeya. Sierżant Spragg, wyższy rangą policjant z Albany, upierał się, że powinni natychmiast opuścić wyspę. — Jeśli tak mu się spieszy, może popłynąć do brzegu wpław — bąknął szyper.

— Sherbourne powinien zostać na łodzi pod strażą. Nie pozwolę, żeby spiskował z żoną — upierał się Spragg.

Sierżant Knuckey zerknął na Ralpha i uniósł brwi. Wystarczyło zobaczyć jego minę, by wiedzieć, co myśli o swoim koledze.

O zachodzie słońca na łodzi pojawił się Neville Whittnish.

— O co chodzi? — spytał posterunkowy Strugnell, który niezwykle sumiennie wykonywał swoje obowiązki.

— Będę potrzebował pomocy Sherbourne'a. Musi iść ze mną do latarni. — Whittnish odzywał się rzadko i zwięźle, tonem nieznoszącym sprzeciwu.

Strugnell był zaskoczony, jednak szybko odzyskał pewność siebie.

— Cóż, w takim razie będę mu towarzyszył.

— Osoby nieupoważnione nie mają wstępu do latarni. Takie są przepisy. Kiedy skończymy, przyprowadzę go z powrotem.

Tom i latarnik szli w milczeniu do wieży.

— O co chodzi? — spytał Tom, kiedy dotarli do drzwi. — Obaj wiemy, że nie potrzebujesz mojej pomocy.

— Nigdy dotąd nie widziałem tak doskonale utrzymanej latarni — odparł starzec. — Nie obchodzi mnie, co zrobiłeś, ale wiem, że będziesz chciał się z nią pożegnać. Zaczekam na dole. — Po tych słowach odwrócił się i wyjrzał przez jedno z okrągłych okien na szalejący na morzu sztorm.

Tom po raz ostatni wspiął się po schodach na szczyt wieży. Po raz ostatni, niczym wytrawny alchemik, z użyciem siarki i oleju zapalił światło latarni i wysłał sygnał do tych, którzy zmagali się ze sztormem: uważajcie.

* * *

Nazajutrz rano sztorm cichnie, a na niebo wraca spokojny błękit. Plaże pokrywają płaty żółtawej piany i wodorostów wyrzuconych na brzeg przez oszalałe fale. Łódź oddala się od Janus Rock, a wokół jej dzioba dokazuje stado delfinów. Ich lśniące szare ciała wyłaniają się i znikają pod wodą niczym trąby wodne, raz bliżej, raz dalej. Isabel siedzi po jednej stronie kabiny, oczy ma czerwone i zapuchnięte. Tom siedzi naprzeciwko niej. Policjanci rozmawiają o grafikach i najlepszym sposobie glansowania butów. Spod leżącej na rufie gnijącej plandeki unosi się zapach śmierci.

— Dokąd płyniemy, mamusiu? — pyta Lucy, która siedzi na kolanach Isabel.

— Wracamy do Partageuse, kochanie.

— Dlaczego?

Isabel spogląda na Toma.

— Naprawdę nie wiem, Luce. Ale musimy wrócić — odpowiada, tuląc ją.

W pewnej chwili dziewczynka zeskakuje z kolan Isabel i przesiada się na kolana Toma. On tuli ją bez słowa i próbuje zapamiętać każdy najdrobniejszy szczegół: zapach jej włosów, miękkość skóry, kształt maleńkich paluszków, szmer jej oddechu, kiedy przytula policzek do jego twarzy.

Wyspa maleje w oczach, aż w końcu przypomina miniaturę Janus Rock i na dobre znika za horyzontem, pozostając jedynie niedoskonałym wspomnieniem w sercach tych, którzy mieli okazję ją zobaczyć. Tom patrzy na Isabel z nadzieją, że odwzajemni jego spojrzenie. Pragnie, żeby posłała mu uśmiech, który przypomni mu o latarni na Janus Rock, jedynym miejscu na świecie, które dało mu poczucie spokoju i stabilizacji. Jednak płomień się wypalił, a twarz Isabel nie wyraża żadnych uczuć.

Tom odmierza podróż do brzegu długością sygnałów wysyłanych przez światło latarni.

CZĘŚĆ III

ROZDZIAŁ 25

Gdy tylko zeszli na ląd, sierżant Spragg wyjął z kieszeni kajdanki i podszedł do Toma, jednak Vernon Knuckey powstrzymał go ruchem głowy.

— Takie są procedury — oburzył się sierżant z Albany, który przewyższał Vernona stopniem.

— Mniejsza o to. Mamy tu małą dziewczynkę. — Knuckey wskazał głową Lucy, która podbiegła do Toma i uczepiła się jego nogi.

— Tatusiu! Tatusiu, weź mnie na ręce!

Słysząc to, Tom spojrzał na nią, a na jego twarzy malował się bezbrzeżny smutek. Na szczycie pobliskiego drzewa ćwierkały pliszki. Tom przełknął z trudem ślinę i zacisnął dłonie w pięści.

— Popatrz, Lulu! Spójrz na te śmieszne ptaszki. W domu takich nie ma, prawda? No dalej — zachęcił ją, nie odrywając wzroku od ptaków — przyjrzyj się im.

Nieopodal molo stały zaparkowane dwa samochody.

— Tędy — sierżant Spragg zwrócił się do Toma. — Proszę wsiąść do tego pierwszego.

Tom odwrócił się do Lucy zajętej podglądaniem ptaków, które przekrzykując się, machały długimi czarnymi ogonkami. Chciał jej dotknąć, jednak wyobraził sobie rozpacz dziewczynki. Lepiej będzie, jeśli odjedzie bez pożegnania.

Lucy jednak zauważyła poruszenie, spojrzała na niego i wyciągnęła ręce.

— Tatusiu, zaczekaj! Weź mnie na ręce! — pisnęła błagalnie, jakby wyczuwała, że coś jest nie tak.

— Proszę wsiąść do samochodu — ponaglił Toma Spragg, biorąc go za łokieć.

Tom w milczeniu ruszył w stronę samochodu, jednak Lucy szła za nim krok w krok, wyciągając rączki.

— Tatusiu, zaczekaj na Lulu — prosiła, nie rozumiejąc, co się dzieje.

Kiedy potknęła się i z płaczem upadła na wysypaną żwirem ścieżkę, Tom nie wytrzymał. Spojrzał przez ramię, wyrwał się i podbiegł do niej.

— Lulu! — Podniósł ją i pocałował obtartą brodę dziewczynki. — Lucy, Lucy, Lucy, Lucy — szeptał, muskając ustami jej policzek. — Już dobrze, kochanie. Nic ci nie będzie.

Vernon Knuckey spojrzał na ziemię i odchrząknął.

— Kochanie — zaczął Tom — muszę teraz iść. Mam nadzieję... — Urwał. Spojrzał jej w oczy, pogłaskał ją i pocałował. — Żegnaj, skarbie.

Widząc, że dziewczynka ani myśli pozwolić mu odejść, Knuckey popatrzył na Isabel.

— Pani Sherbourne?

— Chodź, kochanie. — Isabel delikatnie odciągnęła dziewczynkę. — Już dobrze. Mamusia jest przy tobie — dodała, choć dziecko nie przestawało wyrywać się do Toma.

— Tatusiu, chcę iść z tobą, tatusiu!

— Zadowolony? — syknęła Isabel. — Tego właśnie chciałeś? — Po jej policzkach płynęły łzy, spadając na głowę Lucy.
Ich widok, widok bólu, jaki malował się na ich twarzach,
sparaliżował Toma. Obiecał Billowi Graysmarkowi, że będzie
je chronił. Zdołał tylko wydusić:

— Chryste, Izz... tak mi przykro.

Kenneth Spragg stracił cierpliwość. Złapał go za ramię
i powlókł do samochodu.

— Tatusiu, nie odchodź! Proszę, tatusiu. Proszę! — Lucy
płakała, kiedy Tom ze spuszczoną głową siadał z tyłu. Po
czerwonej buzi dziewczynki płynęły potoki łez, które wpadały
do jej otwartych ust. — Mamusiu, zatrzymaj panów! — piszczała do próbującej ją uspokoić Isabel. — Oni są źli, mamusiu!
Są niemili dla tatusia!

— Wiem, kochanie, wiem. — Isabel pocałowała ją w czubek
głowy. — Czasami ludzie robią straszne rzeczy — szepnęła. —
Bardzo straszne. — Mówiąc to, wiedziała, że najgorsze dopiero
nadejdzie.

* * *

Ralph obserwował wszystko z pokładu łodzi. Kiedy wrócił
do domu, po raz pierwszy od dwudziestu lat przyjrzał się
uważnie Hildzie.

— O co chodzi? — spytała, zaniepokojona dziwnym zachowaniem męża.

— O nic. Po prostu... — Nie dokończył. Podszedł do niej
i czule ją przytulił.

* * *

W swoim biurze Vernon Knuckey rozmawiał z Kennethem Spraggiem.

— Powtarzam panu po raz kolejny, sierżancie. Nie ma mowy, żeby dziś po południu zabrał go pan do Albany. Zostanie przewieziony w odpowiednim czasie, a najpierw osobiście go przesłucham.

— Jest naszym więźniem. Proszę pamiętać, że latarnie morskie są własnością Związku Australijskiego. To my zajmujemy się podobnymi sprawami.

— Znam przepisy równie dobrze jak pan. — Każdy policjant w tej części wybrzeża wiedział, że Kenneth Spragg lubi się szarogęsić. Wciąż czuł się gorszy, bo w czasie wojny nie zaciągnął się do wojska i nadrabiał to, zachowując się jak starszy sierżant sztabowy. — Zostanie odesłany do Albany we właściwym czasie.

— Chcę osobiście zająć się sprawą Sherbourne'a. Wiem, że jeśli go przycisnę, wszystko wyśpiewa. Skoro i tak tu jestem, wezmę go z sobą.

— Jeśli tak bardzo panu zależy, może pan tu wrócić. To ja dowodzę tym posterunkiem.

— Chcę zadzwonić do Perth.

— Słucham?

— Proszę mi pozwolić zadzwonić do Perth. Jeśli to samo powiedzą mi w komendzie głównej, Sherbourne zostanie u was. W przeciwnym razie wsadzę go w samochód i zawiozę do Albany.

* * *

Isabel tak długo przekonywała zrozpaczoną dziewczynkę, żeby wsiadła do drugiego samochodu, że gdy w końcu dotarły na posterunek, Tom był już w celi.

W poczekalni Lucy siedziała na kolanach Isabel, marudna i zmęczona długą podróżą i dziwnymi wydarzeniami, których nie potrafiła zrozumieć. Bez przerwy dotykała twarzy Isabel i szturchnięciami próbowała ją zmusić do odpowiedzi.

— Gdzie jest tatuś? Chcę go zobaczyć — powtarzała.

Blada jak płótno Isabel siedziała w milczeniu, marszcząc czoło. Od czasu do czasu jej myśli błądziły gdzieś indziej, a uwaga skupiała się na podniszczonym drewnianym blacie lub odległym pokrzykiwaniu srok. Zaraz jednak drobniutkie palce Lucy i kolejne pytania uświadamiały jej, gdzie jest.

Staruszek, który przyszedł zapłacić karę za to, że jego bydło wyszło na drogę, stał przy okienku, czekając na pokwitowanie, i umilał sobie czas, próbując zainteresować Lucy zabawą w „a kuku".

— Jak masz na imię? — spytał.

— Lucy — odparła nieśmiało.

— Tak ci się tylko wydaje — mruknął Harry Garstone. Posłał Isabel sardoniczny uśmiech i wrócił do wypełniania formularza.

Po chwili na posterunku pojawił się zdyszany doktor Sumpton. Powitał Isabel niedbałym skinieniem głowy, nawet na nią nie patrząc, a ona oblała się rumieńcem, gdy przypomniała sobie ich ostatnią rozmowę i jego druzgocącą diagnozę.

— Tędy, proszę pana. — Garstone zaprowadził lekarza do pokoju na tyłach budynku. — Dziecko musi być zbadane przez doktora — zwrócił się do Isabel. — Pozwoli pani, że ją zaprowadzę.

— Zbadane? Po co? Nic jej nie jest!

— W tej sprawie nie ma pani nic do powiedzenia, pani Sherbourne.

— Jestem jej... — Isabel nie dokończyła. — Ona nie potrzebuje lekarza. Proszę. Niech pan okaże choć trochę przyzwoitości!

Policjant jednak złapał Lucy za rękę i powlókł ją w głąb korytarza. Płacz i krzyki dziecka docierały aż do celi Toma, który przysłuchiwał się im ze zgrozą, nie wiedząc, co się dzieje.

* * *

Na posterunku Spragg odłożył słuchawkę i ściągając brwi, spojrzał na sierżanta.

— W porządku. Tym razem postawił pan na swoim... — Poprawił pasek i zmienił taktykę. — Moim zdaniem kobieta również powinna trafić do celi. Pewnie siedzi w tym po uszy.

— Znam tę dziewczynę, sierżancie — odparł Knuckey. — Jej największym grzechem było nieuczestniczenie w niedzielnym nabożeństwie. Słyszał pan wersję Toma Sherbourne'a. Wygląda na to, że ona również była jego ofiarą.

— Właśnie! Wersję Sherbourne'a. Mówię panu, ta kobieta nie jest bez winy. Proszę pozwolić mi z nim porozmawiać, a wkrótce dowiemy się, jak naprawdę zmarł ten cały Roennfeldt...

Knuckey wiedział, jaką reputację ma Spragg, jednak powstrzymał się od komentarza.

— Niech pan posłucha, nie znam Toma Sherbourne'a. Równie dobrze może być kimś w rodzaju Kuby Rozpruwacza. Jeśli jest winny, dostanie za swoje. Ale zamykanie jego żony w niczym tu nie pomoże, więc proszę się uspokoić. Obaj dobrze wiemy, że zamężna kobieta nie może odpowiadać za rzeczy, do których zmusza ją mąż. — Wyrównał leżący na biurku stos papierów. — To mała mieścina. Łatwo tu zniszczyć komuś życie. Dziewczyna nie trafi do aresztu, dopóki nie będziemy pewni, że jest winna. Wszystko po kolei.

* * *

Kiedy wściekły sierżant Spragg opuścił w pośpiechu posterunek, Knuckey wszedł do pokoju, w którym lekarz badał Lucy, i chwilę później wyszedł z niego w towarzystwie dziewczynki.

— Lekarz uznał, że nic jej nie jest — oznajmił i dodał cicho: — Isabel, za chwilę zawieziemy dziecko do matki. Byłbym wdzięczny, gdybyś nie utrudniała tej i tak ciężkiej dla nas wszystkich sytuacji. Jeśli więc chcesz się pożegnać...

— Proszę! Nie róbcie tego!

— Proszę, Isabel, nie pogarszaj sprawy. — Vernon Knuckey, który od lat obserwował pogrążoną w rozpaczy Hannah Roennfeldt, przekonany, że kobieta żyje złudzeniami, myślał to samo, patrząc na Isabel Sherbourne.

Wierząc, że wróciła bezpiecznie w ramiona matki, Lucy uczepiła się Isabel, która pocałowała ją w policzek i przez chwilę nie mogła oderwać ust od delikatnej miękkiej skóry. Harry Garstone chwycił dziewczynkę w pasie i spróbował wyrwać ją z matczynych ramion.

Mimo iż wydarzenia ostatnich dwudziestu czterech godzin nieubłaganie zmierzały do takiego właśnie finału, choć Isabel obawiała się tego dnia, odkąd zobaczyła maleńką Lucy, nic nie mogło przygotować ją na to, co teraz czuła.

— Proszę! — błagała ze łzami w oczach. — Miejcie litość! — Jej głos odbijał się echem od nagich ścian posterunku. — Nie odbierajcie mi mojego dziecka!

Kiedy zanosząca się płaczem dziewczynka została wyprowadzona, Isabel osunęła się na kamienną podłogę.

* * *

Hannah Roennfeldt nie mogła usiedzieć na miejscu. Bez przerwy zerkała na zegarek, na zegar kominkowy i siostrę, myśląc wyłącznie o tym, ile minęło czasu. Łódź wypłynęła na Janus Rock wczoraj rano. Od tamtej chwili każda kolejna minuta ciągnęła się w nieskończoność.

Wciąż nie mogła uwierzyć, że być może wkrótce weźmie w ramiona swoją córeczkę. Odkąd dowiedziała się o grzechotce, marzyła o powrocie Grace. Uściskach. Łzach. Radości. Zrobiła bukiet z uroczynu i ozdobiła nim pokój dziecinny, by słodki zapach wypełnił cały dom. Uśmiechając się i nucąc pod nosem, posprzątała chatkę i posadziła na komodzie lalki.

Właśnie wtedy dopadły ją wątpliwości. Czym nakarmi córeczkę? Przerażona wysłała Gwen do sklepu po jabłka, mleko i słodycze. Zanim siostra wróciła, Hannah zaczęła się zastanawiać, czy nie powinna dać dziewczynce czegoś innego. Ona, która prawie w ogóle nie jadła, odwiedziła sąsiadkę, panią Darnley, matkę pięciorga małych pociech, i spytała, co jadają dzieci w wieku Grace. Fanny Darnley, którą zawsze interesowały miejscowe ploteczki, natychmiast odwiedziła sklep pana Kelly'ego i oznajmiła, że Hannah Roennfeldt zupełnie postradała zmysły i zamierza karmić duchy.

— Nie lubię mówić źle o sąsiadach, ale od czego są przytułki dla obłąkanych? Nie chcę, żeby moje dzieci miały do czynienia z wariatami. Na moim miejscu każdy powiedziałby to samo.

* * *

Rozmowa telefoniczna była krótka i rzeczowa.

— Proszę przyjść osobiście, panie Graysmark. Jest tu pańska córka.

Po południu zdezorientowany Bill Graysmark pojawił się na posterunku. Gdy odłożył słuchawkę, w jego umyśle pojawił się obraz ciała Isabel leżącego na stole sekcyjnym, czekającego, aż ktoś je odbierze. Prawie nie słyszał reszty słów w nowo podłączonym telefonie. Po co mieliby go wzywać na posterunek, jeśli nie w sprawie śmierci Isabel? Tylko nie to, modlił się w duchu. Bóg z pewnością nie odebrałby mu trzeciego dziecka. Nie rozumiał, dlaczego jego rozmówca wspomniał coś o dziecku Roennfeldtów, pamiętał tylko, że mówił coś o Tomie i ciele.

Na posterunku zaprowadzono go do pokoju, gdzie czekała na niego Isabel. Siedziała na drewnianym krześle z rękami na kolanach. Widząc ją, Bill poczuł, jak łzy napływają mu do oczu.

— Isabel. Isabubba! — szepnął, tuląc ją do siebie. — Myślałem, że nigdy więcej cię nie zobaczę.

Potrzebował chwili, by zauważyć, w jakim córka jest stanie. Nie objęła go ani nawet na niego nie spojrzała. Osunęła się na krzesło, blada i bez życia.

— Gdzie jest Lucy? — spytał. Nie odpowiedziała, zwrócił się więc do posterunkowego Garstone'a: — Gdzie jest mała Lucy? I Tom? — Jego umysł pracował jak oszalały: utonęli. Musieli...

— Pan Sherbourne jest w celi, proszę pana. — Policjant ostemplował jeden z leżących na biurku dokumentów. — Po przesłuchaniu wstępnym zostanie przewieziony do Albany.

— Przesłuchaniu wstępnym? O co, do diabła, chodzi? Gdzie jest Lucy?

— Dziewczynka jest ze swoją matką.

— Dziewczynka najwyraźniej nie jest ze swoją matką! Co z nią zrobiliście? Co się tu dzieje?

— Wygląda na to, że prawdziwą matką dziecka jest Hannah Roennfeldt.

Bill uznał, że musiał się przesłyszeć.

— Proszę natychmiast wypuścić mojego zięcia — zażądał.

— Obawiam się, że to niemożliwe. Pan Sherbourne jest aresztowany.

— Aresztowany? Za co, do cholery?

— Na chwilę obecną za fałszowanie dokumentów. Uchybienie obowiązkom. To na początek. Pozostaje jeszcze kwestia uprowadzenia dziecka i to, że na Janus Rock odkopaliśmy szczątki Franka Roennfeldta.

— Czy wyście poszaleli? — Bill Graysmark spojrzał na córkę. Nagle zrozumiał jej dziwne zachowanie i nienaturalną bladość. — Nie martw się, kochanie, zajmę się tym. Przecież to oczywiste, że zaszła jakaś straszna pomyłka. Zobaczysz, dotrę do sedna sprawy i wszystko wyjaśnię.

— Chyba pan nie rozumie, panie Graysmark... — zaczął policjant.

— Ma pan cholerną rację, nie rozumiem. Wiem tylko, że kiedy będzie po wszystkim, słono za to zapłacicie! Ciągacie moją córkę po komisariatach z powodu jakiejś niedorzecznej historii. Szkalujecie mojego zięcia! Isabel, powiedz mu, że to wszystko jakieś bzdury! — zwrócił się do córki.

Jednak Isabel siedziała w milczeniu ze spuszczoną głową. Posterunkowy odchrząknął.

— Niestety, proszę pana, pani Sherbourne odmawia jakichkolwiek wyjaśnień.

* * *

284

Tom czuje na sobie ciężar otaczającej go ciszy. Jest gęsta niczym płyn, niczym rtęć. Do tej pory jego życie kształtował dźwięk fal, wiatru i latarni. I nagle wszystko się skończyło. Nieświadomy przysłuchuje się pieśni trzaskacza ukrytego pośród drzew.

Samotność nie jest mu obca. Przypomina czasy, gdy tylko on mieszkał na Janus Rock, i sprawia, że zastanawia się, czy lata spędzone z Isabel i Lucy były wytworem jego wyobraźni. W pewnym momencie wkłada rękę do kieszeni i wyciąga fioletową satynową wstążkę. Patrząc na nią, przypomina sobie uśmiech Lucy, kiedy mu ją wręczała. Potrzymaj ją, tatusiu. Kiedy Harry Garstone chciał skonfiskować ją na posterunku, Knuckey warknął tylko: „Na litość boską, chłopcze, chyba nie myślisz, że będzie próbował udusić nas jakąś przeklętą wstążką!".

Tom schował ją bezpiecznie w kieszeni.

Zamknięty w celi nie rozumie smutku, który ogarnia go na myśl o tym, czego się dopuścił, i ulgi. Te dwa sprzeczne uczucia wywołują osobliwą reakcję, zdominowaną przez przytłaczającą świadomość, że pozbawił żonę dziecka. Poczucie straty przypomina świeżą, jątrzącą się ranę. Tom zastanawia się, co czuła Hannah Roennfeldt. Co tak wiele razy czuła Isabel? Co czuje teraz? Zadaje sobie pytanie: jak mógł skazać ją na takie cierpienie? I co najlepszego narobił?

Próbuje odnaleźć w tym jakiś sens — cała ta miłość, zdeformowana i załamana, jak światło przechodzące przez soczewkę.

* * *

Vernon Knuckey znał Isabel od dziecka. Jej ociec uczył pięcioro jego dzieci.

285

— Najlepiej będzie, jeśli zabierze ją pan do domu — zwrócił się z powagą do Billa Graysmarka. — Porozmawiam z nią jutro.

— Ale co z...

— Po prostu weź ją do domu, Bill. Zabierz stąd tę biedną dziewczynę.

* * *

— Isabel! Skarbie! — Matka przytuliła Isabel już w progu. Violet Graysmark była tak samo zdezorientowana jak wszyscy, kiedy jednak zobaczyła, w jakim stanie jest jej córka, postanowiła nie zadawać żadnych pytań. — Posłałam ci łóżko. Bill, wnieś jej torbę.

Isabel rozejrzała się niewidzącym wzrokiem. Violet zaprowadziła ją do fotela i zniknęła w kuchni. Chwilę później wróciła do pokoju, niosąc szklankę.

— Ciepła woda i brandy, to cię uspokoi. — Dziewczyna wychyliła zawartość szklanki i odstawiła ją na stolik.

Violet okryła jej nogi kocem, choć w pokoju było ciepło. Isabel w zamyśleniu głaskała miękką wełnę, wodząc palcem po kraciastym wzorze. Nie zwróciła nawet uwagi, gdy matka spytała:

— Masz na coś ochotę, skarbie? Jesteś głodna?

Bill zajrzał do pokoju i skinieniem przywołał Violet do kuchni.

— Mówiła coś? — spytał.

— Ani słowa. Myślę, że jest w szoku.

— Też tak uważam. Nic z tego nie rozumiem. Jutro z samego rana pojadę na posterunek, żeby wyjaśnić całą tę sprawę. Ta Hannah Roennfeldt do reszty zgłupiała. A stary Potts myśli, że mu wszystko wolno, bo ma pieniądze. — Mówiąc to, obciągnął kamizelkę. — Nie dam sobą pomiatać jakiejś wariatce i jej ojczulkowi, bez względu na to, ile mają pieniędzy.

* * *

Isabel leżała na wąskim łóżku, które pamiętała z czasów dzieciństwa. Niegdyś miękkie i przytulne, teraz wydawało się obce i krępowało jej ruchy. Koronkowe firanki łopotały na delikatnym wietrze, a w mrokach nocy rozlegało się cykanie świerszczy. W taką noc jak ta całkiem niedawno leżała, czekając na świt, podekscytowana swoim ślubem. Dziękowała Bogu, że postawił na jej drodze Toma Sherbourne'a, za to, że pozwolił mu przyjść na świat, że czuwał nad nim w czasie wojny i sprowadził go do Partageuse, gdzie zobaczyła go po raz pierwszy.

Próbowała przypomnieć sobie stan ekstatycznego oczekiwania i przeświadczenie, że po smutkach i okrucieństwach wojny życie rozkwitnie na nowo. Jednak uczucie to bezpowrotnie minęło. Teraz wszystko wydawało się błędem, złudzeniem. Szczęście, jakiego doświadczyła na Janus Rock, było odległe i niewyobrażalne. Przez dwa lata Tom okłamywał ją każdym słowem i każdą chwilą milczenia. A jeśli coś jeszcze uszło jej uwagi? Dlaczego nie powiedział jej, że spotkał Hannah Roennfeldt? Co ukrywał? Przez ułamek sekundy zobaczyła ich razem: Toma, Hannah i Lucy — szczęśliwą rodzinę — i poczuła, że robi jej się niedobrze. Myśli o zdradzie, które dręczyły ją na Janus Rock, powróciły, mroczniejsze i jeszcze bardziej niepokojące. Może ma inne kobiety, prowadził podwójne życie? Może porzucił żonę — żony — gdzieś na wschodzie... Może ma inne dzieci? Wszystko wydawało się prawdopodobne, zważywszy na to, co wydarzyło się od dnia ślubu aż do tej strasznej, przytłaczającej teraźniejszości. Latarnia morska ostrzega przed niebezpieczeństwem, sygnalizuje ludziom, że powinni trzymać się z daleka. Ona dała się zwieść. Uwierzyła, że to miejsce, w którym nic złego jej się nie stanie.

Odebrano jej dziecko. Widok Lucy, przerażonej i zrozpaczonej, kiedy obcy ludzie wyrwali ją z objęć tych, których znała i kochała, był nie do zniesienia. Ale świadomość, że wszystko to wina jej męża — człowieka, którego kochała i dla którego tyle poświęciła — okazała się ponad jej siły. Obiecał, że będzie ją chronił, a zrobił coś, co zniszczyło jej życie.

Myślenie o Tomie, jakkolwiek bolesne, sprawiało, że choć na chwilę mogła zapomnieć o czekającym ją przesłuchaniu. Pośród cieni czających się w jej umyśle jedno uczucie materializowało się i nabierało kształtów: chęć ukarania go, wściekłość matki, której odebrano młode. Jutro policjanci będą ją przesłuchiwali. Zanim gwiazdy zbladły, a niebo na wschodzie pojaśniało, Isabel podjęła decyzję. Tom zapłaci za to, co się stało. Już ona się postara, że będzie cierpiał, i wykorzysta przeciwko niemu jego własną broń.

ROZDZIAŁ 26

Posterunek policji w Partageuse, jak wiele innych budynków w miasteczku zbudowano z lokalnego kamienia i drewna z pobliskich lasów. Latem przypominał rozgrzany piekarnik, a zimą lodówkę, co tłumaczyło różnice w umundurowaniu. Kiedy padało, woda zalewała cele, a z sufitów odpadały płaty farby. Raz zdarzyło się nawet tak, że spadający kawał tynku zabił jednego z więźniów. Władze w Perth były zbyt skąpe, by wyłożyć pieniądze na remont, więc budynek przypominał kiepsko opatrzoną ranę.

Septimus Potts siedział przy stole nieopodal okienka, próbując wypełnić formularz dotyczący jego zięcia. Potrafił podać pełne nazwisko Franka i datę jego urodzin, którą pamiętał z faktury za nagrobek. Jednak co do miejsca urodzenia i imion rodziców...

— Posłuchaj, młody człowieku, myślę, że możemy poprzestać na tym, że z pewnością miał rodziców! — zagrzmiał, wprawiając posterunkowego Garstone'a w zdumienie.

Garstone rzucił okiem na formularz i uznał, że to powinno wystarczyć, by sporządzić wstępną listę zarzutów przeciwko

Tomowi. Dzień, w którym zaginął Frank, był łatwy do ustalenia: Dzień ANZAC 1926 roku. Ale data jego śmierci?

— O to trzeba będzie zapytać pana Sherbourne'a — zauważył kwaśno Potts, kiedy na posterunku pojawił się Bill Graysmark.

Odwrócił się i obaj mężczyźni wymienili wściekłe spojrzenia.

— Pójdę po sierżanta Knuckeya — wyjąkał posterunkowy i poderwał się z krzesła, tak że z hukiem upadło na podłogę. Zapukał wściekle do drzwi, za którymi urzędował sierżant, i wrócił po chwili, by wezwać Billa. Bill Greysmark bez słowa minął Septimusa Pottsa i wszedł do biura Knuckeya.

— Vernonie! — wybuchł, kiedy tylko zamknął za sobą drzwi. — Nie wiem, co się tu dzieje, ale żądam, żeby moja wnuczka natychmiast wróciła do matki. Coś takiego! Ciągać dziecko po komisariatach! Na litość boską, ona nie ma nawet czterech lat! — Mówiąc to, wskazał drzwi. — To, co przydarzyło się Roennfeldtom, było straszne, ale Septimus Potts nie może tak po prostu zabierać mojej wnuczki, żeby wynagrodzić swojej córce to, co straciła.

— Bill — zaczął sierżant — rozumiem, że jest ci trudno...

— Rozumiesz? Akurat! Wygląda na to, że sprawa wymknęła się spod kontroli. I to przez kogo? Przez oszalałą z rozpaczy wariatkę!

— Napij się brandy...

— Nie chcę brandy! Potrzebuję zdrowego rozsądku, ale widzę, że proszę o zbyt wiele. Odkąd to zamykasz ludzi w areszcie na podstawie zeznań... szalonej kobiety?

Knuckey usiadł za biurkiem i obracał w palcach pióro.

— Jeśli masz na myśli Hannah Roennfeldt to wiedz, że to nie przez nią Tom wylądował za kratkami. Wszystko zaczęło się od Blueya Smarta. To on zidentyfikował grzechotkę. — Urwał. — Jak do tej pory Isabel nie powiedziała w tej sprawie ani słowa. Odmawia zeznań. — Spojrzał na pióro i dodał: — Nie sądzisz, że to dość dziwne w tej sytuacji?

— Nie dziw się jej, jest w szoku po tym, jak odebrano jej dziecko.

Knuckey podniósł wzrok.

— W takim razie powiedz mi, Bill, dlaczego Sherbourne niczemu nie zaprzeczył?

— Bo... — zaczął Graysmark, zanim dotarło do niego to, co właśnie usłyszał. — Jak to nie zaprzeczył? — spytał zdumiony.

— Na Janus Rock zeznał, że dziecko przypłynęło na łodzi wraz z ciałem mężczyzny. Podobno to on uparł się, żeby zatrzymać małą. Dziecko było owinięte w damski rozpinany sweter, więc doszedł do wniosku, że matka dziewczynki musiała utonąć. Powiedział, że Isabel chciała to zgłosić, ale ją powstrzymał. Obwiniał ją o to, że nie mogła dać mu dziecka. Wygląda na to, że wszystko, co wydarzyło się później, było jednym wielkim kłamstwem, chorą komedią. Musimy wszcząć śledztwo, Bill. — Zawahał się i zniżył głos. — Pozostaje jeszcze pytanie, w jaki sposób umarł Frank Roennfeldt. Kto wie, co Sherbourne ma do ukrycia? Kto wie, czy nie zmusił Isabel, żeby milczała? To paskudna sprawa, Bill. Naprawdę paskudna.

* * *

W miasteczku od lat nie było takiego poruszenia. Jak ujął to redaktor „South Western Times", gdy siedział ze znajomym w miejscowym pubie:

— Większą sensację mógłby wzbudzić jedynie Jezus Chrystus, gdyby wszedł do baru i zaczął stawiać wszystkim kolejki. Mamy matkę, która po latach odzyskała dziecko, tajemniczą śmierć i starego Pottsa szastającego pieniędzmi, zupełnie jak w... Boże Narodzenie! Całe miasteczko oszalało.

* * *

Dzień po powrocie dziecka w domu Hannah wciąż wiszą serpentyny z kolorowej bibuły. Nowa lalka z delikatną porcelanową twarzyczką lśniącą w promieniach popołudniowego słońca siedzi porzucona w kącie pokoju, patrząc przed siebie niewidzącym wzrokiem. Zegar na kominku sumiennie odmierza czas, a pozytywka z upiorną monotonią wygrywa melodię dziecięcej kołysanki. Jej dźwięki zagłusza dobiegający z ogrodu płacz dziecka.

To płacz niespełna czteroletniej dziewczynki. Jej czerwoną twarz wykrzywia wściekły grymas. Skóra na policzkach wydaje się napięta do granic możliwości, a obnażone drobne ząbki przywodzą na myśl klawisze miniaturowego pianina. Dziewczynka, krzycząc wniebogłosy, próbuje wyrwać się z objęć Hannah i uciec z ogrodu.

— Grace, kochanie. Cichutko, ćśś, Grace. Proszę, uspokój się.

— Chcę do mamusi! — wrzeszczy mała. — Chcę do tatusia. Idź sobie! Nie lubię cię!

* * *

Kiedy policja przywiozła dziewczynkę, w domu Roennfeldtów zapanowało zamieszanie. Robiono zdjęcia i nie szczędzono pochwał pod adresem miejscowych funkcjonariuszy, którym dziękowano równie gorąco, jak Panu Bogu. Po raz kolejny miasteczko wrzało od plotek i wzruszających opowieści o radosnej, uśmiechniętej Hannah i małej dziewczynce, która patrzy na nią rozmarzonym wzrokiem.

— Biedne maleństwo. Kiedy ją przywieźli, była tak senna, że wyglądała jak aniołek. Dzięki Bogu, że wyrwano ją ze szponów tego strasznego człowieka! — oznajmiła Fanny Darnley, która postanowiła opowiedzieć wszystko tak, jak przedstawiła to matka posterunkowego Garstone'a. Tak naprawdę Grace była otumaniona silnym środkiem nasennym, który doktor Sumpton podał jej, gdy zaczęła histeryzować.

Teraz Hannah została sam na sam z przerażoną córką. Przez tyle lat pielęgnowała wspomnienia o zaginionym dziecku, że do głowy by jej nie przyszło, iż dziewczynka mogła o niej zapomnieć. Kiedy Septimus Potts wszedł do ogrodu, nie potrafił powiedzieć, która z nich wyglądała na bardziej zrozpaczoną.

— Grace, nie zrobię ci krzywdy, kochanie. Chodź do mamusi — prosiła Hannah.

— Nie jestem Grace! Mam na imię Lucy! — krzyczała dziewczynka. — Chcę do domu! Gdzie jest moja mamusia? Nie jesteś moją mamą!

— Tak długo cię kochałam. Tak długo... — szepnęła zrezygnowana Hannah.

Septimus pamiętał swoją bezradność, kiedy Gwen, będąc mniej więcej w wieku Grace, zaczęła domagać się matki, zupełnie jakby podejrzewała, że ojciec gdzieś ją ukrył. Na wspomnienie o tym wciąż robiło mu się niedobrze.

Widząc minę ojca, Hannah poczuła się upokorzona.

— Potrzebuje czasu, żeby się do ciebie przyzwyczaić. Bądź cierpliwa, Hanny — uspokajał ją Septimus. Tymczasem dziewczynka ukryła się za starym drzewem cytrynowym i krzewem agrestu, gotowa w każdej chwili rzucić się do ucieczki.

— Tato, ona nie ma pojęcia, kim jestem. Nie zna mnie. Nie pamięta. Nawet nie chce do mnie podejść — powiedziała Hannah łamiącym się głosem.

— W końcu przyjdzie. — Zmęczy się i zaśnie pod drzewem albo zgłodnieje i wyjdzie z ukrycia. Tak czy siak musisz być cierpliwa.

— Wiem. Wiem, że minie trochę czasu, zanim znowu się do mnie przyzwyczai.

Septimus otoczył ją ramieniem.

— Nie ma żadnego „znowu". Dla niej jesteś kimś zupełnie obcym.

— Może ty spróbuj. Proszę, może tobie uda się ją przekonać, żeby wyszła... Przed Gwen też uciekła.

— Widziała zbyt dużo nowych twarzy jak na jeden dzień. Moja paskudna gęba jest ostatnią rzeczą, jakiej potrzebuje. Daj jej trochę spokoju.

— Za co mnie to spotyka?

— To nie twoja wina. Grace jest twoją córką i jest dokładnie tam, gdzie powinna być. Po prostu daj jej trochę czasu. Nie spiesz się. — Mówiąc to, pogłaskał ją po głowie. — A ja dopilnuję, żeby Sherbourne dostał to, na co zasługuje. Obiecuję ci.

W korytarzu natknął się na Gwen, która ukryta w cieniu obserwowała siostrę. Widząc go, pokręciła głową.

— Och, tato, to straszne, przez co przechodzi to biedne maleństwo. Serce mi się kraje, kiedy słyszę, jak płacze. —

Westchnęła. — Może z czasem się przyzwyczai — dodała, wzruszając ramionami. Jej oczy mówiły jednak co innego.

* * *

Na terenach wokół Point Partageuse każda forma życia ma swój mechanizm obronny. Najmniejsze zagrożenie stanowią stworzenia, które, aby przeżyć, ratują się ucieczką: warany piaskowe, papugi nazywane „dwudziestkamiósemkami" i lisy workowate. Znikają, gdy tylko pojawiają się kłopoty. Ucieczka, unik, maskowanie się, oto sztuczki, dzięki którym pozostają przy życiu. Inne, jak wąż tygrysi, rekin czy tarantula bywają śmiertelne, jednak wykorzystują swoją broń przeciwko człowiekowi tylko wtedy, gdy same poczują się zagrożone.

Te, których ludzie najbardziej powinni się obawiać, pozostają nieruchome i niezauważone, a ich mechanizm obronny jest uśpiony do momentu, gdy przypadkiem zostanie obudzony. Dla tych stworzeń nie ma znaczenia, kim jest ich ofiara. Ktoś zje śliczny sercowaty liść z trującego krzewu, i jego serce przestanie bić. To ich sposób na przetrwanie. Jednak Boże miej w opiece tych, którzy podejdą zbyt blisko. Mechanizm obronny Isabel Sherbourne obudził się, gdy poczuła się zagrożona.

* * *

Vernon Knuckey bębnił palcami w blat biurka, podczas gdy Isabel czekała w sąsiednim pokoju na przesłuchanie. Point Partageuse to spokojna mieścina, gdzie jedynymi przestępstwami były wszczęte po pijaku burdy i sporadyczne napaści na mieszkańców. W ramach awansu sierżant miał okazję przenieść się do Perth, zajrzeć do mrocznego świata prawdziwej przestępczości i poznać oszpecone bliznami życiorysy, które nic dla niego nie znaczyły. Jednak na wojnie widział wystarczająco dużo okrucieństw, by miał dość do końca życia. Drobne kradzieże i kary za pędzenie bimbru w zupełności mu wystarczą. Tymczasem Kenneth Spragg aż się palił do przeprowadzki do miasta i skorzystałby z okazji, gdyby tylko ktoś dał mu szansę. Prawdę mówiąc, traktował posadę w Point Partageuse jak przystanek w drodze do Perth albo jeden ze szczebli kariery. Ten chłopak nie dba o tutejszych ludzi ani ich nie zna, pomyślał Knuckey. Nie ma pojęcia, że Bill i Violet stracili na wojnie synów. Przypomniał sobie śliczną Isabel, gdy jako dziecko śpiewała w Boże Narodzenie w kościelnym chórze. Pomyślał o starym Pottsie, od śmierci żony opiekującym się córkami. Ach, jakże był załamany, gdy dowiedział się, kogo Hannah wybrała sobie na męża. Co do biednej Hannah... Może nie zachwyca urodą, ale to mądra i przyzwoita dziewczyna. W ciągu ostatnich lat Knuckey uważał, że jest szalona, skoro wierzy, że pewnego dnia odzyska utracone dziecko, jednak prawda okazała się inna.

* * *

Naciskając klamkę, odetchnął głęboko i wszedł do pokoju. Zwracał się do Isabel z szacunkiem.

— Isabel, pani Sherbourne, muszę zadać pani kilka pytań. Wiem, że to pani mąż, ale sprawa jest bardzo poważna. — Zdjął zatyczkę z pióra i położył je na kartce. Wokół stalówki utworzyła się czarna kałuża atramentu. Przez chwilę maczał w niej pióro, kreśląc wychodzące w różnych kierunkach cienkie linie.

— Tom mówi, że chciałaś zawiadomić o wszystkim odpowiednie władze, ale cię powstrzymał. Czy to prawda? Mówi też, że miał do ciebie pretensje, bo nie dałaś mu dzieci. Dlatego postanowił wziąć sprawy w swoje ręce.

Te słowa zabolały Isabel. Czy kłamiąc, Tom jednocześnie wyjawił prawdę?

— Nie próbowałaś przemówić mu do rozsądku? — spytał Knuckey.

— Jeśli Tom Sherbourne uważa, że postępuje właściwie nikt ani nic nie jest w stanie przekonać go, że jest inaczej — odparła zgodnie z prawdą.

— Groził ci? — spytał łagodnie sierżant. — Stosował wobec ciebie przemoc fizyczną?

Nie odpowiedziała od razu. Wściekłość, jaką czuła w nocy, wróciła, jednak Isabel postanowiła milczeć.

Knuckey wystarczająco często widział żony i córki mężczyzn pracujących przy wyrębie lasu, którzy jednym spojrzeniem zmuszali je do posłuszeństwa.

— Bałaś się go?

Isabel jeszcze mocniej zacisnęła usta.

Knuckey oparł łokcie o blat biurka i pochylił się do przodu.

— Isabel, wymiar sprawiedliwości zdaje sobie sprawę, że żony bywają bezsilne wobec swoich mężów. Zgodnie z kodeksem karnym nie odpowiadasz za czyny, do których zostałaś zmuszona lub których nie mogłaś zrobić, więc nie musisz się martwić. Nie zostaniesz ukarana za zbrodnie, których dopuścił się Tom. Teraz zadam ci pytanie i chciałbym, żebyś zastanowiła się nad odpowiedzią. Pamiętaj, że wymiar sprawiedliwości nie ukarze cię za czyny, do których zostałaś zmuszona. — Odchrząknął. — Według Toma, Frank Roennfeldt nie żył, kiedy łódź przybiła do brzegu. — Mówiąc to, podniósł wzrok i spojrzał jej w oczy. — Czy to prawda?

Pytanie zaskoczyło Isabel. Otworzyła usta gotowa powiedzieć: „Oczywiście, że to prawda!". Jednak zanim to zrobiła, przypomniała sobie zdradę, której dopuścił się Tom. Przytłoczona utratą Lucy, gniewem i zmęczeniem, zamknęła oczy.

— Czy to prawda, Isabel? — spytał łagodnie policjant.

Utkwiła wzrok w obrączce.

— Nie mam nic do powiedzenia — odparła i wybuchnęła płaczem.

* * *

Tom powoli popijał herbatę, patrząc, jak wirująca para znika w ciepłym powietrzu. Promienie popołudniowego słońca wpadały przez wysokie okna do skąpo umeblowanego pomieszczenia. Pocierając kilkudniowy zarost, wrócił wspomnieniami do czasów, gdy golenie się — podobnie jak mycie — było niemożliwe.

— Masz ochotę na jeszcze jedną? — spytał spokojnie Knuckey.

— Nie, dzięki.

— Palisz?

— Nie.

— A więc łódź przybija do brzegu. Znikąd.

— Zeznałem wszystko na Janus Rock.

— I powtórzysz tę opowieść tyle razy, ile ci każę! Więc zauważasz łódź...

— Tak.

— W łodzi jest dziecko.

— Tak.

— W jakim jest stanie?

— Jest zdrowe. Płacze, ale jest zdrowe.

Knuckey robi notatki.

— Oprócz dziecka w łodzi jest mężczyzna.

— Ciało mężczyzny.

— Mężczyzna — powtórzył Knuckey.

Tom spojrzał na niego, zaskoczony takim doborem słów.

— Na Janus Rock byłeś królem we własnym zamku, co?

Tom wyczuł w jego głosie ironię, jednak nie odpowiedział.

— Myślałeś, że ci się upiecze — ciągnął Knuckey. — Że możesz robić, co chcesz, skoro dookoła nie ma żadnych świadków?

— Nie liczyłem na to, że mi się upiecze.

— I dlatego postanowiłeś, że tak po prostu możesz zatrzymać dziecko. Isabel poroniła. Nikt się nie dowie. O to chodziło?

— Powiedziałem już: to ja podjąłem decyzję. Isabel nie miała z tym nic wspólnego.

— Maltretujesz swoją żonę, co?

Tom spojrzał na niego.

— Tak pan myśli?

— To dlatego straciła dziecko?

Twarz Toma wyrażała bezbrzeżne zdumienie.

— Tak ci powiedziała?

Kiedy Knuckey nie odpowiedział, Tom odetchnął głęboko.

— Proszę posłuchać, powiedziałem już, co się stało. Isabel próbowała mnie od tego odwieść. Jestem winny stawianych mi zarzutów, więc zakończmy to i zostawmy moją żonę w spokoju.

— Nie próbuj mówić mi, co mam robić — warknął policjant. — Nie jestem twoim ordynansem. Będę robił, co chcę i kiedy chcę. — Szurając krzesłem, odsunął się od biurka i skrzyżował ramiona na piersi. — Mężczyzna w łodzi...

— Co z nim?

— W jakim był stanie, kiedy go znalazłeś?

— Nie żył.

— Jesteś pewny?

— W swoim życiu widziałem wystarczająco dużo ciał.

— Niby dlaczego miałbym ci wierzyć w tym przypadku?

— A po co miałbym kłamać?

Knuckey pozwolił, by pytanie zawisło w powietrzu, dzięki czemu więzień mógł poczuć ciężar odpowiedzi. Tom przez chwilę wiercił się na krześle.

— Właśnie — dodał Knuckey. — Po co miałbyś kłamać?

— Moja żona powie panu, że ten człowiek był martwy, kiedy łódź przybiła do brzegu.

— Masz na myśli żonę, którą zmusiłeś do kłamstwa?

— Niech pan posłucha, to nie to samo, ukrycie dziecka i...

— Zabicie kogoś? — dokończył Knuckey.

— Proszę ją zapytać.

— Już to zrobiłem — odparł ze spokojem sierżant.

— W takim razie wie pan, że ten człowiek nie żył.

— Nic nie wiem. Twoja żona nie chce o tym mówić.

Tom poczuł się, jakby ktoś z całej siły uderzył go w pierś.

— Co powiedziała? — spytał, unikając wzroku Knuckeya.

— Że nie ma w tej sprawie nic do powiedzenia.

Tom zwiesił głowę.

— Boże Wszechmogący — mruknął pod nosem. — Ja mogę powtórzyć tylko to, co już powiedziałem. Nie widziałem tego mężczyzny żywego. — Splótł palce. — Gdybym mógł zobaczyć się z żoną, porozmawiać z nią...

— To niemożliwe. Po pierwsze, to zabronione, a po drugie, mam wrażenie, że nie chciałaby z tobą rozmawiać, nawet gdybyś był ostatnią osobą na ziemi.

* * *

Rtęć. Fascynująca, choć nieprzewidywalna. W latarni wytrzymywała ciężar tony szkła, ale wystarczyło dotknąć jej palcem, żeby rozpierzchła się w różnych kierunkach. Tom nie mógł zapomnieć jej widoku, kiedy po przesłuchaniu siedział w celi, rozmyślając o Isabel. Raz za razem wracał myślami do dnia, kiedy na świat przyszło ich martwe dziecko, i przypominał sobie, jak próbował ją pocieszać.

— Wszystko będzie dobrze. Nawet jeśli do końca życia mielibyśmy żyć tylko we dwoje, mnie to wystarczy.

Kiedy podniosła oczy i spojrzała na niego, wyraz jej twarzy zmroził go do szpiku kości. Była w nim rozpacz. Porażka.

Wyciągnął rękę, jednak odsunęła się od niego.

— Poczujesz się lepiej. Zobaczysz, wszystko się ułoży. Po prostu daj temu trochę czasu.

Bez słowa wstała i ruszyła w stronę drzwi. Nagły ból sprawił, że zgięła się wpół i utykając, wyszła na dwór.

— Izzy! Na litość boską, stój! Zrobisz sobie krzywdę!

— Zrobię coś więcej!

Księżyc wisiał na ciepłym bezwietrznym niebie. Długa biała koszula nocna, którą Isabel miała na sobie cztery lata temu w czasie nocy poślubnej, lśniła jak papierowy lampion, maleńka biała plamka w oceanie mroku.

— Nie zniosę tego! — krzyknęła zachrypniętym głosem. Wyrwane ze snu, zaniepokojone kozy zaczęły podzwaniać dzwoneczkami. — Nie wytrzymam tego dłużej! Boże, dlaczego pozwalasz mi żyć, kiedy moje dzieci umierają? Wolałabym umrzeć! — Zataczając się, podeszła do krawędzi klifu.

Tom podbiegł do niej, by chwycić ją w ramiona.

— Uspokój się, Izz. — Ale ona wyrwała się z jego objęć i uciekła, kuśtykając, gdy ból był nie do zniesienia.

— Nie każ mi się uspokajać, ty głupcze! To twoja wina. Nienawidzę tego miejsca! Nienawidzę ciebie! Chcę mojego dziecka! — Nieco dalej światło latarni przecięło ścieżkę, pozostawiając Isabel pod osłoną nocy.

— Nie chciałeś go! Dlatego umarł. Wiedział, że wcale ci nie zależy!

— Daj spokój, Izz. Wróć do domu.

— Nic nie czujesz, Tomie Sherbourne! Nie wiem, co zrobiłeś ze swoim sercem, ale go nie masz, to pewne!

* * *

Każdy człowiek ma granice wytrzymałości. Tom zbyt często widział to na własne oczy. Pijani mężczyźni, którzy zgotowali Fritzowi prawdziwe piekło, sami przeżyli ostrzał artyleryjski, śnieg, wszy i błoto. W pewnym momencie coś w nich pękało. Niektórzy tłumili to w sobie, inni pędzili na człowieka z bagnetem, śmiejąc się i płacząc, jak szaleńcy. Chryste, kiedy przypomniał sobie, w jakim sam był stanie, zanim to wszystko się skończyło...

Kim jest, żeby oceniać Isabel? Jego żona dotarła do granic wytrzymałości. Każdy je ma. Każdy. Pchnął ją do tego, odbierając jej Lucy.

* * *

Późnym wieczorem Septimus Potts zdjął buty i poruszał palcami w miękkich wełnianych skarpetach. Stęknął, słysząc w kręgosłupie znajomy trzask. Siedział na skraju masywnego łóżka. Drewno, z którego je zrobiono, pochodziło z drzewa rosnącego niegdyś w jego lesie. Stojący na nocnym stoliku przenośny zegar bezlitośnie odmierzał kolejne sekundy. Septimus westchnął i spojrzał na wykrochmalone prześcieradło, wypolerowane meble i portret nieżyjącej Ellen, skąpane w blasku elektrycznych lamp osłoniętych abażurami z różowego matowego szkła. Wciąż miał przed oczami twarz przerażonej, zrozpaczonej wnuczki: małej Grace, którą wszyscy uznali za zmarłą. Wszyscy oprócz Hannah. Ona jedna wierzyła, że dziewczynka żyje. Życie. Kto, u licha, może wiedzieć, jak się potoczy?

Ta rozpacz, to przerażenie wywołane utratą matki. Miał nadzieję, że po śmierci Ellen nigdy więcej ich nie zobaczy, aż do chwili, gdy stanął twarzą w twarz z własną wnuczką. Kiedy miał nadzieję, że poznał już wszystkie sztuczki, którymi może zaskoczyć go życie, los niczym wytrawny szuler wyciągnął z rękawa kolejnego asa. Septimus Potts wiedział, przez co przechodzi ta mała dziewczynka. Na krótką chwilę ogarnęły go wątpliwości. Może... może postąpili okrutnie, odbierając ją Isabel Sherbourne...

Po raz kolejny spojrzał na portret Ellen. Grace odziedziczyła po niej podbródek. Może gdy dorośnie, będzie tak piękna jak jej babka. Myślami wybiegł w przyszłość, do kolejnych świąt Bożego Narodzenia i urodzin. Pragnął tylko szczęśliwej rodziny. Pomyślał o udręczonej twarzy Hannah. Tak samo patrzyła na niego, gdy próbował odwieść ją od małżeństwa z Frankiem.

Nie. Miejsce dziecka jest w prawdziwej rodzinie. Mała będzie musiała zapomnieć o Sherbourne'ach. W końcu przyzwyczai się do prawdziwego domu i matki. Jeśli Hannah będzie wystarczająco cierpliwa.

Łzy napłynęły mu do oczu i poczuł, że ogarnia go złość. Ktoś powinien za to zapłacić. Ktoś powinien cierpieć tak, jak cierpiała jego córka. Ludzie nie mogą tak po prostu przywłaszczać sobie cudzych dzieci, jakby były wyrzuconymi na brzeg przedmiotami.

Odpędził od siebie wszelkie wątpliwości. Nie cofnie czasu i nie zmieni lat, kiedy udawał, że Frank nie istnieje, ale może wynagrodzić je córce. Sherbourne zostanie ukarany. Osobiście tego dopilnuje.

Zgasił lampę i patrzył na światło księżyca pieszczące srebrną ramkę, w którą oprawiona była fotografia Ellen. Wolał nie myśleć o tym, co w tym momencie czują Graysmarkowie.

ROZDZIAŁ 27

Od powrotu do Point Partageuse Isabel bez przerwy wypatrywała Lucy. Gdzie jest? Czy powinna już spać? Co zje dziś na lunch? Dopiero gdy udręczony umysł przypominał sobie, co tak naprawdę się wydarzyło, Isabel znowu pogrążała się w rozpaczy. Co dzieje się z jej córeczką? Kto ją karmi? Kto rozbiera do snu?

Wspomnienie twarzy dziewczynki, gdy zmuszono ją, by wypiła gorzki środek nasenny, sprawiło, że coś ścisnęło ją w gardle. Próbowała wymazać ten obraz z pamięci, zastąpić go innymi: Lucy bawiącą się w piasku, zatykającą nos, kiedy skakała do wody, jej spokojną idealną twarz, gdy spała. Nie ma na świecie piękniejszego widoku niż widok śpiącego dziecka. Ciało Isabel było naznaczone tą małą istotą: palce znały miękkość jej włosów, biodra pamiętały jej ciężar, a usta ciepłą delikatność policzków.

Kiedy wracała pamięcią do wspomnień i szukała w nich ukojenia, miała wrażenie, że tuż za nią czai się coś mrocznego, coś, na co bała się spojrzeć. To coś, rozmazane i przerażające, przychodziło do niej w snach. Wołało ją: „Izzy! Izzy, kochanie...", ale ona nie mogła się odwrócić. Chowała głowę w ramionach, by nie słyszeć głosu i uciec przed człowiekiem, który ją wołał. Budziła się bez tchu i przerażona kuliła się na łóżku. Przez cały ten czas rodzice odczytywali jej milczenie jako znak źle pojętej lojalności. „Nie mogę nic powiedzieć", oznajmiła po powrocie do domu i powtarzała te słowa za każdym razem, gdy Bill i Violet próbowali porozmawiać o Tomie i tym, co wydarzyło się na wyspie.

* * *

Do celi na tyłach posterunku trafiali zwykle pijani awanturnicy i agresywni mężowie, którzy za kratami mieli czas ochłonąć i nabrać rozumu, a wychodząc, obiecywali, że w przyszłości pohamują swój gniew. Policjanci na służbie zwykle nie zamykali drzwi, a jeśli za kraty trafił ktoś znajomy, bywało, że zapraszali go do biura na partyjkę kart, pod warunkiem że nie będzie próbował uciekać.

Dziś Harry Garstone był wyjątkowo podekscytowany świadomością, że za kratami siedzi prawdziwy przestępca. Nie mógł sobie darować, że nie było go na służbie, gdy rok temu przywieźli Boba Hitchinga z Karridale. Po bitwie o Gallipoli Hitchingowi kompletnie odbiło. Pewnego dnia złapał tasak, poszedł na sąsiednią farmę i zabił brata, z którym pokłócił się o testament matki. Skończył na szubienicy. Teraz za kratami siedzi porywacz dzieci, Tom Sherbourne, nic więc dziwnego, że Garstone czuł się jak prawdziwy stróż prawa. Wyciągnął regulamin, żeby upewnić się, że postępuje zgodnie z literą prawa.

Kiedy Ralph poprosił o spotkanie z Tomem, posterunkowy ostentacyjnie zajrzał do regulaminu, cmokając i wydymając wargi.

— Przykro mi, kapitanie Addicott. Chciałbym móc pana wpuścić, ale tu jest napisane...

— Nie gadaj bzdur, Harry Garstone, albo powiem o wszystkim twojej matce.

— To dość nietypowa sprawa i...

Urwał, gdy zza cienkiej ściany dobiegł głos Vernona Knuckeya:

— Nie bądź mięczakiem, Garstone. Człowiek w celi to latarnik, nie żaden cholerny Ned Kelly. Wpuść staruszka.

Garstone stracił pewność siebie i na znak protestu potrząsnął pękiem kluczy. Chwilę później poprowadził szypra schodami w dół i dalej korytarzem, aż do celi.

Tom siedział na przymocowanej do ściany, obitej płótnem pryczy. Podniósł wzrok i spojrzał na poszarzałą, ściągniętą twarz Ralpha.

— Tom — odezwał się szyper.

— Ralph. — Tom skinął głową.

— Przyszedłem najszybciej, jak było to możliwe. Hilda przesyła pozdrowienia. Bluey także — dodał.

Tom pokiwał głową.

Przez chwilę siedzieli w milczeniu.

— Jeśli chcesz, żebym sobie poszedł... — odezwał się w końcu Ralph.

— Nie. Dobrze cię widzieć. Przepraszam, po prostu nie wiem, co powiedzieć. Możemy przez chwilę posiedzieć w ciszy?

W głowie Ralpha kłębiły się pytania, jednak siedział bez słowa na skrzypiącym, rozchwierutanym krześle. Nagrzane słońcem drewniane ściany trzeszczały jak kości przeciągającej się ogromnej bestii. Na dworze słychać było szczebiot miodówek i pliszek. Raz czy dwa usłyszeli warkot przejeżdżającego samochodu, który zagłuszył cykanie świerszczy i cykad.

Słowa cisnęły się Ralphowi na usta, jednak w porę je powstrzymywał. Miał ochotę złapać Toma za ramiona i nim potrząsnąć. W końcu nie wytrzymał:

— Na litość boską, Tom, co się tu dzieje? Skąd ten pomysł, że Lucy jest dzieckiem Roennfeldtów?

— To prawda.

— Ale... jak... Jak, do cholery?

— Wyjaśniłem wszystko policjantom, Ralph. Nie jestem dumny z tego, co zrobiłem.

— Czy właśnie to miałeś na myśli, kiedy mówiłeś, że musisz wszystko naprawić?

— To nie takie proste. — Po tych słowach znów zapadła cisza.

— Powiedz mi, co się wydarzyło.

— Nie ma sensu, Ralph. W przeszłości podjąłem złą decyzję, teraz czas za nią zapłacić.

— Na litość boską, chłopcze, pozwól przynajmniej, że ci pomogę!

— Nie możesz mi pomóc. To wyłącznie moja sprawa.

— Cokolwiek zrobiłeś, jesteś dobrym człowiekiem i nie pozwolę, żebyś poszedł na dno. — Po tych słowach szyper wstał. — Załatwię ci dobrego prawnika i zobaczymy, co z tego wyjdzie.

— Prawnik też niewiele tu pomoże, Ralph. Lepszy byłby ksiądz.

— Ale to, co o tobie mówią, to bzdury!

— Nie wszystko, Ralph.

— Powiedz mi prosto w oczy, że to wszystko twoja wina! Że groziłeś Isabel! Spójrz mi w oczy i powiedz, że mają rację, a zostawię cię w spokoju.

Tom utkwił wzrok w drewnianej ścianie.

— Widzisz?! — wykrzyknął triumfalnie Ralph. — Nie byłbyś zdolny do takich rzeczy!

— To na mnie spoczywał obowiązek, nie na niej. — Tom spojrzał na Ralpha, zastanawiając się, czy jest coś, co mógłby mu powiedzieć, wyjaśnić, nie narażając przy tym Isabel. — Izzy wystarczająco dużo wycierpiała — dodał w końcu. — Więcej nie zniesie.

— Stawanie na linii ognia i narażanie się na ataki nie jest żadnym rozwiązaniem. Trzeba załatwić tę sprawę jak należy.

— Nie da się jej załatwić, tak jak nie można cofnąć czasu. Jestem to winien żonie.

* * *

Niewątpliwie cuda się zdarzają. Po tym, jak Grace Roennfeldt wróciła do domu, trzódka wielebnego Norkellsa powiększyła się, głównie o miejscowe kobiety. Matki, które dawno temu straciły nadzieję na to, że jeszcze kiedyś zobaczą swoich synów, a także wdowy po żołnierzach, ze świeżym zapałem wróciły do modlitwy, wierząc, że i dla nich jest jeszcze nadzieja. Święty Juda dawno już nie przyciągał tak wielkiej uwagi. Ból spowodowany utratą najbliższych obudził się na nowo, jednak tym razem towarzyszyła mu dawno zapomniana nadzieja.

* * *

Gerald Fitzgerald siedział naprzeciwko Toma. Na dzielącym ich stole walały się rozmaite dokumenty. Prawnik Toma był niskim łysiejącym mężczyzną. Przypominał żylastego, bystrego dżokeja w trzyczęściowym garniturze. Poprzedniego wieczoru

309

przyjechał pociągiem z Perth i przy kolacji w hotelu Empress zapoznał się z aktami sprawy.

— Postawiono panu formalne zarzuty. Sędzia pokoju przyjeżdża do Partageuse co dwa miesiące. Był tu niedawno, więc do kolejnej wizyty będzie pan musiał zaczekać w areszcie. Jedno jest pewne, lepiej tu niż w Albany. My w tym czasie przygotujemy się do wstępnej rozprawy.

Tom spojrzał na niego pytająco.

— Na wstępnej rozprawie ustala się, czy istnieją wystarczające dowody. Jeśli tak, zostanie pan postawiony w stan oskarżenia i przekazany sądowi w Albany albo Perth. To zależy.

— Od czego?

— Przejrzyjmy zarzuty, a sam się pan przekona. — Prawnik po raz kolejny spojrzał na leżącą przed nim listę. — Cóż, wygląda na to, że nie próżnowali. Prawo karne Australii Zachodniej, administracja państwowa, ustawa o koronerach, kodeks karny. Prawdziwa mieszanka zarzutów. — Uśmiechnął się, zacierając ręce. — To lubię.

Tom uniósł brwi.

— To znaczy, że nie bardzo wiedzą, o co pana oskarżyć — wyjaśnił prawnik. — Niedopełnienie obowiązków to dwa lata i grzywna. Pogrzebanie ciała w niedozwolonym miejscu — dwa lata ciężkich robót. Niepoinformowanie o znalezieniu ciała... cóż — parsknął — to zaledwie grzywna wysokości dziesięciu funtów. Złożenie fałszywych zeznań w urzędzie stanu cywilnego — dwa lata ciężkich robót i dwieście funtów grzywny. — Podrapał się po brodzie.

— A uprowadzenie dziecka? — spytał Tom. Brzmienie tych słów sprawiło, że się wzdrygnął.

— Paragraf trzysta czterdzieści trzy kodeksu karnego. Siedem lat ciężkich robót. — Prawnik wykrzywił usta i pokiwał głową. — Na pana szczęście, panie Sherbourne, prawo tworzy się po to, by rozwiązywać zwyczajne sprawy, tak więc paragraf trzysta czterdzieści trzy odnosi się do... — sięgnął po zniszczoną książkę i przeczytał — każdego, kto umyślnie pozbawia rodziców ich dziecka... bierze je siłą lub zwabia podstępem i przetrzymuje bez jego zgody...

— No i? — spytał Tom.

— O to na pewno pana nie oskarżą. W większości przypadków dzieci nie opuszczają matek, chyba że ktoś je zabierze. Poza tym zwykle nie docierają do prawie niezamieszkanych wysp. Rozumie pan? Nie mogą postawić panu podstawowych zarzutów. Nie przetrzymywał pan dziecka wbrew jego woli, bo dziewczynka w każdej chwili mogła opuścić wyspę. Oczywiste jest również, że nie uciekł się pan do podstępu, by zwabić ją na Janus Rock. Zarzuty o uprowadzenie dziecka są równie niedorzeczne, gdyż zeznamy, że w chwili, gdy mała przybyła na wyspę, był pan szczerze przekonany, że jej rodzice nie żyją. Tak więc myślę, że wyciągniemy pana z tego. Poza tym jest pan bohaterem wojennym, dwukrotnie odznaczonym Krzyżem Wojskowym. Większość sądów nadal łagodnie traktuje ludzi, którzy ryzykowali życie dla kraju i nie mieli konfliktów z prawem.

Tom odetchnął z ulgą, jednak przy kolejnym zdaniu na twarzy prawnika odmalował się niepokój.

— Problem w tym, panie Sherbourne, że sędziowie nie lubią kłamców. Nie lubią ich tak bardzo, że karą za krzywoprzysięstwo jest siedem lat ciężkich robót. A jeśli zeznania kłamcy doprowadzą do uniewinnienia sprawcy, karą za udaremnianie prawidłowego funkcjonowania wymiaru sprawiedliwości jest kolejnych siedem lat. Rozumie pan?

Tom spojrzał na niego.

— Sędziowie lubią mieć pewność, że kara dosięga tych, którzy na nią zasługują. Są na tym punkcie dość wyczuleni. — Prawnik wstał i podszedł do okna, spoglądając na widoczne za kratami drzewa. — Gdybym przyszedł do sądu i opowiedział historię kobiety zrozpaczonej po utracie dziecka, kobiety, która oszalała i nie była w stanie odróżnić dobra od zła, i jej męża, uczciwego człowieka sumiennie wypełniającego swoje obowiązki, który jeden jedyny raz, w trosce o żonę, posłuchał serca i uległ jej namowom... Myślę, że sędzia i ława przysięgłych daliby się przekonać. W sądzie istnieje coś, co nazywamy prawem łaski. Chodzi o złagodzenie wyroku, także dla żony. Sęk w tym, że reprezentuję człowieka, który, jak sam przyznaje, jest nie tylko kłamcą, ale i despotą. Mężczyznę, który obawiając się, że ludzie nazwą go impotentem, zatrzymuje maleńkie dziecko i zmusza żonę do milczenia.

Tom się wyprostował.

— Powiedziałem już wszystko na ten temat.

Jednak Fitzgerald nie dawał za wygraną.

— Jeśli rzeczywiście jest pan człowiekiem, który byłby w stanie zrobić coś takiego, policja uzna, że z pewnością poszedłby pan krok dalej, żeby osiągnąć zamierzony cel. Skoro jest pan człowiekiem, który bierze, co chce, tylko dlatego, że ma taką możliwość, a przy tym zmusza żonę do milczenia, być może jest pan zdolny zabić, by osiągnąć cel. Wszyscy wiemy, że zabijał pan na wojnie. Oto, co mogą powiedzieć.

— Nie oskarżyli mnie o to.

— Jeszcze nie. Ale z tego, co słyszałem, ten policjant z Albany aż się pali, żeby dostać pana w swoje ręce. Już wcześniej miałem z nim do czynienia i wiem, że to wyjątkowy drań.

Tom odetchnął głęboko i pokręcił głową.

— Zaciera ręce na myśl, że pani Sherbourne nie potwierdzi pańskiej wersji wydarzeń, że Roennfeldt nie żył, kiedy znalazł go pan w łodzi. — Owinął wokół palca szkarłatną taśmę, którą związano akta. — Żona musi pana szczerze nienawidzić. — Powoli rozwinął taśmę. — Może dlatego, że kazał jej pan kłamać w kwestii zatrzymania dziecka. A może dlatego, że zabił pan człowieka. Ale coś mi mówi, że nienawidzi pana, bo wyjawił pan prawdę.

Tom nie odpowiedział.

— Oskarżyciel publiczny ustali, w jaki sposób zginął pan Roennfeldt. A ponieważ ciało leżało w ziemi od prawie czterech lat, nie będzie to łatwe. Niewiele zostało z biedaka. Żadnych złamanych kości, żadnych pęknięć. Udokumentowana niewydolność serca. W normalnych okolicznościach oskarżyciel pewnie zdecydowałby się na orzeczenie otwarte koronera, czyli zgon z niewyjaśnionych przyczyn. Gdyby wyznał pan całą prawdę.

— Jeśli przyznam się do wszystkich stawianych mi zarzutów i powiem, że zmusiłem Isabel do milczenia, nic się jej nie stanie, tak?

— Tak, ale...

— W takim razie wezmę wszystko na siebie.

— Sęk w tym, że może być tego więcej, niż się pan spodziewa — oznajmił Fitzgerald, wkładając dokumenty do teczki. — Nie wiemy, co powie pańska żona, jeśli w ogóle zdecyduje się zeznawać. Na pańskim miejscu zacząłbym się poważnie zastanawiać.

* * *

Jeśli ludzie przyglądali się Hannah, zanim odzyskała córeczkę, teraz otwarcie się na nią gapili. Zupełnie jakby oczekiwali, że po powrocie Grace dokona się jakaś cudowna transformacja, coś w rodzaju chemicznej reakcji. Niestety bardzo się rozczarowali. Dziewczynka wyglądała na zasmuconą, a jej matka na zrozpaczoną. Jej wymizerowana twarz była jeszcze bardziej blada i zabiedzona, a każdy krzyk Grace sprawiał, że zastanawiała się, czy postąpiła właściwie, odbierając ją Sherbourne'om.

Stare rejestry z Janus Rock zostały zarekwirowane przez policję, która porównywała zapiski Toma z listami podrzuconymi do skrzynki pocztowej Hannah. Nie było wątpliwości, że charakter pisma należy do tego samego człowieka. Również grzechotka rozpoznana przez Blueya nie pozostawiała wątpliwości. Tylko dziecko zmieniło się nie do poznania. Hannah wręczyła Frankowi ważącą pięć kilogramów, maleńką, ciemnowłosą kruszynę, a los oddał jej przerażonego upartego odmieńca, który miał jasne włosy, potrafił chodzić i płakał tak długo, aż jego purpurowa twarz była mokra od łez i śliny. Pewność siebie, z jaką Hannah opiekowała się dzieckiem w pierwszych tygodniach jego życia, zniknęła. Łącząca je bliskość i milczące porozumienie, które miała nadzieję odzyskać, przepadły na zawsze, a jej dziecko nie reagowało tak, jak się tego spodziewała. Były niczym dwoje tancerzy tańczących w rytm zupełnie innej muzyki.

Hannah przerażały chwile, gdy traciła cierpliwość do córki. Początkowo dziewczynka jadła, spała i kąpała się po zażartych bojach, a później zamknęła się w sobie. Żadne marzenia ani najbardziej koszmarne sny nie mogłyby przygotować Hannah na coś takiego.

Zdesperowana zaprowadziła dziewczynkę do doktora Sumptona.

— Cóż — zaczął pulchny mężczyzna, odkładając stetoskop na biurko — pod względem fizycznym jest okazem zdrowia. — Mówiąc to, pchnął w stronę Grace słoik pełen żelków. — Poczęstuj się, młoda damo.

Dziewczynka, wciąż przerażona ich pierwszym spotkaniem na posterunku policji, sprawiała wrażenie, że nie słyszy jego słów.

— No dalej, kochanie — zachęciła ją Hannah. — Wybierz, jaki kolor chcesz. — Jednak Grace odwróciła głowę i zaczęła nawijać na palec kosmyk włosów.

— Mówi pani, że moczy się w nocy?

— Często. W jej wieku to chyba raczej...

— Nie musi mi pani przypominać, że to dość nietypowe. — Zadzwonił leżącym na biurku dzwonkiem i po chwili usłyszeli dyskretne pukanie do drzwi, a zaraz potem do pokoju weszła siwa kobieta.

— Pani Fripp, proszę zająć się małą Grace, a ja zamienię słówko z jej mamą.

Kobieta się uśmiechnęła.

— Chodź, skarbie. Może znajdziemy dla ciebie jakieś pyszne ciasteczko. — Po tych słowach wyprowadziła dziewczynkę z gabinetu.

— Nie wiem, co zrobić ani co powiedzieć — zaczęła Hannah. — Ona wciąż pyta o... — zawahała się — ...o Isabel Sherbourne.

— Co pani o niej mówiła?

— Nic. Powiedziałam jej, że to ja jestem jej matką, że ją kocham i...

— Musi pani powiedzieć coś o pani Sherbourne.

— Ale co?

— Proponuję powiedzieć, że ona i jej mąż musieli wyjechać.

— Wyjechać? Dokąd? I dlaczego?

— Dla dziecka w tym wieku to bez znaczenia. Ważne, żeby usłyszała odpowiedź na swoje pytanie. Jeśli nic nie będzie przypominać jej o Sherbourne'ach, w końcu o nich zapomni. Przyzwyczai się do nowego domu. Widziałem podobne sytuacje w przypadku adoptowanych sierot.

— Ale ona jest w tak złym stanie. Chcę dla niej jak najlepiej.

— Gdzie drwa rąbią, tam wióry lecą, pani Roennfeldt. Los był dla tego dziecka wyjątkowo okrutny i nic pani na to nie poradzi. Dziewczynka zapomni o Sherbourne'ach pod warunkiem, że nie będzie miała z nimi kontaktu. Tymczasem proszę dawać jej kroplę środka nasennego, jeśli będzie niespokojna. To jej nie zaszkodzi.

ROZDZIAŁ 28

— Trzymaj się z dala od tego człowieka, rozumiesz?

— Muszę się z nim zobaczyć, mamo. On wciąż jest w areszcie! To moja wina! — lamentował Bluey.

— Nie gadaj bzdur. Dzięki tobie dziecko wróciło do matki, a ty dostaniesz trzy tysiące gwinei nagrody. — Pani Smart zdjęła z pieca żelazko i docisnęła je do obrusu. — Rusz głową, chłopcze. Zrobiłeś, co miałeś zrobić, a teraz trzymaj się od tego z daleka!

— Ale on siedzi po uszy w gównie! I mam wrażenie, że z niego nie wyjdzie.

— To nie twój problem, synku. A teraz idź do ogrodu i wyplew klomb róż.

Bluey odruchowo zrobił krok w stronę drzwi, kiedy usłyszał, jak matka mruczy pod nosem:

— Mam syna półgłówka!

Słysząc to, zatrzymał się i wyprostował.

— No cóż, może i jestem półgłówkiem, ale nie jestem donosicielem. I nie odwracam się od przyjaciół. — Po tych słowach ruszył w stronę wyjścia.

— A ty dokąd, Jeremiahu Smart?

— Wychodzę, mamo!

— Po moim trupie! — warknęła, stając mu na drodze.

Mierzący przeszło sześć stóp Bluey spojrzał na nią z góry.

— Przepraszam — bąknął. Złapał ją w pasie i zaskoczoną bez trudu przestawił na bok. Chwilę później, nie oglądając się, wyszedł z domu.

* * *

Bluey rozejrzał się. Maleńka przestrzeń, stojący w kącie kubeł na nieczystości i cynowy kubek na przytwierdzonym do podłogi stole. Odkąd znał Toma, nigdy nie widział go nieogolonego, z potarganymi włosami i w pogniecionej koszuli. Teraz latarnik miał cienie pod oczami, a kości policzkowe odznaczały się na wymizerowanej twarzy.

— Tom! Dobrze cię widzieć — zaczął Bluey jak wtedy, gdy łódź przybijała do brzegów wyspy, w czasach, gdy obaj naprawdę cieszyli się ze spotkania.

Próbował spojrzeć Tomowi w twarz, ale nie mógł skupić wzroku, przez co albo twarz, albo kraty wydawały się rozmazane.

— Co słychać? — spytał po chwili.

— Bywało lepiej.

Bluey miętosił w rękach czapkę, jakby zbierał się na odwagę.

— Nie odbiorę tej nagrody — oznajmił w końcu. — To byłoby nie w porządku.

Tom odwrócił wzrok.

— Wiedziałem, że z jakiegoś powodu nie przypłynąłeś z policjantami. — W jego głosie nie było złości, raczej obojętność.

318

— Przepraszam! Matka mnie zmusiła. Nie powinienem był jej słuchać. Za nic nie chciałbym tych pieniędzy.

— Możesz je wziąć. Dla mnie to bez różnicy.

Bluey spodziewał się wszystkiego, ale nie obojętności.

— Co dalej?

— Nie mam zielonego pojęcia!

— Mogę ci jakoś pomóc? Potrzebujesz czegoś?

— Kawałka nieba i oceanu.

— Mówię poważnie.

— Ja też. — Tom odetchnął głęboko i przez chwilę rozważał jego propozycję. — Jest coś, co mógłbyś dla mnie zrobić. Zajrzyj do Izzy. Mieszka teraz u rodziców. Sprawdź... czy nic jej nie jest. Ciężko to znosi. Lucy była dla niej całym światem — dodał łamiącym się głosem. — Powiedz jej, że... rozumiem. Tylko tyle. Powiedz jej, że rozumiem, Bluey.

Zaskoczony jego słowami chłopak potraktował tę prośbę jak swoistą misję i obiecał sobie, że przekaże wiadomość, jakby od tego zależało jego życie.

* * *

Kiedy Bluey opuścił posterunek policji, Tom położył się na pryczy, myśląc o tym, co dzieje się z Lucy i jak radzi sobie Isabel. Zastanawiał się, jak inaczej mógł postąpić, zaczynając od pierwszego dnia. Nagle przypomniał sobie słowa Ralpha: „Pozostaje pytanie, czy rozdrapywanie starych ran cokolwiek zmieni?". Oczyma wyobraźni nakreślił na suficie mapę nieba, umieszczając na niej najważniejsze gwiazdy. Zaczął od najjaśniejszej — Syriusza. Następnie przyszła kolej na Krzyż Południa i planety: Venus i Uran, widoczne jak na dłoni na niebie nad Janus Rock. Śledził konstelacje, które od zmierzchu do świtu

319

sunęły po dachu świata. Panujący na niebie cichy porządek dawał mu poczucie wolności. Zawieszone wysoko w górze gwiazdy niejednokrotnie były świadkami ludzkich dramatów i historia Toma nie była im obca. Z czasem one również zapomną, a wspomnienia o latarniku zabliźnią się niczym rany. Nikt nie będzie pamiętał bólu i tego, co się wydarzyło. Nagle przypomniał sobie atlas gwiazd i dedykację Lucy: *Od kochającej go bardzo, bardzo, bardzo, bardzo...*, i na myśl o teraźniejszości poczuł przeszywający ból.

Zmówił modlitwę za córkę.

— Proszę, Boże, czuwaj nad nią. Spraw, by jej życie było pełne radości i żeby o mnie zapomniała. — I za zagubioną w mroku Isabel: — Pozwól, by znowu była sobą, zanim będzie za późno.

*   *   *

Stojąc przed domem Graysmarków, Bluey przestąpił z nogi na nogę i w pamięci, po raz kolejny, przećwiczył swoje przemówienie. Drzwi otworzyła mu Violet, twarz miała bladą i zmęczoną.

— Słucham? — spytała sztywno, jakby wierzyła, że dzięki temu uniknie wszelkich nieprzyjemności.

— Dzień dobry, pani Graysmark. — Nie odpowiedziała, więc dodał: — Jestem Bl... Jeremiah Smart.

— Wiem, kim pan jest.

— Zastanawiałem się, czy... czy mógłbym zamienić słowo z panią Sherbourne?

— Isabel nie przyjmuje gości.

— Ja... — Zamierzał dać za wygraną, ale przypomniał sobie twarz Toma i postanowił spróbować jeszcze raz. — Nie zajmę jej dużo czasu. Chciałem tylko...

— Niech wejdzie, mamo. — Głos Isabel dobiegał z pogrążonego w mroku salonu.

Violet Graysmark nachmurzyła się.

— Niech pan wejdzie. Tylko proszę wytrzeć buty. — W milczeniu patrzyła, jak Bluey szura nogami po wycieraczce, zanim w końcu poprowadziła go w głąb domu.

— Wszystko w porządku, mamo. Możesz iść — odezwała się Isabel.

Wygląda równie kiepsko jak Tom, pomyślał Bluey. Szara twarz, puste spojrzenie.

— Dziękuję, że... że zechciała się pani ze mną zobaczyć — wykrztusił. Miętosił w spoconych dłoniach rondo kapelusza. — Widziałem się z Tomem.

Isabel spochmurniała i odwróciła wzrok.

— Jest naprawdę w kiepskim stanie, pani Sherboune. Naprawdę w kiepskim.

— I przysłał cię, żebyś mi o tym powiedział?

Bluey nie przestawał się bawić rondem kapelusza.

— Nie, prosił, żebym przekazał pani wiadomość.

— Och, czyżby?

— Prosił, żebym powiedział pani, że rozumie.

Isabel nie potrafiła ukryć zaskoczenia.

— Rozumie co?

— Nie powiedział.

Isabel patrzyła na Blueya niewidzącym wzrokiem. Pod jej spojrzeniem chłopak oblał się rumieńcem.

— No i powiedziałeś — skwitowała po chwili. — Wstała z fotela. — A teraz pozwól, że cię odprowadzę.

— Ale... co dalej? — spytał zaskoczony Bluey.

— Jak to: co dalej?

— Co mam mu powiedzieć? Może... chce mu pani coś przekazać? — Nie odpowiedziała. — On zawsze był dla mnie dobry, proszę pani. Oboje byliście.

— Żegnam — rzuciła, otwierając drzwi.

Kiedy je zamknęła, ukryła twarz w dłoniach i oparta o ścianę zaczęła drżeć.

— Och, Isabel, skarbie! — krzyknęła jej matka. — Chodź, połóż się — dodała, prowadząc ją do pokoju.

— Niedobrze mi — jęknęła Isabel. Słysząc to, Violet położyła jej na kolanach starą porcelanową miskę.

* * *

Bill Graysmark szczycił się tym, że zna się na ludziach. Jako dyrektor szkoły obserwował, jak kształtują się ludzkie charaktery. Rzadko mylił się w swojej ocenie i patrząc na ludzi, wiedział, kto poradzi sobie w życiu, a kto poniesie klęskę. Jednak nic nie wskazywało na to, że Tom Sherbourne okaże się brutalnym, kłamliwym człowiekiem. Wystarczyło spojrzeć na niego i Lucy, by wiedzieć, że dziewczynka wcale się go nie boi. Równie dobrze spisywał się w roli męża.

Jednak utraciwszy jedyną wnuczkę, Bill przelał całą miłość na córkę. Odepchnął osobiste odczucia. Krew nie woda, nikt nie wiedział tego lepiej niż Bill Graysmark.

— To straszne, Vernonie. Straszne. Biedna Isabel jest wrakiem człowieka — powiedział, kiedy usiedli w kącie pubu.

— Tak długo, jak długo będzie zeznawała przeciwko Tomowi, nie ma się czego obawiać — odparł sierżant Knuckey.

Bill spojrzał na niego pytająco.

— W świetle prawa nie odpowiada za nic, do czego została przymuszona, tak więc musi tylko przedstawić swoją wersję historii. Może, ale nie musi zeznawać — wyjaśnił. — Według sądu jej zeznania są równie istotne jak każde inne. Nie można jednak zmusić żony, by świadczyła przeciwko mężowi. On również ma prawo zachować milczenie. Nie możemy go zmusić, by zeznawał przeciwko Isabel. A Tom Sherbourne dał jasno do zrozumienia, że nie zamierza się odzywać. — Urwał. — Isabel... czy kiedykolwiek zachowywała się dziwnie wobec dziecka?

Bill spiorunował go wzrokiem.

— Nie odbiegajmy od tematu, Vernonie.

Knuckey postanowił odpuścić.

— Bycie latarnikiem to odpowiedzialne stanowisko — zastanawiał się na głos. — Nasz kraj, a poniekąd cały świat, polega na nich jako na uczciwych, porządnych obywatelach. Nie możemy pozwolić, żeby fałszowali rządowe dokumenty i zastraszali swoje żony. Nie mówiąc o tym, co zrobił Frankowi Roennfeldtowi, zanim go pogrzebał. — Zauważył niepokój na twarzy Billa, jednak ciągnął: — Nie. Lepiej od razu położyć temu kres. Sędzia pokoju przyjedzie za kilka tygodni na wstępną rozprawę. Zważywszy na to, co do tej pory powiedział Sherbourne... Prawdopodobnie odeślą go do Albany. Tamtejszy sąd wydaje surowsze wyroki. A jeśli naprawdę się uprą, zawloką go do Perth. Spragg za wszelką cenę próbuje udowodnić, że Roennfeldt żył, kiedy dopłynął do Janus Rock. — Dokończył piwo. — Jedyne, co mogę powiedzieć, to to, że sytuacja Toma nie wygląda ciekawie.

* * *

— Lubisz książki, kochanie? — dopytywała się Hannah. Próbowała wszystkiego, by nawiązać nić porozumienia z córką.

Jako dziecko uwielbiała baśnie. Wśród nielicznych wspomnień związanych z matką było słoneczne popołudnie w Bermondsey, kiedy siedząc na trawie, przysłuchiwała się opowieści o *Piotrusiu Króliku*. Pamiętała jasnoniebieski jedwab matczynej bluzki, jej kwiatowy zapach i uśmiech — najcudowniejszy skarb.

— Co to za słowo? — pytała córkę. — Znasz je, prawda?

— Marchewka — odparła z dumą Hannah.

— Dobrze, Hannah! — pochwaliła ją z uśmiechem matka. — Mądra dziewczynka. — Na tym wspomnienie się kończyło, więc wciąż do niego wracała.

Teraz próbowała skusić Grace tą samą książką.

— Widzisz? To książeczka o króliku. Chodź, poczytamy razem.

Jednak dziewczynka spojrzała na nią z nadąsaną miną.

— Chcę do mamusi. Nienawidzę tej książki!

— Daj spokój, nawet na nią nie spojrzałaś. — Hannah odetchnęła głęboko i spróbowała jeszcze raz. — Tylko jedna strona. Przeczytamy jedną stronę. Jeśli ci się nie spodoba, przestaniemy.

Dziewczynka chwyciła książkę i rzuciła nią w Hannah. Twarda okładka drasnęła policzek kobiety, tuż poniżej oka. Dziewczynka wybiegła z pokoju i w drzwiach zderzyła się z Gwen.

— Zaraz, zaraz, panienko! — zbeształa ją Gwen. — Co zrobiłaś? Natychmiast ją przeproś!

— Daj jej spokój, Gwen — wtrąciła się Hannah. — Nie chciała zrobić mi krzywdy. To był wypadek. — Podniosła książkę i odłożyła ją na półkę. — Pomyślałam, że na kolację ugotuję rosół. Każdy lubi rosół, prawda? — spytała bez przekonania.

Kilka godzin później, na czworakach, wycierała rosół, który jej córka zwymiotowała na podłogę.

* * *

— Co tak naprawdę o nim wiemy? Wszystkie te opowieści o Sydney mogły być wyssane z palca. Wiemy tylko, że nie pochodzi z Partageuse. — Violet Graysmark rozmawiała z mężem, kiedy ich córka wreszcie zasnęła. — Co to za człowiek? Czeka do chwili, gdy wie, że Isabel nie będzie potrafiła żyć bez dziecka, i odbiera jej małą. — Mówiąc to, spojrzała na oprawione w ramkę zdjęcie wnuczki, które zdjęła z kominka i przechowywała w szufladzie z bielizną.

— I co z tego, Vi? Zastanów się.

— Na litość boską, nawet jeśli nie przystawił jej pistoletu do głowy, to i tak jest odpowiedzialny. Isabel była zrozpaczona po utracie trzeciego dziecka. Jak mógł ją za to winić? Jeśli tak bardzo chciał przestrzegać zasad, mógł to zrobić na samym początku, zamiast wycofywać się po latach i wywracać ludzkie życie do góry nogami. Musimy ponosić odpowiedzialność za własne decyzje, Bill. To właśnie jest odwaga. Stawianie czoła konsekwencjom naszych błędów.

Bill nie odpowiedział. Przełożyła w szufladzie saszetki z lawendą i dodała:

— Jego nieczyste sumienie było ważniejsze niż to, co stanie się z Isabel i Lucy... a nawet z nami, mój drogi. W całym tym zamieszaniu nikt nie pomyślał o nas. Jakbyśmy mało wycierpieli. — Łzy napłynęły jej do oczu. — Nasza mała wnuczka, Bill. Tyle miłości... — Powoli zamknęła szufladę.

— Vi, kochanie, wiem, że jest ci ciężko. Wiem — powtórzył tuląc ją. Dopiero teraz zauważył, że jej włosy poprzetykane są

siwizną. Kiedy tak stali w uścisku, Violet zaczęła łkać. —
Byłem głupcem, wierząc, że to, co najgorsze, dawno już za
nami — wyznał, a z jego gardła wydobył się stłumiony szloch.
Objął żonę jeszcze mocniej, jakby ta nagła fizyczna bliskość
mogła zapobiec kolejnej tragedii, która dotknęła jego rodzinę.

* * *

Umywszy podłogę, Hannah siada przy łóżku śpiącej córki
i patrzy. W ciągu dnia jest to niemożliwe. Grace chowa twarz
za każdym razem, gdy Hannah na nią spogląda. Odwraca się
albo biegnie do drugiego pokoju.

Dopiero teraz, przy świetle świecy, Hannah podziwia jej
twarz i w kształcie brwi, w krągłościach policzków widzi
Franka. Niemal wierzy, że gdyby przemówiła do śpiącej postaci,
usłyszałaby jego głos. Płomień świecy rzuca cienie, które tańczą
w rytm oddechu córki. Jego blask kładzie się złotymi refleksami
na włosach dziewczynki i oświetla cieniutką nitkę śliny, która
spływa z kącika różowych ust.

Hannah niechętnie przyznaje się do myśli, która budzi się
do życia w najciemniejszych zakamarkach jej umysłu. Przez
krótką chwilę pragnie, by Grace spała przez kolejne dni, a nawet
lata, aż do czasu, gdy na dobre zapomni o tamtych ludziach
i tamtym życiu. Nadal czuje pustkę, która towarzyszy jej,
odkąd zobaczyła rozpacz malującą się na twarzy córki. Gdyby
Frank tu był! On wiedziałby, co zrobić i jak przetrwać najgorsze.
Za każdym razem, gdy życie powalało go na ziemię, podnosił
się i uśmiechnięty stawał na nogi.

Hannah wraca wspomnieniami do przeszłości. Oczyma wyobraźni widzi filigranową Grace w pierwszym tygodniu jej
życia i słyszy głos Franka śpiewającego *Schlaf, Kindlein,*

schlaf — „Śpij, maleńka, śpij". Pamięta, jak zaglądał do łóżeczka i szeptał coś w obcym języku. „Życzę jej słodkich snów — tłumaczył. — Ludzie, którzy myślą o dobrych rzeczach są szczęśliwi".

Hannah się prostuje. Wystarczą wspomnienia, by nabrała odwagi na cały kolejny dzień. Grace to jej córka. Jakiś pierwiastek duszy dziewczynki na pewno ją rozpozna i w końcu sobie przypomni. Musi tylko uzbroić się w cierpliwość, tak jak radzi jej ojciec. Niebawem odzyska swoją córeczkę, a wraz z nią radość, jaką czuła, gdy Grace przyszła na świat.

Po cichu zdmuchuje świecę i wychodzi z pokoju, zmierzając ku smudze światła wpadającego do sypialni przez uchylone drzwi. Kiedy kładzie się do łóżka, uświadamia sobie, jak bardzo jest puste.

* * *

Isabel krąży nerwowo po ogrodzie. Jest trzecia nad ranem, a ona tylnymi drzwiami wymknęła się z domu. Białe gałęzie potężnego eukaliptusa pochwyciły księżyc niczym zbielałe kości palców. Sucha trawa szeleści łagodnie pod jej bosymi stopami, kiedy pełna niepokoju chodzi od drzewa do drzewa.

Próbuje zrozumieć, walczy ze sobą i koszmarnymi myślami, które obudziły się do życia, kiedy straciła pierwsze dziecko, i przybrały na sile po utracie dwóch kolejnych. Straciła Lucy. A Tom, którego kochała i którego poślubiła, zniknął we mgle pełnej kłamstw, wymykając się jak złodziej, gdy nie patrzyła. Podrzucał liściki tamtej kobiecie, spiskując przeciwko Isabel i zamierzając odebrać jej dziecko.

Rozumiem. Jego wiadomość brzmi zagadkowo. Wściekłość i tęsknota sprawiają, że Isabel czuje w żołądku bolesny uścisk.

Jej myśli jak stado spłoszonych ptaków pierzchają na wszystkie strony. Przez krótką chwilę czuje się tak, jak w wieku dziewięciu lat, gdy koń, którego dosiadała, spłoszył się i poniósł. Leżący na ścieżce wąż tygrysi sprawił, że zwierzę stanęło dęba i umknęło w las, nie zważając na gałęzie i uczepione jego grzywy przerażone dziecko. Isabel tuliła się do szyi zwierzęcia, aż wyczerpane cwałem zatrzymało się milę dalej na niewielkiej polance. „Nic na to nie poradzisz — ostrzegł ją ojciec. — Kiedy koń poniesie, możesz tylko modlić się o to, żebyś utrzymała się w siodle. Nie zatrzymasz zwierzęcia, które wpadło w panikę".

Nie ma z kim porozmawiać. Nikt jej nie zrozumie. Jaki sens ma życie bez rodziny? Muska palcami korę jakarandy i znajduje bliznę — nacięcie, które Alfie zrobił dzień przed tym, jak obaj z Hugh wyjechali do Francji. Chciał zapamiętać, jaka była wysoka.

— Uważaj, siostrzyczko, kiedy wrócimy, zobaczę, jak bardzo urosłaś.

— A kiedy wrócicie? — spytała.

Chłopcy wymienili zaniepokojone spojrzenia.

— Kiedy będziesz taka wysoka — odparł Hugh, nacinając korę sześć cali wyżej. — Kiedy będziesz taka wysoka, wrócimy do domu, żeby uprzykrzać ci życie.

Isabel nigdy nie osiągnęła takiego wzrostu.

Przemykający obok gekon wyrywa ją z zamyślenia i sprawia, że wraca do teraźniejszości. W świetle uwięzionego między gałęziami księżyca Isabel zastanawia się, kim tak naprawdę jest Tom. Kim jest mężczyzna, którego wydawało jej się, że zna? Jak mógł dopuścić się takiej zdrady? Czym tak naprawdę było ich wspólne życie? I czym były ich dusze — krew Toma zmieszana z jej krwią — że nie potrafiły zostać w jej ciele? W głowie Isabel, przewrotna niczym złośliwy chochlik, pojawia się myśl: jaki sens ma teraz jej życie?

* * *

Tygodnie, które nastąpiły po powrocie Grace, były dla Hannah gorsze niż to, co przeżyła po jej zniknięciu. Nagle musiała stawić czoło prawdom, których tak bardzo się bała i przed którymi uciekała. Minęły lata. Frank nie żył. Część życia jej córki przepadła na zawsze i nie można jej odzyskać. Przez cały ten czas, gdy nie było jej przy Hannah, Grace stanowiła część życia innych ludzi.

Jej dziecko wiodło inne życie. Życie bez niej. Zawstydzona zdała sobie sprawę, że czuje się zdradzona. Zdradzona przez własną córkę.

Przypomniała sobie żonę Billy'ego Wisharta i jej radość, gdy okazało się, że mężczyzna, którego kochała, nie zginął w bitwie nad Sommą. Jednak człowiek, który wrócił do domu, był kimś zupełnie obcym, więc radość kobiety wkrótce zmieniła się w rozpacz. Po pięciu latach, pewnego ranka, kiedy lód na zbiorniku wodnym był wystarczająco gruby, poszła do obory, stanęła na odwróconym wiadrze i się powiesiła. Sznur musiały odciąć dzieci, bo Billy wciąż nie mógł utrzymać noża w ręce.

Hannah modliła się o cierpliwość, siłę i zrozumienie. Każdego ranka prosiła Boga, by pomógł jej dotrwać do końca dnia.

* * *

Pewnego popołudnia, przechodząc obok pokoju dziecinnego, usłyszała głos. Zwolniła kroku i podeszła na palcach do uchylonych drzwi. Z radością zauważyła, że jej córka bawi się lalkami. Do tej pory uparcie się przed tym broniła, a teraz rozstawiła na łóżku dziecięcy serwis do herbaty. Jedna z lalek wciąż miała na sobie uroczą koronkową sukienkę, jednak druga została w krótkiej haleczce i ściąganych w kolanach, bufiastych majtkach. Na kolanach pierwszej leżała drewniana klamerka do bielizny.

— Czas na kolację — oznajmiła lalka w koronkowej sukience, kiedy Grace zbliżyła do klamerki miniaturową filiżankę i mlasnęła ochoczo. — Grzeczna dziewczynka. A teraz czas do łóżka, kochanie. Dobranoc. — Lalka podniosła klamerkę do ust, by ją pocałować. — Popatrz, tatusiu — ciągnęła dziewczynka — Lucy śpi. — Mówiąc to, drobną rączką dotknęła klamerki. — Dobranoc, Lulu, dobranoc, mamusiu — odparła lalka w bufiastych spodenkach. — Muszę iść do latarni. Niedługo zajdzie słońce. — Po tych słowach ukryła lalkę pod kocem. — Nie martw się, Lucy — dodała lalka w sukience — czarownica cię nie zabierze. Zabiłam ją.

Zanim się zorientowała, Hannah wpadła do pokoju i złapała lalki.

— Dość tych głupich zabaw, słyszysz? — warknęła, uderzając dziewczynkę po rękach. Dziecko zesztywniało, jednak się nie rozpłakało, tylko patrzyło na nią w milczeniu.

Nagle Hannah ogarnęły wyrzuty sumienia.

— Przepraszam, kochanie! Przepraszam. Nie chciałam zrobić ci krzywdy. — Przypomniała sobie słowa lekarza. — Ci ludzie... oni wyjechali. Postąpili źle, trzymając cię z dala od domu. A teraz wyjechali. — Wspomnienie domu sprawiło, że Grace wyglądała na zdezorientowaną. — Pewnego dnia — Hannah westchnęła — pewnego dnia to wszystko nabierze sensu.

W porze lunchu, kiedy szlochała w kuchni, zawstydzona swym niekontrolowanym wybuchem, jej córka, używając trzech drewnianych klamerek, znowu bawiła się w rodzinę. Tej nocy Hannah siedziała do późna, krojąc i szyjąc. Rankiem na poduszce w pokoju dziecinnym pojawiła się nowa szmaciana lalka — mała dziewczynka z wyszytym na fartuszku imieniem „Grace".

* * *

— Nie mogę znieść myśli o tym, co ona czuje, mamo — wyznała Isabel, kiedy razem z Violet siedziały w wiklinowych fotelach pod zadaszeniem na tyłach domu. — Na pewno tęskni za nami i za domem. Biedactwo, nie ma pojęcia, co się dzieje.

— Wiem, kochanie, wiem — odparła jej matka.

Violet przyniosła filiżankę herbaty i postawiła ją na kolanach córki. Isabel wyglądała okropnie, miała zapadnięte, podkrążone oczy i matowe, splątane włosy.

— Nie było nawet pogrzebu... — Ubierała myśli w słowa, jakby wierzyła, że dzięki temu lepiej je zrozumie.

— Co masz na myśli? — spytała Violet. Ostatnio Isabel często mówiła bez sensu.

— Wszyscy, których straciłam, którzy zostali mi odebrani... Może pogrzeb... sama nie wiem... może pogrzeb coś by zmienił. Wiemy, że Hugh został pochowany w Anglii. Alfie jest nazwiskiem na tablicy pamiątkowej. Trójka moich dzieci... trójka, mamo... tylko ja śpiewałam nad ich mogiłami. A teraz... — dodała łamiącym się głosem — Lucy...

Violet dziękowała losowi, że nie musiała uczestniczyć w pogrzebie swoich synów. Pogrzeb był dowodem. Niepodważalnym. Pogrzeb oznaczał pogodzenie się z tym, że Hugh i Alfie naprawdę nie żyją. Że ich ciała zostały pogrzebane. Był niczym zdrada. Brak pogrzebu daje nadzieję, że pewnego dnia chłopcy, jak gdyby nigdy nic, wpadną do kuchni, zapytają, co na obiad, i wyśmieją głupi błąd, przez który na chwilę uwierzyła — wyobraźcie to sobie! — że naprawdę zginęli.

— Kochanie, Lucy nie umarła — odezwała się po chwili. Kiedy Isabel zbyła jej słowa obojętnym wzruszeniem ramion, ściągnęła brwi. — Nie ma w tym żadnej twojej winy. Nigdy nie wybaczę temu człowiekowi.

— Myślałam, że mnie kocha, mamo. Wciąż powtarzał, że jestem dla niego najważniejsza. I nagle zrobił coś tak strasznego...

* * *

Później, tego samego dnia, polerując srebrne ramki, w które oprawiono zdjęcia jej synów, Violet po raz kolejny przeanalizowała całą sytuację. Kiedy pokochasz dziecko, nie ma znaczenia, co jest dobre, a co złe. Znała kobiety rodzące dzieci spłodzone przez mężów, których nienawidziły, albo — co gorsza — mężczyzn, którzy wzięli je siłą. Wszystkie kochały swoje dzieci, nawet jeśli ich ojcowie budzili w nich odrazę. Sama najlepiej wiedziała, że nie można obronić się przed miłością do dziecka.

ROZDZIAŁ 29

— Dlaczego ją chronisz?

To pytanie zaskoczyło Toma. Zmęczonym wzrokiem spojrzał na Ralpha.

— To oczywiste. Wystarczy, że wspomnę o Isabel, a ty od razu robisz się podejrzliwy i zaczynasz się dziwnie zachowywać.

— Powinienem lepiej ją chronić. Powinienem chronić ją przede mną.

— Nie gadaj bzdur.

— Jesteś dobrym przyjacielem, Ralph, ale... jest wiele rzeczy, których o mnie nie wiesz.

— Jest też wiele takich, które wiem.

Tom wstał.

— Wszystko w porządku z silnikiem? Bluey mówił, że miałeś jakieś problemy.

Ralph spojrzał na niego uważnie.

— Nie wygląda to dobrze.

— Szkoda, łódź służyła ci wiernie przez długie lata.

— Taaa. Ufałem jej i nie spodziewałem się, że kiedykolwiek mnie zawiedzie. Ludzie z Fremantle chcą wycofać ją z eksploatacji. — Podniósł wzrok. — Wkrótce i tak wszyscy będziemy martwi. Kim jesteś, żeby marnotrawić najlepsze lata życia?

— Najlepsze lata mojego życia już dawno minęły.

— Gadasz brednie, i dobrze o tym wiesz! Najwyższy czas, żebyś stanął na nogi i coś zrobił! Na litość boską, weź się w garść, do cholery!

— Co niby twoim zdaniem powinienem zrobić?

— Powiedzieć cholerną prawdę, jakakolwiek jest. Kłamiąc, pakujesz się w tarapaty.

— Mówiąc prawdę, wpakuję się w jeszcze większe... Ludzie nie mogą znieść pewnych rzeczy. Chryste... wiem o tym lepiej niż ktokolwiek inny. Izzy była zwyczajną, szczęśliwą dziewczyną, dopóki nie poznała mnie. Nic by się nie wydarzyło, gdyby nie popłynęła ze mną na Janus Rock. Myślała, że to raj. Nie miała pojęcia, w co się pakuje. Nie powinienem był brać jej ze sobą.

— To dorosła kobieta, Tom.

Tom spojrzał na szypra i przez chwilę zastanawiał się, co powiedzieć.

— Ralphie, należało mi się od dłuższego czasu. Nie uciekniesz od własnych grzechów. — Westchnął, zerkając na pajęczynę w kącie celi. Wiszące na niej nieliczne muchy przywodziły na myśl zapomniane świąteczne dekoracje. — Bóg mi świadkiem, że powinienem zginąć dawno temu. Zarobić kulkę albo oberwać bagnetem. Moje dni od dawna są policzone. — Przełknął z trudem ślinę. — Izz jest wystarczająco zrozpaczona po utracie Lucy. Nie przeżyłaby... To jedyna rzecz, jaką mogę dla niej zrobić. Tylko w ten sposób mogę wynagrodzić to, co jej zrobiłem.

* * *

— To nie w porządku — powtarza dziewczynka, jakby chciała przemówić jej do rozsądku. Zachowuje się jak ktoś, kto bezskutecznie próbuje wytłumaczyć coś obcokrajowcowi. — To nie w porządku. Chcę iść do domu.

Czasami Hannah udaje się na kilka godzin odwrócić jej uwagę. Piecze z nią ciasteczka. Wycina lalki z papieru. Zbiera okruszki i wysypuje je strzyżykom, które — ku uciesze Grace — skaczą na cieniutkich nóżkach, delikatnie skubiąc resztki czerstwego chleba.

Kiedy dziewczynka z zachwytem reaguje na pręgowanego kota, którego mijają po drodze, rozpytuje w miasteczku, czy ktoś ma jakieś kociątka. Wkrótce w domu pojawia się mały czarny kociak z białymi łapkami.

Grace jest zaintrygowana, ale pozostaje podejrzliwa.

— No dalej, kochanie, jest twój. Tylko twój — tłumaczy Hannah, delikatnie podając jej kotka. — Będziesz musiała się nim opiekować. Jak go nazwiesz?

— Lucy — odpowiada bez wahania dziewczynka.

Hannah się wzdryga.

— Myślę, że Lucy to imię dla małej dziewczynki, nie dla kota — tłumaczy. — Może nazwiemy go prawdziwym kocim imieniem?

Więc Grace wymienia jedyne kocie imię, jakie zna.

— Tabatha Tabby.

— Dobrze, niech będzie Tabatha Tabby. — Hannah przystaje na tę propozycję, choć to kot, nie kocica, a do tego wcale nie

335

jest pręgowany*. Najważniejsze, że miała okazję porozmawiać z dziewczynką.

Nazajutrz, kiedy mówi: „Chodź, nakarmimy Tabathę", Grace nawija na paluszek kosmyk włosów i tłumaczy:

— Ona cię nie lubi. Lubi tylko mnie. — Nie robi tego złośliwie, po prostu stwierdza fakt.

* * *

— Może powinnaś pozwolić jej spotkać się z Isabel Sherbourne? — powiedziała Gwen po kolejnej awanturze, która wybuchła między matką a córką z powodu butów.

Hannah spojrzała na nią przerażona.

— Gwen!

— Wiem, że to ostatnia rzecz, jaką chcesz usłyszeć. Ale pomyślałam... może jeśli Grace zobaczy, że przyjaźnisz się z jej matką... może to coś zmieni.

— Przyjaźnić się z jej matką! Jak w ogóle możesz mówić coś takiego? Poza tym wiesz, co powiedział doktor Sumpton. Im szybciej zapomni o tamtej kobiecie, tym lepiej!

Jednak nie mogła zaprzeczyć, że jej córka została nieodwracalnie napiętnowana przez tamtych rodziców i życie. Kiedy przechodziły obok plaży, ciągnęła ją do wody. Nocą, gdy większość dzieci z radością wskazywała księżyc, Grace pokazywała paluszkiem najjaśniejszą gwiazdę i oznajmiała dumnie:

— To Syriusz! A tam Droga Mleczna. — Pewność w jej głosie przerażała Hannah tak, że pospiesznie wracała do domu, tłumacząc: — Czas spać.

Hannah modliła się, by nie czuć żalu i rozgoryczenia.

---

* *Tabby cat* (ang.) — pręgowany kot.

— Dobry Boże — szeptała — dzięki tobie odzyskałam córeczkę. Teraz proszę, wskaż mi właściwą drogę. — Nagle wyobrażała sobie Franka owiniętego w płótno i ciśniętego do bezimiennego grobu. Pamiętała wyraz jego twarzy, gdy po raz pierwszy trzymał w ramionach córeczkę, największy skarb i radość jego życia.

Nie miała na nic wpływu. Najważniejsze, by Tom Sherbourne został sprawiedliwie osądzony. Jeśli sąd zdecyduje, że powinien iść do więzienia... cóż... oko za oko, jak napisano w Biblii. Niech sprawiedliwości stanie się zadość.

Wówczas przypominała sobie mężczyznę, który lata temu, na statku, obronił ją przed Bóg wie czym. Pamiętała, jak bezpieczna poczuła się w jego obecności. Nawet teraz, myśląc o tym, wstrzymywała oddech. Skąd mogła wiedzieć, jaki jest naprawdę? Już wtedy Tom Sherbourne roztaczał wokół siebie aurę władzy. Czyżby myślał, że stoi ponad prawem? Że może robić, co mu się żywnie podoba? Ale te dwa listy i staranny charakter pisma: *Módl się za mnie*. Tak więc wracała do modlitwy, prosząc Boga, by Tom Sherbourne został sprawiedliwie osądzony, nawet jeśli w głębi duszy pragnęła widzieć, jak cierpi za to, co zrobił.

* * *

Nazajutrz po południu, podczas przechadzki z ojcem, Gwen wzięła go pod rękę.

— Tęsknię za tym miejscem — wyznała, spoglądając na zbudowany z wapienia, okazały dom.

— Ono też za tobą tęskni, Gwenny — odparł Septimus. — Teraz, kiedy Grace zamieszkała z Hannah, może ty również wrócisz do domu...

Dziewczyna zagryzła wargi.

— Chciałabym, naprawdę, ale...

— Ale?

— Nie sądzę, żeby Hannah dała sobie radę. — Cofnęła rękę i spojrzała na ojca. — Przykro mi to mówić, tato, ale nie wiem, czy kiedykolwiek poradzi sobie z całą tą sytuacją. A ta biedna dziewczynka! Nie miałam pojęcia, że dziecko może być tak nieszczęśliwe.

Septimus dotknął jej policzka.

— Znałem pewną dziewczynkę, która była równie nieszczęśliwa. Z bólem serca patrzyłem, jak cierpisz po śmierci mamy. — Pochylił się, by powąchać jedną z czerwonych róż, których miękkie aksamitne płatki zaczynały już więdnąć. Wciągnął jej zapach głęboko do płuc i prostując się, położył rękę na swoim krzyżu.

— Ale to właśnie jest najsmutniejsze — ciągnęła Gwen. — Jej matka żyje. Jest tu, w Partageuse.

— Tak. Hannah rzeczywiście jest w Point Partageuse!

Znała ojca na tyle dobrze, by wiedzieć, że nie powinna drążyć tematu. Szli więc w milczeniu. Septimus przyglądał się rabatkom, podczas gdy Gwen bezskutecznie próbowała wyrzucić z pamięci płacz i rozpaczliwe krzyki siostrzenicy.

* * *

Tej nocy Septimus Potts zastanawiał się, co powinien zrobić. Wiedział co nieco o małych dziewczynkach, które straciły matkę, podobnie jak wiedział co nieco na temat siły perswazji. Kiedy plan był gotowy, zasnął spokojnym, niczym niezmąconym snem.

* * *

Następnego dnia rano pojawił się w domu Hannah i oznajmił:

— Dobrze. Jesteście gotowe? Wyruszamy na tajemniczą wyprawę. Najwyższy czas, żeby Grace poznała lepiej Partageuse i dowiedziała się, skąd pochodzi.

— Ale właśnie ceruję zasłony do sali parafialnej. Obiecałam wielebnemu Norkellsowi...

— Sam ją zabiorę. Nic jej nie będzie.

„Tajemnicza wyprawa" rozpoczęła się od wycieczki do tartaków Pottsa. Septimus pamiętał, że w dzieciństwie Hannah i Grace uwielbiały karmić jabłkami i cukrem tamtejsze konie. W obecnych czasach drewno przewożono koleją, jednak konie pociągowe wciąż przydawały się w nagłych wypadkach, jak wtedy, gdy gwałtowne deszcze podmywały tory.

Poklepując klacz, powiedział:

— To, moja droga Grace, jest Arabella. Potrafisz powiedzieć „Arabella"? Zaprzęgnij ją do wozu — zwrócił się do chłopca stajennego, który niechętnie poprowadził zwierzę na dziedziniec.

Septimus posadził Grace na ławeczce i po chwili usiadł koło niej.

— A zatem ruszajmy na wyprawę. — Cmoknął na konia.

Grace nigdy nie widziała tak dużego zwierzęcia. Nigdy też nie była w prawdziwym lesie, nie licząc niefortunnej przygody w buszu za domem Graysmarków. Przez większą część życia widywała tylko dwa drzewa — bliźniacze sosny na Janus Rock. Septimus jechał starym szlakiem wśród potężnych eukaliptusów, od czasu do czasu pokazując zdumionej Grace kangury i jaszczurki. Dziewczynka była zauroczona tym baśniowym światem.

— Co to? — pytała, widząc jakiegoś ptaka albo walabię.

— Popatrz, mały kangur! — pisnęła na widok torbacza, który skakał powoli nieopodal drogi.

— To nie jest kangur — wyjaśnił Septimus. — To kuoka. Jest podobna do kangura, ale mniejsza. Większa już nie urośnie. — Po tych słowach pogłaskał ją po głowie. — Dobrze widzieć, jak się śmiejesz. Wiem, że byłaś smutna... Tęsknisz za swoim dawnym życiem. — Urwał i zastanawiał się przez chwilę. — Wiem, jak to jest, bo... to samo spotkało mnie. Ja też musiałem pożegnać się z moją mamą — ciągnął, widząc jej pytające spojrzenie. — Wsiadłem na statek, przepłynąłem morze i dotarłem do Fremantle. Byłem niewiele starszy od ciebie. Wiem, trudno to sobie wyobrazić, ale przypłynąłem tu i znalazłem nowych rodziców, Walta i Sarah. Od tamtej pory to oni się mną opiekowali. I kochali mnie tak, jak Hannah kocha ciebie. Czasami człowiek ma w życiu więcej niż jedną rodzinę.

Widząc, że twarz Grace nie zdradza żadnych emocji, szybko zmienił temat. Zza gałęzi drzew zaczęły przeświecać promienie słońca, które kładły się plamami na wąskiej ścieżce.

— Podobają ci się drzewa? — spytał Septimus.

Dziewczynka pokiwała głową.

— Widzisz — wskazał młode drzewka — wciąż odrastają. Wycinamy te duże i stare, a na ich miejscu pojawiają się nowe. Z czasem wszystko odrasta. Kiedy będziesz w moim wieku, to drzewo będzie ogromne. Zobaczysz, wszystko dobrze się skończy. — W jego głowie pojawiła się pewna myśl. — Kiedyś ten las będzie należał do ciebie. Będzie twój.

— Mój?

— Teraz należy do mnie, ale pewnego dnia będzie należał do twojej mamusi i cioci Gwen, a później do ciebie. Co ty na to?

— Dasz mi lejce? — spytała.

Septimus się roześmiał.

— Daj mi rączki i oboje potrzymamy lejce.

* * *

— Oto ona, cała i zdrowa — oznajmił Septimus, wchodząc z Grace do domu córki.

— Dziękuję, tato. — Hannah ukucnęła i spojrzała na dziewczynkę. — Dobrze się bawiłaś?

Grace pokiwała głową.

— Głaskałaś koniki?

— Tak — odparła mała sennie, trąc piąstkami oczy.

— To był długi dzień, kochanie. Czas na kąpiel i do łóżka.

— On dał mi las — wumruczała Grace, a jej małe usta rozciągnęły się w czymś, co mogło uchodzić za uśmiech. Serce Hannah zabiło mocniej.

* * *

Tego wieczoru, po kąpieli, Hannah usiadła na skraju łóżka Grace.

— Tak się cieszę, że miło spędziłaś dzień. Opowiedz mi, co widziałaś.

— Kuotę.

— Słucham?

— Kuota, jest mała i skacze.

— Aaa! Kuoka! Są słodkie, prawda? Co jeszcze?

— Dużego konia. Trzymałam lejce.

— Pamiętasz, jak miał na imię?

Dziewczynka zastanawiała się przez chwilę.

— Araballa.

— Tak, Arabella. Jest śliczna. Ma przyjaciół: Samsona, Herculesa i Dianę. Jest już dość stara, ale bardzo silna. Czy dziadek pokazywał ci wozy z drewnem, które koń potrafi ciągnąć? — Dziewczynka wyglądała na zdezorientowaną. — Wielkie wozy z dwoma ogromnymi kołami. Kiedyś na takich wozach wywożono z lasu ścięte drzewa. — Kiedy Grace pokręciła głową, dodała pospiesznie: — Skarbie, jest tyle rzeczy, które chciałabym ci pokazać. Zobaczysz, pokochasz las.

Gdy dziewczynka zasnęła, Hanna jeszcze długo siedziała na łóżku, snując plany na przyszłość. Wiosną pokaże jej polne kwiaty. Kupi jej małego konika, może kucyka szetlandzkiego, tak by razem mogły jeździć po wąskich leśnych ścieżkach. Nagle bez lęku spojrzała w przyszłość, na otwierające się przed nią nowe widoki.

— Witaj w domu — szepnęła do śpiącej córki. — Witaj w domu, kochanie — powtórzyła i nucąc pod nosem, wróciła do swych obowiązków.

ROZDZIAŁ 30

Partageuse ma określoną liczbę mieszkańców i określoną liczbę miejsc, w których zwykle przebywają. Prędzej czy później człowiek musi wpaść na kogoś, kogo wolałby unikać. Minęło wiele dni, zanim Violet przekonała córkę, żeby wyszła z domu.

— No chodź, przejdziemy się, a po drodze wpadnę do Mouchemore'a. Potrzebuję wełny, żeby dokończyć narzutę. — Koniec ze słodkimi sweterkami. Koniec z malutkimi batystowymi sukienkami. Violet Graysmark wróciła do robienia koców dla ostatnich nieszczęśników, którzy wciąż przebywali w szpitalu wojskowym. Przynajmniej miała czym zająć ręce, nawet jeśli jej myśli wciąż krążyły wokół ostatnich wydarzeń.

— Naprawdę, mamo, nie mam ochoty. Zostanę w domu.

— Daj spokój, kochanie, chodź ze mną.

Kiedy szły ulicami miasteczka, ludzie ukradkiem zerkali w ich stronę. Nieliczni witali je uprzejmymi uśmiechami, jednak nikt nie pytał: „Co słychać, Vi?" czy „Spotkamy się w niedzielę w kościele?". Ludzie nie wiedzieli, jak traktować tę żałobę, która nie miała nic wspólnego ze śmiercią. Niektórzy, widząc je, przechodzili na drugą stronę ulicy. Mieszkańcy Point Partageuse czytali gazety, szukając strzępów informacji, jednak ostatnimi czasy o sprawie dziewczynki Roennfeldtów zrobiło się dziwnie cicho.

Kiedy Violet wraz z córką weszły do sklepu pasmanteryjnego Mouchemore'a, wychodząca właśnie Fanny Darnley wydała stłumiony krzyk i zdumiona zatrzymała się przed drzwiami.

Wnętrze sklepu pachniało środkiem do polerowania drewna o zapachu lawendy i więdnącymi różami stojącymi w koszu nieopodal kasy. Na półkach, od podłogi aż po sufit, leżały bele materiału: damaszki, muśliny, płótna lniane i bawełniane. Kolorowe nici tworzyły tęczę, wokół której, niczym barwne chmury, tłoczyły się kłębki wełny. Na stole, przy którym pan Mouchemore obsługiwał starszą panią, leżały kartony z koronką — grubą, delikatną, brukselską i francuską. W drugim końcu sklepu pod ścianami stały rzędy stolików i krzeseł mających służyć wygodzie klientów.

Przy jednym z nich, plecami do Isabel, siedziały dwie kobiety. Jedna była blondynką, druga, ciemnowłosa, oglądała belę jasnożółtego materiału. Siedząca obok niej jasnowłosa dziewczynka w milczeniu bawiła się szmacianą lalką. Miała na sobie różową sukieneczkę i wykończone koronką białe skarpetki.

Kiedy kobieta rozmawiała ze sprzedawcą na temat ceny i ilości, dziewczynka zaintrygowana spojrzała w stronę drzwi. Chwilę później cisnęła lalkę i zeskoczyła z krzesła.

— Mamusiu! — krzyknęła, biegnąc ku Isabel. — Mamusiu! Mamusiu!

Zanim ktokolwiek zdążył zareagować, Lucy uczepiła się spódnicy Isabel.

— Och, Lucy! — Isabel wzięła ją na ręce. — Lucy, skarbie!
— Ta zła pani zabrała mnie, mamusiu! Uderzyła mnie! —
kwiliła dziewczynka, wskazując palcem Hannah.

— Moje biedne, biedne, słoneczko! — Isabel szlochała,
tuląc dziewczynkę. Obejmujące ją chude nóżki i tuląca się do
jej policzka główka Lucy były jak ostatni element układanki.
Isabel na krótką chwilę zapomniała o bożym świecie.

Upokorzona i oszołomiona Hannah z przerażeniem przyglądała się całej scenie. Dopiero teraz zrozumiała, co tak
naprawdę utraciła. Na własne oczy zobaczyła ogrom tego, co
zostało jej odebrane. Setki dni, tysiące uścisków i miłość, do
której prawa uzurpuje sobie ta zupełnie obca kobieta. Czuła,
że drżą jej nogi, i bała się, że zaraz upadnie. Gwen położyła
jej rękę na ramieniu, ona również nie wiedziała, co zrobić.

Hannah starała się zapomnieć o upokorzeniu i łzach, które
napływały jej do oczu. Trwające w czułym uścisku kobieta
i dziecko były jak jedna istota, w świecie, do którego nikt nie
miał dostępu. Było jej niedobrze, gdy próbowała utrzymać się
na nogach i zachować resztki godności. Uspokoiła oddech,
wzięła torebkę i pewnym krokiem podeszła do Isabel.

— Grace, kochanie — zaczęła. Dziewczynka nadal tuliła
się do Isabel i żadna z nich ani drgnęła. — Grace, skarbie,
czas wracać do domu. — Wyciągnęła rękę, żeby dotknąć
dziewczynki, jednak z gardła małej wyrwał się krzyk. Nie pisk,
ale przeraźliwy, morderczy wrzask, od którego zatrzęsły się
szyby w oknach.

— Mamusiu, każ jej odejść! Powiedz jej, żeby sobie poszła!

W sklepie zebrał się niewielki tłum. Mężczyźni byli wyraźnie
zakłopotani, a kobiety przerażone. Czerwoną twarz Grace
wykrzywiał wściekły grymas.

— Proszę, mamusiu! — błagała. Wzięła w dłonie twarz Isabel i darła się wniebogłosy. Isabel nie reagowała.

— Może powinnyśmy... — zaczęła Gwen, lecz Hannah nie pozwoliła jej dokończyć.

— Puść ją! — krzyknęła do Isabel. — Dość już narobiłaś — dodała spokojnym, pełnym goryczy głosem.

— Jak możesz być taka okrutna?! — wybuchła Isabel. — Nie widzisz, w jakim jest stanie? Nic o niej nie wiesz. Nie masz pojęcia, czego potrzebuje ani jak się nią opiekować! Miej odrobinę zdrowego rozsądku, skoro nie ma w tobie za grosz dobroci!

— Puść moją córkę! Natychmiast! — zażądała Hannah. Drżała i pragnęła jak najszybciej wyjść ze sklepu, by przerwać łączącą je magiczną więź.

Wyrwała dziewczynkę z objęć Isabel.

— Mamusiu! — krzyczała Grace. — Chcę do mamusi! Puść mnie!

— Już dobrze, kochanie — pocieszała ją Hannah. — Wiem, że jest ci smutno, ale nie możemy tu zostać. — Mówiła spokojnie, z całych sił trzymając szamoczącą się, histeryzującą dziewczynkę.

Gwen zerknęła na Isabel i ze smutkiem pokręciła głową, po czym całą uwagę skupiła na siostrzenicy.

— Ćśś, ćśś, kochanie. Nie płacz. — Mówiąc to, otarła twarz dziewczynki delikatną koronkową chusteczką. — Chodź do domu, zjesz toffi. Tabatha Tabby będzie za tobą tęskniła. Chodź, skarbie. — Kobiety nie przestawały mówić, kiedy cała trójka wychodziła ze sklepu, jednak tylko Gwen odwróciła się, by spojrzeć na zrozpaczoną Isabel.

W sklepie zapadła cisza. Isabel patrzyła przed siebie, nieruchoma, jakby obawiała się, że najmniejsze drgnięcie sprawi, iż przestanie czuć na sobie dotyk córki. Violet w milczeniu patrzyła na twarze zgromadzonych. Wreszcie jeden z pomocników pana Mouchemore'a podszedł do stołu i zaczął zwijać materiał.

Larry Mouchemore odebrał to jako sygnał i zwrócił się do stojącej obok staruszki:

— Mówiła pani dwa jardy koronki, tak?

— Tak... tak. Dwa jardy — odparł kobieta. Starała się mówić spokojnie, jednak gdy doszło do płacenia, sięgnęła do torebki i zamiast pieniędzy położyła na ladzie grzebień.

— Chodź, skarbie — szepnęła Violet. — Chyba nie chcę tej wełny. — I, nieco głośniej, dodała: — Zerknę na wzór i dopiero zdecyduję.

Fanny Darnley, szepcząca coś do stojącej obok kobiety, zamarła, gdy Isabel Sherbourne i jej matka opuszczały sklep, choć jeszcze długo patrzyła za oddalającymi się kobietami.

* * *

Knuckey idzie wzdłuż przesmyku, słuchając fal, które z obu stron nacierają na brzeg. Przychodzi tu po wieczornej herbatce, żeby oczyścić umysł. Wytarł naczynia, które zmyła żona. Wciąż tęskni do dni, kiedy w domu były dzieci, a dzielenie się obowiązkami stanowiło formę zabawy. Teraz dzieci są już prawie dorosłe. Uśmiecha się na wspomnienie małego Billy'ego — wiecznego trzylatka.

Obraca w palcach muszlę, zaokrągloną jak moneta i chłodną w dotyku. Rodziny. Bóg jeden wie, kim by był, gdyby nie rodzina. Chęć posiadania dziecka to dla kobiety najbardziej naturalna rzecz na świecie. Jego Irene zrobiłaby wszystko, żeby odzyskać Billy'ego. Wszystko. Kiedy w grę wchodzą dzieci, rodzicami zaczynają kierować instynkt i nadzieja. I lęk. Prawa i zasady przestają mieć znaczenie.

Prawo to prawo, ale ludzie są ludźmi. Wraca myślami do początku całej tej nieszczęśliwej historii; do Dnia ANZAC, kiedy pojechał do Perth na pogrzeb ciotki. Mógłby rozgonić cały ten tłum, łącznie z Garstone'em. Wszystkich tych mężczyzn, którzy wykorzystali Franka Roennfeldta, by choć na chwilę zapomnieć o bólu. Teraz wie, że coś takiego mogłoby jeszcze bardziej pogorszyć sytuację. Nie można skonfrontować całego miasteczka z tym, co dla niego wstydliwe. Czasami zapomnienie jest jedyną drogą powrotu do normalności.

Tom Sherbourne jest zagadką. Zamknięty w sobie niczym orzech makadamii. Nikt nie wie, co dzieje się pod gładką, twardą skorupką, i nie wiadomo, w którym miejscu uderzyć, żeby go rozłupać. Przeklęty Spragg za wszelką cenę chce go dorwać w swoje ręce. Knuckey grał na zwłokę tak długo, jak było to możliwe, ale już wkrótce będzie musiał pozwolić mu przesłuchać więźnia. Kto wie, co się z nim stanie, kiedy trafi do Albany albo Perth. Teraz Tom Sherbourne jest swoim najgorszym wrogiem.

Przynajmniej udało mu się trzymać Spragga z dala od Isabel.

— Sam pan wie, że nie możemy zmusić jej, żeby zaczęła mówić, więc lepiej będzie, jeśli zostawimy ją w spokoju. Jeżeli zaczniemy wywierać na nią presję, zamknie się w sobie na dobre. Tego pan chce? — spytał sierżanta. — Proszę zostawić ją mnie.

Chryste, cała ta sytuacja zaczynała go przerastać. Spokojne życie w spokojnym miasteczku — oto, czego chciał. A teraz musi to wszystko zrozumieć. To cholernie trudna sprawa.

Cholernie trudna. Ma być sprawiedliwy i skrupulatny, a w odpowiednim czasie przekazać więźnia policji w Albany. Cisnął muszlę do wody, gdzie z rykiem rzuciły się na nią wygłodniałe fale.

* * *

Sierżant Spragg, wciąż spocony po długiej podróży z Albany, strzepnął z rękawa kłaczek i spojrzał na leżące przed nim dokumenty.

— Thomas Edward Sherbourne, urodzony dwudziestego ósmego września tysiąc osiemset dziewięćdziesiątego trzeciego.

Tom nie zareagował. W rozgrzanym nieruchomym powietrzu od strony lasu dobiegało przeraźliwe cykanie cykad.

— Bohater wojenny. Dwukrotnie odznaczony Krzyżem Wojskowym. Czytałem pańskie pochwały: w pojedynkę przejął pan niemieckie gniazdo karabinu maszynowego. Pod ostrzałem uratował czterech swoich żołnierzy i takie tam. — Spragg urwał na chwilę. — Swego czasu musiał pan zabić mnóstwo ludzi.

Tom milczał.

— Powiedziałem — Spragg pochylił się nad stołem — że swego czasu musiał pan zabić mnóstwo ludzi.

Tom oddychał spokojnie. Patrzył przed siebie, a jego twarz nie zdradzała żadnych emocji.

Spragg uderzył ręką w blat stołu.

— Kiedy cię o coś pytam, odpowiadaj, do cholery.

— Kiedy zada mi pan pytanie, odpowiem — odparł spokojnie Tom.

— Dlaczego zabiłeś Franka Roennfeldta? To jest pytanie.

— Nie zabiłem go.

— Dlatego, że był Niemcem? Nadal miał ten swój dziwny akcent?

— Kiedy go znalazłem, nie miał żadnego akcentu. Nie żył.

— Na wojnie zabiłeś wielu takich jak on. Jeden więcej czy mniej, dla takich jak ty to bez różnicy, prawda?

Tom odetchnął i skrzyżował ręce na piersi.

— To również jest pytanie, Sherbourne.

— O co panu chodzi? Przyznałem się do tego, że zatrzymałem Lucy. Powiedziałem, że ten człowiek nie żył, kiedy łódź przybiła do brzegu. Pochowałem go. Czego jeszcze pan chce?

— Jakiż on dzielny, jaki uczciwy i szlachetny. Jest w stanie się poświęcić i pójść do więzienia — przedrzeźniał go śpiewnym głosem Spragg. — Tyle że ja nie dam się nabrać, rozumiesz? Coś mi mówi, że próbujesz wyłgać się od morderstwa.

Spokój Toma rozwścieczył go jeszcze bardziej.

— Widziałem już takich jak ty. I mam po dziurki w nosie cholernych bohaterów wojennych. Wrócili do kraju i oczekują uwielbienia do końca swoich dni. Patrzą z pogardą na każdego, kto nie nosił munduru. Cóż, wojna skończyła się dawno temu. Widzieliśmy wielu takich jak ty, powojennych wykolejeńców. Nie myśl sobie, że to, co bezkarnie robiłeś na wojnie, ujdzie ci na sucho w cywilizowanym kraju.

— To nie ma nic wspólnego z wojną.

— Ktoś musi stać na straży zwykłej ludzkiej przyzwoitości, i tym kimś jestem ja.

— A co ze zdrowym rozsądkiem, sierżancie? Na litość boską, niech pan pomyśli! Mogłem wszystkiemu zaprzeczyć. Mogłem nawet powiedzieć, że Franka Roennfeldta nie było w łodzi. Powiedziałem prawdę, ponieważ chciałem, żeby jego

350

żona wiedziała, co się stało, i dlatego, że zasługiwał na porządny pogrzeb.

— A może powiedziałeś część prawdy, ponieważ chciałeś zagłuszyć sumienie i uniknąć odpowiedzialności.

— Pytanie tylko, co jest bardziej prawdopodobne.

Sierżant zmierzył go lodowatym spojrzeniem.

— Siedmiu ludzi, podobno tylu zabiłeś, zajmując gniazdo karabinu maszynowego. To mi wygląda na robotę agresywnego gościa. Bezwzględnego zabójcy. Twoje brawurowe popisy mogą oznaczać dla ciebie wyrok śmierci — odparł, zbierając notatki. — Niełatwo być bohaterem z pętlą na szyi. — Zamknął teczkę i zawołał Harry'ego Garstone'a, żeby odprowadził więźnia do celi.

ROZDZIAŁ 31

Od czasu incydentu w sklepie pana Mouchemore'a Hannah prawie nie wychodzi z domu, a Grace znów zamyka się w sobie, mimo usilnych starań ze strony matki.

— Chcę do domu. Chcę do mamusi — powtarza płaczliwym głosem.

— Grace, kochanie, to ja jestem twoją mamusią. Wiem, że trudno ci to zrozumieć. — Hannah delikatnie ujmuje ją pod brodę. — Kocham cię, odkąd przyszłaś na świat. Tak długo czekałam, aż wrócisz do domu. Obiecuję, że pewnego dnia wszystko zrozumiesz.

— Chcę do tatusia! — pochlipuje dziewczynka, odtrącając jej rękę.

— Tatuś nie może być z nami, ale bardzo, bardzo cię kochał. — Mówiąc to, widzi Franka z maleńką Grace na rękach. Dziewczynka patrzy na nią ze zdumieniem, złością, a w końcu z rezygnacją.

* * *

Wracając do domu po wizycie u krawcowej, Gwen nie przestawała myśleć o tym, co wydarzyło się w sklepie. Martwiła się o siostrzenicę. To okropne, że takie małe dziecko musi doświadczać tak strasznych rzeczy. Czuła, że nie może dłużej stać z założonymi rękami.

Na skraju parku, w miejscu, gdzie graniczy z buszem, dostrzegła kobietę, która, siedząc na ławce, patrzyła przed siebie. Jej uwagę zwróciła sukienka w wyjątkowo ładnym odcieniu zieleni. Dopiero po chwili uświadomiła sobie, że to Isabel Sherbourne. Minęła ją pospiesznie, choć pogrążona w zadumie kobieta w ogóle nie zwracała uwagi na to, co dzieje się wokół niej. Nazajutrz i dwa dni później Gwen widziała ją w tym samym miejscu, równie zamyśloną i nieobecną.

Nie wiadomo, czy pomysł narodził się w jej głowie jeszcze przed awanturą, która wybuchła, gdy okazało się, że Grace wyrwała wszystkie kartki z książki z bajkami. Hannah zbeształa ją i płacząc, próbowała pozbierać kartki z pierwszej książki, którą Frank kupił dla ich córki — pięknie ilustrowanych *Baśni braci Grimm*.

— Co zrobiłaś z książką tatusia? Jak mogłaś, kochanie?

— W odpowiedzi dziewczynka schowała się pod łóżkiem i zwinęła w kłębek, by nikt nie mógł jej dosięgnąć.

— Tak niewiele rzeczy zostało mi po Franku... — Hannah szlochała, spoglądając na powyrywane kartki.

— Wiem, Hanny, wiem. Ale Grace nie ma o niczym pojęcia. Nie zrobiła tego celowo. — Gwen położyła rękę na ramieniu siostry. — Wiesz co? Połóż się i odpocznij, a ja zabiorę ją na spacer.

— Musi przyzwyczaić się do bycia we własnym domu.

— Pójdziemy do taty. Ucieszy się, a świeże powietrze dobrze jej zrobi.

— Lepiej nie. Nie chcę...

— Daj spokój, Hanny. Potrzebujesz odpoczynku.

Hannah westchnęła.

— Dobrze. Ale nie chodźcie nigdzie więcej.

* * *

Kiedy wyszły na ulicę, Gwen wręczyła siostrzenicy lizaka.

— Pewnie masz ochotę na lizaka, prawda, Lucy?

— Tak — odparła dziewczynka. Na dźwięk imienia nieznacznie przekrzywiła głowę.

— Jeśli będziesz grzeczną dziewczynką, pójdziemy do dziadka.

Mała wyraźnie się ożywiła na wspomnienie mężczyzny, który pokazał jej duże drzewa i konie. Szła posłusznie u boku Gwen. Nie uśmiechała się, ale też nie krzywiła się ani nie płakała.

Idąc do Septimusa, nie musiały przechodzić obok parku — mogły wybrać znacznie krótszą drogę obok cmentarza i kaplicy metodystów.

— Jesteś zmęczona, Lucy? Co powiesz na krótki odpoczynek? Przed nami jeszcze długa droga, a ty jesteś przecież małą kruszyną... — Dziewczynka zaciskała palce w piąstkę i otwierała je, zafascynowana ich lepkością. Kątem oka Gwen dostrzegła siedzącą na ławce Isabel. — No dalej, skarbie, biegnij do ławki. Dogonię cię. — Dziewczynka wolnym krokiem ruszyła w kierunku ławki, wlokąc za sobą szmacianą lalkę. Gwen szła nieco dalej, uważnie obserwując siostrzenicę.

Widziała, jak Isabel podnosi głowę i mruga.

— Lucy? Kochanie! — krzyknęła, tuląc dziewczynkę.

— Mamusiu! — pisnęła mała, przywierając do niej całym ciałem.

Isabel rozejrzała się i zobaczyła Grace, która skinęła głową, jakby chciała powiedzieć: „No dalej. Nacieszcie się sobą".

Cokolwiek robiła ta kobieta i dlaczego to robiła, nie interesowało Isabel. Płacząc z radości, trzymała Lucy w ramionach. Chwilę później odsunęła ją od siebie, by lepiej jej się przyjrzeć. Może, wbrew wszystkiemu, istnieje szansa, że odzyska córeczkę. Na myśl o tym zalała ją fala ciepła.

— Aleś ty schudła, skarbie! Została z ciebie tylko skóra i kości. Musisz być grzeczną dziewczynką i jeść. Dla mamusi. — Potrzebowała chwili, by zauważyć inne zmiany, jakie zaszły w dziewczynce: włosy zaczesane na drugą stronę, ozdobioną stokrotkami uroczą muślinową sukienkę, nowe buciki z motylkami przy sprzączkach.

Reakcja siostrzenicy sprawiła, że Gwen poczuła ulgę. Oto miała przed sobą zupełnie inne dziecko, które z ufnością tuliło się do ukochanej matki. Dała im czas, by mogły się sobą nacieszyć, zanim do nich podeszła.

— Lepiej już ją zabiorę. Nie byłam pewna, czy panią zastanę.

— Ale... nie rozumiem...

— To straszne. Wszystkim nam jest ciężko. — Gwen pokręciła głową i westchnęła. — Moja siostra to dobra kobieta, dużo wycierpiała. — Mówiąc to, spojrzała na dziewczynkę. — Spróbuję znowu ją przyprowadzić. Nie mogę nic obiecać, ale proszę o cierpliwość. Tylko tyle. Proszę czekać, a może... — Nie dokończyła. — I niech pani nikomu o tym nie mówi. Hannah tego nie zrozumie. Nigdy by mi nie wybaczyła... Chodź, Lucy. — Wyciągnęła ręce do dziewczynki.

Dziecko jeszcze mocniej przywarło do Isabel.

— Nie, mamusiu! Nie odchodź!

— No już, kochanie. Bądź grzeczna dla mamusi. Musisz teraz iść z tą panią, ale obiecuję, że niedługo znowu się zobaczymy.

Dziewczynka nie zamierzała jednak puszczać Isabel.

— Jeśli będziesz grzeczna, jeszcze tu wrócimy — dodała z uśmiechem Gwen, delikatnie ciągnąc ją ku sobie.

Isabel miała ochotę wyrwać córkę z objęć tej obcej kobiety, jednak zdrowy rozsądek podpowiadał jej, żeby tego nie robić. Nie. Kobieta obiecała, że niedługo znów przyprowadzi Lucy, trzeba tylko cierpliwie czekać. Kto wie, może z czasem zmienią się też inne rzeczy?

* * *

Gwen niełatwo było uspokoić siostrzenicę. Tuliła ją, brała na ręce i wykorzystywała każdą okazję, by zagadkami i rymowankami odwrócić jej uwagę. Nie miała pojęcia, czy jej plan się powiedzie, wiedziała tylko, że nie może dłużej patrzeć, jak dziewczynka marnieje w oczach z tęsknoty za matką. Hannah zawsze była uparta i Gwen obawiała się, że ten upór ją zaślepił. Zastanawiała się, czy uda jej się utrzymać spotkanie w tajemnicy przed siostrą. Nawet jeśli było to niemożliwe, warto spróbować.

— Wiesz, co to jest tajemnica, kochanie? — spytała, kiedy Grace wreszcie się uspokoiła.

— Tak — bąknęła dziewczynka.

— To dobrze. W takim razie pobawimy się w tajemnice, dobrze?

Grace spojrzała na nią, jakby czekała na wyjaśnienie.

— Kochasz mamę Isabel, prawda?

— Tak.

— I chcesz znowu ją zobaczyć? Ale Hannah może być trochę zła, więc nie powiemy nic ani jej, ani dziadkowi, dobrze?

Grace zacisnęła usta.

— To będzie nasza tajemnica, a jeśli ktoś zapyta, co dziś robiłyśmy, powiesz, że byłyśmy u dziadka. Nikt nie może wiedzieć, że spotkałaś się ze swoją mamusią. Rozumiesz, kochanie?

Dziewczynka jeszcze mocniej zacisnęła usta i z powagą skinęła głową. Tylko jej oczy zdradzały, jak bardzo jest zdezorientowana.

* * *

— To mądre dziecko. Wie, że Isabel Sherbourne żyje... widziałyśmy ją u Mouchemore'a. — Hannah siedziała w gabinecie doktora Sumptona. Tym razem nie było z nią Grace.

— Powtarzam, że jedynym lekarstwem dla pani córki jest czas i trzymanie jej z daleka od pani Sherbourne.

— Tak sobie myślałam... zastanawiałam się, czy mogłabym porozmawiać z nią o... tamtym życiu, na wyspie. Może to by pomogło?

Doktor Sumpton zaciągnął się fajką.

— Proszę spojrzeć na to w ten sposób... Gdybym wyciął pani wyrostek robaczkowy, ostatnią rzeczą, jakiej by pani potrzebowała, to co pięć minut zaglądać pod bandaże i sprawdzać, czy rana już się zagoiła. Wiem, że to trudne, ale to jeden z tych przypadków, gdy im mniej się o czymś rozmawia, tym lepiej.

* * *

Jednak zdaniem Hannah Grace nie zmieniła się ani trochę. Zaczęła obsesyjnie dbać o porządek, układała zabawki i ścieliła łóżko. Dała klapsa kotu za to, że przewrócił jej domek dla lalek, i uparcie nie okazywała matce żadnych uczuć.

Mimo to Hannah nie dawała za wygraną. Nadal opowiadała historie o lasach i mężczyznach, którzy w nich pracowali, o szkole w Perth i tym, co tam robiła, o Franku i jego życiu w Kalgoorlie. Śpiewała niemieckie piosenki, nawet jeśli dziewczynka nie zwracała na nią uwagi. Szyła ubranka dla lalek i przygotowywała puddingi. Tymczasem Grace rysowała obrazki, na których niezmiennie pojawiali się mama, tata i Lulu, oraz latarnia, której światło sięgało krawędzi kartki, rozpraszając napierający zewsząd mrok.

* * *

Będąc w kuchni, Hannah obserwowała Grace, która siedziała na podłodze w salonie i przemawiała szeptem do drewnianych klamerek. Ostatnio dziewczynka była bardzo niespokojna. Wyjątkiem były dni, kiedy odwiedzała Septimusa, więc Hannah ucieszyła ta niewielka odmiana. Podeszła nawet do drzwi, żeby posłuchać, co mówi dziewczynka.

— Lucy, zjedz lizaka — mówiła jedna z klamerek.

— Pycha — odparła druga.

— Mam specjalną tajemnicę — ciągnęła pierwsza. — Chodź z ciocią Gwen. Kiedy Hannah śpi.

Hannah z narastającym niepokojem przyglądała się zabawie.

Z kieszeni fartuszka Grace wyjęła cytrynę i nakryła ją chusteczką.

— Dobranoc, Hannah — powiedziała ciocia Gwen. — Teraz odwiedzimy mamusię w parku.

— Cmok, cmok. — Dwie klamerki ucałowały się serdecznie. — Lucy, kochanie, chodź. Wrócimy na Janus Rock. — Przez chwilę w podskokach spacerowały po dywanie.

Gwizd czajnika zaskoczył dziewczynkę. Gdy odwróciła się i zobaczyła stojącą w drzwiach Hannah, cisnęła klamerki i uderzyła się w rękę.

— Niedobra Lucy! — pisnęła.

Przerażenie Hannah ustąpiło miejsca rozpaczy, gdy uświadomiła sobie, że tak właśnie postrzega ją własna córka. Nie jako kochającą matkę, ale jako tyrana. Próbowała zachować spokój, jednocześnie zastanawiając się, co powinna zrobić.

Drżącymi rękami przygotowała kakao i wróciła do pokoju.

— Ślicznie się bawiłaś, kochanie — zaczęła, próbując ukryć zdenerwowanie.

Dziewczynka siedziała, w milczeniu popijając gorące kakao.

— Znasz jakieś sekrety, Grace?

Dziecko wolno pokiwało głową.

— To na pewno cudowne sekrety.

Po raz kolejny Grace przytaknęła, choć w jej oczach można było wyczytać niepewność.

— Zagramy w grę?

Dziewczynka nakreśliła stopą na podłodze szeroki łuk.

— Zagramy w grę, w której spróbuję odgadnąć twój sekret. W ten sposób tajemnica pozostanie tajemnicą, bo nie będziesz musiała nic mówić. Jeśli zgadnę, dostaniesz w nagrodę lizaka. — Twarz dziewczynki stężała. — Myślę, że... odwiedziłaś tę miłą panią z Janus Rock. Mam rację?

Grace zaczęła kiwać główką, jednak nagle przerwała.

— Byłyśmy u pana w dużym domu. Miał różową twarz.

— Nie będę na ciebie zła, kochanie. Czasami dobrze jest odwiedzić tych, których kochamy. Czy pani przytuliła cię na powitanie?

— Tak — odparła powoli Grace, jakby zastanawiała się, czy to również jest częścią jej tajemnicy.

* * *

Kiedy pół godziny później Hannah zdejmowała pranie ze sznura, żołądek wciąż podchodził jej do gardła. Jak to możliwe, że jej własna siostra zrobiła coś takiego? Przypomniała sobie twarze ludzi, których widziała w sklepie pana Mouchemore'a. Miała wrażenie, że widzieli coś, czego ona nie była w stanie zauważyć i że wszyscy — łącznie z Gwen — śmiali się z niej za jej plecami. Zostawiła wiszącą na sznurze halkę, wróciła do domu i wpadła do pokoju Gwen.

— Jak mogłaś?

— O czym ty mówisz? — zdziwiła się Gwen.

— Jakbyś nie wiedziała!

— Bo nie wiem!

— Wiem, co zrobiłaś. Wiem, dokąd zabrałaś Grace.

Widok łez, które napłynęły do oczu siostry, zaskoczył Hannah.

— To biedna mała dziewczynka, Hannah — szepnęła Gwen.

— Co?

— Biedactwo! Tak, zabrałam ją na spotkanie z Isabel Sherbourne. W parku. I pozwoliłam im porozmawiać. Ale zrobiłam to dla niej. Jest zdezorientowana. Zrobiłam to dla niej, Hannah... dla Lucy.

— Ma na imię Grace! Ma na imię Grace i jest moją córką. Chcę, żeby była szczęśliwa i... — Zaczęła szlochać. — Tęsknię za Frankiem — dodała nieco ciszej. — Mój Boże, Frank, tak bardzo za tobą tęsknię. — Spojrzała na siostrę. — A ty zabierasz ją do żony człowieka, który pogrzebał go w rowie! Jak mogłaś w ogóle o tym pomyśleć! Grace musi o nich zapomnieć. Ja jestem jej matką!

Gwen zawahała się, jednak podeszła do siostry i ją przytuliła.

— Wiesz, jak bardzo cię kocham. Robiłam co mogłam, żeby ci pomóc. Bóg mi świadkiem, że bardzo się starałam, odkąd Grace wróciła do domu. Sęk w tym, że to nie jest jej dom. Nie mogę patrzeć, jak cierpi. I nie mogę patrzeć, jak bardzo cię to boli.

Hannah, nie przestając szlochać, odetchnęła.

Gwen się wyprostowała.

— Myślę, że powinnaś ją oddać Isabel Sherbourne. Moim zdaniem to jedyne wyjście. Dla dobra dziecka. I twojego, Hanny. Dla twojego również.

Hannah odsunęła się od siostry.

— Dopóki żyję, Grace nigdy więcej nie zobaczy tej kobiety — odparła lodowato. — Nigdy!

Żadna z sióstr nie widziała drobnej twarzyczki zaglądającej przez szparę w drzwiach ani małych uszu, które słyszały wszystko, co mówiło się w tym dziwnym, bardzo dziwnym domu.

* * *

Vernon Knuckey usiadł przy stole naprzeciwko Toma.

— Miałem do czynienia z różnymi ludźmi, ale ty jesteś wyjątkowy. — Po raz kolejny spojrzał na leżącą przed nim kartkę. — Do brzegów wyspy przybija łódka, a ty mówisz sobie: „Jakie ładne dziecko. Zatrzymam je i nikt się o tym nie dowie".

— Czy to pytanie?

— Próbujesz utrudniać sprawę?

— Nie.

— Ile dzieci straciła Isabel?

— Troje. Przecież pan wie.

— Ale to ty postanowiłeś zatrzymać małą. Nie kobieta, która straciła trójkę dzieci? Wszystko to było twoim pomysłem, bo uważałeś, że prawdziwy mężczyzna to taki, który wychowuje gromadkę dzieciaków. Masz mnie za idiotę?

Tom nie odpowiedział. Knuckey pochylił się w jego stronę i powiedział spokojnie:

— Wiem, jak to jest stracić dziecko. I wiem, jak to odbiło się na mojej żonie. O mało nie oszalała z rozpaczy. — Czekał, jednak Tom milczał. — Potraktują ją łagodnie.

— Nie tkną jej — odparł Tom.

Knuckey pokręcił głową.

— Wstępna rozprawa odbędzie się w przyszłym tygodniu, kiedy sędzia przyjedzie do miasta. Zostaniesz przewieziony do Albany, gdzie sierżant Spragg powita cię z otwartymi ramionami i Bóg jeden wie czym jeszcze. Uparł się na ciebie i nie będę w stanie zrobić nic, by go powstrzymać.

Tom nie odpowiedział.

— Chcesz, żebym poinformował kogoś o wstępnej rozprawie?

— Nie, dziękuję.

Knuckey spojrzał na Toma, wstał od stołu i zamierzał wyjść, kiedy usłyszał:

— Mogę napisać do żony?

— To oczywiste, że nie możesz do niej napisać. Nie możesz kontaktować się z potencjalnymi świadkami. Jeśli zamierzasz podjąć grę, graj zgodnie z zasadami.

362

Tom mierzył go wzrokiem.

— Proszę tylko o kawałek kartki i ołówek. Będzie pan mógł przeczytać... To moja żona.

— A ja, na Boga, jestem policjantem.

— Proszę nie mówić, że nigdy nie nagiął pan przepisów. Że nigdy nie przymknął pan oka dla jakiegoś biednego drania... Kawałek kartki i ołówek. Proszę.

* * *

Tego samego dnia po południu Ralph dostarczył list Isabel. Wzięła go niechętnie drżącą ręką.

— Pójdę, żebyś mogła przeczytać go w spokoju. — Mówiąc to, dotknął jej ręki. — Ten człowiek potrzebuje twojej pomocy, Isabel — dodał z powagą.

— Podobnie jak moja córeczka — odparła ze łzami w oczach.

Kiedy wyszedł, poszła z listem do sypialni. Podniosła go do twarzy, jakby liczyła, że poczuje zapach męża, jednak się pomyliła. Sięgnęła po leżące na toalecie nożyczki do paznokci i zaczęła rozcinać kopertę, jednak coś sprawiło, że jej ręka zamarła w powietrzu. Ujrzała zapłakaną twarz Lucy i drżąc, przypomniała sobie, że wszystko to wina Toma. Odłożyła nożyczki i schowała list do szuflady.

* * *

Poduszka jest mokra od łez. Wiszący za oknem wąski sierp księżyca wydaje się zbyt słaby, by oświetlić sobie drogę w mroku nocy. Hannah patrzy na niego w milczeniu. Na świecie jest tyle rzeczy, które chciałaby dzielić z córką, jednak świat i Grace zostali jej odebrani.

Oparzenie słoneczne. Z początku nie rozumie, skąd wzięło się to wspomnienie, pojawiło się nagle, nieproszone i nieistotne. Angielska guwernantka, nieświadoma, czym jest poparzenie słoneczne i niemająca pojęcia, jak je leczyć, włożyła ją do gorącej wody, żeby „zmyć opaleniznę", której Hannah nabawiła się podczas zabaw w zatoce, gdy ojca nie było w domu.

— Niech panienka nie marudzi — powiedziała dziesięcioletniej wówczas Hannah. — Ból dobrze panience zrobi.

Wrzaski Hannah zaniepokoiły kucharkę, która przybiegła do łazienki i wyjęła ją z wody.

— W życiu nie słyszałam większej bzdury! — gderała. — Ostatnią rzeczą, jaką należy robić w przypadku poparzeń, jest polewanie ich gorącą wodą. Nie trzeba być cholerną Florence Nightingale, żeby to wiedzieć!

Jednak Hannah nie była zła. Guwernantka naprawdę wierzyła, że postępuje właściwie. Chciała dla niej wszystkiego, co najlepsze. Zadawała ból po to, by jej pomóc.

Nagle, wściekła na chuderlawy księżyc, ciska poduszkę w drugi koniec pokoju i wali pięścią w materac.

— Chcę odzyskać moją Grace — szepcze przez łzy. — To nie jest moja Grace!

Jej dziecko umarło.

* * *

Tom usłyszał szczęk zamka.

— Dzień dobry — powitał go Gerald Fitzgerald prowadzony przez Harry'ego Garstone'a. — Przepraszam za spóźnienie. Pociąg wjechał w stado owiec na obrzeżach Bunbury. Było niewielkie opóźnienie.

— I tak nigdzie się nie wybierałem — mruknął Tom.

Prawnik usiadł przy stole i rozłożył dokumenty.

— Wstępna rozprawa odbędzie się za cztery dni.

Tom skinął głową.

— Może zmienił pan zdanie?

— Nie.

Fitzgerald westchnął.

— Na co pan czeka? Na co pan czeka, do cholery? — powtórzył, czując na sobie spojrzenie Toma. — Przeklęta kawaleria nie przyjdzie z odsieczą. Tylko ja mogę pana ocalić. A jestem tu tylko dlatego, że kapitan Addicott zapłacił mi za to, żebym pana bronił.

— Prosiłem, żeby nie wyrzucał pieniędzy w błoto.

— Te pieniądze nie muszą być zmarnowane! To od pana zależy, czy na nie zapracuję.

— Jak?

— Niech pan pozwoli mi powiedzieć prawdę. Uwolnię pana od zarzutów i sprawię, że wyjdzie pan z więzienia.

— Myśli pan, że niszcząc własną żonę, będę wolnym człowiekiem?

— Chcę tylko powiedzieć... możemy oczyścić pana z połowy tych zarzutów, a przynajmniej możemy spróbować. Jeśli nie przyzna się pan do winy, sąd będzie zmuszony przedstawić dowody na to, że popełnił pan wszystkie z zarzucanych panu czynów. Przeklęty Spragg i jego bzdurne zarzuty. Proszę pozwolić, że się nim zajmę, choćby przez wzgląd na zawodową dumę!

— Powiedział pan, że jeśli przyznam się do stawianych mi zarzutów, zostawią moją żonę w spokoju. Pan zna się na prawie, a ja wiem, co chcę zrobić.

— Myślenie o czymś a robienie czegoś to nie to samo. Więzienie we Fremantle to prawdziwe piekło. A dwadzieścia lat za kratami to szmat czasu.

Tom spojrzał na niego.

— Chce pan poznać prawdziwe piekło? Proszę jechać do Pozières, Bullecourt, albo Passchendaele. Wtedy przekona się pan, jak straszne jest miejsce, gdzie człowiek ma łóżko, jedzenie i dach nad głową.

Fitzgerald spojrzał na dokumenty i coś zanotował.

— Jeśli chce pan przyznać się do winy, proszę bardzo. Pójdzie pan na dno razem z całym tym kramem. Moim zdaniem to czyste szaleństwo... Lepiej niech się pan modli, żeby Spragg nie postawił panu kolejnych zarzutów, gdy trafi pan do Albany.

ROZDZIAŁ 32

— O co chodzi, do cholery? — prychnął Vernon Knuckey, gdy osłupiały Harry Garstone zamknął za sobą drzwi
gabinetu.

Garstone zaszurał nogami, odchrząknął i machnął głową
w kierunku wyjścia.

— Do rzeczy, posterunkowy.

— Przyszedł gość.

— Do mnie?

— Obawiam się, że nie.

Knuckey rzucił mu ostrzegawcze spojrzenie.

— Do Sherbourne'a.

— No i? Na miłość boską, wiesz przecież, co masz robić.
Zapisz nazwisko i wpuść go.

— To... Hannah Roennfeldt.

Sierżant się wyprostował.

— Aha. — Zamknął teczkę i potarł brodę. — Chyba lepiej
będzie, jeśli zamienię z nią słowo.

* * *

Knuckey stał przy okienku nieopodal wejścia na posterunek.

— To nierozsądne, by rodzina ofiary spotykała się z oskarżonym, pani Roennfeldt — powiedział, a Hannah słuchała go w milczeniu, pozwalając, by mówił dalej. — Z całym szacunkiem, ale obawiam się, że to niemożliwe...

— Ale nie jest to wbrew przepisom? Ani prawu?

— Proszę posłuchać, będzie pani wystarczająco ciężko, kiedy zacznie się proces. Proszę mi wierzyć, takie sprawy są bardzo przygnębiające, naprawdę, lepiej będzie, jeśli zostawi to pani w spokoju.

— Chcę go zobaczyć. Chcę spojrzeć w oczy człowiekowi, który zabił moje dziecko.

— Zabił pani dziecko? Proszę się uspokoić.

— Dziecko, które straciłam, nigdy już nie wróci, sierżancie. Nigdy. Grace nigdy nie będzie taka sama.

— Proszę posłuchać, nie jestem pewny, o co pani chodzi, ale...

— Nie sądzi pan, że przynajmniej tyle mi się należy?

Knuckey westchnął. Kobieta wyglądała żałośnie. Od lat niczym duch snuła się po mieście. Może dzięki temu zazna spokoju.

— Proszę zaczekać...

* * *

Wciąż zaskoczony Tom wstał.

— Hannah Roennfeldt chce się ze mną zobaczyć? Po co?

— Nie musisz z nią rozmawiać. Mogę ją odesłać.

— Nie... Porozmawiam z nią. Dziękuję.

Kilka minut później do celi weszła Hannah, wprowadzona przez posterunkowego Garstone'a, który niósł mały drewniany taboret. Postawił go kilka stóp od celi.

— Zostawię drzwi otwarte, pani Roennfeldt, i zaczekam na zewnątrz, chyba że woli pani, żebym został w środku.

— Nie ma takiej potrzeby. To nie potrwa długo.

Garstone nadąsał się i potrząsnął pękiem kluczy.

— Dobrze, jak pani chce — bąknął i wyszedł na korytarz.

Hannah w milczeniu przyglądała się Tomowi: pamiątce po szrapnelu, małej bliźnie w kształcie haka tuż poniżej lewego ucha, płatkom uszu, palcom, które mimo odcisków pozostały długie i delikatne.

Tom poddał się tej ocenie bez zmrużenia oka, niczym zwierzyna wystawiająca się na strzał myśliwego. Przed oczami przelatywały mu kolejne obrazy: łódź, ciało, grzechotka. Każdy świeży i żywy. Po nich przyszedł czas na kolejne wspomnienia: noc, gdy siedząc w kuchni Graysmarków, pisał pierwszy list, bolesny ucisk w żołądku, gdy dobierał słowa, gładkość skóry Lucy, jej śmiech, włosy falujące jak wodorosty, gdy trzymał ją w wodzie na Plaży Rozbitków. Chwila, kiedy odkrył, że przez cały czas znał jej matkę. Poczuł pot spływający po plecach.

— Dziękuję, że zechciał się pan ze mną spotkać, panie Sherbourne...

Tom byłby mniej zdziwiony, gdyby obrzuciła go obelgami albo cisnęła krzesłem w kraty.

— Nie musiał pan tego robić.

W milczeniu skinął głową.

— Dziwne, prawda? — ciągnęła. — Jeszcze kilka tygodni temu, myśląc o panu, czułam wdzięczność. Ale wygląda na to, że to pana powinnam obawiać się tamtej nocy, nie tego pijanego biedaka. „Bycie na froncie zmienia ludzi, powiedział pan. Niektórzy przestają dostrzegać różnicę między dobrem a złem".

Teraz rozumiem, co miał pan na myśli. Muszę wiedzieć — dodała spokojnie — czy to rzeczywiście był pana pomysł?

Tom powoli skinął głową.

Na twarzy Hannah odmalował się ból, jakby ktoś wymierzył jej policzek.

— Żałuje pan tego, co zrobił?

To pytanie go zabolało.

— Nie potrafię opisać, jak bardzo jest mi przykro — odparł, wpatrując się w sęk w drewnianej podłodze.

— Nawet przez chwilę nie przyszło panu do głowy, że dziecko może mieć matkę? Nie pomyślał pan, że ktoś je kocha i umiera z tęsknoty? — Rozejrzała się po celi i znów popatrzyła na Toma. — Dlaczego? Gdybym mogła zrozumieć, dlaczego pan to zrobił...

Tom zacisnął zęby.

— Naprawdę nie potrafię wytłumaczyć, dlaczego zrobiłem to, co zrobiłem.

— Proszę, niech pan spróbuje.

Zasługiwała na prawdę. Jednak nie mógł jej wyjawić, nie zdradzając Isabel. Zrobił to, co było konieczne; Lucy wróciła do matki, a on musi ponieść konsekwencje. Reszta to tylko słowa.

— Naprawdę, nie mogę.

— Policjant z Albany uważa, że zabił pan mojego męża. Czy to prawda?

Spojrzał jej prosto w oczy.

— Przysięgam, że kiedy go znalazłem, nie żył... Wiem, że powinienem był postąpić inaczej. Naprawdę żałuję, że decyzja, którą podjąłem, tak dużo panią kosztowała. Ale pani mąż nie żył, gdy łódź dopłynęła do brzegu.

Hannah odetchnęła głęboko i zamierzała wyjść.

— Proszę mnie ukarać. Nie proszę o przebaczenie — dodał Tom — ...ale moja żona... nie miała wyboru. Ona naprawdę kocha to dziecko. Dbała o nie, jakby było jedyną istotą na świecie. Proszę okazać jej łaskę.

Gorycz, jaka jeszcze chwilę temu malowała się na twarzy Hannah, zastąpiły smutek i zmęczenie.

— Frank był cudownym mężczyzną — odrzekła i powoli wyszła na korytarz.

* * *

W skąpym świetle Tom słuchał cykad, które niczym tysiące zegarów odmierzały każdą upływającą sekundę. Miał świadomość, że machinalnie zamyka i otwiera dłonie, jakby mogły zabrać go do miejsca, do którego nie dojdzie na piechotę. Spojrzał na nie i przez chwilę myślał o tym wszystkim, co robiły. To skupisko komórek, mięśni i myśli to jego życie, a jednak jest w nim coś jeszcze. Wrócił do teraźniejszości, do rozgrzanych ścian i gęstego nieruchomego powietrza. Ostatnia szansa na uniknięcie piekła została mu odebrana.

* * *

Isabel godzinami starała się wyrzucić Toma ze swego umysłu. Próbowała zapomnieć, pomagając matce w domowych obowiązkach i przeglądając obrazki Lucy, które dziewczynka rysowała w czasie krótkich wizyt u dziadków, jednak rozpacz po utracie dziecka narastała z każdym mijającym dniem. Myśli o Tomie wpełzały z powrotem do jej umysłu i przypominała sobie o liście dostarczonym przez Ralpha, ukrytym na dnie szuflady.

Gwen obiecała, że znów przyprowadzi Lucy, jednak przez kolejne dni nie pojawiła się w parku, choć Isabel czekała godzinami. Musi być silna, jeśli istnieje nadzieja, że jeszcze kiedyś zobaczy córkę. Musi nienawidzić Toma dla dobra Lucy. A jednak... Wyjęła list i spojrzała na niewielkie rozdarcie w miejscu, w którym zaczęła go otwierać. Zaraz jednak schowała go z powrotem do szuflady i pospieszyła do parku, by jak co dzień czekać na córkę.

* * *

— Powiedz, co mam zrobić, Tom. Wiesz przecież, że chcę ci pomóc. Proszę, po prostu powiedz mi, co mam zrobić — powtarzał Bluey ze ściśniętym gardłem.

— Nie musisz nic robić — odparł Tom. W celi było bardzo gorąco. Powietrze wypełniał zapach fenolu, którym godzinę temu umyto podłogi.

— Klnę się na Boga, że wolałbym nie widzieć tej przeklętej grzechotki. Powinienem był trzymać gębę na kłódkę. — Mówiąc to, uczepił się krat. — Ten sierżant z Albany przyszedł do mnie i pytał o ciebie. Chciał wiedzieć, czy umiesz używać pięści i czy lubisz sobie wypić. Był też u Ralpha. Na litość boską, Tom, ludzie gadają... o morderstwie. Słyszałem w pubie, że chcą cię powiesić!

Tom spojrzał mu w oczy.

— Wierzysz im?

— Oczywiście, że im nie wierzę. Ale wiem, że plotki zaczynają żyć własnym życiem. Wiem, że niewinny człowiek może zostać oskarżony o coś, czego nie zrobił. I na nic przeprosiny, kiedy już straci życie. — Bluey spojrzał na niego błagalnym wzrokiem.

— Istnieją rzeczy, które trudno wytłumaczyć — odparł Tom. — Są powody, dla których zrobiłem to, co zrobiłem.

— Ale co takiego zrobiłeś?

— Dopuściłem się rzeczy, które zrujnowały ludziom życie, najwyższy czas za nie zapłacić.

— Podobno stary Potts twierdzi, że musiałeś zrobić coś naprawdę paskudnego, skoro nawet własna żona nie stanęła w twojej obronie.

— Dzięki, stary. Wiesz, jak mnie pocieszyć.

— Nie poddawaj się bez walki, Tom. Obiecaj mi!

— Nic mi nie będzie, Bluey.

Jednak kiedy kroki chłopaka ucichły, Tom zaczął się zastanawiać, ile w tym prawdy. Isabel nie odpowiedziała na jego list i obawiał się najgorszego. Mimo to musi trzymać się swojej wersji wydarzeń.

* * *

Na przedmieściach stoją stare drewniane chaty zamieszkiwane niegdyś przez mężczyzn pracujących przy wyrębie lasów. Skromne oszalowane budynki, niektóre zaniedbane i w rozsypce, inne nadające się do zamieszkania. Zbudowano je na niewielkich parcelach nieopodal pompowni zaopatrującej miasto w wodę. Isabel wie, że w jednej z tych chat mieszka Hannah Roennfeldt, a z nią jej ukochana Lucy. Isabel na próżno czekała, aż Gwen przyprowadzi dziewczynkę. Zdesperowana próbuje odszukać dom Roennfeldtów i dowiedzieć się, gdzie mieszka Lucy i jak sobie radzi. Jest środek dnia, obsadzona jakarandami szeroka ulica jest zupełnie pusta.

Jeden z domów jest wyjątkowo zadbany. Ktoś niedawno

pomalował deski i ściął trawę, a wysoki, równo przycięty żywopłot chroni jego mieszkańców przed oczami ciekawskich.

Isabel idzie wąską dróżką na tyłach domów i słyszy dobiegające zza żywopłotu, rytmiczne skrzypienie żelaza. Zerka przez niewielką szparę między liśćmi i z dudniącym sercem przygląda się, jak jej mała dziewczynka jeździ ścieżką na trójkołowym rowerku. Sama. Twarz Lucy nie wyraża radości ani smutku, jedynie skupienie. Jest tak blisko, wystarczy wyciągnąć rękę, by dotknąć jej, przytulić i pocieszyć. To niedorzeczne, że nie może być ze swoją córeczką, zupełnie jakby całe miasto oszalało i tylko ona jedna pozostała przy zdrowych zmysłach.

Zastanawia się. W ciągu dnia jest jeden pociąg z Perth do Albany i jeden z Albany do Perth. Jeśli wsiądzie w ostatniej chwili, może nikt jej nie zauważy. Może minie trochę czasu, zanim ktokolwiek się zorientuje, że dziecko zniknęło. W Perth łatwiej będzie wtopić się w tłum i zachować anonimowość. Tam mogłaby wsiąść na statek do Sydney. Albo nawet do Anglii. Rozpocząć nowe życie. To, że nie ma pieniędzy ani własnego konta, wcale jej nie przeraża. Z ukrycia przygląda się córce i tka w głowie misterny plan.

* * *

Harry Garstone zapukał do domu Graysmarków. W wąskiej szybce ukazała się twarz Billa, który po chwili otworzył drzwi.

— Panie Graysmark. — Posterunkowy powitał go zdawkowym skinieniem głowy.

— Dobry wieczór, Harry. Co cię do nas sprowadza?

— Sprawy służbowe.

— Rozumiem — mruknął Bill, gotowy na kolejną porcję złych wiadomości.

— Szukam dziewczynki Roennfeldtów.

— Hannah?

— Nie, jej córki Grace.

Bill potrzebował chwili, by zrozumieć, że chodzi o Lucy. Spojrzał pytająco na policjanta.

— Jest u was? — spytał Garstone.

— Oczywiście, że jej tu nie ma. Dlaczego...

— W domu Roennfeldtów też jej nie ma. Wygląda więc na to, że zaginęła.

— Jak to zaginęła?

— Albo została uprowadzona. Czy pańska córka jest w domu?

— Tak.

— Na pewno? — spytał, wyraźnie rozczarowany.

— Oczywiście, że tak.

— Była w domu przez cały dzień?

— Nie, nie cały dzień. Dlaczego pan pyta? I gdzie jest Lucy?

— O co chodzi? — spytała Violet, która pojawiła się za plecami męża.

— Pani Graysmark, muszę porozmawiać z pani córką — odparł Garstone. — Czy może ją pani poprosić?

Violet niechętnie udała się do pokoju Isabel, jednak nie zastała w nim córki. Zaniepokojona wybiegła do ogrodu, gdzie Isabel siedziała na huśtawce, zamyślona, patrząc przed siebie.

— Isabel! Przyszedł Harry Garstone!

— Czego chce?

— Lepiej sama z nim porozmawiaj.

Coś w głosie matki sprawiło, że Isabel wstała i weszła do domu.

— Dobry wieczór, pani Sherbourne. Przyszedłem w sprawie Grace Roennfeldt — zaczął Garstone.

— O co chodzi? — spytała Isabel.

— Kiedy widziała ją pani po raz ostatni?

— Nie widziały się, odkąd dziewczynka wróciła do matki — oburzyła się Violet. — Chociaż — dodała pospiesznie — raz, przypadkiem, spotkały się w sklepie pana Mouchemore'a.

— Czy to prawda, pani Sherbourne?

Isabel nie odpowiadała, więc głos zabrał jej ojciec:

— Oczywiście, że to prawda. Myśli pan, że moja córka...

— Nie, tato, widziałam ją.

Bill i Violet spojrzeli na nią zdumieni.

— W parku, trzy dni temu. Przyszła z Gwen Potts. — Isabel zastanawiała się, czy powinna dodać coś jeszcze. — Nie szukałam jej. Gwen sama ją do mnie przyprowadziła. Przysięgam. Gdzie jest Lucy?

— Zniknęła. Przepadła.

— Kiedy?

— Myślałem, że może pani mi powie — odparł policjant. — Pani Graysmark, czy będzie pani miała coś przeciwko temu, jeśli wejdę do domu i się rozejrzę? Tak dla pewności.

Bill otworzył usta, żeby zaprotestować, jednak słowa Isabel sprawiły, że się rozmyślił.

— Nie mamy nic do ukrycia. Proszę, niech pan wejdzie i się przekona.

Posterunkowy, który wciąż pamiętał, jak Bill Graysmark uderzył go trzcinką za ściąganie na klasówce z matematyki, zaczął przetrząsać dom, ostentacyjnie otwierając szafy i nerwowo zaglądając pod łóżka, jakby wciąż liczył, że dyrektor postawi mu najwyższą z możliwych ocen. W końcu wyszedł na korytarz.

— Dziękuję. Jeśli ją państwo zobaczą, proszę dać nam znać.

— Dać wam znać? — Isabel była oburzona. — To znaczy, że nie rozpoczęliście jeszcze poszukiwań? Dlaczego jej nie szukacie?

— To nie pani sprawa, pani Sherbourne.

Gdy za Garstonem zamknęły się drzwi, Isabel odwróciła się do ojca:

— Musimy ją znaleźć, tato! Na Boga, gdzie ona może być? Natychmiast muszę ją...

— Zaczekaj, Izz. Może dowiem się czegoś więcej od Vernona Knuckeya. Zadzwonię na posterunek i sprawdzę, co się dzieje.

ROZDZIAŁ 33

Już jako niemowlę dziewczynka z Janus Rock doświadczyła trudów życia. Kto wie, jak podróż na wyspę i poprzedzające ją wydarzenia zapisały się w jej pamięci. Nawet gdyby je wymazano, czas spędzony na wyspie, w świecie zamieszkanym przez troje ludzi, przeniknął do jej jestestwa. Więź, jaka zawiązała się między nią a ludźmi, którzy ją wychowali, jest silna i bezdyskusyjna. Dziewczynka nie potrafi nazwać uczucia towarzyszącego jej, odkąd zostali rozdzieleni. Nie zna słów, które określają tęsknotę i rozpacz.

Ale tęskni za mamą i tatą, usycha z tęsknoty za nimi i nie przestaje o nich myśleć, mimo iż od tak dawna przebywa tutaj. Musiała zrobić coś bardzo złego, żeby doprowadzić mamę do płaczu. Co do kobiety z ciemnymi włosami i ciemnymi oczami, która wciąż powtarza, że jest jej prawdziwą mamą... nieładnie jest kłamać. Więc dlaczego ta smutna pani wciąż okłamuje ją i wszystkich dookoła? Dlaczego dorośli jej na to pozwalają?

Dziewczynka wie, że mama jest tu, w Partageuse. Wie, że źli ludzie zabrali tatusia, ale nie ma pojęcia dokąd. Wiele razy słyszała słowo „policja", ale nie bardzo wie, o co chodzi.

Podsłuchała dużo rozmów. Słyszała ludzi, którzy szeptali na ulicy: „Cóż za zamieszanie, co za straszna historia". Słyszała też, jak Hannah powiedziała, że nigdy więcej nie zobaczy mamusi.

Janus Rock jest ogromna, jednak dziewczynka zna każdy jej zakątek: Plażę Rozbitków, Zdradziecką Skałę, Burzowy Zakątek. Żeby wrócić do domu, musi wypatrywać tylko światła latarni, tak mówi tatuś. Wie, bo słyszała wiele razy, że Partageuse to mała mieścina.

Kiedy Hannah jest w kuchni, a Gwen na dworze, dziewczynka idzie do swojego pokoju. Rozgląda się. Ostrożnie zapina sandałki. Wkłada do torby rysunek, na którym mama, tata i Lulu stoją obok latarni, jabłko, które dostała rano od pani, i klamerki, którymi bawi się jak lalkami.

Najciszej jak może zamyka tylne drzwi i przemyka wzdłuż żywopłotu na tyłach domu, aż znajduje wąską szczelinę, przez którą przeciska się na drugą stronę. Widziała mamę w parku i właśnie tam chce jej szukać. Znajdzie ją. Znajdzie tatusia i wszyscy troje wrócą do domu.

* * *

Jest późne popołudnie, gdy dziewczynka wyrusza na poszukiwania. Słońce powoli opada za horyzont, a cienie drzew rozciągają się niczym guma.

Przeszedłszy na drugą stronę żywopłotu, dziewczynka przedziera się przez busz ze skarłowaciałymi drzewami, wlokąc za sobą torbę. Dźwięki tu są inne niż na wyspie, a nawoływanie ptaków nie ma końca. Z upływem czasu busz robi się coraz bardziej gęsty i zielony. Dziewczynka nie boi się pokrytych łuską, czarnych, szybkich scynków, które umykają na jej widok. Dobrze wie, że nie zrobią jej krzywdy. Nie wie jednak, że nie wszystko, co czarne i pełzające, jest scynkiem. Do tej pory nie musiała odróżniać gadów, które mają nogi, od tych, które ich nie mają. Nigdy nie widziała węża.

* * *

Kiedy dziewczynka dociera do parku, ostatnie promienie słońca zaczynają dogasać. Biegnie do ławki, jednak nikt na nią nie czeka. Siada i rozgląda się po wyludnionej okolicy. Wyjmuje z torby jabłko, poobijane w drodze, i gryzie kęs.

* * *

O tej porze kuchnie w Partageuse są ruchliwymi miejscami, pełnymi drażliwych matek i głodnych dzieci, które myją ręce i buzie brudne po całym dniu spędzonym w buszu albo na plaży. Ojcowie wyjmują z chłodziarek piwo, matki doglądają garnków z ziemniakami i piekarników z potrawką. Rodziny gromadzą się przy stole, by wspólnie pożegnać mijający dzień. Kiedy niebo spowija ciemność, cienie powstają z ziemi i wypełniają powietrze. Ludzie wracają do domów, pozostawiając noc stworzeniom, do których należy: świerszczom, sowom i wężom. Świat, który nie zmienia się od setek tysięcy lat, budzi się do życia, jakby światło dzienne, ludzie i malownicze krajobrazy byli niczym więcej, jak tylko iluzją. Ulice pustoszeją.

* * *

Kiedy sierżant Knuckey przyjechał do parku, na ławce pozostała tylko torba i oblegany przez mrówki ogryzek jabłka, z widocznymi śladami drobnych zębów.

Zapada noc i w mroku zapalają się kolejne światła. Jasne punkciki w ciemności. Niektóre z nich to lampy gazowe

380

w oknach, inne — światła elektryczne bardziej nowoczesnych domów. Główną ulicę Partageuse oświetlają stojące po obu stronach elektryczne latarnie. Również gwiazdy rozświetlają czyste nocne powietrze, a Mleczna Droga tworzy jasną smugę w mroku nocy.

Niektóre z widocznych między drzewami świateł przywodzą na myśl rozkołysane ogniste owoce. To ludzie z latarniami przeczesujący pobliski busz. Nie policjanci, ale ludzie z tartaku Pottsa i ci, którzy na co dzień pracują w porcie. Hannah z niepokojem czeka w domu, tak jak jej kazano. Graysmarkowie przetrząsają okoliczne zarośla, wołając dziecko po imieniu. Nawołują „Lucy" i „Grace", choć zaginęła tylko jedna dziewczynka.

* * *

Ściskając w ręku obrazek mamy, taty i latarni, dziewczynka przypomina sobie opowieść o Mędrcach, którzy odnaleźli drogę do Dzieciątka Jezus, podążając za gwiazdą. Zauważyła upragnione światło, które wcale nie wydaje się takie odległe. Jednak coś nie daje jej spokoju. Między białymi błyskami pojawia się jeden czerwony. Mimo to dziewczynka idzie w jego stronę.

Zmierza w kierunku wody, gdzie fale przypływu uczyniły brzeg swoim zakładnikiem. W latarni odnajdzie mamę i tatę. Schodzi cierpliwie ku długiemu, wąskiemu przesmykowi, do miejsca, w którym lata temu Isabel uczyła Toma, jak leżąc na skraju kamiennego kręgu, wsłuchiwać się w odgłosy wody i nie dać się zmyć falom. Każdy kolejny krok przybliża dziewczynkę do tańczącego nad oceanem światła.

Jednak światło, które ją prowadzi, nie pochodzi z Janus Rock. Każdy sygnał jest inny. Czerwony błysk między dwoma białymi ostrzega żeglarzy, że niebawem wpłyną na mielizny u wejścia do portu w Partageuse, niemal sto mil od Janus Rock. Zrywa się wiatr. Wzburzone fale roztrzaskują się o brzeg. Dziewczynka nie przestaje iść coraz głębiej w gęstniejący mrok.

* * *

Siedząc w celi, Tom słyszał rozbrzmiewające pośród nocy głosy. „Lucy? Lucy, jesteś tam?". A zaraz potem: „Grace? Gdzie jesteś, Grace?".

— Sierżancie Knuckey?! — zawołał, zerkając zza krat w głąb korytarza. — Sierżancie?

Chwilę później usłyszał brzęk kluczy i na horyzoncie pojawił się posterunkowy Lynch.

— O co chodzi?

— Co się dzieje? Słyszę ludzi, którzy wołają Lucy.

Bob Lynch zastanowił się, zanim odpowiedział. Ten człowiek zasługiwał na wyjaśnienie. I tak przecież nie mógł nic zrobić.

— Dziewczynka zaginęła.

— Jak to? Kiedy?

— Kilka godzin temu. Wygląda na to, że uciekła.

— Boże Wszechmogący! Jak to się mogło stać?

— Nie mam pojęcia.

— Co oni robią?

— Szukają jej.

— Niech mi pan pomoże. Nie mogę tu siedzieć. — Spojrzenie posterunkowego mówiło samo za siebie. — Na litość boską! — krzyknął Tom. — Przecież nie ucieknę!

— Dam ci znać, gdy tylko będę coś wiedział. To wszystko, co mogę zrobić — odparł Lynch i zniknął, podzwaniając kluczami.

W ciemności myśli Toma poszybowały ku Lucy. Zawsze chętnie odkrywała nowe miejsca. Nie znała strachu przed ciemnością. Może powinien był nauczyć ją, czym jest lęk. Nie przygotował jej do życia poza Janus Rock. Nagle przyszła mu do głowy kolejna niepokojąca myśl: gdzie jest Isabel? Do czego jest zdolna w takim stanie? Modlił się do Boga, by nie wzięła spraw w swoje ręce.

* * *

Dzięki Bogu, że to nie zima. Vernon Knuckey czuł chłód, który nasilił się przed północą. Dziewczynka wyszła z domu ubrana w bawełnianą sukienkę i sandałki. W styczniu ma szansę przetrwać noc, ale w sierpniu o tej porze byłaby zziębnięta.

Nie było sensu kontynuować poszukiwań o tej godzinie. Tuż po piątej wzejdzie słońce. Lepiej, żeby ludzie byli wypoczęci i szukali małej za dnia.

— Przekaż ludziom — zwrócił się do Garstone'a — że na dziś kończymy poszukiwania. O świcie niech przyjdą na posterunek. Wtedy zaczniemy od nowa.

Była pierwsza w nocy, jednak Vernon czuł, że musi oczyścić umysł. Poszedł więc na spacer znajomą drogą, trzymając latarnię, która kołysała się przy każdym kroku.

* * *

W małej chatce Hannah modliła się:
— Boże, spraw, proszę, żeby nic jej się nie stało. Chroń ją i zachowaj od złego. Już raz ją ocaliłeś... — Przeraziła ją myśl, że może Grace wykorzystała już swój limit cudów. Zaraz jednak się uspokoiła. Nie potrzeba cudu, by dziecko przetrwało

jedną noc. Wystarczyło tylko, żeby unikało pewnych rzeczy. Nagle dopadła ją inna przerażająca myśl: może Bóg nie chce, żeby ona i Grace były razem. Może to ona jest wszystkiemu winna. Modliła się i czekała. Wreszcie zawarła z Bogiem pakt.

* * *

Ktoś dobija się do drzwi domu Roennfeldtów. Mimo iż w oknach nie pali się światło, Hannah nie śpi i zrywa się, by otworzyć drzwi. Przed nią stoi sierżant Knuckey. Na rękach trzyma bezwładną Grace.

— Dobry Boże! — Hannah przypada do dziewczynki. Nawet nie patrzy na mężczyznę, więc nie widzi, że ten się uśmiecha.

— Mało brakowało, a potknąłbym się o nią na przesmyku. Śpi. Mała ma szczęście, zawsze spada na cztery łapy. — Łzy napływają mu do oczu, kiedy przypomina sobie ciężar ciała syna, którego nie zdołał uratować.

Hannah prawie nie zwraca uwagi na jego słowa i bierze na ręce śpiącą dziewczynkę.

* * *

Tej nocy Hannah położyła Grace w swoim łóżku, a sama usiadła obok, by słuchać jej oddechu, patrzeć, jak przez sen kręci głową albo porusza stopą. Ulga, jaką poczuła, tuląc jej drobne ciepłe ciało, została przyćmiona przez inne mroczne myśli.

Gdy pierwsze krople deszczu niczym drobinki żwiru uderzyły w blaszany dach, wróciła wspomnieniami do dnia ślubu. Do czasu, gdy woda z przeciekającego dachu skapywała do rozstawionych w domu wiader. Do dni pełnych miłości i nadziei. Przede wszystkim nadziei. Pomyślała o Franku, zawsze radosnym i uśmiechniętym, bez względu na to, co przynosił kolejny dzień. Tego samego chciała dla Grace. Chciała, żeby jej córka była szczęśliwa, i modliła się o odwagę i siłę, jakże potrzebne, by uczynić to, co zaplanowała.

Kiedy ryk burzy obudził Grace, dziewczynka spojrzała na Hannah sennym wzrokiem i przytuliła się do niej. Po chwili znowu zasnęła, podczas gdy łkająca cicho Hannah myślała o swoim przyrzeczeniu.

* * *

Czarny pająk wrócił na swoją sieć w kącie celi i biegając tam i z powrotem, tka nić, próbując przywrócić jej należyty wygląd. Tylko on zna właściwy wzór, on jeden wie, dlaczego jedwabista nić ma przebiegać akurat w tym miejscu i pod tym właśnie kątem. Wychodzi nocą, by naprawiać to, co zostało zniszczone — bezładne kłębowisko włókien, które przyciąga kurz. Niezmordowanie tka swój miniaturowy świat, wciąż próbując go naprawiać i nigdy nie opuszczając sieci, jeśli nie jest to konieczne.

Lucy jest bezpieczna. Ulga niczym ciepłe mleko rozlewa się po ciele Toma, jednak wciąż nie ma wieści od Isabel. Nie wie, czy mu wybaczyła i czy kiedykolwiek wybaczy. Bezsilność, jaką czuł, kiedy w żaden sposób nie mógł pomóc Lucy, sprawia, że jest jeszcze bardziej zdeterminowany pomóc żonie. To jedyna wolność, jaka mu pozostała.

Myśl, że przeżyje bez niej resztę życia, sprawia, że łatwiej jest pogodzić się z pewnymi rzeczami i zostawić sprawy własnemu biegowi. Wraca wspomnieniami do oparów oleju, które płonęły, gdy tylko przytknął do nich zapaloną zapałkę. Tęczy rzucanej przez pryzmaty. Oceanu rozpościerającego się przed nim jak sekretny podarek. Jeśli będzie musiał pożegnać się ze światem, chce zapamiętać wszystko to, co najpiękniejsze, nie tylko cierpienie. Oddech Lucy, ufającej dwojgu obcych ludzi, z którymi połączyła ją wyjątkowa więź. I Isabel, dawną Isabel, dzięki której — po wielu latach obcowania ze śmiercią — odzyskał wolę życia.

Delikatny deszcz wypełnia celę zapachami lasu: ziemi, wilgotnego drewna, gryzącym zapachem banksji, której kwiaty przywodzą na myśl wielkie pierzaste żołędzie. Nachodzi go nagła refleksja, że jest kilku Tomów, z którymi będzie musiał się pożegnać: porzucony ośmiolatek, karmiący się złudzeniami żołnierz, który trafił do piekła, latarnik, który pozostawił swoje serce na pastwę losu. Wszyscy oni żyją w nim jak rosyjskie lalki matrioszki.

Las śpiewa. Krople deszczu uderzają o liście i skapują do kałuży, a kukabury śmieją się jak szaleńcy z dowcipu, którego nie zrozumie żaden człowiek. Tom ma wrażenie, że jest częścią jakiejś całości. Nie zmieni tego kolejny dzień ani następne dziesięć lat. Należy do świata przyrody, który upomni się o niego we właściwym czasie, by nadać jego ciału zupełnie nowy kształt.

Deszcz przybiera na sile, a gdzieś w oddali rozlega się niski burzowy pomruk.

ROZDZIAŁ 34

Addicottowie mieszkali w domu, który od oceanu oddzielał kilkujardowy pas zielonej trawy. Ralph dbał o drewno i cegły, podczas gdy Hilda wyczarowała na tyłach niewielki ogródek. Rosnące wzdłuż wąskiej ścieżki cynie i dalie, niczym kolorowe baletnice prowadziły do niewielkiej ptaszarni pełnej ziarnojadów, których trele wprawiały w zdumienie miejscowe ptactwo.

Gdy Ralph wrócił do domu dzień po odnalezieniu Lucy, powitał go zapach marmolady. Hilda czekała na niego w korytarzu, drewniana łyżka w jej ręce lśniła niczym pomarańczowy lizak. Widząc go, przyłożyła palec do ust i poprowadziła do kuchni.

— W salonie! — szepnęła zaaferowana. — Isabel Sherbourne! Czeka na ciebie.

Ralph pokręcił głową. Świat oszalał.

— Czego chce?

— W tym chyba cały problem. Ona sama nie wie, czego tak naprawdę chce.

* * *

W małym schludnym salonie próżno było szukać statków w butelkach czy figurek żołnierzy. Zamiast nich wisiały ikony. Archaniołów, Michała i Rafała, Madonny z Dzieciątkiem i świętych, którzy gapili się na gości pełnym powagi, spokojnym wzrokiem.

Stojąca obok Isabel szklanka wody była prawie pusta, a ona patrzyła na anioła, który dzierżąc w dłoniach tarczę i miecz, pochylał się nad leżącym u jego stóp wężem. Widoczne za oknem ciężkie skłębione chmury sprawiały, że w pokoju panował półmrok, a obrazki przywodziły na myśl zawieszone w mroku, wyblakłe sadzawki złota.

Nie zauważyła, gdy Ralph wszedł do salonu, więc przez chwilę przyglądał jej się w milczeniu.

— Tę dostałem pierwszą — odezwał się. — Czterdzieści lat temu, nieopodal Sewastopola, uratowałem życie pijanemu rosyjskiemu żeglarzowi. Dał mi ją w podzięce. — Mówił wolno, od czasu do czasu robiąc krótkie przerwy. — Pozostałe zdobyłem, gdy pływałem na statkach kupieckich. — Roześmiał się. — Nie jestem świętoszkiem i nie znam się na malarstwie, ale coś w nich jest, zupełnie jakby przemawiały do człowieka. Hilda mówi, że kiedy mnie nie ma, dotrzymują jej towarzystwa.

Włożył ręce do kieszeni i wskazał głową obrazek, na który patrzyła Isabel.

— Swego czasu suszyłem mu głowę. Archanioł Michał. Trzyma w dłoni miecz, ale jego tarcza jest na wpół uniesiona. Jakby wciąż się nad czymś zastanawiał.

W pokoju zapadła cisza. Nagły podmuch wiatru zagrzechotał oknami, jakby domagał się uwagi Isabel. Spienione oszalałe fale ciągnęły się aż po horyzont, a zasnute chmurami niebo było ciężkie od deszczu. Isabel wróciła wspomnieniami na

Janus Rock — do wszechobecnej pustki i Toma. Zaczęła szlochać, jakby liczyła, że dzięki temu wróci na znajomy brzeg. Ralph usiadł obok niej i wziął ją za rękę. Siedział tak, słuchając jej łkania przez pół godziny.

Wreszcie zaczęła mówić:

— Ubiegłej nocy Lucy uciekła przeze mnie. Próbowała mnie odnaleźć. Mogła zginąć. O, Boże, Ralphie, to wszystko jest takie straszne. Nie mogę porozmawiać o tym z rodzicami...

Szyper milczał, wciąż trzymając ją za rękę. Wzrok utkwił w jej obgryzionych do żywego mięsa paznokciach.

— Ale żyje — powiedział, kiwając wolno głową. — I nic jej nie jest.

— Chciałam tylko, żeby była bezpieczna. Od chwili, gdy ją zobaczyłam, chciałam dla niej wszystkiego, co najlepsze. Potrzebowała nas. A my potrzebowaliśmy jej. — Urwała. — Ja jej potrzebowałam. Kiedy się pojawiła, tak po prostu znikąd... to było jak cud. Wiedziałam, że jej przeznaczeniem było pozostać z nami. Byłam tego pewna. Ona straciła rodziców, a my straciliśmy dziecko... Tak bardzo ją kocham. — Wydmuchała nos. — Jesteś... jesteś jednym z nielicznych ludzi, którzy wiedzą, jak tam jest. Jednym z niewielu, którzy potrafią to sobie wyobrazić. Ale nawet ty nie musiałeś zostawać na brzegu, słuchać cichnącego w oddali ryku silnika i patrzeć, jak łódź znika za horyzontem. Janus Rock była prawdziwa. Lucy była prawdziwa. Cała reszta była niczym więcej, jak tylko iluzją. Kiedy dowiedzieliśmy się o Hannah Roennfeldt, było już za późno. Nie miałam siły ani odwagi, by oddać Lucy. Nie mogłam jej tego zrobić.

Stary szyper siedział w milczeniu. Oddychał powoli, głęboko, od czasu do czasu kiwając głową. Nie zaprzeczył i powstrzymał się od zadawania Isabel pytań. Milczenie było najlepszym sposobem, by pomóc tej kobiecie i wszystkim zamieszanym w tę sprawę.

— Byliśmy taką szczęśliwą rodziną. A kiedy na wyspie pojawiła się policja, kiedy dowiedziałam się, co zrobił Tom, mój świat runął. Nigdzie nie byłam już bezpieczna. Nawet we własnym ciele. Byłam zraniona, wściekła i przerażona. Odkąd dowiedziałam się o grzechotce, wszystko straciło sens. — Spojrzała na niego. — Co ja takiego zrobiłam? — Nie było to pytanie retoryczne. Isabel szukała lustra, które pokaże jej to, czego nie potrafiła dostrzec.

— Przyznam, że bardziej martwi mnie to, co zamierzasz zrobić.

— Nie mogę nic zrobić. Wszystko przepadło. Moje życie straciło sens.

— Ten człowiek cię kocha. To musi coś znaczyć.

— A co z Lucy? Ona jest moją córką, Ralph. — Szukała odpowiednich słów, by to wytłumaczyć. — Wyobrażasz sobie, że mógłbyś poprosić Hildę, by oddała jedno z waszych dzieci?

— Tu nie chodzi o oddawanie, Isabel. Tu chodzi o zwrócenie dziecka jego matce.

— Ale czyż Lucy nie została nam podarowana? Czy nie o to właśnie prosił nas Bóg?

— Może prosił, żebyście się nią zaopiekowali. I zrobiliście to. Może teraz chce, żeby ktoś inny się nią zaopiekował. — Odetchnął. — Do diabła, nie jestem księdzem. Nie wiem nic o Bogu ani jego planach. Ale wiem, że istnieje człowiek, który jest gotowy poświęcić wszystko... wszystko, żeby cię chronić. Myślisz, że to w porządku?

— Ale widziałeś, co stało się wczoraj. Wiesz, jak bardzo zdesperowana jest Lucy. Ona mnie potrzebuje, Ralph. Jak mam jej to wytłumaczyć? To jeszcze dziecko! Nie możesz oczekiwać, że zrozumie.

— Czasami życie bywa trudne, Isabel. Czasami daje nam popalić. A kiedy myślisz, że najgorsze już za tobą, zachodzi cię od tyłu i wbija nóż w plecy.

— Myślałam, że nic gorszego nie może mnie już spotkać.

— Jeśli wydaje ci się, że jest źle, wiedz, że będzie jeszcze gorzej, jeśli nie porozmawiasz z Tomem. Nie żartuję, Isabel. Lucy jest jeszcze mała. Ma wokół siebie ludzi, którzy pragną się nią opiekować i chcą zapewnić jej szczęśliwe życie. Tom nie ma nikogo. To dobry człowiek, który nie zasługuje na cierpienie. — Pod czujnym wzrokiem świętych i aniołów dodał: — Bóg jeden wie, co was wtedy opętało. Oszukiwaliście siebie i wszystkich dookoła, choć robiliście to w dobrych intencjach. Jednak sprawy zabrnęły za daleko. Wszystko, co zrobiliście dla Lucy, skrzywdziło innych ludzi. Boże, oczywiście, że rozumiem, jak bardzo jest wam ciężko, ale ten Spragg to kawał drania. Po takich jak on można się spodziewać wszystkiego. Tom jest twoim mężem, na dobre i na złe, w zdrowiu i chorobie. Jeśli nie chcesz, żeby trafił do więzienia albo... — Nie dokończył. — To chyba ostatnia szansa.

* * *

— Dokąd idziesz? — spytała Violet, zaniepokojona zachowaniem córki. — Dopiero wróciłaś do domu.

— Wychodzę, mamo. Muszę coś załatwić.

— Przecież leje jak z cebra. Zaczekaj, aż przestanie. — Wskazała leżącą na podłodze stertę ubrań. — Postanowiłam przejrzeć niektóre z rzeczy chłopców. Stare koszule, spodnie. Może się komuś przydadzą. Pomyślałam, że mogłabym je oddać do kościoła — dodała drżącym głosem. — Ale przydałaby mi się pomoc przy sortowaniu.

— Muszę iść na policję.

— Na Boga, po co?

Isabel spojrzała na matkę i przez krótką chwilę miała ochotę powiedzieć jej prawdę. Zamiast tego odparła jednak:

— Muszę spotkać się z panem Knuckeyem. Niedługo wrócę! — zawołała, wychodząc na korytarz i kierując się do wyjścia.

Kiedy otworzyła drzwi, o mało nie wpadła na stojącą przed wejściem drobną postać, która wyciągała rękę, jakby właśnie zamierzała nacisnąć dzwonek. Dopiero po chwili rozpoznała w niej przemoczoną Hannah Roennfeldt. Kobiety patrzyły na siebie, nie wiedząc, co powiedzieć.

Kiedy Hannah wreszcie się odezwała, mówiła szybko i patrzyła na stojący za plecami Isabel wazon róż, jakby obawiała się, że jeśli spojrzy jej w oczy, zmieni zdanie.

— Przyszłam tylko na chwilę... żeby coś pani powiedzieć. Proszę nie zadawać żadnych pytań. — Przypomniała sobie przysięgę, którą złożyła zaledwie kilka godzin temu i z której nie mogła się wycofać. Nabrała powietrza. — Ubiegłej nocy Grace mogło stać się coś złego. Tak bardzo chciała się z panią zobaczyć. Dzięki Bogu, że ją znaleziono. — Podniosła wzrok. — Czy wie pani, jakie to straszne, gdy córka, którą przez dziewięć miesięcy nosiło się pod sercem, którą się urodziło i kochało, nazywa matką inną kobietę? — Spojrzała w bok. — Ale muszę się z tym pogodzić. Nie mogę przedkładać własnego szczęścia nad szczęście mojej córki. Dziecko, które urodziłam, odeszło na zawsze. Teraz to rozumiem. Smutna prawda jest taka, że Grace potrafi żyć beze mnie, nawet jeśli ja nie potrafię żyć bez niej. Nie mogę karać jej za to, co się stało, tak jak nie mogę karać pani za decyzje podjęte przez pani męża.

Isabel chciała zaprotestować, jednak Hannah nie dopuściła jej do głosu. Ze wzrokiem utkwionym w wazonie róż, kontynuowała swą przemowę.

— Znałam Franka jak nikt inny. Jednak wygląda na to, że niewiele wiem o własnej córce. — Spojrzała na Isabel. — Grace panią kocha. Może rzeczywiście jesteście sobie przeznaczone. — Z trudem wypowiedziała kolejne słowa. — Ale muszę wiedzieć, że sprawiedliwości stało się zadość. Jeśli tu i teraz przysięgnie pani na własne życie, że wszystko to było winą pani męża, odzyska pani Grace.

— Przysięgam — odparła instynktownie Isabel.

— Kiedy tylko złoży pani zeznania obciążające męża — ciągnęła Hannah — i kiedy Tom Sherbourne trafi do więzienia, Grace wróci do pani. — Nagle zalała się łzami. — Pomóż mi, dobry Boże! — jęknęła i szybko odeszła.

* * *

Isabel jest oszołomiona. Nie wie, czy to, co usłyszała przed chwilą, było prawdą, czy może wyobraźnia płata jej figle. Ale mokre ślady na werandzie i deszczowy szlak zostawiony przez parasolkę Hannah Roennfeldt świadczą o tym, że wszystko to wydarzyło się naprawdę.

Stoi tak blisko siatki w drzwiach, że błyskawica wydaje się podzielona na maluteńkie kwadraciki. Po chwili dachem domu wstrząsa potężny grzmot.

— Myślałam, że poszłaś na posterunek.

Te słowa wyrywają Isabel z zamyślenia i przez ułamek sekundy nie wie, gdzie jest. Odwraca się i widzi matkę.

— Myślałam, że już poszłaś. Co się stało?

— Błyska.

* * *

Przynajmniej Lucy nie będzie przerażona, myśli Isabel, kiedy kolejna błyskawica rozdziera niebo. Od maleńkiego Tom uczył ją

393

szacunku dla sił natury — błyskawicy, która może uderzyć w latarnię, oceanu bezustannie atakującego wyspę. Przypomina sobie niemal nabożną cześć, jaką Lucy okazywała, będąc w latarni: nigdy nie dotykała urządzeń i trzymała się z daleka od szkła. Wraca pamięcią do chwil, gdy oboje z Tomem stali na galerii i machali do niej, gdy wieszała pranie. „Dawno, dawno temu była sobie latarnia morska...". Jak wiele bajek zaczynało się tymi słowami? „Pewnego dnia rozpętała się burza. Potężne podmuchy wiatru uderzały w latarnię, jednak latarnik jak co dzień zapalił światło. Pomagała mu mała dziewczynka, Lucy. Wokół było ciemno, lecz latarnik nie bał się, bo miał magiczne światło".

Nagle widzi udręczoną twarz Lucy. Będzie mogła zatrzymać swoją córeczkę, chronić ją i sprawiać, by była szczęśliwa. Zapomni o wszystkim, co się wydarzyło. Będzie ją kochała i patrzyła, jak rośnie... Za kilka lat Zębowa Wróżka zabierze jej mleczne zęby i zostawi pod poduszką trzy pensy. Lucy urośnie i będą rozmawiały o świecie i...

Będzie mogła zatrzymać swoją córeczkę. Jeśli. Skulona na łóżku łka:

— Chcę moją córeczkę. Och, Lucy, dłużej tego nie wytrzymam.

Deklaracja Hannah. Błaganie Ralpha. Jej fałszywa przysięga, że zdradzi Toma, tak jak on zdradził ją. Myśli krążą w jej głowie jak na szalonej karuzeli, wirując to w jedną, to w drugą stronę. Isabel słyszy słowa, które nigdy nie zostały wypowiedziane. Nie słyszy tylko głosu Toma, jedynego człowieka, który stoi teraz między nią a Lucy. Między Lucy a jej matką.

Czując, że nie może dłużej trwać w niepewności, otwiera szufladę, wyjmuje list i powoli otwiera kopertę.

Najdroższa Izzy!

Mam nadzieję, że czujesz się dobrze i się nie
załamujesz. Wiem, że Twoi rodzice otoczą Cię opieką.
Sierżant Knuckey był tak miły i pozwolił mi do Ciebie
napisać, ale przeczyta ten list, zanim Ty go
dostaniesz. Żałuję, że nie możemy porozmawiać osobiście.
Nie wiem, kiedy i czy w ogóle będę jeszcze mógł
z Tobą porozmawiać. Człowiek ma nadzieję, że zdąży
powiedzieć to wszystko, co chce powiedzieć drugiej
osobie, i że zdoła wszystko naprawić. Niestety nie
zawsze się to udaje.

Nie potrafiłem trwać w kłamstwie. Nie potrafiłem
spojrzeć sobie w oczy. Żadne słowa nie wyrażą tego,
jak bardzo jest mi przykro.
Każdy z nas musi kiedyś dokonać wyboru. Ja
dokonałem swojego i bez względu na to, dokąd mnie on
zaprowadzi, nie żałuję. Mój czas powinien był dobiec
końca już dawno temu. Poznałem Cię, kiedy
wierzyłem, że nic dobrego mnie już nie spotka i być
przez Ciebie kochanym... nawet gdybym żył przez
kolejne sto lat, nie mógłbym prosić o więcej. Kocham
Cię tak bardzo, jak tylko potrafię, Izz, choć to za
mało powiedziane. Jesteś cudowną kobietą i zasługujesz
na kogoś znacznie lepszego niż ja.

Jesteś zła, skrzywdzona i czujesz, że nic nie ma
sensu. Wierz mi, dobrze wiem, jak to jest. Nie będę
miał do Ciebie żalu, jeśli postanowisz o mnie zapomnieć
i odetniesz się od całej tej sprawy.

Może tak będzie najlepiej. Ja mogę tylko modlić się do Boga, prosić Cię o wybaczenie za to wszystko, co Ci zrobiłem, i dziękować za każdy wspólnie spędzony dzień.

Cokolwiek postanowisz, wiedz, że zawsze jestem po Twojej stronie.

Twój kochający mąż
Tom

Isabel wodzi palcami po papierze, dotyka opuszkami starannych pochyłych liter i eleganckich zawijasów, jakby liczyła, że dzięki temu lepiej zrozumie znaczenie słów. Wyobraża sobie długie palce Toma, które obejmują ołówek i prowadzą go po kartce papieru. Raz za razem dotyka słowa „Tom", które wydaje się znajome, a zarazem obce. Wraca wspomnieniami do chwil, kiedy próbował odgadnąć słowa, które kreśliła palcem na jego nagich plecach. Zaraz jednak przypomina sobie dotyk Lucy, jej delikatną skórę. Znowu wyobraża sobie dłoń Toma, kiedy w tajemnicy przed nią pisze listy do Hannah Roennfeldt. Niczym wahadło, myśli Isabel kołyszą się to w jedną, to w drugą stronę, każąc jej wybrać między nienawiścią a żalem, między mężczyzną a dzieckiem.

Odrywa rękę od kartki i po raz kolejny czyta list. Tym razem próbuje zrozumieć znaczenie słów. Patrząc na nie, niemal słyszy głos Toma. Wodzi wzrokiem po kartce aż do chwili, gdy czuje się, jakby coś rozrywało jej ciało. W końcu, łkając, bezgłośnie podejmuje decyzję.

ROZDZIAŁ 35

Kiedy w Partageuse pada deszcz, miasto przemaka do suchej nitki. W ciągu tysięcy lat liczne powodzie sprawiły, że na prastarej ilastej glebie wyrosły gęste lasy. Niebo zasnuwają chmury, a temperatura gwałtownie spada. Deszcz rzeźbi w drogach głębokie gardziele, a powodzie uniemożliwiają przejazd samochodom. Strumienie zmieniają się w rwące potoki, jakby po długiej rozłące wyczuwały bliskość oceanu. Nic nie powstrzyma ich przed spotkaniem z nim, przed powrotem do domu.

W miasteczku zapada cisza. Tu i ówdzie widać zaprzężone do wozów konie, których z każdym krokiem jest na ulicach coraz mniej. Krople deszczu spływają po ich klapkach na oczy, spadają na samochody i odbijają się. Ludzie kryją się pod daszkami sklepów, krzyżując ramiona i krzywiąc się z niesmakiem. Na tyłach szkolnego dziedzińca grupka łobuzów rozchlapuje wodę z kałuży. Kobiety patrzą ze złością na moknące na sznurach pranie, a koty zakradają się do domów przez uchylone drzwi, miaucząc z niezadowolenia. Woda obmywa pomnik poległych i wyblakłe od słońca złote litery. Skapuje z dachu kościoła i wylewa się z otwartych ust kamiennego gargulca, wprost na świeży grób Franka Roennfeldta. Deszcz nie ma litości zarówno dla żywych, jak i dla umarłych.

* * *

Przynajmniej Lucy nie będzie przerażona, myśli Tom. Przypomina sobie to dziwne uczucie, dreszcz, który przeszedł mu po plecach, gdy dziewczynka roześmiała się na widok błyskawicy. „Niech uderzy jeszcze raz, tatusiu!" — pisnęła, czekając na ryk grzmotu.

* * *

— A niech to! — rzucił wściekle Vernon Knuckey. — Znowu mamy przeciek. — Spływająca z pobliskiego wzgórza woda była czymś więcej niż zwykłym „przeciekiem". Wlewała się na tyły budynku, położone niżej niż frontowa część posterunku. Kilka godzin później w celi Toma woda, która lała się do środka zarówno od góry, jak i podchodziła z dołu, sięgała powyżej kostek. Nawet pająk porzucił sieć w poszukiwaniu schronienia.

Przed drzwiami celi pojawił się sierżant Knuckey.

— To twój szczęśliwy dzień, Sherbourne — oznajmił, podzwaniając kluczami.

Tom nie zrozumiał.

— Tak to zwykle jest, gdy zaczyna padać. Bywało, że sufit w tej części budynku zwalał się ludziom na głowy. Ci z Perth wiecznie obiecują, że to naprawią, ale zamiast tego przysyłają faceta, który próbuje załatać dziury mąką i klejem wodnym. I wciąż mają do nas pretensje, gdy więźniowie nie dożywają procesu. Lepiej będzie, jeśli na jakiś czas przeniesiesz się na front budynku. Dopóki cela nie wyschnie. —

Włożył klucz do zamka. — Chyba nie zrobisz żadnego głupstwa, co?

Tom spojrzał mu prosto w oczy i nic nie powiedział.

— Dobra. Wychodź.

W milczeniu szedł za Knuckeyem do innej części posterunku, gdzie sierżant przykuł go kajdankami do jednej z rur.

— W taką pogodę nie mamy co liczyć na tłok — zwrócił się do Harry'ego Garstone'a i zachichotał.

Deszcz nie ustawał. Jego monotonne dudnienie zmieniało każdą powierzchnię w bębny lub talerze. Wiatr ucichł, przez co na dworze zapanował dziwny spokój. Tylko woda była w ciągłym ruchu. Garstone, uzbrojony w mop i ręczniki, próbował opanować sytuację na posterunku.

Tom wyglądał przez okno na drogę, wyobrażając sobie widok, jaki rozciągał się z galerii na Janus Rock. W taką pogodę latarnik czuł się, jakby szybował w chmurach. Patrzył na wskazówki zegara wędrujące niezmordowanie po tarczy, jakby tylko one odmierzały czas.

Nagle coś zwróciło jego uwagę. Drobna postać zmierzająca w stronę posterunku. Nie miała płaszcza przeciwdeszczowego ani parasola, skrzyżowała ramiona na piersi i pochylała się do przodu, jakby przytłaczał ją ciężar deszczu. Niemal natychmiast rozpoznał tę sylwetkę. Chwilę później w drzwiach stanęła przemoczona Isabel. Nie rozglądając się na boki, podeszła do biurka, przy którym rozebrany do pasa Harry Garstone wycierał mopem kałużę.

— Ja... — zaczęła.

Garstone odwrócił się zaskoczony.

— Muszę porozmawiać z sierżantem Knuckeyem...

Posterunkowy zarumienił się i zerknął na Toma. Isabel podążyła za jego wzrokiem i wydała stłumiony okrzyk.

Tom poderwał się z podłogi i wyciągnął do niej rękę, jednak przerażona Isabel zakryła dłonią usta.

— Izzy! Izzy, kochanie! — Rozpaczliwie szarpnął łańcuch kajdanek. Isabel stała w milczeniu, porażona lękiem, żalem i wstydem. Nagle odwróciła się i pospiesznie ruszyła do wyjścia. Jej widok sprawił, że ciało Toma obudziło się do życia. Myśl, iż lada chwila straci ją z oczu, była nie do wytrzymania. Po raz kolejny szarpnął łańcuch kajdanek. Wyrwana ze ściany rura jęknęła przeciągle, zalewając podłogę potokami wody.

— Tom! — Isabel szlochała, kiedy wziął ją w ramiona. — Och, Tom! — powtórzyła, drżąc. — Muszę im powiedzieć. Muszę...

— Ćśśś, Izzy, ćśśś. Już dobrze, kochanie. Już dobrze.

Sierżant Knuckey wyszedł ze swojego biura.

— Na Boga, Garstone... — Zatrzymał się, widząc Toma i Isabel, przemoczonych i tulących się do siebie w strumieniach wody.

— Panie Knuckey, to nieprawda. To wszystko kłamstwo! — krzyknęła Isabel. — Frank Roennfeldt nie żył, kiedy łódź przybiła do brzegu. To ja chciałam zatrzymać Lucy. Ja zmusiłam Toma, żeby niczego nie zgłaszał. To moja wina.

Tom trzymał ją w objęciach, całując czubek jej głowy.

— Ćśśś, Izzy. Daj spokój. — Odsunął się, chwycił ją za ramiona i uginając kolana, spojrzał jej w oczy. — Już dobrze, kochanie. Nic więcej nie mów.

Knuckey powoli pokręcił głową.

Garstone w pośpiechu włożył koszulę i przygładził włosy.

— Mam ją aresztować?

— Chociaż raz w życiu okaż odrobinę zdrowego rozsądku, posterunkowy. Zajmij się czymś i napraw tę cholerną rurę, zanim wszyscy tu utoniemy! — Knuckey odwrócił się do Toma i Isabel, którzy patrzyli na siebie w milczeniu. — A was dwoje zapraszam do gabinetu.

* * *

Wstyd. Dziwne, lecz Hannah Roennfeldt nie czuła złości — jedynie wstyd — kiedy sierżant Knuckey pojawił się w jej domu z rewelacjami, których dowiedział się od Isabel Sherbourne. Z wypiekami na policzkach przypomniała sobie wczorajszą wizytę w domu Graysmarków i umowę, jaką zawarła z Isabel.

— Kiedy? Kiedy to panu powiedziała? — spytała.

— Wczoraj.

— O której?

To pytanie zaskoczyło Knuckeya. A co to za różnica? — pomyślał, jednak odpowiedział:

— Około siedemnastej.

— A więc już po... — Nie dokończyła.

— Po czym?

Hannah zarumieniła się jeszcze bardziej, upokorzona faktem, że Isabel odrzuciła jej propozycję, i zniesmaczona świadomością, iż została okłamana.

— Nie... nic.

— Pomyślałem, że wolałaby pani wiedzieć.

— Ależ oczywiście. Oczywiście... — Słuchała sierżanta, jednak patrzyła na szybę. Będzie musiała ją umyć. Będzie musiała posprzątać dom, nie robiła tego od tygodni. Starała się myśleć o znajomych zajęciach, które sprawiały, że czuła się bezpieczna. — A... gdzie jest teraz?

— Na wolności, w domu swoich rodziców.

Hannah nerwowo skubała skórkę kciuka.

— Co z nią będzie?

— Razem z mężem stanie przed sądem.

— Cały czas kłamała... Sprawiła, że uwierzyłam... — Pokręciła głową.

Knuckey odetchnął głęboko.

— Podejrzana sprawa. Przed wyjazdem na Janus Isabel Graysmark była uczciwą dziewczyną. Pobyt na wyspie nie wyszedł jej na dobre. Zresztą nikomu nie wyszedł na dobre. W końcu Sherbourne dostał tę posadę tylko dlatego, że stary Trimble Docherty ze sobą skończył.

Hannah nie wiedziała, jak zadać pytanie.

— Na jak długo pójdą do więzienia? — spytała w końcu.

Knuckey spojrzał na nią.

— Dożywocie.

— Dożywocie?

— Nie mówię o czasie, jaki spędzą w więzieniu. Chodzi o to, że już nigdy nie odzyskają wolności. Nie uciekną od tego, co się stało.

— Ja również się od tego nie uwolnię, sierżancie.

Knuckey przyjrzał się jej i postanowił zaryzykować.

— Proszę posłuchać, człowiek nie zostaje odznaczony Krzyżem Wojskowym za tchórzostwo. Ktoś, kto dwukrotnie otrzymał to odznaczenie, musiał uratować wielu ludzi, ryzykując własne życie. Tom Sherbourne to uczciwy człowiek. Powiedziałbym nawet, że dobry, pani Roennfeldt. A Isabel to dobra dziewczyna. Trzy razy poroniła i nie miała przy sobie nikogo, kto mógłby jej pomóc. Takie rzeczy zmieniają człowieka.

Hannah spojrzała na niego, jakby czekała na to, co powie za chwilę.

— To straszne, że człowiek pokroju Toma Sherbourne'a znalazł się w takiej sytuacji. Nie wspominając o jego żonie.

— Co chce pan przez to powiedzieć?

— Nic, o czym nie pomyślałaby pani w ciągu najbliższych kilku lat. Jednak wtedy będzie już za późno.

Przekrzywiła głowę, jakby miała nadzieję, że dzięki temu zrozumie, o co mu chodzi.

— Pytam tylko, czy właśnie tego pani chce? Procesu? Więzienia? Odzyskała pani córkę. Może istnieje inny sposób...

— Inny sposób?

— Teraz, kiedy wiemy już, że nie doszło do morderstwa, Spragg straci zainteresowanie całą sprawą. Tu, w Partageuse, mam przynajmniej jakieś pole manewru. Może kapitan Hasluck dałby się przekonać i wstawiłby się za nim w Urzędzie Portów i Żeglugi. Gdyby ujęła się pani za nim, poprosiła o łagodny wymiar kary...

Słysząc to, Hannah poczerwieniała na twarzy i skoczyła na równe nogi. Słowa, które tłumiła w sobie latami, o których istnieniu nie miała pojęcia, w końcu znalazły ujście:

— Mam dość! Mam dość tego, że ludzie mną dyrygują, a czyjeś kaprysy rujnują mi życie. Nie ma pan pojęcia, co czuje ktoś taki jak ja! Jak pan śmie przychodzić do mojego domu i proponować mi coś takiego? Jak pan śmie, do cholery?

— Nie chciałem...

— Proszę pozwolić mi skończyć! Mam dość, rozumie pan?! — krzyczała Hannah. — Nikt nigdy więcej nie będzie mi mówił, jak mam żyć! Najpierw mój ojciec mówi mi, za kogo mam wyjść, a później całe to przeklęte miasteczko rzuca się na Franka jak banda dzikusów. Gwen, moja własna siostra, próbuje przekonać mnie, że powinnam oddać Grace Isabel

Graysmark, a ja się na to godzę. Rozumie pan? Godzę się oddać obcej kobiecie własne dziecko! Proszę się tak nie dziwić, nie ma pan pojęcia o wielu rzeczach, które dzieją się w tej mieścinie! A teraz okazuje się, że ta kobieta kłamała w żywe oczy! Jak pan śmie? Jak pan w ogóle śmie proponować mi, żebym po raz kolejny postawiła kogoś innego na pierwszym miejscu? — Wyprostowała się niczym struna. — Niech się pan wynosi z mojego domu! Natychmiast! Proszę iść! Zanim... — sięgnęła po stojący pod ręką wazon z rżniętego szkła — rzucę tym w pana!

Knuckey wstawał, kiedy wazon trafił go w ramię, po czym uderzył w listwę przypodłogową i roztrzaskał się na dziesiątki drobnych kawałków.

Hannah zamarła, jakby nie była pewna, czy rzeczywiście cisnęła wazonem. W milczeniu patrzyła na gościa, czekając na jego reakcję.

Knuckey stał nieruchomo. Firanki łopotały na wietrze. Opasła mucha obijała się o wiszącą w oknie siatkę. Ostatni odłamek szkła zadźwięczał i znieruchomiał na podłodze.

Pierwszy odezwał się Knuckey:

— Pomogło to pani?

Hannah patrzyła na niego zdumiona. Nigdy w życiu nikogo nie uderzyła. Rzadko przeklinała. I nigdy, przenigdy, nie podniosła ręki na policjanta.

— Ludzie rzucali we mnie gorszymi rzeczami.

— Przepraszam — szepnęła, wbijając wzrok w podłogę.

Policjant pochylił się, by zebrać większe kawałki szkła.

— Nie chcemy przecież, żeby mała się pokaleczyła — wyjaśnił, kładąc je na stole.

— Jest nad rzeką z dziadkiem — bąknęła Hannah. — Zwykle nie... — Wskazała głową to, co zostało z wazonu.

— Dość pani wycierpiała. Wiem. Lepiej, że rzuciła pani we mnie, a nie w sierżanta Spragga. — Na myśl o tym uśmiechnął się pod nosem.

— Nie powinnam była tak się odzywać.

— Bywa, że ludzie, którzy mają mniej problemów niż pani, zachowują się znacznie gorzej. Czasami przestajemy nad sobą panować. Gdyby nie to, już dawno straciłbym pracę. — Sięgnął po kapelusz. — Pójdę już. Proszę to jeszcze przemyśleć. Zostało niewiele czasu. Kiedy sędzia odeśle ich do Albany, nie będę mógł im pomóc.

Wyszedł na zewnątrz, gdzie promienie słońca przeganiały ze wschodu ostatnie deszczowe chmury.

* * *

Hannah jak automat wzięła zmiotkę i szufelkę. Zmiotła resztki wazonu, szukając na podłodze zabłąkanych odłamków. Wysypała je na starą gazetę, zawinęła szczelnie i wyniosła do kubła na śmieci. Przypomniała sobie przypowieść o Abrahamie i Izaaku, o tym, jak Bóg poddał Abrahama próbie, by przekonać się, czy poświęci dla niego to, co w jego życiu było najcenniejsze. Jednak gdy Abraham sięgnął po nóż, Bóg ocalił jego syna i zadowolił się mniejszą ofiarą. Ona wciąż ma córkę.

Zamierzała wejść do domu, gdy dostrzegła krzak agrestu i przypomniała sobie koszmarny dzień po powrocie Grace, kiedy dziewczynka się za nim ukryła. Hannah osunęła się na kolana i szlochając, wróciła wspomnieniami do rozmowy z Frankiem.

— Ale jak? Jak to możliwe, że potrafisz się z tego otrząsnąć? — spytała go. — Przeszedłeś tak wiele, a mimo to zawsze jesteś szczęśliwy. Jak ty to robisz?

— To mój wybór — odparł. — Mogę zgnić, rozpamiętując przeszłość, do końca życia nienawidzić ludzi za to, co się stało, tak jak zrobił to mój ojciec, albo wybaczyć i zapomnieć.

— Ale to nie takie proste.

Uśmiechnął się.

— Ale dużo mniej męczące, kochanie. Wybaczasz tylko raz, a urazę żywisz każdego dnia, a do tego musisz pamiętać wszystkie te straszne rzeczy. — Roześmiał się, udając, że ociera pot z czoła. — Ja musiałbym sporządzić listę, bardzo, bardzo długą listę, i upewnić się, że odpowiednio mocno nienawidzę ludzi. Musiałbym uczynić z nienawiści prawdziwą sztukę. To takie germańskie! Nie, każdy z nas ma wybór. Zawsze — dodał z powagą.

Hannah położyła się na brzuchu na trawie, czując, jak ciepłe promienie słońca dodają jej sił. Zmęczona, nie zwracając uwagi na pszczoły, dmuchawce i kępki przerośniętej trawy, w końcu zasnęła.

* * *

Tom wciąż czuje pod palcami mokrą skórę Isabel, mimo iż wrócił do suchej celi, ma na sobie suche ubranie, a ich spotkanie jest już tylko wspomnieniem. On jednak pragnie, by było zarówno rzeczywistością, jak i iluzją. Prawda oznacza bowiem, że jego modlitwy zostały wysłuchane i Isabel naprawdę wróciła. A jeśli to złudzenie, jest bezpieczna i nie grozi jej więzienie. Z ulgi i przerażenia żołądek podchodzi mu do gardła i Tom zastanawia się, czy jeszcze kiedyś poczuje na skórze jej delikatny dotyk.

* * *

— Och, Bill... — Violet Graysmark szlocha za drzwiami sypialni. — Nie wiem, co myśleć ani co robić. Nasza córeczka może pójść do więzienia. To straszne.

— Jakoś to będzie — pociesza ją mąż. — Isabel da sobie radę. — Nie wspomina o rozmowie z Vernonem Knuckeyem. Nie chce rozbudzić w niej nadziei. A jednak istnieje szansa.

* * *

Isabel siedzi pod jakarandą. Jej tęsknota za Lucy jest tak wielka jak zawsze, przypomina ból, którego nie można zlokalizować ani uśmierzyć. Zrzuciwszy ciężar kłamstwa, dokonała wyboru i zrezygnowała z marzeń. Ból, który malował się na twarzy matki, rozczarowanie w oczach ojca, rozpacz Lucy i widok Toma zakutego w kajdanki... Isabel próbuje nie myśleć o tym, jak będzie wyglądało jej życie w więzieniu. W końcu opadła z sił. Straciła wolę walki. Jej życie to fragmenty, których nigdy nie zdoła połączyć w całość. Ta świadomość ją przytłacza. Jej myśli przypominają czarną, bezdenną studnię, pełną wstydu, poczucia straty i lęku.

* * *

Septimus i jego wnuczka stoją nad brzegiem rzeki, przyglądając się łodziom.

— Powiem ci, kto był doskonałym żeglarzem. Moja Hannah, kiedy była dziewczynką. Była bystra i mądra. Zawsze trzymała mnie w ryzach, tak jak ty. — Zmierzwił jej włosy. — Jesteś moją małą Grace.

— Nie, mam na imię Lucy — upiera się dziewczynka.

— Kiedy się urodziłaś, rodzice wybrali dla ciebie imię Grace.

— Ale ja chcę być Lucy.

Septimus spogląda na nią.

— Wiesz co? Zawrzyjmy umowę. Pójdziemy na kompromis i będę cię nazywał Lucy-Grace. Zgoda?

* * *

Hannah obudziła się, gdy słońce przesłonił czyjś cień. Otworzyła oczy i zobaczyła Grace. Zdezorientowana usiadła i przygładziła włosy.

— Mówiłem, że się obudzi. — Septimus roześmiał się. Na twarzy Grace pojawił się blady uśmiech.

Hannah zaczęła się podnosić, jednak ojciec ją powstrzymał.

— Nie, nie wstawaj. A teraz, księżniczko, może usiądziesz na trawie i opowiesz Hannah, co wiesz na temat łodzi. Ile łódek widziałaś?

Dziewczynka się zawahała.

— No dalej, pamiętasz, jak liczyłaś je na paluszkach?

Grace podniosła ręce.

— Sześć — oznajmiła, unosząc pięć palców jednej ręki i trzy drugiej. Zaraz jednak opuściła dwa.

— Pójdę pomyszkować w kuchni i przyniosę syrop owocowy — powiedział Septimus. — Ty zostań i opowiedz Hannah o chciwej mewie, która niosła w dziobie wielką rybę.

Grace usiadła na trawie obok matki. Jej jasne włosy lśniły w słońcu. Hannah poczuła się jak w pułapce: chciała opowiedzieć ojcu o wizycie sierżanta Knuckeya i poprosić go o radę. Jednak Grace nigdy wcześniej nie była tak skora do rozmowy i do zabawy. Jak więc może zaprzepaścić taką okazję? Z przyzwyczajenia porównywała dziewczynkę z dzieckiem, które żyło w jej wspomnieniach, szukając w niej śladów utraconej córki.

Przestań, skarciła się w myślach. *Każdy z nas ma wybór. Zawsze*, przypomniała sobie słowa Franka.

— Upleciemy wianuszek?

— Co to takiego wiaszunek? — spytała dziewczynka.

— Wianuszek — poprawiła ją z uśmiechem Hannah. — Zobacz, zrobimy ci koronę. — Mówiąc to, zaczęła zrywać mlecze.

Pokazała Grace, jak przedziurawić łodyżkę paznokciem i przełożyć przez nią kolejną. Cały czas obserwowała ręce dziewczynki, to, jak się poruszały. Nie były to ręce jej dziecka. Należały do małej dziewczynki, którą będzie musiała poznać. I która będzie musiała poznać ją. *Każdy z nas ma wybór*. Czuje w piersi dziwną lekkość, jakby coś wypełniło jej płuca rześkim powietrzem.

ROZDZIAŁ 36

Słońce wisiało nad horyzontem, gdy Tom, czekając, stał na końcu molo w Partageuse. Wreszcie dostrzegł Hannah, która niespiesznym krokiem szła w jego stronę. Minęło sześć miesięcy, odkąd widział ją po raz ostatni, i musiał przyznać, że się zmieniła. Twarz miała pełniejszą, łagodniejszą.

— Słucham? — spytała spokojnie.

— Chciałem panią przeprosić. I podziękować za to, co pani zrobiła.

— Nie potrzebuję pańskich podziękowań.

— Gdyby nie wstawiła się pani za nami, spędziłbym w więzieniu w Bunbury więcej niż trzy miesiące. — Zawstydzony, z trudem wypowiadał słowa. — No i to, że Isabel dostała wyrok w zawieszeniu... Mój adwokat mówi, że to głównie dzięki pani.

Hannah spojrzała przed siebie.

— Wysłanie jej do więzienia niczego by nie zmieniło. Co się stało, to się nie odstanie.

— A jednak wiem, że nie była to łatwa decyzja.

— Przy naszym pierwszym spotkaniu uratował mnie pan. Byłam dla pana zupełnie obcą osobą i niczego mi pan nie zawdzięczał. To chyba coś znaczy. Wiem też, że gdybyście nie przygarnęli mojej córeczki, umarłaby. O tym również pamiętałam. — Zawahała się. — Nie wybaczam wam. Okłamaliście mnie... Ale nie zamierzam żyć przeszłością. Właśnie dlatego zginął Frank. — Na chwilę przestała bawić się obrączką. — Najzabawniejsze jest to, że właśnie on pierwszy by wam wybaczył. On pierwszy wystąpiłby w waszej obronie. Zawsze bronił tych, którzy popełniali błędy. Tylko w ten sposób mogłam uczcić jego pamięć, robiąc to, co on sam by zrobił. — Spojrzała na niego błyszczącymi oczami. — Kochałam go.

Stali w milczeniu, spoglądając na wodę. Wreszcie Tom się odezwał:

— Te lata, kiedy nie widziała pani Lucy... wiem, że nic ich pani nie zwróci. To cudowna dziewczynka. — Czując na sobie jej spojrzenie, dodał pospiesznie: — Obiecuję, że nigdy więcej tu nie wrócimy.

Kolejne słowa uwięzły mu w gardle i musiał się zmusić, by je wypowiedzieć.

— Nie mam prawa o nic prosić, ale jeśli kiedyś, może gdy dorośnie, zapyta o nas, proszę jej powiedzieć, że ją kochaliśmy. Chociaż nie mieliśmy prawa.

Hannah wyprostowała się, jakby biła się z myślami.

— Urodziła się osiemnastego lutego. Nie wiedzieliście, prawda?

— Nie — odparł ze spokojem Tom.

— Przyszła na świat z pępowiną dwukrotnie okręconą wokół szyi. Frank... Frank śpiewał jej do snu. Widzi pan? Wiem o niej rzeczy, o których wy nie macie pojęcia.

— Tak. — Pokiwał głową.

— Obwiniam pana. I obwiniam pańską żonę. To zrozumiałe. — Spojrzała mu prosto w oczy. — Bałam się, że moja córka nigdy mnie nie pokocha.

— Dzieci kochają, to dla nich naturalne.

Hannah ściągnęła brwi i utkwiła wzrok w łódce, która z każdą falą obijała się o molo.

— Ludzie nie mówią tu o tym, dlaczego Frank i Grace znaleźli się w łódce. Nikt nigdy mnie nie przeprosił. Nawet mój ojciec nie chce o tym rozmawiać. Pan przynajmniej przeprosił. Gdzie mieszkacie? — spytała po chwili.

— W Albany. Kiedy trzy miesiące temu wyszedłem z więzienia, Ralph Addicott pomógł mi znaleźć pracę w porcie. Dzięki temu mogę być blisko żony. Lekarze mówią, że musi dużo odpoczywać. Teraz przebywa w sanatorium. — Odchrząknął. — Nie będę pani zatrzymywał. Mam nadzieję, że wszystko ułoży się dobrze dla pani i Lu... dla Grace.

— Do widzenia — powiedziała Hannah i nie oglądając się za siebie, ruszyła w stronę brzegu.

* * *

Promienie słońca ozłociły liście eukaliptusów, gdy Hannah szła ścieżką do domu ojca, żeby odebrać córkę.

— I mała świnka została w domu... — opowiadał Septimus, łaskocząc dziewczynkę, która siedziała mu na kolanach. — Zobacz kto przyszedł, Lucy-Grace.

— Mamusia! Gdzie byłaś?

Hannah wciąż nie mogła się nadziwić, jak bardzo dziewczynka przypomina Franka; miała jego uśmiech, oczy i jasne włosy.

— Może kiedyś ci powiem — odparła, całując ją. — Idziemy do domu?

— Czy jutro też odwiedzimy dziadka?

Septimus się roześmiał.

— Możesz odwiedzać dziadka, kiedy tylko chcesz, księżniczko. Kiedy tylko chcesz.

Doktor Sumpton miał rację. Z czasem dziewczynka przyzwyczaiła się do nowego życia, choć może należałoby powiedzieć starego życia. Hannah wyciągnęła ręce i czekała, aż córka wpadnie jej w ramiona. Septimus się uśmiechnął.

— Właśnie tak, panienko. Właśnie tak.

— Chodź, skarbie, wracamy do domu.

— Chcę iść.

Hannah postawiła ją na ziemi i po chwili, trzymając się za ręce, wyszły na ulicę. Szła powoli, tak by Lucy-Grace mogła za nią nadążyć.

— Widzisz tamtą kukaburę? — spytała. — Wygląda, jakby się uśmiechała.

Dziewczynka nie zwracała uwagi na ptaka do momentu, gdy mijając go, usłyszała odgłos do złudzenia przypominający ludzki śmiech. Zatrzymała się zdumiona, po raz pierwszy widząc kukaburę z tak bliska. W powietrzu po raz kolejny rozległ się rechotliwy ludzki śmiech.

— Śmieje się. Musi cię lubić — powiedziała Hannah. — Albo będzie padać. Kukabury śmieją się, gdy zanosi się na deszcz. Potrafisz ją naśladować? O tak. — Po tych słowach wydała dźwięk, którego dziesiątki lat temu nauczyła ją matka. — No dalej, spróbuj.

Dziewczynka nie potrafiła odtworzyć skomplikowanego zawołania.

— Będę mewą — oznajmiła, naśladując schrypnięty, prze-
nikliwy krzyk ptaka, którego znała najlepiej. — Teraz twoja
kolej.

— Będziesz musiała mnie nauczyć — odparła Hannah, gdy
wracając do domu, śmiała się z własnych nieudolnych prób.

* * *

Stojąc na molo, Tom wspomina dzień, kiedy po raz pierwszy zobaczył Partageuse. I ten, w którym widział je po raz
ostatni. Fitzgerald i Knuckey zmienili zarzuty, skutecznie
studząc zapał sierżanta Spragga. Prawnik udowodnił, że zarzuty kradzieży dziecka są bezpodstawne, i linia oskarżenia się
załamała. Przyznanie się do pozostałych zarzutów wciąż
mogło skutkować surową karą, gdyby nie wstawiennictwo
Hannah, która pojawiła się w sądzie, prosząc o łagodny
wymiar kary. No i więzienie w Bunbury, w połowie drogi do
Perth, było znacznie lepszym miejscem niż to we Fremantle
czy Albany.

* * *

Teraz, kiedy słońce niczym ogromny lizak rozpuszcza się
w wodzie, Tom ma przedziwne uczucie, które nie daje mu
spokoju. Miesiące po tym, jak opuścił Janus Rock, ma
ochotę wejść na szczyt wieży i zapalić światło latarni. Zamiast tego siada na końcu molo i obserwuje kołujące nad
wodą mewy.

Spogląda na świat i życie, które toczy się bez względu na
to, czy Tom jest jego częścią, czy też nie. Lucy prawdopodobnie
leży już w łóżeczku, a sen obnaża najdrobniejsze szczegóły jej
twarzy. Zastanawia się, jak teraz wygląda, czy w snach wraca

na Janus Rock i czy tęskni za światłem latarni. Myśli o Isabel, skulonej na wąskim żelaznym łóżku, opłakującej córkę i utracone życie.

Z czasem wszystko się ułoży, obiecuje jej i sobie. Z czasem Isabel wróci do zdrowia.

Pociąg do Albany odjeżdża za godzinę. Tom zaczeka, aż się ściemni, i dopiero wtedy pójdzie na stację.

* * *

Kilka tygodni później, w ogrodzie sanatorium w Albany, Tom usiadł na jednym końcu ławki z kutego żelaza, a Isabel na drugim. Różowe cynie zaczynały już przekwitać, a na zwiotczałych płatkach pojawiły się brązowawe plamki. Ślimaki ucztowały na liściach astrów, których płatki wirowały w powietrzu niesione południowym wiatrem.

— Przynajmniej nie jesteś już taki chudy, Tom. Kiedy po tym wszystkim zobaczyłam cię po raz pierwszy, wyglądałeś jak cień samego siebie. Radzisz sobie jakoś? — W jej chłodnym głosie pobrzmiewała troska.

— Nie martw się o mnie. Teraz to ty jesteś najważniejsza. — Spojrzał na świerszcza, który przycupnął na poręczy ławki. — Lekarze mówią, że możesz w każdej chwili opuścić sanatorium.

Isabel pochyliła głowę i zatknęła za ucho kosmyk włosów.

— Wiesz, że nie mamy do czego wracać. Nie da się cofnąć tego, co się wydarzyło... przez co oboje przeszliśmy. — Tom spojrzał na nią, jednak nie podniosła wzroku. — Poza tym, co nam zostało? — dodała szeptem.

— Jak to?

— Co zostało z naszego życia?

— Nie wrócimy na wyspę, jeśli to masz na myśli.

Westchnęła.

— Tom, tu nie chodzi o to, co mam na myśli. — Skubnęła liść kapryfolium i przyjrzała mu się. Porwała liść na kawałki, a zaraz po nim następny, patrząc na postrzępioną mozaikę, którą utworzyły na jej spódnicy. — Mam wrażenie, że wraz z Lucy odeszła jakaś część mnie. Próbuję znaleźć odpowiednie słowa, żeby to wytłumaczyć.

— Słowa nie mają znaczenia. — Chciał wziąć ją za rękę, ale ją odsunęła.

— Powiedz, że czujesz to samo — poprosiła.

— Nawet jeśli powiem, czy coś to zmieni?

Zgarnęła kawałki liści na kupkę.

— Nawet nie rozumiesz, o czym mówię, prawda?

Nie odpowiedział, więc utkwiła wzrok w kłębiastej białej chmurze, która przesłoniła słońce.

— Niełatwo cię poznać. Czasami, żyjąc z tobą, czułam się samotna.

— Co chcesz, żebym powiedział, Izzy? — zapytał.

— Chciałam, żebyśmy byli szczęśliwi. Wszyscy. Lucy cię uwielbiała. Zupełnie jakby znalazła klucz do twojego serca. To był cudowny widok. — Zamilkła, a gdy znów się odezwała, w jej głosie słychać było żal. — Przez cały ten czas nie miałam pojęcia o tym, co zrobiłeś. Nie wiedziałam, że za każdym razem, gdy mnie dotykałeś, za każdym razem... nie wiedziałam, że skrywasz tajemnice.

— Próbowałem o tym rozmawiać, Izz, ale nie chciałaś mnie słuchać.

Słysząc to, zerwała się z ławki. Kawałki liści, wirując, opadły na trawę.

— Chciałam cię skrzywdzić, tak jak ty skrzywdziłeś mnie. Rozumiesz? Pragnęłam zemsty. Nie masz na ten temat nic do powiedzenia?

— Wiem, że tak było, kochanie. Ale to już przeszłość.

— I co? Tak po prostu mi wybaczasz? Jakby nic się nie stało?

— Co innego mogę zrobić? Jesteś moją żoną, Isabel.

— Chciałeś chyba powiedzieć, że jesteś na mnie skazany...

— Chciałem powiedzieć, że przysięgałem spędzić z tobą resztę życia. I nadal tego chcę. Zrozumiałem, że aby myśleć o przyszłości, należy pogodzić się z tym, że nie zmieni się przeszłości.

Odwróciła się i znów zaczęła skubać liście kapryfolium.

— Co teraz zrobimy? Jak będziemy żyli? Nie mogę patrzeć na ciebie każdego dnia i mieć do ciebie żal o to, co zrobiłeś. Wstydzić się tego, co sama zrobiłam.

— Nie, kochanie, nie możesz.

— Nasze życie legło w gruzach. Nie możemy go odbudować.

Tom wziął ją za rękę.

— Odbudujemy je na tyle, na ile będzie to możliwe. To wszystko, co możemy zrobić. Musimy z tym żyć najlepiej, jak umiemy.

Ruszyła ścieżką wokół trawnika, zostawiając Toma na ławce. Gdy okrążyła skrawek zieleni i wróciła na miejsce, oznajmiła:

— Nie mogę wrócić do Partageuse. To już nie jest mój dom. — Pokręciła głową i spojrzała na płynącą po niebie chmurę. — Nie wiem nawet, gdzie jest mój dom.

Tom wstał i położył rękę na jej ramieniu.

— Twoje miejsce jest przy mnie, Izz. Bez względu na to, gdzie zamieszkamy.

— Ciągle w to wierzysz?

Dotknęła pędu kapryfolium, w zamyśleniu gładząc liście. Tom zerwał jeden kremowy kwiat.

— Kiedy byliśmy dziećmi, jedliśmy je. A ty?

— Jedliście?

Odgryzł wąską końcówkę kwiatu i spił z niej kroplę nektaru.

— Smak pozostaje na języku tylko przez sekundę. Ale i tak warto go poczuć. — Zerwał kolejny kwiat i przyłożył do ust Isabel.

ROZDZIAŁ 37

Hopetoun, 28 sierpnia 1950

W Hopetoun nie było niczego poza długim molo, które wciąż szeptało o czasach świetności, gdy miasteczko służyło jako port dla tej części Australii. Port zamknięto w 1936 roku, kilka lat po tym, jak Tom i Isabel zamieszkali w Hopetoun. Brat Toma, Cecil, przeżył ich ojca zaledwie o kilka lat, a pieniądze, które dostali po jego śmierci, wystarczyły na zakup farmy na skraju miasteczka. Posiadłość nie była duża, jednak na odcinku kilku mil graniczyła z wybrzeżem, a z okien stojącego na wzniesieniu domu rozpościerał się widok na plażę. Tom i Isabel prowadzili ciche, spokojne życie. Od czasu do czasu jeździli do miasteczka. W pracy na farmie pomagali im robotnicy rolni.

Hopetoun, leżące czterysta mil na wschód od Partageuse, okazało się wymarzonym azylem. Wystarczająco odległym, by odciąć się od przeszłości, i na tyle bliskim, by rodzice Isabel mogli odwiedzać ich w święta Bożego Narodzenia, zanim oboje zmarli. Tom i Ralph pisywali do siebie od czasu do czasu i choć były to krótkie i zdawkowe listy, pozostali przyjaciółmi. Po śmierci Hildy Ralphem opiekowała się jego córka, która

419

wraz z rodziną wprowadziła się do małego domku Addicottów. Kiedy Bluey poślubił Kitty Kelly, Tom i Isabel wysłali nowożeńcom prezent, jednak nie pojawili się na weselu. Żadne z nich nigdy nie wróciło do Partageuse.

Najlepsza część dwudziestu lat upłynęła niczym leniwe wody rzeki, które z czasem pogłębiają jej koryto.

* * *

Zegar wybija godzinę. Czas wychodzić. Dojazd do miasteczka jest teraz znacznie prostszy dzięki smołowanym drogom. Zupełnie inaczej, niż gdy przybyli tu po raz pierwszy. Kiedy Tom wiąże krawat, z lustra spogląda na niego obcy, siwowłosy mężczyzna. Dopiero po chwili przypomina sobie, że to przecież on. Garnitur na nim wisi, a kołnierzyk koszuli odstaje od szyi.

Za oknem piętrzą się fale, ofiarnie rzucając się w szalejącą nad morzem śnieżycę. Patrząc na ocean, można by pomyśleć, że czas stanął w miejscu. Jedynym dźwiękiem jest ryk sierpniowej wichury.

Schowawszy kopertę w kamforowej skrzyni, Tom powoli, niemal z nabożeństwem zamyka wieko. Już niebawem cała jej zawartość przestanie mieć znaczenie, jak uwięziony w czasie, dawno zapomniany język, którym posługiwali się w okopach. Z upływem lat rzeczy tracą sens, aż w końcu zostaje po nich biała jak kość przeszłość, odarta z uczuć i znaczenia.

* * *

Rak miesiącami kończył swe dzieło, ograbiając ją z kolejnych dni, aż w końcu nie pozostało nic innego, jak tylko czekać. Tom tygodniami siedział przy łóżku, trzymając ją za rękę. „Pamiętasz ten gramofon?" — pytał, albo: „Ciekawe, co stało się ze starą panią Mewett". Uśmiechała się do niego słabo. Czasami znajdowała w sobie na tyle sił, by powiedzieć: „Nie zapomnij przyciąć drzew", albo: „Opowiedz mi jakąś historię, Tom. Taką ze szczęśliwym zakończeniem". Wtedy głaskał ją po policzku i szeptał: „Dawno, dawno temu, była sobie zadziorna dziewczynka o imieniu Isabel...". Snując opowieść, spoglądał na plamy od słońca na jej dłoni, na opuchnięte kłykcie i obrączkę na wychudzonym palcu.

Pod koniec, kiedy nie mogła nawet pić wody, przykładał jej do ust wilgotną chusteczkę i smarował wargi lanoliną, żeby nie pękały. Głaskał ją po włosach poprzetykanych siwizną i splecionych w gruby, ciężki warkocz. Patrzył, jak jej chuda pierś unosi się i opada, z tą samą niepewnością, jaką zauważył u Lucy, gdy po raz pierwszy pojawiła się na Janus Rock. Każdy oddech był niczym zakończona triumfem walka.

— Żałujesz, że mnie poznałeś? — pytała Isabel.

— Urodziłem się po to, żeby cię poznać, Izz. Właśnie po to przyszedłem na świat — odpowiadał, całując ją w policzek.

Jego usta wciąż pamiętały ich pierwszy pocałunek, dziesiątki lat temu, na wietrznej plaży o zachodzie słońca. Zuchwałą, nieustraszoną dziewczynę, która kierowała się wyłącznie głosem serca. Pamiętał miłość, jaką darzyła Lucy. Była to gwałtowna, bezwarunkowa miłość, która — gdyby sprawy potoczyły się inaczej — wróciłaby do niej ze zdwojoną siłą.

Przez trzydzieści lat każdego dnia, we wszystkim, co robił, próbował okazywać Isabel miłość. Jednak jej dni dobiegały końca. Tom czuł, że musi się spieszyć.

— Izz — zaczął — jest coś, o co chciałabyś mnie zapytać? Co chciałabyś usłyszeć? Cokolwiek. Nie jestem w tym zbyt dobry, ale obiecuję, że postaram się odpowiedzieć.

Uśmiechnęła się.

— A więc ty również czujesz, że to już koniec. — Skinęła głową i poklepała go po ręce.

Spojrzał na nią.

— A może po prostu jestem gotów mówić...

Głos miała słaby.

— Nie — odparła. — Nic więcej nie muszę wiedzieć.

Tom pogłaskał ją po głowie i przez jakiś czas patrzyli sobie w oczy. Dotknął czołem jej czoła i trwali tak aż do chwili, gdy oddech Isabel stał się płytki i urywany.

— Nie chcę cię zostawiać — szepnęła, trzymając go za rękę. — Boję się, kochanie. Tak bardzo się boję. A jeśli Bóg mi nie wybaczy?

— Bóg wybaczył ci już dawno temu. Czas, żebyś ty wybaczyła sobie.

— List? — spytała z niepokojem. — Zaopiekujesz się listem?

— Tak, Izz, zaopiekuję się nim. — Wiatr zadzwonił szybami, jak dawno temu na Janus Rock.

— Nie będę się żegnała, na wypadek gdyby Bóg usłyszał moje słowa i pomyślał, że jestem gotowa odejść. — Uścisnęła jego rękę. Później nic już nie mówiła. Od czasu do czasu otwierała oczy, w których wciąż tliło się życie, iskierka rozżarzająca się w miarę, jak jej oddech stawał się coraz płytszy i bardziej chrapliwy, jakby poznała tajemnicę i nagle coś zrozumiała.

Ostatniej nocy, gdy księżyc rozgonił zimowe chmury, jej oddech zmienił się w sposób, który Tom znał aż za dobrze, i Isabel odeszła.

Mimo iż w domu była elektryczność, siedział przy świetle lampy naftowej. W blasku płomienia jej twarz zdawała się bardziej delikatna, łagodniejsza. Całą noc czuwał przy ciele i dopiero rankiem zadzwonił do lekarza.

* * *

Idąc ścieżką, Tom zrywa żółty pąk z różanego krzewu, który Isabel posadziła obok domu, tuż po ich przyjeździe do Hopetoun. Jego mocny zapach sprawia, że wraca wspomnieniami do dnia, gdy klęcząc na świeżo przekopanej rabatce, gołymi rękami uklepywała ziemię wokół krzewów.

— Nareszcie mamy własny ogródek różany — oznajmiła z uśmiechem. Był to pierwszy uśmiech, który pojawił się na jej twarzy, odkąd wyjechali z Partageuse, i Tom zapamiętał tę chwilę w najdrobniejszych szczegółach.

Po pogrzebie przed kościołem zbiera się grupka ludzi. Tom zostaje tak długo, jak wymaga tego grzeczność. Jednak pragnie, by ludzie wiedzieli, kogo tak naprawdę opłakują: Isabel, którą poznał lata temu na molo, pełną życia, czarującą i figlarną. Jego Izzy. Jego drugą połowę.

* * *

Dwa dni po pogrzebie Tom siedział samotny w pustym milczącym domu. Widoczny za oknem obłoczek kurzu zwiastował nadjeżdżający samochód. Pewnie któryś z pracowników farmy, pomyślał. Jeszcze raz wyjrzał przez okno. Rzeczywiście pod dom zajechał nowy, drogi samochód z tablicą rejestracyjną z Perth.

Wstał i podszedł do drzwi.

Z samochodu wysiadła kobieta i przygładziła jasne włosy zebrane w opadający na kark, luźny kok. Rozejrzała się i podeszła do werandy, na której stał Tom.

— Dzień dobry — powitał ją. — Zgubiła się pani?

— Mam nadzieję, że nie — odparła.

— W czym mogę pomóc?

— Szukam posiadłości państwa Sherbourne'ów.

— To tu. Nazywam się Tom Sherbourne. — Czekał na wyjaśnienia.

— W takim razie nie zabłądziłam. — Uśmiechnęła się niepewnie.

— Proszę wybaczyć, to był długi tydzień. Zapomniałem o czymś? Byliśmy umówieni? — spytał Tom.

— Nie, nie byliśmy. Przyjechałam zobaczyć się z panem. I... — zawahała się — panią Sherbourne. Słyszałam, że jest bardzo chora. — Widząc zdziwienie na twarzy Toma, dodała pospiesznie: — Nazywam się Lucy-Grace Rutherford. Moje panieńskie nazwisko to Roennfeldt... — Znowu się uśmiechnęła. — Jestem Lucy.

Spojrzał na nią z niedowierzaniem.

— Lulu? Mała Lulu — szepnął.

Kobieta oblała się rumieńcem.

— Nie wiem, jak powinnam się do pana zwracać. Ani do... pani Sherbourne. — Nagle spoważniała. — Mam nadzieję, że nie będzie miała nic przeciwko mojej wizycie. Nie chciałabym państwu przeszkadzać.

— Miała nadzieję, że przyjedziesz.

— Proszę zaczekać. Chciałam coś państwu pokazać. — Podeszła do samochodu. Otworzyła drzwi od strony pasażera i wróciła z koszykiem dla noworodka. — To mój synek Christopher — oznajmiła z dumą. — Ma trzy miesiące.

Dziecko, które spoglądało na Toma spod kocyka, było tak podobne do maleńkiej Lucy, że przeszedł go dreszcz.

— Izzy ucieszyłaby się na jego widok. Twój przyjazd wiele by dla niej znaczył.

— Och, tak mi przykro... Kiedy...? — Pozwoliła, by słowa zawisły w powietrzu.

— Tydzień temu. Pogrzeb odbył się w poniedziałek.

— Nie wiedziałam. Może woli pan, żebym...

Tom przyglądał się dziecku, a kiedy w końcu podniósł głowę, na jego twarzy błąkał się tęskny uśmiech.

— Proszę wejść.

* * *

Kiedy Tom wrócił do pokoju z tacą, na której stał dzbanek z herbatą i filiżanki, Lucy-Grace spoglądała na ocean. Obok niej stał koszyk z dzieckiem.

— Od czego zaczniemy? — spytała.

— Może przez chwilę posiedzimy w milczeniu? — zaproponował Tom. — Oswoimy się z sytuacją. — Westchnął. — Mała Lucy. Po tylu latach.

Siedzieli w ciszy, popijając herbatę i słuchając ryku wiatru, który od czasu do czasu rozganiał chmury, wpuszczając do środka smugę światła. Lucy wdychała zapachy domu: woń starego drewna, ognia, dymu i pasty do polerowania. Nie odważyła się spojrzeć na Toma i rozglądała się po pokoju. Ikona ze świętym Michałem, wazon żółtych róż. Ślubne zdjęcie Toma i Isabel, młodych i pełnych nadziei. Na półkach stały książki dotyczące nawigacji, latarni morskich i muzyki, niektóre — jak *Atlas Gwiazd Browna* — były tak duże, że trzeba je było położyć. W kącie pokoju stało pianino, na którym piętrzyły się nuty.

— Jak się dowiedziałaś? — spytał w końcu Tom. — O Isabel?

— Mama mi powiedziała. Kiedy Ralph Addicott dowiedział się z pańskiego listu, jak bardzo jest chora, odwiedził moją mamę.

— W Partageuse?

— Tak, wróciła tam. Kiedy miałam pięć lat, wyjechałyśmy do Perth. Mama chciała zacząć wszystko od nowa. Wróciła do Partageuse, kiedy w tysiąc dziewięćset czterdziestym czwartym roku wstąpiłam do WAAF*. Zamieszkała z ciocią Gwen w Bermondsey, w domu dziadka. Ja po wojnie zostałam w Perth.

— A twój mąż?

Uśmiechnęła się.

— Henry? Służy w siłach powietrznych... Uroczy człowiek. Pobraliśmy się rok temu. Jestem taka szczęśliwa. — Wyjrzała przez okno na wody oceanu. — Tak często o was myślałam. Zastanawiałam się, co robicie. Ale dopiero... — urwała — dopiero gdy urodził się Christopher, zrozumiałam, dlaczego zrobiliście to, co zrobiliście. I dlaczego mama nie mogła wam wybaczyć. Zrobiłabym wszystko dla swojego dziecka. — Przygładziła spódnicę. — Pamiętam niektóre rzeczy. Przynajmniej tak mi się wydaje. Wspomnienia są jak strzępki snu: latarnia, wieża i otaczający ją balkon. Jak on się nazywa?

— Galeria.

— Pamiętam, jak siedziałam na pańskich ramionach. I jak grałam na pianinie z Isabel. Ptaki na drzewach i pożegnanie? Później wszystko się pomieszało i wspomnienia stały się chaotyczne. Pamiętam nowe życie w Perth i szkołę. Ale przede

---

* WAAF — Women's Auxiliary Air Force — żeńska służba pomocnicza w Lotnictwie Królewskim Wielkiej Brytanii.

wszystkim pamiętam wiatr, fale i ocean, mam je we krwi. Mama nie lubi wody. Nie pływa. — Zerknęła na dziecko. — Nie mogłam przyjechać wcześniej. Musiałam zaczekać, aż mama... udzieli mi błogosławieństwa.

Tom próbował dostrzec w niej dawną Lucy, jednak jej twarz nie była już twarzą dziecka, lecz młodej kobiety. Sięgnął w głąb siebie, próbując odnaleźć mężczyznę, który tak bardzo ją kochał. Nie było to łatwe. A jednak wciąż tam był i przez moment wydało mu się, że znów słyszy jej głos, wołający: „Tatusiu! Weź mnie na ręce, tatusiu!".

— Zostawiła coś dla ciebie — powiedział i podszedł do kamforowej skrzyni. Sięgnął do środka, wyciągnął kopertę i podał ją Lucy-Grace. Zawahała się zanim ją otworzyła.

Kochana Lucy!

Minęło dużo czasu. Obiecałam, że będę się trzymała z daleka od Ciebie, i dotrzymałam słowa, bez względu na to, jak bardzo było mi ciężko.

Teraz, kiedy trzymasz w rękach ten list, mnie już nie ma. A jednak cieszę się, bo to oznacza, że nas odnalazłaś. Nigdy nie porzuciłam nadziei, że pewnego dnia znów Cię zobaczę.

W skrzyni obok listu są rozmaite przedmioty z Twojego dzieciństwa: twoja szatka do chrztu, żółty kocyk i obrazki, które narysowałaś, będąc dzieckiem. Znajdziesz tam również rozmaite rzeczy, które dla Ciebie zrobiłam. Przechowywałam je — rzeczy z utraconej przez ciebie części życia. Na wypadek gdybyś ich poszukiwała.

Jesteś teraz dorosłą kobietą. Mam nadzieję, iż życie
potraktowało Cię łaskawie. Że wybaczysz mi to, że
Cię zatrzymałam i że pozwoliłam Ci odejść.

Wiedz, że zawsze byłaś kochana.

Ściskam cię serdecznie.

Głęboko na dnie skrzynki, ukryte pod pamiątkami z dzieciństwa Isabel, leżały starannie złożone, delikatne, haftowane chusteczki, robione na drutach buciki, wiązana pod brodą satynowa czapeczka. Aż do tej chwili Tom nie miał pojęcia o ich istnieniu. Były niczym skrawki czasu. Fragmenty życia. W końcu Lucy-Grace rozwinęła związany satynową wstążką zwój. Była to mapa Janus Rock, ozdobiona przez Isabel dawno temu. Na papierze czarnym atramentem zapisano nazwy: Plaża Rozbitków, Zdradziecka Skała. Tom przypomniał sobie dzień, kiedy Isabel pokazała mu ją z dumą, i przerażenie, gdy uświadomił sobie, że to, co zrobiła, było naruszeniem zasad. Nagle poczuł, jak bardzo ją kochał i jak bardzo mu jej brakuje.

Lucy-Grace pochyliła się nad mapą. Po jej policzku spłynęła łza i Tom podał jej starannie złożoną chusteczkę. Otarła oczy. Minęła chwila, zanim się odezwała.

— Nie miałam okazji wam podziękować. Tobie i... mamie. Za to, że mnie uratowaliście i że się mną opiekowaliście. Byłam za mała, a później... było już za późno.

— Nie musisz nam dziękować.

— Żyję tylko dzięki wam.

Dziecko zaczęło płakać i Lucy wyjęła je z koszyka.

428

— Ćśśś, ćśśś, skarbie. Już dobrze. Już dobrze, kochanie —
szepnęła, kołysząc je w ramionach. Kiedy płacz ucichł, odwróciła się do Toma. — Chcesz go potrzymać?

Zawahał się.

— Obawiam się, że wyszedłem z wprawy.

— No, weź — zachęciła go, podając mu zawiniątko.

— Spójrz tylko na siebie — powiedział z uśmiechem Tom,
przypatrując się dziecku. — Jesteś jak twoja mamusia, kiedy
była małą dziewczynką. Ten sam nos, te same niebieskie
oczy. — Widok dziecka obudził w nim dawno zapomniane
uczucia. — Och, gdyby tylko Izzy mogła cię zobaczyć. Byłaby
zachwycona. — Na ustach malca zebrała się bańka śliny, którą
promień słońca zabarwił kolorami tęczy. — Pokochałaby cię —
dodał Tom łamiącym się głosem.

Lucy-Grace zerknęła na zegarek.

— Chyba powinnam już wracać. Zatrzymuję się na noc
w Ravensthrope. Wolałabym nie jechać po zmierzchu. Wiadomo, kangury na drogach...

— Oczywiście. — Tom skinął głową w stronę kamforowej
skrzyni. — Zanieść te rzeczy do samochodu? To znaczy, jeśli
w ogóle chcesz to zabrać. Jeśli nie, zrozumiem.

— Nie chcę — odparła, a widząc smutek na twarzy Toma,
dodała pospiesznie. — Dzięki temu będę miała powód, żeby
znowu tu przyjechać. Niedługo.

* * *

Słońce jak migotliwy okruch unosi się nad falami, kiedy
Tom wychodzi na werandę i siada na starym leżaku. Na leżaku
obok leżą poduszki, na których Isabel wyhaftowała gwiazdy

i wąskie sierpy księżyców. Wiatr ucichł, a wiszące nad horyzontem pomarańczowe chmury wydają się płonąć. W zapadającym zmroku widać świetlisty punkt — latarnię morską w Hopetoun. Odkąd zamknięto główny port, nie ma w niej latarnika, a światło zapala się automatycznie. Tom wraca wspomnieniami do latarni na Janus Rock, do światła, które tnąc mrok, docierało aż na krawędź świata.

Wciąż czuje na rękach ciężar małego Christophera, jakże podobny do tego, który czuł, trzymając w ramionach maleńką Lucy, a przed nią synka. Gdyby chłopiec przeżył, losy wielu ludzi potoczyłyby się zupełnie inaczej. Tom wzdycha. Nie ma sensu rozmyślać o tym, co by było gdyby. Wystarczy, że człowiek raz zacznie, a nie będzie mógł przestać. Żył tak jak żył. Kochał kobietę, którą kochał. Wystarcza mu świadomość, że nie ma na ziemi drugiego człowieka, który wybrał tę samą ścieżkę. Wciąż brakuje mu Isabel: jej uśmiechu, dotyku. Łzy, które powstrzymywał w obecności Lucy, płyną wolno po jego policzkach.

Ogląda się za siebie, na księżyc w pełni, który wdrapuje się na niebo, stanowiąc przeciwwagę dla zachodzącego słońca. Każdy dzień jest początkiem czegoś nowego. Mały Christopher urodził się w świecie, którego istnienia Tom nie potrafił sobie wyobrazić. Może los będzie na tyle łaskawy i oszczędzi mu okrucieństw wojny. Lucy-Grace również należy do przyszłości, której Tom może się tylko domyślać. Jeśli będzie kochała synka choć w połowie tak bardzo, jak Isabel kochała ją, chłopiec będzie szczęśliwy.

Tomowi wciąż zostało jeszcze trochę czasu. Wie, że człowiek w swojej podróży przez życie jest niczym żelazo hartowane przez każdy kolejny dzień i każdą osobę, którą spotyka na swej drodze. Blizny są jak wspomnienia. Isabel — gdziekolwiek teraz jest — jest jego częścią, podobnie jak wojna, latarnia i ocean. Wkrótce jego podróż dobiegnie końca, ich groby porośnie świeża trawa, a historia zostanie zapisana na zapomnianym przez ludzi nagrobku.

Obserwuje opadającą nad ocean kurtynę mroku, wiedząc, że niebawem w ciemnościach pojawi się światło.

Podziękowania

Do powstania tej książki przyczyniło się tak wiele osób, że dziękowanie każdemu z osobna zajęłoby kolejne kilkaset stron. Mam nadzieję, że podziękowałam im wszystkim osobiście, jednak chciałabym, żeby wiedzieli, jak bardzo jestem im wdzięczna. Każdy z nich wniósł do tej książki coś wyjątkowego i bezcennego, niektórzy w jednym momencie, inni na przestrzeni miesięcy, a nawet lat.

Dziękuję wam — wszystkim razem i każdemu z osobna — za pomoc i wsparcie. Wasza dobroć była dla mnie prawdziwym błogosławieństwem.